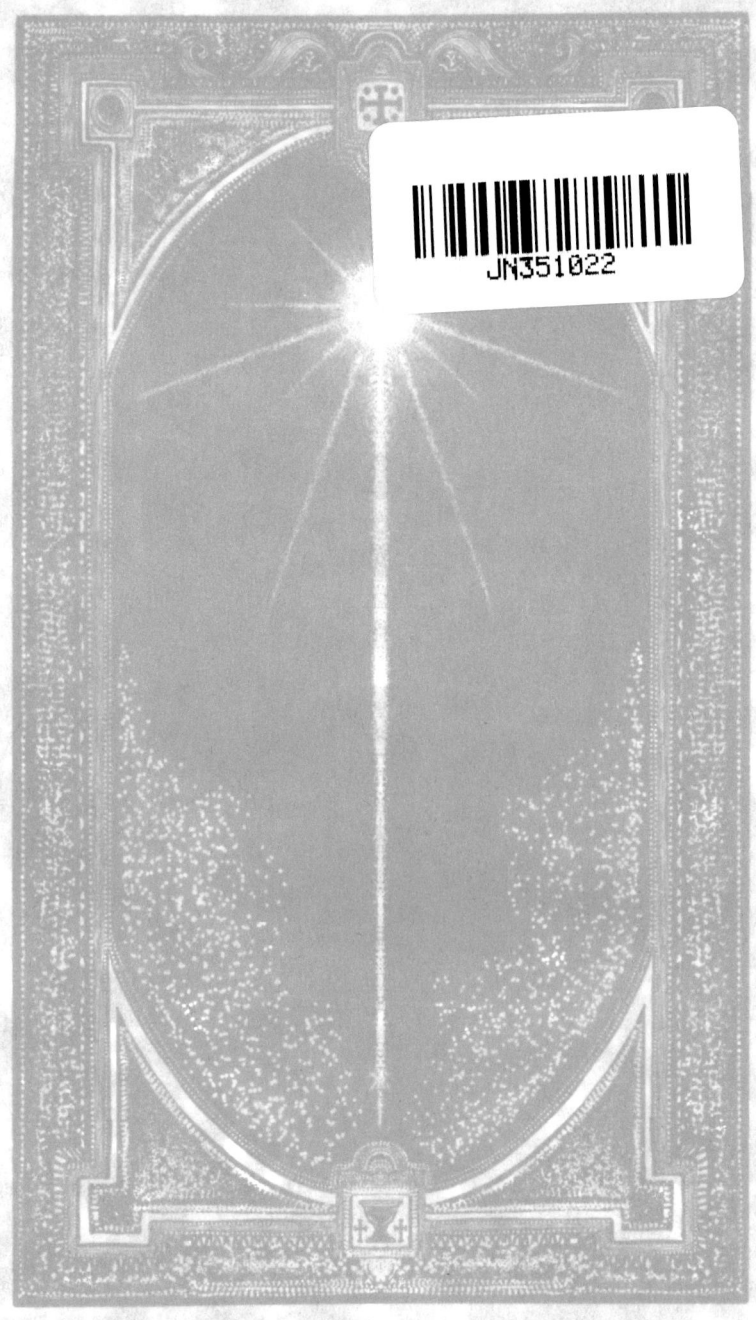

불새

불새

신종원 장편소설

내일의 고전 2

소전
서가

함금엽, 남명희, 박현진 그리고 정추자가

죽음에서 다시 살아날 것을 믿으며.

- 이 소설은 소전문화재단의 후원으로 집필되었습니다.
- 이 소설의 차례는 러시아 작곡가 이고르 스트라빈스키의 발레곡 「불새」의 악장을 차용한 것으로, 〈한밤중의 전화〉를 제외한 모든 장은 스트라빈스키 작품의 제목과 순서를 가져온 것임을 밝힙니다.
- 소설 마지막 장 〈나가며〉의 미사 전례문은 한국 천주교 중앙 협의회에서 발행한 『로마 미사 경본』과 『장례 예식서』를 기반으로 씌어졌습니다.

차례

들어가며 9

마법에 걸린 잔 33

한밤중의 전화 67

불새의 춤 81

불새 포획 113

불새의 애원 147

황금 사과의 게임 181

급습 217

원무 227

여명 255

불새의 현현 311

자장가 327

깨어남 345

부활 363

나가며 397

수메르 사람 아브라함은 숫양을 찔러 아들의 목숨을 구했고, 이올코스의 찬탈자 이아손은 황금 양털을 찾아 흑해를 건넜으며, 패현의 건달 유방은 큰 양의 뿔을 뽑고 꼬리를 자르는 꿈을 꾼 뒤에 왕이 되었다. 양은 갈빗살이 풍부한 제물이고, 양은 비늘 모양의 섬유로 위장된 영광, 양은 3옥타브로 울부짖는 암시이다. 사람은 누구나 자신만의 양을 찾아 떠나야 한다. 언젠가는. 그렇다면 거꾸로 양들은 무엇을 찾아 떠나야 하는가? 양들은 구불구불한 선으로 이루어진 하나의 표지를 찾아 헤맨다. 죽을 때까지. 페니키아 사람들은 기원전 12세기에 이미 양들의 비밀을 알고 있었고, 그래서 문자 체계의 열두 번째 자음을 지팡이 모양의 사물로 표시했다. 이른바 몰이 막대기: 라메드*L*는 페니키아 문명이 몰락한 이후에도 무려 2천여 년간 로망스어군 화자들의 앞니와 경구개 사이 공간에 잠복해 있다가, 원시 게르만어와 고대 영어에 이르러 새끼 양을 의미하는 낱말의 두음 L이 되었다. 그러므로 L은 페니키아 문자 라메드*L*와 새끼 양 사이에 놓여 있는 구불구불한 가교이다. 이 사실은 치경음을 발음하기 위해 수직으로 기립한 혓바닥들을 교각 삼아 전달된다. 이렇게 우리가 표음 문자로 알고 있는 라틴어의 열두 번째 알파벳이 끄트머리가 구부러진 막대 모양의 상형 문자에서 비롯되었다는 사실은 우리에게 무엇을 가르쳐 주는가? 세상의 모든 문자가 이처럼 특정한 사물들과 형상으로 연결되어 있다. 그렇다면 만물은 가장 처음 빚어질 때 이미 명명된 것이나 다름없는 셈이다. 사람의 혀는 형상과 기호를 일치시키는 열쇠여서, 이것을 유연하고 예민하게 움직일 줄 아는 이들만이 사물의 비밀에 한 발짝 다가갈 수 있는 것이다. 그러니까 다시. 어떤 남자가 지금 **어린 양…… 어린 양……** 중얼거리고 있다고 가정해 보자. 호흡과 운율, 화음 같은 음성학적 기교 없이. 듣는 귀를 배려하지 않는 높낮이로 속삭이듯 나직하게 혼자 말하는 이 남자는 그가 찾는 새끼 양들과 얼마나 가까워지고 있는가? 사람은 누구나 자신만의 양을 찾아 떠나게 되지만, 드물게 그럴 필요가 없는 사람들도 있다. 오히려 양들이 그들을 찾아오기 때문이다. 노아가 그랬고, 모세가 그랬고, 또 그리스도가 그랬듯이. 이렇게 어떤 사람들은 빚어질 때 이미 목자로 명명되어 일생 양들을 이끈다.

바오로 신부는 객실 안의 승객들이 하나둘 잠에서 깨

어나 웅성거리는 소리를 듣는다. 멀리 통로 쪽에서 승객 두어 명이 벨트를 풀고 일어나자마자 승무원들이 다가가 제자리에 앉힌다. 좌석 위쪽 선반에 설치된 점등 장치가 깜빡이며 신호음을 내고 있다. 누군가 마이크를 몇 번 두드리자 기내용 스피커에 앉은 전자기성 먼지들이 떨어져 나간다. 기장은 영어로 상황을 설명하는데, 어미에 오는 유성 파열음에서 울림을 탈락시켜 버리는 터키어 특유의 발음 규칙 때문에 대부분이 알아듣지 못한다. 사실 방송을 귀 기울여 듣지 않아도 대부분의 승객들은 이미 상황을 이해하고 있을 것이다. 대류권에 조성된 난기류가 보이지 않는 손으로 기체를 떠밀거나 잡아당기는 힘이 좌석 등받이까지 전해져 오기 때문이다. 물론 여객기는 이 같은 부류의 항공 사고를 이겨 낼 수 있을 만큼 견고하고 안정적으로 제작되지만, 흔들림은 좀처럼 멎지 않는다. 다가오는 죽음의 모습을 상상하는 머리들. 미래 시제의 어두운 예측은 창가에 앉은 승객들의 좌석에서 가장 처음 불거진 다음, 삽시간에 안쪽으로 확산된다. 승무원들은 진균 식물처럼 곳곳에서 자라나는 불안과 동요를 억누르려 애쓰지만, 종종걸음만으로는 충분하지 않아 보인다. 아직까지 잠들어 있던 승색들이 혼란 속에서 모두 깨어나고, 이제 가장 의연한 승객들마저 양쪽 창가를 번갈아 두리번거리며 눈을 부라리기에 이른다. 달달 떨리는 소음 속에 때때로 아이들의 울음소리.

바오로 신부는 좌석이 두 개뿐인 비행기의 가장 뒤쪽 창가 자리에 앉아 있다. 창문 바깥으로 비행기의 왼쪽 날개가 건너다 보이고, 또 앞쪽에서 일어나는 소란들이 실감 나는 연극처럼 몇 발자국 거리를 두고 펼쳐지는 자리에. 좌석은 객실 중심선과 멀리 떨어져 있다. 객실 서비스뿐 아니라 공포나 흥분, 설렘 따위의 정동 모두가 곧잘 지연되고 숫제 효력을 잃기 쉬운 자리다. 마침내 남는 것은 심리적 에너지의 흔적 또는 무늬 같은 것뿐이어서, 손바닥 안의 실금들을 따라 아주 미약한 잡음의 형태로 흘러가 사라질 따름이다. 신부는 그냥 점잖게 앉아서 손바닥을 비비거나 손가락을 튕기면서 기분 나쁜 따끔거림을 쫓아 버려도 좋지만, 그러지 않을 것이다. 신부는 조용히 주머니 속으로 손을 옮겨 5단 묵주를 꺼내어 쥔다. 묵주 알과 묵주 알 사이의 비어 있는 공간 한군데가 엄지손톱 끄트머리에 붙잡힌다. 손가락 하나 집어넣기에도 좁은 이 공간은 가톨릭 신자들 사이에서 천국의 계단으로 받아들여진다. 억지로 잡아당기는 힘만으로는 좀처럼 만들어지지 않고, 잡았다 놓았다 하는 손동작이 수없이 쌓이면서 저절로 벌어지기 때문이다. 올리브 나무를 깎아 만든 이 오래된 성물은 신부의 손목을 휘어 감고 경련하며 온갖 방향으로 튀어 오른다. 기체 내부의 흔들림 혹은 불안정한 양력 때문에? 신부의 정신과 겁에 질린 양들의 영혼이 화환 모양의 어느 구슬 끈 안에서 하나로 연결된다. 신부는 묵주 알 하나하나를 부드럽게 어루만진다. 좌석 등받이에 기대어 달그락거리는 두개골들을 쓰다듬듯이. 또는 여객기를 위쪽으로 밀어내는 나선 모양의 가열된 공기 안에서 작은 액체 방울과 증기 입자들을 손수 식별하여 골라내듯이. 그러자 흔들림이 점차 가라앉고, 하늘과 땅 사이를 가로질러 넓게 형성되어 있던 구름들 아래로 잠든 도시들이 마침내 눈부신 야경을 드러낸다. 한편 옆 좌석에 앉은 승객은 한동안 주저하다가 용기를 낸다. 바들바들 떨리는 손이 눈 감은 신부의 어깨를 조심스럽게 두드린다.

혹시 성당에 다니시나요?

이 중년 여성의 턱은 먼 옛날 베타니아에서 라자로의 부활을 목격한 구경꾼처럼 맥없이 벌어져 있다. 이미 난류를 빠져나온 여객기와 달리 여전히 재난 상황을 상상하느라 겁에 질려 있기 때문이다. 그녀는 미사포를 쓰고 있진 않지만, 오른손의 엄지를 왼손의 엄지 위로 교차시키는 손동작만으로 자신이 누굴 섬기는지 드러낸다. 무엇보다 묵주 알 사이의 빈 공간들을 흡사 믿음의 눈금처럼 저울질하는 눈빛. 신부는 희미하게 웃음기 띤 얼굴로 묵주를 거두어 주머니 속에 감춘다. 신부는 옆자리의 신앙인이 이미 교리 공부를 마쳤거나 최소한 말씀 전례 시간에 졸지 않는 부류의 신자일 거라고 미루어 짐작한다. 다년간의 사목 경험에 따르면, 이따금 성서에 깊이 경도된 사람들만이 기적을 신봉하고 실제로 체험하기만을 고대하기 때문이다. 그래서 신부는 멋쩍게 웃으며 한 가지 비밀을 알려 준다. 이 비밀은 많은 물음에 좋은 대답이 될 것이다.

네, 그런데 이제 그만두려고 합니다.

바오로 신부는 23시 10분 인천 국제공항을 출발해 10시 25분 마드리드 바라하스 국제공항에 착륙하는 항공편을 예약했다. 한국과 스페인을 왕래하는 직항 노선은 바르셀로나 엘프라트 공항에만 취항할뿐더러 탑승 요금이 거의 두 배나 더 비싸 선뜻 손이 가지 않았다. 어쨌거나 그는 교구에서 달마다 지급되는 활동비에 생활 전반을 의존해 왔고, 더군다나 이번 출타는 신학생 시절과 달리 어떤 종류의 재정적인 지원도 기대할 수 없었기 때문이다. 아마도 교구청의 사무처장 빈첸시오 신부는 이미 내부 인사표를 손보았을지도 모른다. 바오로 신부는 이스탄불 신공항 면세점 한가운데 서서, 자기 이름 옆에 흘림 글씨체로 병기되어 있을 글자를 떠올려 본다.

안식년安息年. 빈첸시오 신부는 밤하늘을 비행 중인 어느 젊은 신부의 이름 옆 공란에 정확히 세 글자를 적었을 것이다. 이렇게나 멀리 떨어져 있음에도, 그 말수 적은 신부가 필기를 마친 뒤 엄숙하게 성호를 긋는 모습이 온전한 화상으로 눈앞에서 펼쳐진다. 바로 지금 교구청 사무실의 창살

뒤에 몰래 숨어 엿보기라도 하는 것처럼. 만약 시간을 얇게 적층된 파이와 같이 간주해도 좋다면, 바오로 신부는 아직 일어나지 않은 미래의 단면을 들여다보고 있는 셈이다. 신부는 이스탄불에 착륙하면서 여섯 시간 이전 시점의 과거로 건너왔고, 얼마 뒤 비행기에 올라 다시 두 시간을 더 과거로 이동하게 될 것이다. 공간과 공간의 사이를 수직적인 노선으로 횡단한다는 점에서 모든 비행체는 포크나 다름없다. 그렇다면 교구청의 빈첸시오 신부가 사목 신부 명단에서 바오로 신부의 이름을 지워 버리는 일은 아직 일어나지 않았을 수도 있다. 전화 한 통이면 모든 처분을 되돌릴 수 있을지도 모른다. 서로 다른 나라에서 모여든 여행객들이 바오로 신부의 옆에 서서 아직은 시간이 있다고 말하는 것 같다. 물론 이들의 시선은 사복 차림의 젊은 동양인 신부가 아니라 항공 정보 안내판의 시간표들을 쫓아 움직이고 있다.

수단을 벗은 너는 무엇이냐? 바오로 신부는 목둘레를 덮고 있는 검은색 스웨터의 얇은 옷깃 부분을 어설프게 매만진다. 정결하고 빳빳한 재질의 로만 칼라 대신 냉혈 동물의 몸뚱어리 같은 불안감이 손에 잡힌다. 신부는 차갑고 소름 끼치는 힘에 의해 목이 졸려 자리를 떠나지 못한다. 사람 많은 공항에서 느닷없이 발이 묶인 길손처럼. 수단을 벗은 너는 아무것도 아니다. 신부가 되기 위해 내바친 시간이 그렇지 않은 시간보다 더 길었다. 본당에서 10년, 신학교에서

9년. 자그마치 19년의 세월이다. 게다가 그 과정에서 얼마나 많은 도움을 받았던가? 신부는 열 살 무렵 성소자로 선발되어 스물아홉에 사제 서품을 받기까지 거쳐 갔던 손길들을 빠짐없이 기억한다. 초등부 주일 학교를 이끌었던 요안나 자매부터 꼬맹이 예비 사제들을 엄하게 가르치곤 했던 아네스 수녀, 신학교 재학 기간은 물론 육군 보병으로 복무하는 동안에도 용돈을 보내 주고 면회를 와주었던 본당 성소 후원회의 어머니·아버지 교우들, 심지어는 이탈리아 유학 생활 내내 적응을 도와주었던 피렌체 출신의 동갑내기 신학생 도미니코 신부까지. 한 사람을 성직에 앉히기 위해 헤아릴 수 없이 많은 비용이 들었다. 바오로 신부는 회상한다. 특히 베드로 신부의 도움 없이는 불가능했을 거라고. 거구에 목소리가 괄괄하고 안색이 울긋불긋한 그 술꾼 사제는 바오로 신부가 여덟 살 때 본당 주임 신부로 부임되어 왔다. 그는 어린 바오로의 첫 고해 성사를 맡았던 사제이기도 했다. 어린 바오로는 청소년 복사단에 들어가 베드로 신부의 미사 집전을 거들며 신부가 되겠다고 결심한다. 바오로 신부는 초등학교 6학년 진학을 앞둔 어느 겨울의 새벽 미사를 기억한다. 베드로 신부는 아이들과 사적으로 이야기를 나누지 않았다. 복사 교육을 받을 때 아네스 수녀가 주의 깊게 당부했던 것들. 예컨대 제의실에서는 절대 웃거나 떠들어선 안 되며, 신부님께서 무언가 물어보실 때에만 대답하라는 내용의 지침 같은 것들 때문에 복사들 사이에서 대화는 금기나 다름없었다. 이날도 미사를 끝내고 제의실에 들어와 베드로 신부의 환복을 도우려는데, 주임 신부가 대뜸 먼저 말을 붙였던 것이다.

신부가 되겠다고 했다며?

어린 바오로는 질끈 눈을 감아 버린다. 잘 웃지 않고 무뚝뚝한 성격으로 알려져 있는 주임 신부에게서 어떤 불호령이 떨어질지 두려워하며. 되고 싶다고 아무나 되는 게 아니라든지, 자랑처럼 떠벌리고 다니지 말라든지. 그러나 베드로 신부는 평복 차림으로 돌아서더니 소년의 머리에 두 손을 얹고 성호를 그었다. 안수按手였다. 사제가 눈을 감고 나직한 목소리로 입술을 움직이기 시작하자 바오로도 재빨리 눈을 감고 두 손을 모아 가슴에 붙였다. 목덜미 위로 땀줄기가 줄줄 흘러내렸고, 심장은 어찌나 강하게 뛰는지 갈비뼈 안쪽으로 가로무늬근 모양의 홈들이 이빨 자국처럼 삐죽삐죽하게 새겨지는 듯했다. 베드로 신부는 기도를 마치고는 열심히 하라는 말을 남기고 떠났다. 어린 바오로는 제의실에 홀로 남아 복사복을 벗었고, 성당을 나설 때 불새 한 마리를 보았다. 불새는 아직 잠들어 있는 하늘을 가로질러 날아가면서 한 줄기의 불타는 궤적을 남겼는데, 이 붉고 뜨거운 선 위아래로 세상이 부글부글 끓어오르며 불시에 밝기를 회복하는 광경이 펼쳐졌다. 머리에 왕관을 쓰고, 부챗살 같은 날개를 한껏 펼친 채, 가열된 부리로 기울어진 지구의 가엾은 표정들을 천천히 불태우며 이동하는 불꽃은 틀림없이 새의 형상을 하고 있었다. 불새는 이후로도 한 번씩 모습을 드러낸다. 어린 바오로가 길을 잃고 헤매거나 도움을 필요로 할 때마다. 불새를 생각하자 조금 전까지 목을 결박하고 있던 차가운 위협이 순식간에 사라져 버린다. 신부는 헛기침하며 불새가 앉았던 흔적을 찾아 목 부근을 더듬는다.

수단을 벗은 너는 무엇이냐?

바오로 신부는 책망하는 눈빛으로 그를 건너다보던 어느 남자의 얼굴을 잊지 못한다.

교회법에 따르면, 이혼 가정의 아이는 신학교에 입학할 수 없다. 물론 베드로 신부는 동의하지 않았다. 그래서 그는 당시 고등학생이었던 바오로를 데리고 무작정 주교좌 성당으로 찾아갔다. 교구장 주교가 격무를 핑계 삼아 이미 몇 차례나 만남을 연기한 까닭이었다. 두 남자는 교구장 주교의 집전 미사가 끝나기를 기다렸다가 막무가내로 주교의 앞을 막아섰다. 참례자들이 일렬로 배석하여 기도를 올리는 회중석 사이에서 소동이 일기 시작했다. 베드로 신부는 양해를 구하며 인파 사이로 어깨를 밀어 넣었지만, 보좌 신부 서너 명이 달려들자 별수 없이 완력을 써야 했다. 거구의 사제가 팔을 한 번 휘두를 때마다 누군가 엉덩방아를 찧거나 맥없이 행렬에서 떨어져 나갔다. 어른들 사이에 고성이 오가는 동안 바오로는 제대 방향으로 고개를 돌렸다. 소년은 제단 앞에서 성작을 들어 올리고 성찬을 축성하는 스스로의 모습을 수만 번 상상해 왔다. 그러나 이 미래의 사제는 본인이 선택하지 않은 불행들에 사지를 결박당한 채 제단을 내려오고 있었다. 소년은 눈물 흘렸고, 그러는 동안 제대벽에 매달려 있는 성체는 비난인지 연민인지 알 수 없는 표정으로 못 박힌 양발 밑의 풍경들을 내려다보고 있었다. 바오로는 한쪽 겨드랑이 아래로 무기력하게 떨어져 있는 예수의 머리를 올려다보며 남몰래 속삭였다.

두고 보십시오. 이 길이 아니더라도, 당신을 섬길 방법을 찾고 말겠습니다.

그러자 황홀한 은총이 지상에 베풀어졌다. 본당 입구, 성수대 주위에 밝혀진 촛불 하나가 갑자기 위로 치솟더니 무섭게 일렁였다. 불꽃은 양초 몸통에 붉게 새겨진 헬라어 문양들을 게걸스럽게 집어삼키며 살아 움직이는 형상으로 나타나기 시작했다. 성 베네딕도회 수도자들의 손을 빌려 정성스럽게 빚어진 휘발성 성물은 머리 꼭대기에서 이글거리며 태어나는 생명의 열기로 짓눌려 순식간에 허물어졌다. 양초는 왁스와 심지, 기름 같은 재료늘로 빠르게 와해되면서 하나의 사물이 제작되는 과정을 거꾸로 드러내 보였다. 그리고 불새는 촛대 위의 잔해들을 날갯짓 한 번만에 떨쳐 내 버리고는 조용히 머리를 들었다. 그것은 대리석 주랑 위로 높이 날아오르더니 바오로의 머리맡에 광휘를 드리웠다. 교구장 주교와 보좌 신부들은 물론, 성가대 봉사자들과 성당 사무원들, 평신도 모두가 교회의 궁륭 천장 밑에서 붉은 원을 그리며 배회하는 불꽃을 올려다보았다. 불새의 온몸에서 방사되는 빛은 성당 상층부의 대리석 벽면을 따라 장식된 채색 유리창까지 물들일 만큼 강렬하게 뻗어 나갔다. 편평한 판 형태로 가공된 석영 결정 사이사이에 불순물처럼 섞여 있던 망간과 구리, 니켈 따위의 금속 분말들이 특정한 파장의 가시광선을 굴절시키면서 시지각적 판단력을 왜곡시켰다. 군중들은 머리 위를 부유하는 구름 모양의 프리즘 덩어리들과 동심원이 뒤틀린 프랙털 도형들 탓에 현실 감각이 마비된 나머지 하나같이 말을 잃었다. 불새는 한동안 성당의 천장 면적을 본 딴 평행 사변형 모양의 노선을 따라 우아하게 순회하다가, 마침내 성당 위로 솟구쳐 오르더니 자취를 감추었다. 입회자들은 비명을 지르거나 가슴을 치며 오열했다. 허벅지 힘을 잃은 슬개골들이 대리석 바닥을 내리찧으며 어긋나고 부서지는 소리가 곳곳에서 울려 퍼졌다. 교회 천장으로부터 깃털 같은 불씨들이 하늘하늘 떨어져 내리며 신자들의 어깨 위에 잿개비처럼 앉았다. 이후로 바오로는 성령의 아이로 이름을 떨치면서 교계 안팎으로부터 이런저런 장학금까지 지원받게 되었던 것이다. 한편 베드로 신부는 몇 년 뒤에 교구장 자리를 물려받게 되는데, 당연히 이런 일화들과는 상관없는 일이었다. 적어도 바오로 신부는 그렇게 추정했다. 두 사람은 이때 이어진 인연의 힘으로 최근까지도 원만한 관계를 유지해 오고 있었다. 바오로 신부가 성직을 포기하겠다고 선언하기 전까지는 그랬다.

베드로 신부는 실망감을 조금도 숨기지 않는 목소리로 말했다.

수단을 벗은 너는 아무것도 아니다.

바오로 신부는 같은 말을 과거 시제로 구부러뜨린 다음, 특정 단어에서 신성함을 걷어 냈다.

처음부터 제 옷이 아니었습니다.

성직을 내려놓겠다는 결심이 일시적인 충동이나 회한 때문이 아니라는 입장을 정직하게 드러내는 문법이었다. 대화는 재차 퇴행을 맞고 있었다. 두 사제는 단추가 수십 개나 달린 한 벌의 의복을 두고 논쟁 중이었는데, 젊은 성직자가 이것을 벗어던지려고 할 때마다 늙은 주교가 다가와 꼼꼼하게 단추를 끼우는 상황이 반복되고 있었다. 젊은 성직자가 거적때기 하나 걸치지 않은 나체 상태로 돌아가려고 애쓰는 반면, 늙은 주교는 신앙이나 의무 같은 영적인 끈들을 자꾸 둘러매어 주려고 애썼다. 온통 까맣게 염색된 의복은 젊은 신부의 흰 살갗 위에 놓여 대비되었는데, 흰색은 오염되지 않은 자연을, 검은색은 세속에서의 죽음을 나타냈다. 하나의 육신이 명도가 다른 두 개의 색상 사이에서 떠오르고 가라앉으며 차츰 빛을 잃어 가고 있었다.

내가 허락하지 않으면 그만이다.

인내심이 부족한 주교가 먼저 고개를 돌렸다. 어둠이 빛의 그림자이고, 육신이 정신을 비추는 거울이라면, 바오로 신부는 온몸으로 불안정한 정신의 징후들을 드러내고 있었다. 요컨대 금이 가고 구멍 뚫린 그릇의 외부로 내용물이 배어 나오듯이 신부의 얼굴을 구성하는 비대칭의 뼈대들, 야트막하게 벌어진 개구부, 아주 붉거나 때때로 창백한 반점들로부터 모나스트렐 포도주만큼이나 어두운 슬픔이 흘러내리고 있었다. 베드로 신부는 가시관에 살을 찔리는 예수 그리스도의 얼굴이 떠오르자 자기도 모르게 **주여,** 속삭였다. 그리고 그런 모습을 조금도 견딜 수 없다는 듯 거칠게 의자를 돌려 앉았다. 그는 지금 젊은 사제에게 필요한 사물이 면직 처분을 통보하는 행정 서류 따위가 아니라 따뜻하게 삶은 헝겊 한 장일 거라고 확신했다. 주교좌 성당의 앞마당에서 떠오른 태양은 이제 막 하늘 꼭대기로 자리를 옮기고 있었다. 창밖에서 내리쬐는 뙤약볕 때문에, 바오로 신부는 격통과 근심으로 주름진 아버지 신부의 얼굴을 알아보지 못했다.

붙잡아 둘 수 없다는 걸 아시지 않습니까.

베드로 신부가 자리에서 일어났다.

내가?

그는 노기로 붉어진 뺨을 떨며, 교구장 사무실이 떠나가게 고함쳤다.

나는 너를 몇 번이나 붙잡아 주 앞에 데려왔어. 네 어머니가 네 가족을 버리고 떠났을 때, 사랑하는 여자와 살겠다고 연락 없이 사라졌을 때, 신학생 동기들과 시위를 나갔다가 유치장에 갇혔을 때. 필요하다면 앞으로도 백 번이고 천 번이고 다시 데려다 주님 앞에 앉히고 말 거다.

말들은 벼락과 같이 쏟아졌지만, 결코 짧지 않은 시간들을 가로질러 왔다. 베드로 신부가 말 한 번 더듬지 않고 단숨에 불러낸 사건들은 적게는 5년에서 많게는 15년을 아울렀다. 젊은 신부의 오래전 기억들은 죽은 상태로 잠자코 웅크려 있다가 성급하게 붙들려 나온 나머지 뒤죽박죽 파헤쳐진 모습으로 두 사람 앞에 나타났다. 바오로 신부는 눈을 질끈 감았고, 말없이 고개를 숙였지만, 뉘우침과 순종을 의미하는 모범적인 표지로써 내보이지 않았다. 차라리 인정의 제스처에 가까웠다. 젊은 신부는 한때 분노와 사랑, 정의에 눈이 멀어 길을 잃었다. 모두 사실이었다. 그러나 사제 서품을 받은 뒤 그는 천국에서 하사받은 권능으로 분노를 용서했고, 사랑을 회복했으며, 정의와 화해했다. 목자의 지팡이를 쥐고 있으면 무엇을 해야 하는지, 어디로 가야 하는지 저절로 알 수 있었다. 하지만 이번에는? 젊은 사제는 양이 아니라 목자가 길을 잃으면 어떻게 해야 하는지 물었다. 하늘 아래에서, 십자가 앞에서, 불새를 기다리며. 어디선가 갑자기 끝이 구부러진 지팡이가 나타나 자기 목을 끌어다 옮겨주기를 기도했다. 하늘은 침묵했고, 십자가는 그늘 속으로 저물었으며, 불새는 아침 녘 하늘을 날아오르지 않았다. 바오로 신부는 비난조로 더럽혀진 표현들을 가까스로 억누르면서 무기력한 목소리로 단정지었다.

이번에는 그러실 수 없습니다.

베드로 신부가 안경을 벗어 내려놓았다. 혈색이 붉고 마디가 굵은 두 손이 교구장 책상 위로 무겁게 떨어졌다. 깊은 한숨. 다시 침묵. 시간이 얼마나 지났을까. 두 사람은 초침을 헤아리는 대신 그냥 지나가게 두었다. 베드로 신부가 한층 누그러진 목소리로 조용히 말을 건넸다.

바오로, 네 잘못이 아니야.

젊은 신부는 동의하지도, 부인하지도 않은 채 침묵으로 대꾸했다.

사실은 내가 지난주에 꿈 하나를 꾸었다.

늙은 신부는 의자에 앉지 않고 책상 상판에 깔린 유리판에 기대어 앉았다. 유리판의 측면 부분이 남자의 육중한 둔부에 밀려나 조금 움직였다. 교구장 책상 위에 놓인 성서와 주보, 교회 서적들은 꿈쩍도 하지 않았지만, 실내용 화분에 심긴 산세비에리아 잎사귀만은 작게 흔들렸다.

네가 성체 성사를 거행하고 있었다. 주님의 성배를 들고

있더구나.

젊은 신부가 의아해하며 물었다.

성체 성사 때 쓰이는 제구가 아니라 진짜 성배를 말씀하시는 겁니까?

늙은 신부가 고개를 끄덕였다. 성작聖爵은 성찬 전례 때 사용되는 잔으로, 수도회의 금속 공예실에서 품위 있는 금속들로 제작되며, 은수자들의 엄숙한 기도 속에서 축성받음으로써 비로소 완성되었다. 이 잔에 담긴 포도주가 사제의 손에 의해 높이 들어 올려짐으로써 그리스도의 피로 변모하는 것이다. 그래서 성작은 다른 성구들과 함께 미사가 집전되는 성당이라면 어디에나 보관되어 있었고, 상황에 따라 파견 사제들이 조심스럽게 휴대하고 다니기도 했다. 그러나 성배聖杯는 세상에 오직 단 하나만 존재하는 성유물로, 최후의 만찬 때 이 그릇 안에 사람의 아들이 직접 포도주를 따랐다는 증언이 아직까지도 공공연한 사실로 전해져 내려오고 있었다.

그래, 스페인에 안치되어 있다는 그 유물 말이야.

두 사람의 대화 속에서 하트 모양의 손잡이가 달린 성유물 하나가 홀연 모습을 드러냈다. 인터넷 문서들로나마 성배의 전설을 추적해 보았던 바오로 신부와 달리, 베드로 신부는 예수의 피를 받아 내었다는 이 그릇이 접시 모양인지 병 모양인지조차 제대로 가려내지 못했다. 교회와 공동체를 위해 40년 가까이 봉사하며 바다를 건너가 본 일은 겨우 두 번뿐이었다. 바티칸에서 성 베드로 대성당, 파리에서 노트르담 대성당. 그마저도 교구청에서 홍보하는 해외 피정 프로그램에 끌려가다시피 다녀왔던 것이다. 그러니까 성배는 물론 스페인 국토의 흙 한 줌 쥐어 본 적 없는데도, 왜인지 꿈속에서는 단번에 성배를 알아볼 수 있었다. (그렇다면 어떤 사물들은 경험에 앞질러 인식되는가?) 베드로 신부는 주교로 부임하며 술을 끊었지만, 나이 탓인지 졸음 탓인지 뿌옇고 흐릿한 입자들로 상당 부분이 가려진 간밤의 환상을 정확히 묘사하자면 에탄올의 힘을 빌릴 수밖에 없었다. 정신 소독제는 장기 금주자에게 엄청난 효력을 발휘했는데, 늙은 성직자의 뇌간을 더럽히고 있던 저음질 잔향들과 괴사한 세포들을 말끔히 씻어 냈던 것이다. 그림에 소질이 없는 데다 다시 배우기에도 늦은 나이였지만, 이때만큼은 펜촉이 손끝을 잡아 이끄는 듯했다. 세상에 단 하나만이 존재한다는 그 성유물이 마치 사진처럼 머릿속에 박혀 있어서, 그저 물끄러미 바라보는 것만으로도 모든 부분을 왜곡이나 과장 없이 그대로 그려 낼 수 있었다.

성물은 순금으로 주조된 줄기 부분을 기둥 삼아 홍옥수를 깎아 만든 잔과 받침 부분으로 구성되어 있었다. 특히 완만하게 경사진 버팀대의 곡면과 테두리를 따라 한 알 한 알 박아 넣은 루비 그리고 에메랄드는 오래전에 실전된 비잔틴

식 성물 미술의 정취를 드러냈다. 크기와 색상 면에서 서로 상보적인 관계에 놓여 있는 두 보석은 위대하고 성스러운 존재의 손에서 방금 막 던져진 정다면체 주사위 조각들처럼 은총을 받아 빛났다.

반면, 바오로 신부는 죽음을 맞기 직전의 행려병자나 영혼이 빠져나간 목각 인형을 누군가 억지로 부축해 세우기라도 한 듯 부자연스러운 힘에 기대어 일어나 있었다. 성배를 쫓아 가파르게 말려 올라간 어깨 근육이 간질 발작으로 뻣뻣하게 신전되어 있었고, 손잡이 부분에 단단하게 고정된 열 손가락은 사후 강직성 경련으로 덜덜 떨리고 있었다. 두 다리는 관절 부위가 느슨하게 조여진 알루미늄 의족처럼 위태롭게 흔들렸고, 어쩌다 대퇴골을 부딪칠 때마다 딱딱거리는 소리를 냈다. 구두는 잃어버리거나 빼앗겨 맨발이 드러나 있었고, 산화 철이 매장되어 붉은빛을 띠는 바스크 지방의 표층토가 상처 입고 벗겨진 발가락의 표피들에 들러붙어 있었다. 극심한 피로감 때문에 생기가 남김없이 쇠진된 얼굴은 성배에서 흘러넘친 포도주 혹은 그 자신이 흘린 혈흔으로 끔찍하게 얼룩져 있었는데, 응고된 혈액이 엉겨 붙으면서 그나마 한쪽 눈은 제대로 뜨지도 못했다. 반대로 다른 한쪽 눈은 소름 끼칠 만큼 부릅뜬 모습으로, 마치 눈꺼풀이 절개된 해부용 사체의 안구처럼 미세한 떨림도 깜빡임도 찾아볼 수 없었다. 그 눈은 제 앞에서 벌어지는 모든 일을 빠짐없이 지켜보고 말겠다는 고집으로 사납게 번뜩였고, 정지 상태의 시간 속에서 차갑게 냉각된 듯 줄곧 굳어 있었다. 그러나 두 입술 사이로 살며시 드러나 보이는 치아만은 홀로 죽음과 불화했다. 젊은 신부의 앞니는 검붉은 피와 흙 따위로 더럽혀지지 않은 채 환히 빛났다. 신부의 입가에 희미하게 떠올라 있는 표정은 분명 기쁨이었다. 그래, 바오로 신부는 웃고 있었다. 갖은 수난에도 불구하고, 그 홀가분한 웃음에는 그럴 만한 가치가 있어 보였다. 그래서 베드로 신부는 이 길을 권하기로 마음먹었다.

분명 주께서 내 꿈에 나타나 계시를 보여 주신 거야.

젊은 신부의 눈썹 주름이 일그러지자 늙은 신부가 작게 웃음을 터뜨렸다.

계시라고요?

늙은 신부가 안경을 닦으며 말했다.

아무래도 네 부탁을 들어줘야 할 것 같구나. 네 눈으로 직접 성배를 보고 돌아오면 말이다.

그러자 젊은 신부가 뒷짐을 풀며 나직하게 대답했다.

그럼 이제 그만 저를 포기하세요.

늙은 신부가 갑자기 큰소리로 외쳤다.

포기 못 해!

노인은 오랜 시간 피로에 짓눌린 목소리로 낮게 중얼거렸다.

주께서는 포기하셔도, 나는 절대로 포기 안 해.

늙은 신부는 옷걸이에서 코트를 꺼내어 젊은 신부의 어깨에 둘러 주었다.

성삼위가 네 손으로 정의를 행하시고, 성사를 이루시며, 은총을 내리시기를.

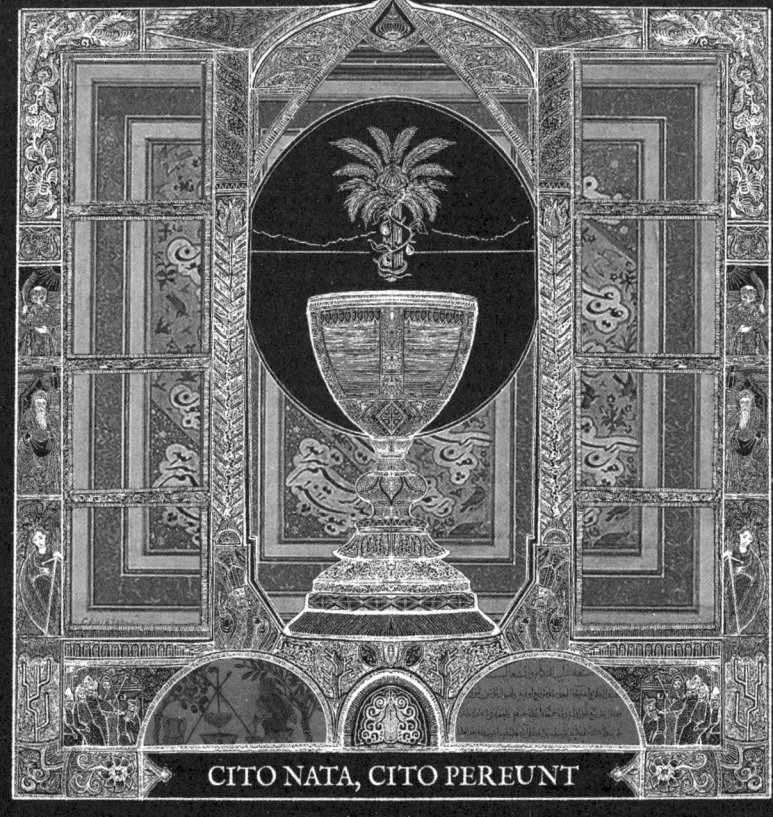

강의 이름은 알푸라트(الفرات), 다른 말로 유프라테스이다. 왕자는 낙타 가죽을 꼬아 엮은 샌들 한 켤레를 강가에 벗어 놓는다. 강물이 자갈을 때리고 지나갈 때, 물방울 하나가 튀어 올라 왕자의 발등 위에 내려앉는다. 티끌 하나 없이 맑은 이 자연물은 내부가 다 들여다보일 만큼 투명하다. 왕실 연금술사 자비르 이븐 하이얀 밑에서 눈썰미를 기른 까닭에, 왕자는 순식간에 물크러져 각피 밑으로 스며드는 낱알의 원소로부터 많은 정보를 읽어 낸다. 예컨대 산소 원자 하나와 수소 원자 두 개가 둔각으로 결합되어 정사면체의 분자식을 이루고 있다는 사실 따위가 가장 먼저 떠오르는데, 이렇게 물 분자 하나하나가 구부러진 삼각뿔 모양의 구조로 다듬어지지 않았더라면 이 거대한 강물도 이처럼 오랫동안 흐를 수 없었으리라. 강물 앞에서, 왕자는 발등에 떨어진 한 점의 물방울을 거꾸로 쫓고 있다. 물줄기는 요술 장화 모양의 덥고 건조한 반도를 가로질러 흘러가, 레반트 사막에 다다라 두 지류와 섞이며 탄력을 얻은 다음, 이라크 북부의 자그로스산맥을 거슬러 올라간다. 산악 지대를 지나면 해발 고도 1천8백여 미터에 이르는 아르메니아고원이 나타나는데, 바로 이곳에 신성한 산봉우리 한 쌍이 우뚝 솟아 있다. 각각 대大 아라라트와 소小 아라라트로 일컬어지는 형제 활화산은 머리 꼭대기에 생명의 못을 이고 있다. 바로 이곳에서 흘러넘친 물이 가파른 협곡을 지나 남동쪽으로 떠내려가며 메소포타미아의 몸통을 혈관처럼 관통하는 것이다. 그러므로 3천 년 전, 유프라테스 유역을 지배했던 수메르인들이 처음으로 만들어 낸 낱말은 다음과 같은 형태로 그려졌을 것이다: ⟨》▥. 나중에 아카드인들에 의해 푸라투Purattu로 발음될 이 쐐기 문자는 강의 이름을 나타낸다. 첨필의 재료인 갈대 줄기도, 장방형 점토판의 재료인 진흙도 결국 유프라테스가 나누어 준 선물이 아니었던가. 그러므로 이들의 언어 또한 어근에 접사를 결합시켜 표현하는 교착어로 발전할 수밖에 없었을 것이다.

지금 다시 유프라테스의 얼굴을 보라. 물방울 하나는 수소-산소-수소의 순서로 배열된 낱말과 같다. 모든 문장은 본능적으로 글자들을 끌어당긴다. 외력에 이끌려 그렇게 하지 않고, 스스로를 완성시키고 말겠다는 충동에 이끌려 그렇게 한다. 문장은 힘이고, 글자는 운동이다. 물방울이 수소-산소-수소 안에 있듯, 강 역시 물방울-물방울-물방울 안에 있다. 왕자는 이제 한 가지 해답에 다가선다. 문맥과 강물은 모두 한쪽으로 흐른다. 요컨대, 문맥은 강물이다. 그러자 수메르인들이 쐐기 문자표의 음절을 서로 맞닿아 있는 복수의 선으로 나타냈던 까닭이 뒤따라 밝혀진다. 그것은 이들이 강물의 성질, 말하자면 결합과 교류에서 만물의 형상을 파악했기 때문이다. 비록 이 문자 체계는 이슬람 제국 건립 이후 아라비아 문자에 떠밀려 소실되고 말았지만, 왕자는 아라비아 문자표에서 여전히 유프라테스의 목소리를 읽어 낼 수 있다는 사실을 깨닫고 전율한다. 오른쪽에서 왼쪽으로 읽히며, 구부러진 곡선 형태로 나타내고, 이어지는 문자와 하나의 덩어리로 연결된다는 점에서 아라비아어 또한 강물인 셈이다. 모든 아라비아인의 혀는 글자가 배열되는 형태에 따라 네 가지의 물결을 타며, 그렇기에 모든 아라비아인은 태어날 때부터 사공인 것이다. 그렇다면 유프라테스는— 아니, 유프라테스를 빚은 정신은 오늘 이 강물을 헤엄쳐 건너야만 하는 왕자의 미래도 일찍이 내다보았는가? 왕자는 이제 마지막 한 글자를 강물 위에 띄워 본다. 알라ﷲ는 아라비아어 사전과 낱말 편람 전권을 아울러 오직 하나의 대상만을 가리킨다. 왕자는 유일신을 의미하는 이 신성한 글자가 날카로운 화성암 침전물들에 할퀴어져 귀퉁이가 찢어지는 모습을 지켜본다. 그것은 이제 알무트ﻤﻮت: 죽음의 그림자로 굴절되고 있다.

때는 5월이다. 매해 봄이면 아나톨리아 산지에서 녹은

눈이 떠내려와 홍수를 일으킨다. 왕자는 이빨 같은 물살을 드러내며 사납게 으르렁거리는 강을 바라본다. 무려 4천 년 전, 아모리인들의 도읍으로 처음 축조된 뒤 줄곧 번영을 누려 온 사막의 고도古都 다마스쿠스 출신인 왕자는 강변의 흙과 자갈을 순식간에 휩쓸어 거두는 유프라테스의 손길에서 서늘한 암시를 느끼고 있는지도 모른다. 다시 말해, 사시사철 무료함에 시달리는 유프라테스가 우마이야 왕조의 모스크와 궁전, 석상 따위를 손쉽게 무너뜨린 뒤 하곡까지 끌고 간 다음— 샤트알아랍بالعـ 강 일대의 삼각주 깊숙이 내던져 버리는 광경을. 왕자는 칼리파의 왕권과 마르와니드 왕가의 유산들이 몹시 질퍽하고 악취를 풍기는 진흙 벌 밑으로 소리 없이 가라앉는 모습을 상상한다. 수천 년에 걸쳐 층층이 쌓여 온 이 퇴적토는 바빌로니아의 법전들 위에 형성되었고, 아카드·엘람·아시리아 제국을 불태운 타르 횃불의 검은 기름으로 그을려 있으며, 살해당한 메소포타미아 신들의 살과 뼈로 빚어졌다. 진창 무덤에 파묻힌 수메르인·아모리인·바빌론인·아시리아인 들의 해골 위로 우마이야조 아랍인들의 해골이 덮일 것이다. 망자들은 이제 열아홉 살 된 몸뚱이를 부르고 있다.

영원한 건 아무것도 없다. 겨우 이까짓 가르침을 배우기 위해 백 년의 권세를 누렸던가? 왕자는 비 내리는 하늘에서 목마른 신의 웃음소리를 듣는다. 이따금 벼락이 내리칠 때마다 적들의 그림자는 점점 더 가까이 다가온다. 아바스가 보낸 병사들이 팔레스타인의 대저택 연회장에서 왕가의 일족을 모두 참수한 뒤, 목이 잘린 피붙이들의 머리를 들고 유프라테스까지 쫓아온 것이다. 학살을 피해 살아남은 왕족은 왕자와 그의 누이들, 형제 야히아 그리고 네 살배기 아들 술레이만뿐이다. 왕자는 일찍이 배편으로 다마스쿠스를 탈출한 누이들 손에 아들을 맡겼다. 두 왕자는 서쪽으로 떠나간 누이들의 반대 방향, 그러니까 유프라테스로 말을 몰았다. 왕위 계승 서열에 따라, 찬탈자들은 왕자들을 쫓아 올 공산이 컸다. 그렇다면 최소한 다른 가족들의 안전만은 보증할 수 있었다. 예정대로라면, 두 왕자는 유프라테스강에서 베두인족의 배를 빌려 바닷길로 빠져나갔어야 했다. 좁은 만들을 지나 아라비아해로 나아간 다음, 아덴만과 홍해를 거쳐 이집트로 이어지는 부메랑 모양의 노선이다. 왕자들은 아직까지 거취를 밝히지 않은 북아프리카 총독들을 회유해 왕조를 되찾을 계획을 꾸미는가? 그러나 유목 민족들은 본능적으로 척박한 토지를 피하고 풍요로운 환경에 이끌리는 법이다. 풋내기 왕자들은 강가에 머무르며 한나절을 기다린 끝에 사공들의 변덕을 알아차린다. 하늘이 다시 한 번 번갯불로 환해진다. 백마 한 마리가 달려와 왕자들 옆에 선다. 고삐를 당기는 사람은 로마인으로, 머리에 흰 케피예를 쓰고 있다. 로마인은 두 왕자와 가벼운 포옹을 나눈 뒤, 하구에 조성된 갈대숲을 가리켜 보인다.

척후병을 몇 명 잡아 죽였는데, 적들이 이미 말에서 내려 숲을 가로질러 오고 있었습니다.

범람원은 강줄기가 분리되며 생겨난 우각호들과 한때 하천이 흘렀던 구하도들 그리고 수천 년 전에 버려진 관개 수로들로 둘러싸여 있다. 적들은 빽빽하게 자라난 갈대숲을 헤치며 힘을 소진한 다음, 질척질척한 습지를 지나며 농경 사회의 옛 잔해들까지 피해 와야 할 것이다. 더군다나 억센 비까지 내리고 있어서, 적들의 화살이 탄력을 잃고 비틀거리거나 비에 젖어 무겁게 추락할지도 모른다. 왕자들은 기진맥진하여 땅에 머리를 박고 쓰러질 때까지 맞서 싸울 수도 있을 것이다. 그들의 선조에 의해 참살당한 후세인 이븐 알리가 그랬듯이. 그러나 야히아 왕자는 강물에 뛰어들 용기도, 찬탈자들과 항전을 벌일 뱃심도 없어 보인다. 그래서 그는 진창 위에 주저 없이 무릎을 깔고 앉는다. 라흐만 왕자가 애써 형제의 몸을 일으켜 보려고 애쓰지만 부질없다. 슬개골은 관절부의 연골들을 보호하는 방패 모양의 뼛조각이다. 약자들은 이것을 땅에 내려놓는 행위로써 자신이 무장 해제되었음을, 또는 모든 자원을 상실하였음을 주장할 수 있다. 그러나 라흐만 왕자가 보기에, 그것은 단지 목을 잘 자를 수 있도록 적들에게 눈높이를 맞춰 주는 일에 지나지 않을 따름이다. 형제는 왕자의 손을 뿌리치며 기어코 다시 무릎 꿇는다.

항복하자, 아우야. 이제 우리는 저들에게 위협이 아니잖아.

왕자의 눈에서 일시에 빛이 사라진다. 어둠 속으로 천천히 뒷걸음질 치는 얼굴 위로 경멸과 저주가 깊은 잉크처럼 번져 나간다. 이 거무튀튀한 액체는 왕자의 얼굴 살갗을 왕실^{خسا} 모양으로 기어간 다음, 모독^{هتك}으로 이어지는 궤적을 남긴다. 이렇게 왕가의 핏줄에 의해 스스로 저질러진 죄목이 굽이치는 아브자드의 연속체로 나타난다. 글자들은 파괴적인 충동을 양분 삼아 성장하는 세포 조직처럼 머리 전체로 뻗어 나가면서, 반역을 도모하는 자의 머리를 치라는 즉각적이고 긴급한 요구를 왕자에게 속삭인다. 왕자는 눈앞에서 벌어진 사건의 하나뿐인 입회자로, 지금 당장 칼을 빼들어 형제의 목을 잘라야 옳다. 그러나 이 반역자는 이미 자기 입을 빌어 내뱉었듯, 더 이상 누구에게도 위협이 아니지 않은가. 왕자는 죽은 선왕들의 꾸지람을 이번 한 번만 흘려 들기로 한다. 이 겁쟁이가 개가 되길 원한다면 그렇게 두어라. 왕자는 앳된 얼굴 위에 얇게 포개어져 있던 케피예를 벗어 바닥에 던진다. 화려한 아라비아 무늬가 수놓인 그 면직물은 우마이야 왕가의 마지막 자비를 드러낸다. 형제의 선택이 오히려 왕자를 막다른 길로 몰아간다. 어쩌면 형제가 말하는 대로 일이 풀릴지도 모를 일이다. 아부 알 아바스는 원하는 모든 것을 이미 손에 넣지 않았는가. 살아남은 왕가의 후손들을 볼모 삼는다면, 충성파 총독들의 잇단 반발도 손쉽게 잠재울 수 있을 것이다. 그래, 아바스 가문의 개가 되어 살아남겠느냐? 손바닥 안에 새겨지는 직사각형 모양의 살 눌림 자국. 그렇다면 끔찍하게 살해당한 혈육들의 원수는 누가 갚아 주겠느냐? 지체 높은 칼리파, 히샴의 손자가 급류 속으로 온몸을 내던진다.

강물은 왕자의 뺨을 함부로 후려갈기고, 벌거벗은 두 발을 물속 깊이 잡아당긴다. 고귀한 육신이 바위에 긁히고 단단한 고체들에 부딪혀 멍들며 사정없이 끌려간다. 잦은 자맥질은 호흡 장애로 이어지기 쉽다. 저절로 벌어진 입 안 가득 강물이 쏟아져 들어온다. 창자가 가죽 부대처럼 한껏 늘어나 터지기 직전이다. 꼴사납게 젖은 머리 가죽 위로 모락모락 김이 피어오른다. 산소 부족의 몇 가지 징후가 찾아온다. 시야가 점점 줄며 모든 사물이 구체적인 형상을 잃고 간단한 색과 비율 속으로 후퇴한다. 뇌로 향하는 혈액의 흐름이 막히며 어지럼증이 찾아온다. 이가 딱딱 맞부딪는 소리. 이 불안하고 간지러운 치경음 속에서 시상 봉합의 균열이 조금씩 벌어지다가 마침내 반쪽으로 쪼개어지는 듯하다. 전해질을 머금은 뇌우 속에서 강력하게 대전된 번개가 왕자의 정수리 위로 감마선을 내리쬔다. 반듯하게 양분된 두개골 이미지가 망막 뒤의 볼록한 곡면을 따라 입사된다. 양쪽 눈의 황반부는 그릇처럼 주둥이가 넓고 바닥이 둥글게 파여 있어서, 누구의 것인지 알 수 없는 머리뼈들을 끊임없이 담아 넣는다. 정을 맞아 깨어진 두개골, 도끼날 끝에서 갈라진 두개골, 쇠꼬챙이에 꿰뚫린 두개골, 돌팔매질당해 부서진 두개골…… 유프라테스는 그것이 삼켜 온 죽음의 모양들을 왕자의 뇌 조직에 손수 각인시킨다. 어두운 교훈은 타박상의 흔적을 빌려 나타난다. 팔과 다리에는 붉은 발적으로, 관절과 인대에는 욱신거리는 염좌로. 종족이 다른 숭배자들에 의해 수천 년 동안이나 섬김받은 이 강물에게 왕자의 죽음은 어떤 감흥도 남기지 못할 것이다. 가장 위험한 시기에 몸을 내던진 까닭에, 강은 왕자에게 가혹한 대가를 강요한다. 강은 왕자가 부친으로부터 상속받은 반지와 목걸이, 팔찌 같은 귀중품들을 먼저 거둔 뒤에, 만족할 때까지 뼈를 부러뜨리고 그것으로도 모자라면 허파 깊숙이 찬물을 부어 넣을 것이다. 물은 상승과 하강의 리듬으로 이루어져 있다. 요람을 흔드는 산모의 손동작처럼. 왕자의 눈꺼풀이 삶과 죽음 사이를 오르내린다. 세계 어디에서든, 물속에서 죽음을 맞는 자들은 에게해의 몽유병 환자들처럼 졸음에 시달린다. 먼저 나른하고 감미로운 히프노스의 자장가에 이끌려 곯아떨어지고 나면, 정신을 아득하게 만드는 모르페우스의 체향을 쫓아 영원히 꿈과 현실의 경계를 헤매게 될 것이다. 밤의 여신 닉스는 먼저 죽음을 낳은 뒤에 잠을 낳았다. 죽음과 잠의 경계가 이처럼 모호하다. 이때 누군가 다급하게 헤엄쳐 와 왕자를 깨운다. 왕자는 멱살이 붙잡힌 채 수면 위로 들어 올려진다. 로마인 바드르가 왕자의 팔을 끌어당겨 목에 두른다.

괜찮습니다. 이제 바다로 나왔어요.

두 사람은 짜고 묽기로 이름난 아라비아의 바닷물에 몸을 맡긴다. 묵상에 잠긴 참례자처럼, 왕자는 젖은 머리를 오랫동안 떨어뜨렸다가 간신히 턱을 들어 올린다. 그들이 떠나 온 유프라테스 강변으로 마침내 아바스 가문의 군인들이 찾아와 있다. 멀리서 형제가 머리에 쓰고 있던 천을 풀어 내려놓는다. 형제는 적들 앞에 기꺼이 얼굴을 내밀어 보인다. 왕가의 용모가 목숨을 지켜 줄 거라는 믿음에 사로잡혀서. 그리고 그 믿음은 날카롭게 손질된 군용 검에 의해 보기 좋게 난도질당한다. 병사들 가운데 둘러싸여 있던 사내가 말에서 내리더니, 형제의 머리카락을 움켜쥐고 그대로 목을 잘라 버린다. 고통을 느낄 겨를조차 없었으리라. 왕자는 경악과 공포 속에서 다급하게 들어 올려진 형제의 두 팔이 뒤늦게 내려가 윗몸과 함께 힘없이 쓰러지는 모습을 지켜본다. 그 처절한 손짓은 군인의 악행을 조금도 지연시키지 못했다. 형제의 참수된 머리가 아바스 가문의 깃발들 밑에서 높이 들어 올려진다. 검은 견직물로 얼굴을 가린 1백 명의 사내들이 말없이 이곳을 쳐다보고 있다. 왕자는 그 눈빛들에서 머리를 돌리지 않는다. 충혈된 두 눈은 죽음의 현장을 떠나지 않는다. 헤엄치며 나아가는 로마인 동료에 의해 맥없이 붙들려 가면서도.

다시. 아바스 가문의 개가 되어 살아남겠느냐? 왕자의 턱이 살며시 뒤로 당겨진다. 비구름 사이로 차가운 달빛이 드러난다. 이제 막 그믐을 통과 중인 달은 태양과 수평에 가까운 위치에 다다르면서, 얇고 희미한 곡선 모양의 뿔을 아래로 드리우고 있다. 피와 죽음으로 물든 레반트 땅에서 축복을 거두어들이려는 어느 남신의 눈꺼풀처럼. 고대 우르인들은 난나의 창백한 얼굴 아래 모든 죄악이 숨김없이 밝혀지리라 기대했지만, 순진한 믿음이다. 악인들은 달빛 속에서 우두커니 자리를 지키고 있다. 그러나 왕자에게는 다른 종류의 믿음이 있다. 알라의 빛은 왕자의 주위에서 넘실거리는 물비늘들을 바느질해 엮고, 투명한 꼬임새 속 하나의 밧줄처럼 내려온다. 왕자는 금방이라도 피를 낼 듯 서늘하고 날카로워 보이는 알라의 직물 밑으로 살며시 손을 넣는다. 알안달루스에서 방목된 양의 털보다 부드럽고, 아라비아 비단보다 얇은 빛의 무늬들이 손가락 움직임을 쫓아 깃털처럼 갈라진다. *아니, 나는 쿠라이시의 매가 되겠다.* 그러자 다시 한번 벼락이 떨어진다. 고막이 아니라 살갗을 진동시키는 굉음이다. 세상이 일순간 환해져, 물에 젖은 양팔의 검은 털과 오돌토돌하게 부풀어 오른 모낭들이 한눈에 들어온다. 오한과 두려움으로 유발된 가상의 자극은 살가죽을 간질이며 왕자를 조롱한다. 흰 갈매기들이 왕자의 머리 위에서 원을 그리며 날고 있다. 왕자는 요람에 뉘인 갓난아기처럼 이 광경

을 올려다보다가 깊은 잠에 빠져든다. 바다는 두 조난자를 죽음과 가장 멀리 떨어진 곳으로 데려가기 위해 물결친다.

나는 원래 테살로니키 출신으로, 그리스 사람입니다. 동로마 제국과 우마이야 칼리파국 사이에 전쟁이 발발하면서, 당시 코미타텐세스로 복무 중이던 할아버지도 최전방으로 끌려갔지요. 유스티니아누스 2세는 제국의 부유하고 유서 깊은 지방: 시리아와 팔레스타인을 아브드 알 말리크에게 빼앗겨 버렸고, 헤아릴 수 없이 많은 군인들이 그곳에서 목숨을 잃었습니다. 물론 우리 가족 역시 할아버지의 시신을 돌려받지 못했어요. 나중에 전해 듣기로는, 상당수의 포로들이 팔다리가 잘리거나 코와 귀를 베이는 등 잔혹하게 훼손당한 모습으로 마레 노스트룸[1]에 던져졌다고 하더군요. 어부들이 말하기를, 바닷물을 머금어 푸르죽죽하게 부풀어 오른 몸뚱이들이 키프로스는 물론이고 로도스와 크레타 해변까지 떠내려와 농게들과 갈매기들의 밥이 되었더랍니다.

그에 대한 보상이라고 해야 할까. 황제는 전사자들의 유가족과 살아남은 군인들에게 농사를 지을 수 있는 토지 문서

---

[1] 이자가 방금 마레 노스트룸 Mare Nostrum, 그러니까 우리의 바다라고 하였느냐? 오만하기 짝이 없는 로마인들은 한니발과 아틸라, 가이세리크 같은 지중해의 재앙들을 겪고도 교훈을 얻지 못한 모양이다.

를 내려 주었습니다. 졸지에 땅 주인이 된 할머니는 어안이 벙벙했는데, 할아버지의 주검과 맞교환한 그 땅이 태어나서 한 번도 가본 적 없는 소아시아의 변경 지방에 처박혀 있었기 때문입니다. 그러니까 식구 모두가 채마밭 짓기에나 알맞은, 손바닥만 한 땅의 소유권을 주장하기 위해 두 개의 바다와 다섯 개의 군관구를 건너가야 했던 겁니다. 상심에 빠져 있던 할머니는 그러나 서둘러 마음을 추슬렀고, 아직 어린 소년이었던 아버지와 형제들을 다그쳐 이삿짐을 꾸렸지요. 아버지가 회상하기로, 여행은 몹시 고되었지만 그래도 콘스탄티노플에 입성하던 순간만은 죽을 때까지 잊지 못하겠다고 하더군요. 제국의 수도는 보스포루스 해협 어귀에 놓여 유럽과 아시아를 나누었는데, 양쪽 세계의 화려하고 아름다운 면만을 받아들여 밤낮으로 근사하게 빛났다고 합니다. 겨우 하룻밤을 묵었을 뿐인데도, 아버지는 어제까지 그곳에서 지내다 온 사람처럼 도시의 아주 사소한 부분들까지 우리 형제들에게 묘사해 주곤 했습니다. 예컨대 장엄한 테오도시우스 성벽의 벽돌들이 박공지붕 형태의 붉은 테라코타 석판들을 이고 있던 모습이라든지, 정교회의 총대주교좌 성당 옥상 꼭대기에 놓인 순은 십자가가 태양같이 이글거리던 광경 같은 것들 말이지요. 어쨌거나 아버지는 형제들과 리카오니아 지방에서 할머니를 모시며 자랐습니다. 그들은 4차 콘스탄티노플 공방전에서 승리하며 성황리에 즉위식을 치른 레온 3세의 군제 개편에 따라 아나톨리콘 테마에 배속되었고, 두 세력의 격전지에 주둔하며 평시에는 쟁기를 들고 전시에는 창을 쥐었습니다. 맡겨진 역할은 간단하고 효율적이었습니다. 중앙에서 파견된 정규군이 도착할 때까지 재산과 목숨으로 적들의 공세를 지연시키는 것이었죠. 이렇게 당신네 왕조로부터 지켜 낸 땅을 저와 다른 형제들이 물려받았습니다. 물론 지금은 모두 불타 없어지고 말았지만요. 침략에 맞서 목숨을 잃은 형제들과 달리, 나는 운이 좋게도 전쟁 포로로 거두어져 명줄을 이어 가게 되었습니다. 무아위야 이븐 히샴, 당신의 아버지에게 말입니다. 그러나 이 시기에 콘스탄티노플 대궁전의 정문에서 예수 성상이 끌어 내려지는 사건이 벌어졌고, 황제는 사방에서 발발하는 성상 수호 운동을 진압하는 데 혈안이 되어 있었습니다. 게다가 투시아에서 봉기한 가짜 황제에게 이탈리아를 빼앗기는 바람에, 변경에서 포획당한 둔전병들의 몸값 따위는 지불할 여력이 없었을 겁니다. 그래서 이후 10년 동안 당신 아버지 밑에서 종군 노예로 여러 전장을 떠돌아다니게 된 것이죠. 우리는 키프로스를 시작으로 앙카라, 니케아, 카파도키아, 아피온에서 싸워 이겼습니다. 당신 아버지는 젊고 용맹한 장군이었습니다. 게다가 걸핏하면 내전에 시달리는 동로마 황제들과 달리 덕망도 높았어요. 그는 사람을 가축처럼 다루지 않았고, 특히 전공을 세운 종군 노예들에게는 신변의 자유까지 베풀어 주었습니다.

  왕자는 목뼈가 부러져 한쪽 어깨 위로 힘없이 기울어

진 머리 하나를 떠올린다. 737년 여름, 남부로 떠나는 원정길에서 낙마하여 불행하게 죽음을 맞은 부친의 사체를 수습했던 것도 이 로마인이다. 스스로 밝히고 있듯, 남자는 이미 오래전에 노예 신분을 벗어던졌지만, 이후로도 줄곧 마르와니드 가문의 심복으로 봉사해 왔다. 불혹을 넘긴 군인의 얼굴은 흰 포목의 부드러운 솔기 아래 덮여 있다. 그럼에도 이마 밑으로 무심하게 불거져 나온 눈썹 뼈만은 채 가려지지 않아서, 웅웅거리는 사막의 바람을 쫓아 섬세하게 움직이는 눈썹의 수를 헤아릴 수 있을 것만 같다. 남자의 두 눈은 모닥불 밑에서 타오르는 불쏘시개들에 사로잡혀 있다. 그리스인 선조들에게 물려받았을 그 유산은 아버지 세대까지만 해도 테살로니키 항구의 광채를 머금고 있었을지도 모른다. 그러나 전장의 먼지 속에서 산란을 다 잃어버린 두 눈은 이제 페르시아의 지층 하부에서 솟아오르는 액체 상태의 불기둥처럼 새까맣게 그을린 모습으로 내내 불타오를 따름이다.

우리가 어디에 와 있지?

바드르가 모닥불 안으로 불쏘시개 하나를 던져 넣는다.

앗사흐라 알 쿠브라.[2] 당신이 이틀이나 기절해 있던 바람

---

2 이 충성스러운 로마인 가신은 아랍의 혀를 빌려 사하라^{Sahara}를 말하고 있다. 아프리카 북부에 드리우운 적도의 그림자, 목마른 죽음, 모래와 먼지 악령들의 사막 어머니 말이다.

에 하마터면 따라잡힐 뻔했습니다.

그러더니 두건 머리띠에 꽂아 두었던 갈대 줄기를 빼서 입으로 씹는다.

이 베르베르인들이 도와주지 않았더라면 틀림없이 그렇게 됐을 겁니다.

왕자는 낙타에 짐을 싣고 사막을 여행하는 상인들의 이야기를 들어 본 적이 있다. 바드르가 일러 주지 않았다면, 왕자는 모든 것이 꿈이었다고 착각했을 것이다. 아라비아 문화의 전통 문양들로 장식된 비단 양탄자가 바닥에 깔려 있고, 값비싼 접시와 도자기 따위가 우아하게 부려져 있기 때문이다. 모든 것이 평온하다. 아무 일도 일어나지 않은 것처럼. 바드르는 천막 바깥에 앉아 불이 꺼지지 않도록 지키고 있다. 아마도 좀처럼 의식을 되찾지 못하는 왕자를 위해 밤새 이런저런 이야기를 떠들었을 것이다. 로마인의 일대기 가운데 앞부분은 모래 알갱이가 섞인 듯 뿌옇고 까끌까끌한 질감으로 뒤얽힌 반면, 뒷부분은 깨끗한 필법으로 정서된 책을 읽는 듯 문장 하나하나가 일관된 발성으로 되살아난다. 바드르는 이제 향신료를 우려 낸 찻물로 천천히 목을 축이고 있다. 두 남자는 야트막하게 열린 천막 덮개를 사이에 두고 대화를 이어 나간다.

우리가 사막에 발이 묶인 동안 아바스가 북아프리카 총독 전원을 다마스쿠스로 불러들였답니다. 왕궁에서 그들의 충

성심을 시험대에 올리겠지요. 불만족스러운 인사는 머리를 자르고 소금에 절여 도시 입구와 시장 길목에 매달아 둘 겁니다. 일단 왕좌에 앉고 나면, 좋든 싫든 수많은 이들의 목을 쳐야 합니다. 왕권이 보장된 적장자들조차도 그렇게 합니다. 당신이 관용을 좀 베풀겠다면 수백 명 선에서 끝낼 수 있을지도 모르겠지만— 왕자여, 정치에서 자비는 그다지 훌륭한 덕목이 아닙니다. 오, 내 말을 믿으세요. 당신이 살려 보낸 젖먹이가 눈 깜짝할 사이에 자라나, 저 성벽 바깥에서 도리어 옥좌를 내놓으라고 고함치는 꼴을 보게 될 테니. 여우 같은 총독들이 공명심을 부추기고, 이권에 밝은 귀족 가문들은 기꺼이 군대를 빌려주겠지요.

로마인은 고개를 들어 밤하늘을 올려다본 다음, 무거운 손바닥으로 두어 번 땅을 두드린다.

무슬림도 그리스도인도 노상 천국을 떠들어 대지만, 사실 그들의 관심사는 지상에 있습니다.

왕자는 로마인의 흉강이 모래와 먼지로 무겁게 눌려 있다는 사실을 알아차린다. 아마도 베르베르인들에게서 건네받았을 찻잎은 말라 죽은 식물의 줄기 표피처럼 바스락거리는 기도 점막들을 잠시나마 축축하게 만들어 줄 것이다. 발등에 떨어진 물방울 한 점에서 유프라테스강 전체와 그 아래 수몰된 시간들을 엿볼 수 있었다면, 양탄자의 삼실 위에 앉은 모래 한 알에서도 사하라 전체가 들여다보일지도 모를 일이다. 왕자는 손끝의 살로 살며시 모래알을 눌러 눈앞으로 가져다 옮긴다. 바람과 또 다른 광물 파편들에 의해 날카롭게 연삭된 이 규산질 결정체는 정육면체 형상으로 파악된다. 왕자는 빛이 아니라 떨림으로 그것을 이해한다. 낱알의 사물이 끊임없이 왕자의 살갗을 밀어내기 때문이다. 이렇게 어떤 사실들은 관찰되지 않고 감각된다. 일반 수학을 가르쳤던 궁정 후견인이 입버릇처럼 강조하던 말이다. 모래 한 알이 오랜 시간 부딪히고 깎인 끝에 사각기둥 모양으로 다듬어진다는 사실은 왕자에게 어떤 가르침을 속삭이는가?

왕자는 상자 하나를 생각한다. 가뭄으로 갈라진 아프리카 대륙의 지표면을 데굴데굴 굴러다니는 정육면체의 굵은 석영 입자 하나를. 이빨만큼 날카롭고 경도가 높은 이 암석 상자는 적도 부근에서 죽음을 맞은 사체들을 잘게 자르고 쓸어 담은 다음, 모래 구름을 따라 지중해를 건너가 눈처럼 땅으로 내려앉는다. 육안으로는 식별하기조차 어려울 만큼 작은 이 사각형 공간들마다 일정한 용적의 죽음이 수납되어 있어, 사막에서 지연된 부패의 징후들이 도시 곳곳으로 퍼져 나간다. 채석장의 돌들과 벌목소의 나무들은 경계를 설정하고 질서를 지탱하기 위해 사각기둥 꼴로 가공되지만, 사막의 모래알은 균형을 허물고 생명을 분해하기 위해 정사면체로 성형된다. 왕자는 적철광이 섞여 붉은빛을 띠는 석영 조각들이 보스포루스 해협 연안의 휘황찬란한 전각 건축물들 위로 내려앉는 모습을 본다. 이들은 콘스탄티노폴리스 대궁전의 구리 정문과 총대주교좌 성당 옥상의 은 십자가, 테오도시우스 성벽의 바위 같은 벽돌들을 향해 일제히 곤두박질친 다음, 틈을 넓히고 구멍을 낸다. 그러니까 시대와 지역을 막론하고 언제나 제국을 무너뜨리는 것은 결국 자연뿐이다. 왕자는 같은 사실을 유프라테스와 사하라에서 두 번 배운다. 아바스가家의 찬탈자들에게 살아서 복수할 수 없다면, 죽어서 그렇게 할 수 있을 것이다. 왕자의 손끝에서 모래알이 굴러떨어진다. 왕자는 그것을 입바람으로 불어 천막 바깥으로 멀리 날려 보낸다.

그렇다면 여기서 끝이로군.

바드르가 불가에 찻잔을 내려놓는다.

왕자여, 내 이야기는 아직 끝나지 않았습니다. 당신은 아라비아 사람이니, 내 이름이 무엇을 의미하는지 알고 있습니다. 당신 아버지는 베테랑 중의 베테랑으로 살아남은 나에게 바드르라는 이름과 한 가지 보물을 남겼습니다. 바드르, 자네 이름은 우리 아랍인들 말로 보름달بدر이라는 뜻이야. 내 여기 잔을 하나 함께 선물하니, 자유의 상징으로 여겨도 좋네. 나의 로마인 친구여, 언제 어디서든 부디 이 잔을 비어 있는 상태로 두지 말게.

로마인의 찻잔을 다시 한번 살펴보기. 몇 모금 남지 않은 찻물로 바닥이 덮혀진 이 비잔틴 양식의 공예품은 찻잔

으로나 쓰기에는 지나치게 사치스러워 보인다. 왕자는 천민과 귀족, 왕과 황제를 불문하고 인간의 입술이 이것에 닿기 위해 다가가는 모습을 감히 상상할 수 없다. 바드르의 보물은 부드러운 모래 더미 아래 받침대가 파묻힌 상태에서도 좀처럼 위세가 꺾이지 않는다. 사막은 어둠 속에서 그것의 가치를 은폐하지 않고 오히려 전면에 드러낸다. 인간은 물론이고 생물의 모든 종을 무릎 꿇릴 만한 빛을 머금은 채, 잔은 베르베르인들이 기르는 가축들; 닭과 양, 낙타 따위를 말없이 쫓아내기까지 한다. 왕자는 그것이 음용수를 따라 마시는 돌그릇 따위가 아니라 왕실의 제사나 종교 예배같이 숭고하고 성스러운 행사에 이용할 목적으로 제작되었으리라 추측해 본다. 어쩌면 물을 받아다가 무덤 위에 붓거나 사람들의 이마에 뿌려서 축복하는 도구가 아니었을까? 그리스도인들의 조상들이 강물에 몸을 담가 죄를 씻었으므로, 매번 사람을 강물에 빠뜨리기 난처해진 후손들은 간단히 물 몇 방울 묻히는 일로 침례 의식을 대신했을지도 모를 일이다. 온 세상의 그리스도인을 요르단 강물에 처박을 수는 없는 노릇 아니겠는가. 만약 그런 목적이 아니라면 한낱 잔 따위에 어떻게 이와 같은 사치를 부릴 수 있었겠는가? 왕사는 동로마 제국의 매장된 주교들이 굶주린 구울ghoul처럼 무덤 밖으로 기어 나와, 잃어버린 유물을 되찾겠답시고 기름진 배를 내밀고 양팔을 휘저으며 비틀거리는 모습을 상상할 수 있다.

　사르데스라는 도시에서 노획한 성작입니다. 우리 조상들이 대대로 가톨릭 신자들이었다는 걸 알고 선물한 것이죠. 가톨릭 신자들에게 이런 잔이 어떤 의미를 가지는지 아십니까? 그들은 평범한 빵과 포도주가 이 그릇 안에서 예수 그리스도의 살과 피가 된다고 믿습니다. 그리고 유다 이스카리옷에 의해 배신당해 끌려가 죽음을 맞기 전, 이른바 최후의 만찬 때 직접 사용되었다는 성배가 아직도 세상을 떠돌아다닌다고 믿고 있지요. 허황된 미신 같은 겁니다.

　천주교 신자들이 죽은 성인의 뼛조각이나 유품을 직접 간수하겠다는 명분으로 세계 곳곳의 봉분을 뒤엎고 다닌다는 사실은 무슬림들 사이에서도 이미 잘 알려져 있다. 이 성상 숭배자들은 최초의 교황으로 추존되는 성 베드로의 유골을 수색하는 과정에서 원수를 갚겠답시고 네로 황제의 무덤을 파괴하는 바람에 지중해 일대에서 두루 악명을 사지 않았던가. 그러나 예수 그리스도가 마지막 만찬에서 사용했다는 포도주 잔이 아직까지 남아 있을 가능성은 희박하다. 왕자는 가톨릭교회가 네로 황제를 시작으로 갈레리우스 황제에 이르기까지 무려 3백 년 가까이 박해받았다는 사실을 궁정 교사들로부터 배워 알고 있다. 학대를 피해 허름한 집과 토굴을 전전해야 했던 초기 기독교도들이 이후 7백 년 넘게 보존될 고가의 공예품을 예배용 성물로 사용할 수 있었을까? 당시 교단의 공금을 관리했던 유다 이스카리옷은 그와 같은 과소비를 쉽사리 용납하지 않았으리라. 예수의 제자들은 그들이 직접 써 남긴 열전들 안에서 교회의 내력을 낱낱이 밝히고 있다. 이 증언들에 따르면, 예수는 언제나 가난하고 병든 하층민들에게 둘러싸여 있었다. 그러므로 이 남자의 손은 나무 접시 또는 점토 그릇, 기껏해야 유리 공병을 들어 올리는 데나 알맞은 품위를 가졌으리라. 그리고 그것들은 얼마 후 깨지거나 부서진 모습으로 방치되어 세상에서 영영 사라져 버렸을 것이다. 왕자는 먼지가 되어 뿔뿔이 흩어진 성물의 행방을 짐작하지 못한다. 은총이 거두어진 자리에 빛바랜 사물의 파편들만이 남아 있을 따름이다.

무슨 생각을 하는지 알겠군요. 나도 당신처럼 의심했습니다. 감히 단언컨대, 성배라는 건 존재하지 않습니다. 적어도 지금은 말입니다. 그러나 나는 오랫동안 고민해 왔습니다. 평화로운 테살로니키에서 태어나고 자란 나의 조부가 시리아에서 죽음을 맞을 수밖에 없었던 까닭은 무엇이었을까. 그 일 때문에 할머니와 함께 아나톨리아로 떠나 온 아버지는 왜 다시 돌아갈 생각을 하지 않았을까. 또, 땅을 물려받은 형제들 가운데 어째서 나만이 살아남게 되었을까. 종군 노예로 최전선에서 싸우면서 어떻게 10년 동안 죽음을 피할 수 있었던 걸까. 다시 말해, 왜 나는 바드르가 되었고, 왜 당신의 아버지는 나에게 이 잔을 주었으며, 어떻게 우리 둘만이 살아남아 이렇게 대화를 나누고 있는 걸까. 밤마다 기도를 올렸지만 신은 응답하지 않았지요.**

바드르가 잔을 밀어 왕자에게 건넨다.

이제 알겠습니다. 나의 모든 삶은 당신에게 이 잔을 건네기 위해 계획되었던 겁니다.

보물은 건조한 모래알들 위로 미끄러져 다가오면서 힘없이 쓰러진다. 왕자는 모래알로 이루어진 이불을 턱밑까지 올려 덮은 채 점잖게 누워 있는 보물을 말없이 내려다본다. 순금 속에서 태어난 식물처럼 단단하고 올곧게 뻗쳐 있는 손잡이 부분의 줄기 장식물 위로 한밤의 불꽃이 비친다. 한편, 잔의 머리 부분은 착색된 석영을 고열에 굳혀 어둡고 붉은빛을 띠는데, 둥글게 벌어진 주둥이를 따라 작은 이빨들이 나 있다. 땅에 떨어지거나 무기와 부딪히는 과정에서 얻은 상흔들일 것이다. 손길이 닿기 어려운 컵의 밑동과 잔 바닥에는 푸르스름한 이끼 곰팡이들이 끈질기게 매달려 있다. 물기가 머물렀던 자리 위로 흰 자실체들이 창백한 그림자처럼 뻗어 나간 흔적이다. 한 줌의 이끼는 왕자의 처지와 닮아 있다. 이 하등한 조류藻類는 세상 어디에도 왕자가 밟고 설 토양 따윈 없다는 사실을 넌지시 속삭이는 듯하다. 땅을 밟는 것은 잠시. 쿠라이시의 매? 웃기지 마라, 도망자야. 너는 결국 죽을 때까지 강과 바다를 헤엄치게 되리라. 왕자는 사지가 이끼로 뒤덮인 채 진흙 벌 밑에 파묻히는 자신의 육체를 떠올리느라 식은땀을 흘린다. 붉게 빛나는 엄지손가락 하나가 다가와 컵의 목덜미 부분을 모래로 덮고는 문질러 닦는다.

왕자여, 우리는 이걸 가지고 알안달루스로 떠날 겁니다. 그곳에서 이 잔을 진짜 성배로 선전하고, 전통 그리스도인들과 정교회 신자들 그리고 유대인들을 맞아들일 겁니다. 그들 앞에서 성명을 내십시오. 선언하고, 약속하십시오. 선왕들과 달리 모든 종교를 차별 없이 대우하겠노라고. 전쟁이 끝나면 성배를 당신들 손에 돌려주겠노라고. 성배를 가진 자에게 알안달루스를 지배할 정당한 권리가 있다고 믿게 하는 겁니다. 그러면 그들은 이베리아반도에서 아바스의 개들을 몰아내는 사업에 기꺼이 힘을 보탤 겁니다. 거기서 우마이야 왕조를 부활시키고, 복수의 기반을 닦읍시다. 내 말대로 하겠다면, 지금 이 잔을 나와 함께 들어 올리십시오.

왕자는 이교도들과 무슬림들이 뒤섞인 혼성 군대가 그라나다 지방의 강줄기를 따라 진군하는 모습을 천천히 지켜본다. 활강 중인 조류의 시점을 빌려, 미래의 병단을 사열하는 것이다. 틀림없이 조상들은 이 같은 불경을 용서하지 않을 것이다. 다마스쿠스의 왕릉에 안치된 선대 칼리파들이 무덤 밑에서 괴롭게 끙끙거리는 소리가 들려온다. 그들의 주검이 아직까지 온전한 모습으로 보전되어 있다면 말이다. 왕자는 이미 오래전에 죽음을 맞은 칼리파들이 찬탈자들의 손에 붙들린 채 매장지 바깥으로 끌려 나오는 광경을 어렵지 않게 내다볼 수 있다. 관이 부수어지고 머리가 잘릴 것이다. 특히 왕조의 마지막 번영기를 이끌었던 칼리파이자 조부 히샴은 내장이 꺼내지고 십자가에 못 박히는 사체 모독을 당하면서도 고집을 꺾지 않을 것이다. *마르와니드 가문의 후손이 이교도들을 속이고 도움을 구걸할 셈이냐?* 왕자는 조부의 시선을 견디지 못해 차라리 눈을 감는다. 로마인이 제안하는 미래에 다른 길은 없다. 선뜻 입을 대기에는 너무나도 쓴 잔이다. 그러나 죽임당할 줄 알면서도 연회에 참석해야 했던 팔레스타인의 가족들을 생각하라. 아바스가 권한 술은 이루 헤아릴 수 없이 고통스럽고 가혹한 뒷맛을 남겼을 것이다. 다시 눈을 뜰 때 에탄올보다 독한 눈물이 뺨을 따라 흘러내린다. 죽은 칼리파들이 침묵 속에서 고집을 꺾고 눈을 감는다. 왕자가 천천히 앞으로 손을 내민다. 두 사람은 잔의 손잡이 부분을 한쪽씩 맞잡고 들어 올린다. 모래가 떨어진다. 차가운 사막 한복판에 쉰 목소리가 홀연히 울려 퍼진다.

예수님께서 돌아가셨다가 다시 살아나셨음을 우리는 믿습니다. 이와 같이 하느님께서는 예수님을 통하여 죽은 이들을 그분과 함께 데려가실 것입니다.[3]

만약 예수 그리스도가 살아 있었다면, 사람의 아들은 이 잔을 포도주로 채우고 직접 축성하여 피로 바꾸었을 것이다. 왕자는 그런 일이 실제로 가능할지도 모른다고 믿는다. 한때 그가 사사했던 자비르 이븐 하이얀은 연금술사로 중동 세계에 이름을 떨쳤고, 스승은 알맞은 촉매만 구할 수 있다면 어떤 물질이든 바뀔 수 있다고 가르쳤기 때문이다. 왕자는 니그레도nigredo – 알베도albedo – 치트리니타스citrinitas – 루베도rubedo로 이어지는 화학적 변성의 과정과 도식을 암기하기 위해 궁궐 내부의 비어 있는 방을 네 가지 색으로 물들여 두었다. 프톨레마이오스가 등속으로 운동하는 별들의 항해표를 납작한 원반 위에 옮겨 그렸던 것처럼. 천문학, 수비학, 기하학을 아우르는 위대한 논고 『알마게스트Almagest』에 따르면, 지구는 엄정한 중심점으로서 영구적인 부동 상태 속에 곯아떨어진 채, 원통의 단면 같은 방사선 무늬들로 둘러싸여 있었다. 점성술사는 히파르코스의 삼각비를 이용하여 정밀하게 측량된 천체의 위치를 가까운 순서대로 하나씩 쌓아 나갔고, 마침내 밤하늘을 지탱하는 네 가지 힘 — 밀어냄, 끌어당김, 부딪힘, 얽혀 듦에 관한 합습을 거대한 동심원 모양의 도상으로 정리하여 내보이기에 이르렀다. 이 도판은 약 2백여 년 뒤 어느 유대인 예언자의 눈에 띄어 과학적인 상상력을 불어넣게 되는데, 이렇게 만들어진 기계가 바

---

3 『테살로니카 신자들에게 보낸 첫째 서간』 4장 14절을 참고하라. 사도 바오로가 의심과 두려움을 호소하던 테살로니키의 형제들을 단속하며 남긴 말이다. 그러나 어떤 문장은 희미한 언령을 미래에 결속시킬 목적으로 되풀이되는 법이다.

로 케로타키스kerotakis: 최초의 연금술 실험 공정이었다. 연금술사들은 증류기와 플라스크는 물론, 응결·승화·배소·가열에 이르는 실험 장치들의 몸통을 예외 없이 원기둥 형태로 제작했다. 평면으로 묘사된 프톨레마이오스의 원판을 보다 입체적인 관점에서 발전시킨 결과물이었다. 이들은 우주를 거대한 마엘스트롬maelström 다시 말해, 수없이 많은 나선형 은하가 적층되어 있는 소용돌이로 판단했고, 그렇기에 모든 물질은 상승하고 하강하는 과정에서 변화를 거친다고 믿었다. 만물은 가장 낮은 상태인 흑색죽음에 머물러 있다가, 백색정화으로 가열되고, 녹색환류으로 용해된 뒤, 적색변성으로 굳어지는 증류기의 궤적을 따르는 셈이다. 자비르 이븐 하이얀은 페니키아 문자로 작성된 에메랄드 태블릿의 8번 조항을 왕왕 기도문처럼 암송하기도 했다. **이것은 땅에서 하늘로 올라가고, 하늘에서 땅으로 내려오고, 모든 것의 아래와 위에 있는 힘을 받는다!** 이제 왕자는 유프라테스의 물방울에서, 사하라의 모래알에서 에메랄드 태블릿의 목소리를 엿듣는다. 그리고 마침내 깨닫는다. 우주는 조석력潮汐力, 사물과 사물 사이의 밀고 당기는 힘이다! 연금술이란 적당한 촉매로 하여금 그 힘을 인위적으로 교란하는 기예이며, 이렇게 우주를 왜곡시킴으로써 탄생하는 작은 혼돈이 바로 현자의 돌이리라! 왕자는 품질 좋은 루비 혹은 결빙된 핏방울처럼 적색 광휘를 내뿜는 그것이 성배 안으로 데굴데굴 굴러떨어지는 모습을 본다.

그렇다면 수난 전날 최후의 만찬은 다음과 같은 절차를 따랐으리라. 예수 그리스도는 먼저 자신에게 드리운 죽음의 그림자를 잔의 바닥에 배치하고, 누룩을 섞지 않은 흰 빵을 집어 들어 여러 조각으로 찢는다. ***이것은 너희를 위하여 내어주는 내 몸이다. 나를 기념하여 이 예식을 행하여라.*** 이제 축복받은 식물; 올리브와 무화과를 짓찧어 나온 기름으로 빵을 적신 다음, 마침내 자신의 살점을 얇게 저며 핏방울 한 덩어리를 잔 안에 떨어뜨린다. ***이것은 내 피로 맺는 새로운 계약의 잔이다. 나는 너희를 위하여 이 피를 흘리는 것이다.*** 이렇게 니그레도와 알베도, 치트리니타스와 루베도가 저녁 식탁 위에서 올바른 순서로 정렬된다. 빵과 포도주가 사람의 살과 피로 변하는 기적이 일어난다. 예수의 손에서 액체 상태의 혼돈이 뚝뚝 떨어져 흐른다.

왕자가 보기에, 로마인의 잔에도 이미 충분한 양의 니그레도가 담겨 있다. 그 잔은 종군 노예를 따라 숱한 전장을 누비면서 재와 죽음으로 충분히 더럽혀졌다. 알베도는 시리아를 떠날 때부터 줄곧 왕자를 쫓아오고 있는 달빛에서, 또는 로마인의 이름인 보름달에서 한 조각 빌릴 수 있을 것이고, 치트리니타스는 베르베르인들이 건넨 찻잎 한 줌으로 충분할 것이다.

아니, 사실 잔은 이미 하나의 전례 도구이자 연금술 비품으로써 흠잡을 데 없이 완벽하다. 잔의 몸체를 이루는 마노와 진주, 이끼 곰팡이가 연성법의 모든 재료와 과정을 상징적으로 암시하기 때문이다. 그렇기에 유리 공병이나 점토 그릇, 나무 접시 따위로 물체를 증류시켜야 했던 예수와 달리, 왕자에게는 오직 루베도만이 요구된다. 예수처럼 스스로의 손을 베어 피를 내겠는가? 물론 그것만으로도 작은 기적은 일으킬 수 있을 것이다. 그러나 왕자는 맹세한다. **나는 이 잔에 내 피는 한 방울도 떨어뜨리지 않으리라.** 모래 먼지와 같은 질감의 목소리로. **나는 이 잔을 적들의 피로 가득 채우겠다.** 왕자는 세비야 지방에서 치러질 미래의 전투에서 말들이 창에 찔리고 수많은 머리가 몸통으로부터 달아나는 광경을 미리 목격한다. 알안달루스의 토양은 섬뜩한 죽음으로 물들고, 폐허가 되어 불타오르며, 연둣빛 시체들과 버려진 납덩어리들 밑에서 녹슬어 퇴색된다. 이베리아는 하나의 거대한 성배이다. 토사 하나하나가 적들의 피를 남김없이 들이마실 것이다. 자비르 이븐 하이얀은 고작 금 한 조각을 얻기 위해 한평생을 바쳤지만, 왕자는 몰락한 그의 왕조를 새로운 그릇 안에서 손수 연성해 내리라. 필요하다면 온 이베리아 땅을 케로타키스에 넣고 증류시켜 버리는 한이 있더라도. 지브롤터 해협의 곶들과 피레네산맥의 산봉우리들이 조석력으로 흔들리며 전율한다. 멀리 시리아에서 유프라테스의 물방울들이 타올라 하늘로 날아간다. 여기 북아프리카에서 사하라의 모래알들이 얼어붙어 땅으로 떨어진다.

 왕자가 밤하늘을 향해 성배를 들어 올리며, 피로에 잠긴 목소리로 외친다.

 인샬라إن شاء الله!

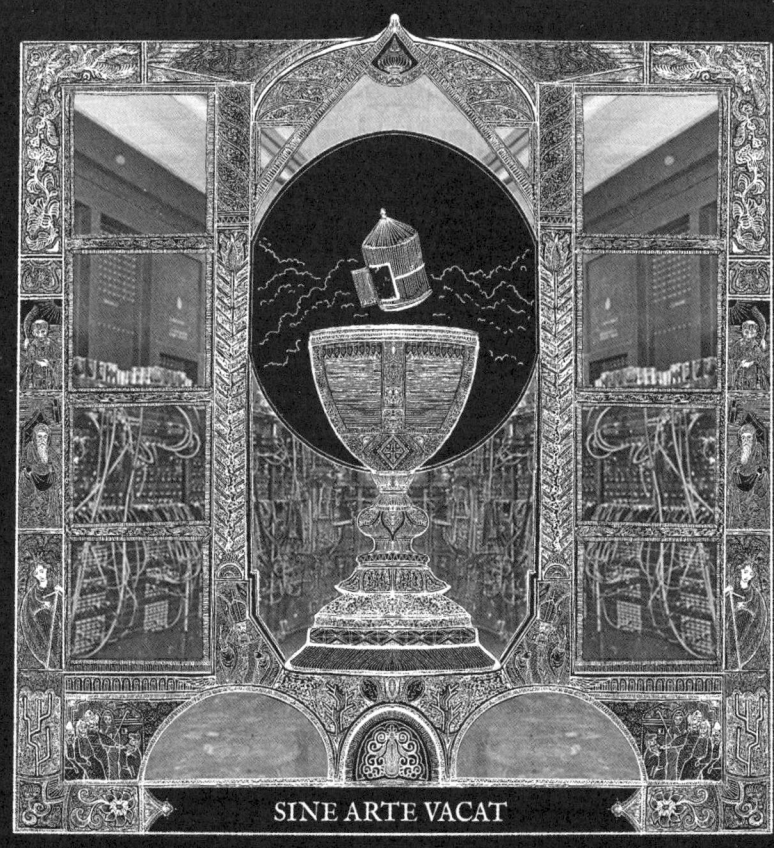

SINE ARTE VACAT

한밤중의 전화

(통화 연결됨)

여보세요?

        나야, 로라.

그래, 잘 지냈어?

        어쩜, 뻔뻔하기도 하지. 시치미 떼지 마, 인간아. 내가 이혼할 때 두 손을 빌면서 부탁했지. 제발 조용히 좀 지내라고. 우리 아이들을 위해서라도. 그런데 1년도 채 안 지나서 또 경찰들이 우리 집에 찾아오게 만들어?

경찰이라니?

솔직히 말하는 게 좋을 거야. 이번 사건, 아는 거 없어?

로라, 정말 미안한데 대화를 못 따라가겠어. 무슨 사건을 말하는 거야?

페트리, 당신이랑 당신 옛 동료들의 이름이 용의선상에 올라 있다고. 국가 경찰들이 며칠 전에 당신 집으로 찾아갔다는데 폐건물이었다고 하더라. 신분증에 또 유령 주소와 가짜 모빌을 써낸 거지? 도대체 어디서 뭘 하고 있는 거야? 뉴스는 좀 보고 사는 거야?

잠깐만, 끊지 말고 기다려 봐.

(마우스 클릭 소리)

[속보: 발렌시아 대성당의 거룩한 성배, 도난당하다]
[발렌시아를 떨게 한 공포의 20분, 복면 쓴 괴한들이 성상 앞에서 신성 모독을 저지르다]

[세계적 국보 도난에 프란치스코 교황, 〈어려운 시기에 악몽 같은 일 일어나…… 깊은 슬픔〉]
[필리페 6세, 스페인 국민의 범민족적 협조 당부하다]

(마우스 클릭 소리)

〈테러/범죄〉
국가 경찰, 국내·외 테러 단체 지목하여 〈모든 수단 동원하여 되찾을 것…… 타협 없다〉
국가 경찰이 성배 도난 사건의 용의자들을 수색 중이며, 반이민 정책과 불법 체류자 단속을 강화해야 한다는 안보 전문가들의 의견에 힘이 실리고 있습니다.
페르난도 그란데마를라스카 내무부 장관은 지난 8일 산타 마리아 대성당에서 발생한 성배 도난 사건을 테러 단체의 소행으로 일축했습니다. 오늘 아침 국무회의에 참석하기 위해 몽클로아궁을 방문한 그란데마를라스카는 발렌시아 공동체의 호르헤 마누엘 마르티 로드리게스 경찰서장이 기자 회견에서 발표한 사건 경위를 언급하며, 〈모든 부처에서 현장 상황을 주시하고 있다〉고 덧붙였습니다. 범죄자들의 범행 동기에 관해서는 도난 과정이 〈조직적이고 전문적으로 이루어졌다〉며, 〈사전에 계획된 테러 범죄로 보고 있다〉고 입장을 밝혔습니다. 한편, 범행을 저지하는 과정에서 범인들이 소지한 총기에 중상을 입고, 인근 병원으로 옮겨져 현재 입원 치료 중인 파울라(56) 수녀에게는 〈쾌유를 바란다〉면서도, 〈무기를 소지한 테러리스트에게 맞서는 행위는 안전하지 않다〉고 못 박았습니다. 경찰 관계자는 내무부 장관의 이 같은 발언이 사건 직후 발렌시아 공동체 시민들을 중심으로 확산되고 있는 민간 차원의 대테러 색출 활동을 의식한 것으로 해석된다고 전했습니다. 최근 총리 관저와 국방부, 주스페인 대사관들을 대상으로 벌어진 연쇄 우편 폭탄 테러로 긴장감이 고조되고 있는 가운데, 일각에서는 지난 2017년 바르셀로나·캄브릴스의 악몽이 재현되는 게 아니냐는 우려의 목소리가 나오고 있습니다. 당국은 현재 지역 경찰 인력과의 긴밀한 공조하에 수사망을 좁히고 범인들의 예상 도주 경로를 봉쇄하는 한편 GRECO, GOES 등 기관 내 특수 부서를 투입하는 안건을 검토 중인 것으로 알려졌습니다.

지난 8일 새벽 발생한 성배 도난 사건으로 스페인은 물론 전 세계의 가톨릭 신자들이 충격에 휩싸였습니다. 발렌시아 대성당에 안치되었던 성배는 예수 그리스도가 최후의 만찬 때 직접 사용했다고 전해지는 성유물로, 베드로에 의해 히스파니아 지방으로 처음 옮겨진 뒤 로마 제국과 무슬림 세력들의 박해를 피해 지난 8일까지 산타 마리아 대성당에서 보존을 맡아 왔습니다.

예수회 소속 페르난도 마르티네스 바르톨로메오 신부는 이번 사건을 생계형 범죄로 보는 것은 옳지 않다며, 〈단순히 수익을 챙기려는 목적으로 성배를 훔치지는 않았을 것〉이라고 주장했습니다. 이어서 그는 〈범인들은 그들이 강탈하려는 보물의 가치를 정확히 파악하고 있었다〉고 설명했습니다. 한편, 발렌시아 대교구의 교구장직을 맡고 있는 엔리케 베나벤트 주교는 현재 집무실에서 두문불출인 것으로 전해지고 있습니다.

뉴스 / 사회

로라, 아이들을 걸고 말할게. 난 모르는 일이야.

아니, 함부로 그렇게 말하지 마. 당신이나 당신 동료들이 아니라면 누가 이렇게 대담한 일을 벌일 수 있겠어?

나라면 IS를 먼저 의심하겠어. 놈들은 이미 알카에다 시절에 마드리드를 초토화시킨 적이 있잖아. 2017년에는 바르셀로나에서도 같은 짓을 벌였고. 게다가 이베리아 전체가 원래 무슬림의 영토였다는 명분까지 있으니, 이제 와서 이슬람 세력에 의한 국토 회복 운동을 전개한다고 주장해도 이상할 게 없지 않아? 빌어먹을, 로라. 물론 내가 ETA[4] 단원 시절에 몇몇 용서받기 힘든 짓들을 저지르긴 했지만, 이놈들과 같은 족속으로 묶지는 말아 줘.

좋아, 무슬림들의 소행이라고 치자고. 그들이 하필 성배를 훔친 이유는 어떻게 설명할 수 있는데?

들어 봐. 이제는 아무도 믿지 않는 미신이지만, 이베리아반도를 두고 벌어진 7백 년간의 레콩키스타 기간 동안 가톨릭 왕국들과 이

---

[4] 바스크와 자유 Euskadi Ta Askatasuna 라면, 1959년 바스크 분리주의자들에 의해 창설된 무장 조직을 말하는 것이다. 파시즘 정권에 대항하여 일어났던 투쟁은 국가 단위의 폭력을 중단시키려는 목적으로 벌어졌지만, 결국 또 다른 국지전들만 낳았을 따름이다.

슬람 세력 어느 한쪽도 전쟁을 끝낼 수 없었던 이유가 바로 성배에 있다고 들었어. 성배를 가진 자가 이베리아를 다스린다는 믿음이 대대로 전해져 내려와서, 성배의 행방에 따라 전세의 향방도 정해졌다지. 내가 이걸 어떻게 알고 있는지 더 이상 숨길 필요도 없겠지. 왜냐하면 한때 우리도 그걸 훔치려고 했었으니까. 그 잔에 실제로 어떤 기적 같은 힘이 있다고는 믿지 않아. 하지만 어떤 물건들은 단지 주인이 바뀌는 것만으로도 값어치 이상의 역할을 해내거든. 만약 성배가 지하디스트 놈들의 수중에 들어갔다면, 이 나라 사람들은 몇 주 뒤 IS의 관영 통신 채널에서 이라크나 시리아 어딘가로 옮겨진 성배의 모습을 보게 되겠지.

역사 수업 고맙네, 페트리. 잘 들었어. 하지만 국가 경찰 간부들이 당신 말을 믿어 줄 거라고 기대하지는 않는 게 좋을 거야. 결국 당신도 심증뿐이잖아. 가설만으로는 아무런 효력도 없는 거 몰라? 이 사람들 눈에는 당신과 당신 동료들도 그냥 용의자일 뿐이야. 도망 다니면 다닐수록 혐의만 쌓이겠지. 아이들을 생각해서라도 제발 자수해. 그러면 최소한 아이들이 등·하교 시간에 경찰들에게 감시받으며 불안에 떠는 일은 없겠지. 아니면 전직 테러리스트의 자식이라고 소문이라도 나

길 바라는 거야?

빌어먹을. 내가 잘못하지도 않은 일에 왜 나서서 자수를 해야 해? 게다가 우린 2018년에 모든 활동을 접고 해산했다고. 그걸로 충분하지 않은 거야?

경찰서에 가서 그렇게 이야기해. 가서 똑같이 이야기하라고.

로라, 경찰들이 지금 우리 통화를 도청 중인 거 다 알아. 이 전화를 엿듣고 있는 놈들에게 말하는데, 우리 전직 ETA 요원들은 이번 사건과 아무 관련 없다. 국방부와 공군 기지를 폭파시키고, 우크라이나 대사관과 미국 대사관에 폭탄을 배달한 놈들이 우리보다 훨씬 더 이 사건에 깊이 연루되어 있겠지. 얼마 전에는 인스탈라사 본사에도 폭탄이 도착했었다며? 그놈들이 러시아-우크라이나 전쟁에 무기를 대주었으니, 지난달 24일부터 벌어지고 있는 일련의 우편 폭탄 테러 사건의 배후가 누군지는 여덟 살 난 내 아들조차도 지목할 수 있을 텐데. 러시아 놈들에게나 가서 따지라고. 우리는 빌바오에서 아주 조용히 지내고 있으니까 말이야. 계속 내 가족을 위협했다가는 나조차도 내가 어떤 일을 저지를지 모른다는 점만 경고해 두지.

페트리, 이 나쁜 새끼. 넌 진짜 너밖에 몰라.

로라, 하나만 부탁할게. 제발 아무도 믿지 마. 지금 내가 당신에게 알려 줄 수 있는 건 다음 총선이 코앞이라는 거야. 프랑코의 독재 정권이 몰락한 이후, 지금까지 스페인 정치판은 사회노동당 놈들과 국민당 놈들 잔치판이었지. 특히 국민당 놈들은 자신들의 옛 주인이었던 독재자를 배신하고 물어뜯는 방식으로 구질구질하게 표를 얻었잖아. 독재 정권 시절에 실컷 두드려 맞았던 사회노동당 놈들도 똑같은 방식으로 인기몰이를 했고. 마치 배설물에 파리가 꼬이듯이. 두 정당 모두 프랑코를 비난하고 극우주의를 경계하며 득세했다는 점에서 노선이 같다는 말이야. 바스크 사람인 내 눈에는 그놈이 그놈이야. 그런데 지난 2019년 총선에서 프랑코를 계승하는 극우주의 정당이 대의원에 52석을 확보했어.

VOX 말이야?

그래, 그 독종들은 심지어 자기들 성향을 감추지도 않지. 그런데도 스페인 국민들은 그놈들에게 표를 몰아줬어. 로라, 지금 당신 집 앞 골목에서 잠복 중인 형사나 이 전화를 엿듣고 있는 국가 경찰 정보원들이 그 정당의 지지자일 수도 있다는 이야기야.
로라, 시대가 거꾸로 가려 하고 있어. VOX가 총선 두 번 만에 사회노동당을 누르고 대의원을 장악하는 일은 물론 일어나기 쉽지 않은 시나리오야. 그렇지만 놈들이 제1야당으로 올라서기만 해도 국민당의 정치 자원을 흡수하는 건 일도 아닐 거야. 놈들로서는 스페인 정치판을 양당제로 끌고 가기만 해도 성공이야. 극우주의자들의 목소리가 커지면 우리 바스크인들과 카탈루냐인들, 이슬람계 민족들이 가장 먼저 화를 입겠지. 프랑코가 우리에게 저지른 일들이 반복될 거야. 당신이야 마드리드에서 태어난 카스티야 사람이니까 안전하더라도, 내 피가 섞인 아이들이 어떤 대우를 받을지 장담할 수 없어.

로라, 거기 있어?

       페트리, 당신이 무슨 말을 하고 있는지 모르겠어.

성배를 훔친 진범이 IS나 러시아 그리고 우리 ETA와 전혀 관련 없는 놈들일 수도 있다는 이야기야. 내 말 알아들어? 다가오는 총선에서 반드시 이겨야만 하는 놈들이 벌인 자작극일지도 모른다고. 놈들은 아직도 프랑코가 군부와 결탁한 발렌시아 사제들에게 성배를 전달받은 덕분에 내전에서 승리했다고 믿으니까. 다시 한번 성배를 수중에 넣어서 스페인을 차지하려는 속셈인지도 모르지. 일단은 지금 당장 이 전화를 끊고 당신 부모님 댁으로 가.

페트리, 경찰들이 집 앞에 찾아왔어.

로라, 로라?

(통화 끊김)

불새의 춤

삶은 종종 흐른다고 표현된다. 강물처럼. 일정한 속도로 끊임없이 이동하는 유동체의 이미지. 영어 단어 Life는 발음하기 어려운 조건들로 만들어지지 않아서, 아직 앞니가 덜 자랐거나 이제 막 유치를 뽑은 아이들조차도 정확하게 발음할 수 있다. 그것은 작은 동굴 같은 아이의 턱을, 부드럽고 뜨거운 구강 점막들을 한 바퀴 여행한 뒤에 제자리로 돌아와 주저앉는다. 아이들은 혀 아랫바닥을 따라 가느다랗게 형성된 힘살로부터 침방울이 솟아오르는 것을 느끼고, 이렇게 생명이라는 낱말이 강굽이 모양의 움직임과 탄산 캔디 같은 거품들로 이루어져 있다는 사실을 깨우친다. 언어학자들은 영어 단어 Life를 포함하여 유럽과 서아시아, 남아시아 지역에서 생명을 의미하는 어휘들이 원시 인도유럽어 ley-에서 유래했다고 설명한다. ley-는 미끄러지다, 라는 뜻이다. 그러니까 어떤 사람들에게 삶은 미끄러짐이다. 강물이 높은 곳에서 낮은 곳으로 미끄러지듯이. 삶이 선의 모양으로 미끄러진다는 상상력은 기대감을 불러일으킨다. 그래서 사람은 그가 아무것도 하지 않더라도 삶이 그를 어디론가 데려가 줄 거라고 믿는다. 이것은 하나의 관점이다. 그렇다면 삶은 비디오테이프나 스크롤바와 같이 얇고 납작한 선 형태의 축을 따라 연속되는가? 사람은 평면으로 틀 지어진 2차원의 영토를 벡터 또는 플리커처럼 가로지르는가? 신은 인간을 라인line-러너runner로 창조했는가? 아니, 요한 제바스티안 바흐는 동의하지 않는다.

> 예수님을 죽은 이들 가운데에서 일으키신 분의 영께서 여러분 안에 사시면, 그리스도를 죽은 이들 가운데에서 일으키신 분께서 여러분 안에 사시는 당신의 영을 통하여 여러분의 죽을 몸도 다시 살리실 것입니다. (「로마 신자들에게 보낸 서간」 8장 11절)

바오로 신부는 렌페를 타고 이동하는 동안 2012년 암스테르담에서 녹음된 바흐의 종교 음악을 들었다. 작품 번호 227번 「예수, 나의 기쁨Jesu, meine Freude」— 튀링겐주 출신의 어느 독실한 프로테스탄트 작곡가는 평생 1천여 곡이 넘는 음악을 만들었지만, 모테트는 고작 여섯 곡밖에 남기지 않았다. 마치 특별한 기회를 위해 아껴 두기라도 했던 것처럼. 실제로 바흐는 어느 한 곡도 허투루 낭비하지 않았는데, 작센 지방의 선제후 프리드리히 아우구스트 1세의 생일을 기념하여 작곡되었다고 전해지는 「새 노래로 주를 찬양하라」조차도 축하연과는 사뭇 거리가 있었다. 바흐는 아첨이나 늘어놓을 속셈으로 이 음악을 만들지 않았고, 오히려 루터교 찬송가와 시편 5권에서 직접 엄선한 성경 본문을 독일어 가사로 옮겨 썼다. 225번과 230번 작품을 제외하면, 나머지 네 곡의 모테트는 모두 성 토마스 회중의 저명한 인사들을 추모하기 위해 작곡되었다. 음악사학자들은 1723년에서 1727년 사이에 만들어진 일련의 애상곡들을 바흐식 장례 음악으로 묶어서 소개하는 편을 선호했지만, 바오로 신부는 227번 작품만을 오랫동안 즐겨 들었다. 이 작품은 라이프치히 우체국장의 부인 요한나 마리아 카신의 추도식을 앞두고 작곡되었지만, 영원한 이별과 사망의 고통을 노래하지 않았다. 여섯 개의 모테트 가운데 가장 길면서 단연 수준 높은 이 합창곡은 요한 프랑크의 코랄 가사와 「로마 신자들에게 보낸 서간」 8장에서 발췌한 성경 본문으로 조합되었는데, 죽음Tod · 사탄Satan · 지옥Hölle에서 낮은 음으로 하강했다가 예수Jesus · 기쁨Freude · 자유Frei에서 높은 음으로 상승하는 워드 페인팅 기법에 의해 아찔한 낙차를 실감할 수 있었다. 게다가 바흐는 프랑크의 찬송가 6개 연과 「로마 신자들에게 보낸 서간」 8장의 5개 구절들을 마치 대결시키듯 번갈아 끼워 넣었는데, 이렇게 대칭 관계로 맺어진 두 개의 외부 텍스트가 매 절마다 전통적인 교회 음악의 고집스럽고 따분

한 심미적 규율을 깨뜨릴 때 모종의 쾌감이 뒤따랐다. 마지막으로, 9악장에서 네 번 반복되는 **Gute Nacht**는 알토에 정선율을 놓고 소프라노 두 명과 테너의 목소리로 하늘 끝까지 고양되어, 석별의 정을 나누는 작별 인사가 아니라 지상의 죄와 육신이라는 허물을 단호하게 거부하는 명령처럼 받아들여졌다. 그러므로 「예수, 나의 기쁨」은 제목 그대로 죽음을 두려워하지 않으며, 무덤에서 일어나 영원히 살아갈 것을 확신하는 노래이다.

> *Gute Nacht, o Wesen, Das die Welt erlesen, Mir gefällst du nicht.*
> 잘 자거라, 뭇 존재들아. 너희 유혹에는 기쁨 한 점 없다.
> *Gute Nacht, ihr Sünden, Bleibet weit dahinten, Kommt nicht mehr ans Licht!*
> 잘 자거라, 죄악이여. 저 멀리 떠나 다시는 빛으로 나오지 말라!
> *Gute Nacht, du Stolz und Pracht!*
> 잘 자거라, 오만과 호사여!
> *Dir sei ganz, du Lasterleben, Gute Nacht gegeben.*
> 모든 악덕과 죄 많은 삶이여, 이제 모두 잠들기를 바라노라.

클래식을 전공한 사람은 바흐의 악보에서 오스티나토를 발견하지만, 신학을 전공한 사람은 동일한 악보에서 오르가눔을 느낀다. 작곡가들은 오스티나토에서 맥동하는 음형을 파악하지만, 신학자들은 오르가눔에서 공전하는 음성을 듣는다. 신학 대학에서 교회 음악 과목을 가르쳤던 미카엘 신부는 언젠가 이렇게 이야기한 적이 있다. **자네는 음악가가 되려고 신학 대학에 왔나?** 교수는 신학생들로 구성된 연말 합창 대회를 앞두고 낙담에 빠진 학생 하나를 내려다보고 있었다. 교황청립 성 음악 대학에서 무려 8년간의 수학을 마친 뒤, 고국으로 돌아와 교회 음악 과정을 가르치게 된 미카엘 신부에게도 그런 시절이 있었지만 아무도 믿지 않았다. 교수는 고등학교를 졸업할 때까지 악보 한 줄 읽지 못했다는 이야기를 부끄러움 없이 고백하더니, 오른손 검지를 들어 자기 귓불을 가리켜 보였다. **바오로, 주님은 여기가 아니라—** 그러고는 같은 손가락을 다시 가슴 한쪽으로 옮겨 가볍게 두드렸다. **여기에 대고 말을 거신단다.** 그러니까 바오로 신부가 악보에서 찾아내야 하는 내용은 복잡한 화성학적 장치나 철저하게 계산된 아티큘레이션 따위가 아니라 작곡가의 마음, 악보 종이만큼 순수한 내면뿐이었던 셈이다. 신앙심에 의해 굴절되어 보석처럼 빛나는 요한 제바스티안 바흐의 영혼! 바오로 신부는 회상한다. 오직 그것만이 바흐의 음악에서 들을 수 있었던 단 하나의 가르침이었다고. 그래서 유학 생활을 마친 뒤 교구로 돌아가 보좌 신부직을 맡게 되었을 때, 그에게는 한 가지 꿈이 있었다. 본당 성가대를 교구 제일의 합창단으로 올려놓고 말겠다는. 그러나 단원 대부분은 이미 살림이 빠듯해 따로 연습 시간을 뺄 수 없었고, 젊은 신부의 간곡한 요청에도 하나둘 성가대 가운을 벗었다. 신부는 어쩔 수 없이 청년부에서 인원을 보충해야 했는데, 그때 자진해서 지원서를 냈던 아이들 가운데 의외의 인물이 있었다. 언제나 말없이 주말 저녁 미사 시간에만 나타나던 아이. 헬레나였다.

헬레나, 그 아이를 어떻게 잊을 수 있을까? 신부는 그 아이를 죽을 때까지 잊을 수 없을 것이다. 신부는 수십 명의 성가대 단원들 사이에서도 그 아이의 목소리를 금방 찾아낼 수 있다. 콘트랄토의 희귀한 음성을 가졌던 그 아이는 소프라노뿐이었던 여성 단원들에게 앞뒤로 에워싸인 자리에서도 손쉽게 조성을 만들어 냈다. 신부는 성가대 연습 시간이 끝나면 청년부 아이들을 불러 모아 간식을 사주곤 했다. 학업에 시달리느라 있는 그대로 즐기기에도 부족한 청춘의 귀한 시절을 서슴없이 합창 연습에 할애하는 아이들이 무척 대견해 보였던 것이다. 신부 그 자신은 일찍이 이런 삶을 선택했다. 그에 따르는 수고와 부담은 직업인으로서 앞으로도 내내 감내해야 할 테지만, 아이들은 아니었던 것이다. 아이들은 순전히 봉사심으로 미사에 참석하고 성가대에 서서 노래를 불렀다. 작년 겨울에는 미사가 끝나고 아이들과 분식집에 가서 떡볶이를 나누어 먹었는데, 입시를 갓 끝마친 몇몇 아이들이 우물쭈물하다가 어렵게 입을 뗐다. 합격한 학교와 거리가 멀어 기숙사에 들어가게 되었다든가, 학과 활동을 하고 싶어서, 혹은 이른 군 입대 때문에 결국 성가대를 그만두어야 할 것 같다는 이야기들이 이어졌다. 아이들과 이별을 해야 한다는 사실은 서운하지 않았다. 일찍이 예감했던 미래였다. 다만 아이들이 그런 이야기를 꺼내면서 신부의 마음을 다치게 할까 봐 염려하며 말주변을 삼가는 것이 못내 슬펐다. 아이들은 홀로 남겨질 신부를 한마음으로 걱정하고 있었다. 물론 신부는 혼자 남겨지지 않을 것이다. 보좌 신부로서, 그는 여전히 본당의 수도자들과 소통하고 신도들을 상대로 사목 활동을 펼치는 것 외에도 여러 직분을 성실하게 수행해야 했다. 그러나 문자 그대로의 의미를 떠나 생각하면, 아이들의 우려에도 일리가 있었다. 신부와 아이들은 0과 1의 관계 안에 있다.

  기하학적인 관점에서 신부와 아이들은 같은 차원에 속하지 않는다. 신부는 0, 그러니까 한국어로는 영靈으로도 발음되는 점dot의 세계에 속박되어 있다. 단순하며 이질적인 이 도형은 마치 영성처럼 너비와 길이, 크기를 가지지 않는다. 단지 야훼가 우주 어딘가에 기입한 가상의 좌표로서 내내 같은 자리에 머물러 있을 따름이다. 시간이 지나면서 신부의 육신은 0의 중심부를 향해 점점 기형적으로 오그라들다가 마침내 경추와 미추가 맞붙은 원형의 주검으로 쇠퇴하고 말 것이다. 영원을 상징하는 만고불변의 다이어그램; 자기 꼬리를 물고 있는 우로보로스처럼. 반대로 아이들은 1, 우리말로는 일로 발음되는 선^{line}의 세계를 살아갈 것이다. 0과 영靈이 그러하듯, 1과 일도 명확하게 구분되지 않는다. 누구든지 1과 관계 맺지 않고 살 수는 없다. 1은 명령하고, 1은 부과되고, 1은 갱신된다. 그래서 1은 대개 일이다. 일이 반드시 노동이나 목표만을 지시하는 것은 아니다. 차라리 상황이라고 말하는 편이 정확하다. 아이들은 일을 맞닥뜨릴 때마다 구부러지거나 회전하면서 나아갈 것이다. 신부는 유연하게 연장되는 삶의 궤적들을 직교 좌표계 위의 선분들처럼 헤아려 보았다. 아이들은 매일매일 한 걸음씩 멀어져 가는 반면, 신부는 기약 없는 기다림 속에 무표정하게 남아 있을 따름이다. 0은 영원이고, 1은 일상이다. 아이들은 이 같은 사실에 겸연쩍음을 느끼고 있었다. 신부는 내색하지 않고 도리어 너스레를 떨었다.

괜찮아, 애들아. 내 삶은 태어날 때부터 이렇게 정해져 있었던 거야.

그리고 이때 헬레나가 굳은 표정으로 말했다.

아니요, 신부님. 미리 정해진 삶 같은 건 없어요.

그러나 이 말은 왜인지 헬레나 그 자신에게 하는 말 같았다고, 신부는 생각했다.

바오로 신부는 레이나 광장 인근의 임대 주택 입구에서 한동안 시간을 보낸다. 열쇠 구멍과 모양이 일치하는 쇳조각을 얼른 찾아 돌리지 못하는 까닭이다. 신부가 예약한 숙소는 발렌시아 대성당과 레이나 광장 사이에 조성된 작은 골목 안에 위치해 있다. 신부는 숙소에 도착하자마자 성당을 방문할 계획이었지만, 불행하게도 실행에 옮기지는 못했다. 라 세우La Seu로 이어지는 골목마다 임시 검문소가 설치되어 수시로 보행자들에게 신분증을 요구했다. 성당 주위로 한 개 대대급의 경찰 인력들이 널찍하게 폴리스 라인을 치고 둘러서서 시민들의 접근을 가로막고 있었다. 소식을 듣지 못해 낭패를 본 관광객들은 실망스러운 표정으로 구시가지를 떠났지만, 미사에 참석할 수 없게 되었거나 경찰들이 사건을 제대로 해결하지 못한다는 이유로 화가 난 현지인들은 북쪽의 처녀 광장과 남쪽의 레이나 광장에 남아 집단 농성을 이어 갔다. 겨울철 부슬비 속에서 발렌시아 시민들의 오른팔이 피뢰침처럼 뾰족하게 솟아올라 있던 모습. 하나같이 거꾸로 뒤집힌 엄지손가락들은 항의와 반발을 드러내는 짧고 뭉툭한 깃발로서 군중의 머리 위에 꼿꼿하게 게양되어 있었다. 가벼운 불평들 가운데 이따금 비난이 섞여 있던 시위대의 목소리는 순식간에 과격해졌는데, 경찰 측 고위 인사의 기자 회견이 불씨를 지핀 것 같았다. 성명문은 다만 회유조로 부드럽게 굴절되었을 뿐, 집으로 돌아가라는 명령에 양보 따위는 찾아볼 수 없었던 것이다. 신부는 복면을 뒤집어쓴 젊은이들이 대오의 전열에 서 있는 경찰들 앞으로 다가가 코끝에 손을 올리고 손가락을 흔드는 모습을 보았다. 그들은 협력을 거부하는 공권력에 소리 높여 야유를 보냈다. 성배를 도난당한 발렌시아 대성당은 거룩한 빛과 축복을 잃은 채 조롱과 모욕으로 더럽혀진 125미터 높이의 석회암 기둥처럼 광장 한가운데 우뚝 서 있었다. 시민들은 허파 바깥으로 비어져 나온 들숨을 목구멍 뒤에 가두어 두었다가 후설 홀소리 위에 내려앉혔는데, 이렇게 후두를 파열시키는 방법으로 조음된 글자들은 낱낱의 공기 입자들을 찢어발기면서 안정된 대기의 배열을 망가뜨렸다. 광장은 빗줄기 속에서 피어오르는 성원의 목소리로 뿌옇게 안개가 끼어 갔다. 경찰들은 간간이 확성기를 들고 시위대와 소통하려고 애썼지만, 머지않아 방패를 들어 올려야 할 것 같았다. 신부는 구시가지를 성곽처럼 에워싼 13세기의 점토 구조물들이 위태롭게 휘청이는 것을 느꼈다. 병들고 갈라진 카스티야어와 발렌시아어는 시간이 그들 유적에 남긴 균열들을 상처처럼 열어젖히면서 더 많은 벌레 구멍들이 나타나게 만들고 있었다. 신부는 8백 년 전에 재건된 발렌시아의 몸체가 일시에 무너져 내려, 그 둔중한 잔해들이 광장의 모든 인파 위로 산사태처럼 쏟아지는 광경을 상상했다. 로마인들에게, 또 무어인들에게 이미 수차례 허물어졌던 도시가 이제 시민들 스스로의 목소리로 주저앉으려 하고 있었다. 그렇기에 일단은 먼 발치에서 대성당의 외관을 확인하는 것으로 만족하고 돌아올 수밖에 없었던 것이다. 게다가 외국인들을 바라보는 발렌시아 시민들의 눈빛은 또 어땠던가. 광장과 그 부근을 어슬렁거리던 얼굴 하나하나에 의심과 적의가 떠올라 있었다. 관광객 또는 외지인들에게 호의적이기로 유명한 발레아레스해의 주인들은 이제 입을 다물고 눈을 흘기기 바빠 보였다. 유학이나 연수 일정이었다면 검은 사제복의 보호를 받을 수도 있었겠지만, 지금은 형편이 달랐다. 현지인들의 눈에 신부는 다만 불행한 시기에 스페인을 찾아온, 눈치 없는 동양인에 지나지 않았던 것이다. 무슨 일이 벌어졌는지 직접 물어볼 수도 있겠지만, 호의적인 대답을 기대하기는 힘들어 보였다.

　숙소로 돌아와 인터넷을 연결하자, 스페인 주소로 자동 변경된 구글 크롬 웹 브라우저가 저절로 열리며 사건을 요약해 주기 시작한다. 인천을 떠나 이스탄불, 마드리드를 거쳐 발렌시아에 도착하기까지 불과 이틀 사이에 일어난 어떤 사고 때문에 스페인은 물론 전 세계가 불안과 공포에 휩싸여 떠들썩하다. 무선 랜으로 연결된 수십억 개의 통신 기기가 서로 다른 알파벳을 눌러앉힌 가상의 키보드를 두드리느라 수시로 꺼지고 켜진다. 과열된 전자 기기들의 몸뚱에서 방출되는 파장과 소음이 2진법으로 전환되어 노트북의 트랙패드 위까지 찾아온다. 특히 가톨릭 신앙이 넓게 퍼져 있는 라틴 아메리카 지역은 무기력하게 덜그럭거리는 6억 5천여 개의 그리스도인 턱뼈 때문에 대륙 전체가 찻잔처럼 흔들린다. 이들은 제국주의 열강들의 침략과 군사 정권의 독재 아래에서 잔뼈가 굵을 대로 굵어졌지만, 교회 공동체가 입은 심각한 피해에서는 좀처럼 빠져나올 길을 찾지 못한다. 지난 수십 년 동안 중남미 사회는 억압과 빈곤으로 목이 졸려 있었고, 목줄을 쥔 자들에게 맹견처럼 달려들었던 이들은 대부분 좌파 지식인들이었지만, 이 마르크스의 개들이 밀고되거나 총에 맞아 죽어 갈 때 상처를 봉합하고 몰래 숨겨 주었던 이들은 해방 신학 사제들과 평범한 신자들이었다. 교회는 시련이 닥칠 때마다 달려가는 피난처였지, 도리어 시련을 안기는 시험장이 아니었던 것이다. 게다가 도난당한 물건이 오랫동안 성체 그 자체로 간주되어 왔다는 점에서, 신자들 사이에서는 거의 아비뇽 유수에 버금가는 역사적인 굴욕이자 신성 모독으로 받아들여지는 듯했다. 프랑스 왕국의 국왕이 그리스도의 대리자인 교황을 납치하고 가두었듯, 세상에 단 하나뿐인 성물도 괴한들의 손에 수모를 당하고 있기 때문이리라. 3월 하순까지는 아직 몇 달이나 남았는데도, 적지 않은 신자들이 수난절에 못지않은 엄숙한 얼굴로 고개를 숙이고 식음을 전폐한 채 성배의 귀환을 기도한다. 가정에서, 또 교회에서 촬영된 이 영상들은 취잿거리에 목마른 방송국 화면이 아니라 다국적 비디오 네트워크 서비스를 통해 자발적으로 공유된다. 그러나 세계 각지 열성 신도들은 거꾸로 고개를 치켜들고 바티칸을 향해 손가락질을 퍼붓는다. 교황청은 프란치스코 교황의 형식적인 성명 — 어려운 시기에 악몽 같은 일 일어나…… 깊은 슬픔 — 뒤에 숨어 있을 뿐, 별다른 대책을 발표하지 않는다. 마치 여든 넘은 노인의 탄식이 바티칸 국무부 차원에서 행사할 수 있는 최대한의 외교적 수단이라는 듯. 한편, 미국의 한 오락 프로그램에서 로마는 지금도 아동 성폭행을 일삼는 신부들과 손버릇 나쁜 주교들을 단속하느라 낭비할 행정력이 없다고 비아냥거렸던 개신교 코미디언의 발언이 익살스럽게 편집되어 급상승 비디오 순위에 이름을 올린다. 신부는 해당 동영상 하단에서 가장 많이 공감받은 댓글 자리를 놓고 점령전을 벌이는 다국적 이용자들의 견해를 몇 줄 읽다가, 노트북을 닫아 버린다. 가톨릭 교계 특유의 엄숙하고 중립적인 분위기는 가십을 인정하는 꼴로 비추어지기 쉽다. 도난당한 유물의 상징적인 가치가 무색하게도, 유럽의 각국 정상들은 국경을 봉쇄하거나 검문을 강화하지 않는다. 사건 당사자인 스페인 경찰조차도 이번 사건을 문화재 탈취 이상의 범죄로 대처하지 않겠다는 움직임을 보이고 있지 않은가? 도난 사건에 뒤따른 정치적인 흐름들을 종합해 볼 때, 결국 땅에 떨어진 가톨릭의 교세만이 증명되고 있을 따름이다. 게다가 이 비극은 심지어 지금도 미결된 채 초 단위로 연장되고 있다. 종교와 국가를 떠나 전 세계의 시민들 앞에서 금세기

최악의 신성 모독이 실시간으로 중계된다. 가톨릭 신자들은 80억 명에 가까운 인구가 관망하는 가운데 자신들의 종교가 힘없이 목매달리는 광경을 지켜보고 있는 것이나 다름없는 셈이다. 그들은 이미 2천 년 전에 인간의 죄를 대속하기 위해 내려온 예수 그리스도를 알아보지 못했다. 채찍질하고, 가시 면류관을 씌우고, 십자가에 못 박고, 창끝으로 갈빗살을 찔렀다. 교리 교육을 받은 그리스도인이라면 누구나 서력기원 초기에 바리사이 율법학자들과 유대인 제사장들, 로마 군인들에 의해 저질러진 신성 모독죄와 파렴치한 악행들을 영혼에 새기는 법이다. 예수 그리스도가 이미 한 번 인간들을 구했다면, 거꾸로 인간들이 예수 그리스도를 구하지 않을 까닭은 무엇이겠는가? 그리스도인들이 자진해서 몽둥이를 집어 들고 집 밖으로 나설 수밖에 없었던 배경이 마침내 밝혀진다. 깊은 한숨 소리가 빗소리에 묻혀 금방 사라진다. 창문을 열어 둘 필요가 있다. 창밖에서 무수히 많은 1들이 곤두박질치고 있다.

내가 이 길을 벗어나려 하는 게 그리도 못마땅하십니까?

스페인의 12월은 비수기로 분류된다. 비가 자주 내리고 일조량이 급격하게 줄어, 지상 낙원으로서의 명성을 몇 달 동안 잃어버리는 까닭이다. 시기를 고려해서 계획한 일정은 아니었다. 하지만 일이 잘 풀리고 있다고 착각했다. 인터넷 숙박 공유 서비스 어디에나 방이 넘쳐 났고, 싼값에 좋은 집을 구할 수 있었다. 신부가 이 방을 선택한 건 순전히 위치 때문만은 아니었다. 숙소 건물은 성당을 지척에 두고 있지만, 눈에 보이지는 않는다. 임대 주택과 발렌시아 대성당 사이로 상점가와 빌라들이 몇 블록 돌출되어 있어 한낮에도 어둡고 서늘한 사각지대가 조성된다. 다른 건물들에 의해 해가 가려지며 나타나는 그림자는 숙박 장소의 인기를 떨어뜨리기 십상이지만, 어떤 여행자들은 도리어 어둠 속으로 기어들기 위해 망설임 없이 값을 치른다.

바오로 신부는 조망이 차폐된 창문 뒤에 숨어, 발렌시아 대성당의 지붕 위로 내리는 빗소리를 듣는다. 거인의 발밑에서 거인의 몸통을 상상하기. 부벽의 도움 없이 홀로 우뚝 솟아오른 돔이 가장 먼저 비를 맞을 것이다. 높이 40미터에 이르는 이 반구형 건축 구조물은 이중으로 적층된 팔각형 프리즘으로 이루어져 있는데, 아래쪽 몸체는 14세기에, 위쪽 몸체는 15세기에 각기 다른 건축가의 손을 빌려 만들어졌다. 돔 기둥을 둘러싼 여덟 개의 면은 첨두아치 양식의 스테인드글라스를 둘렀으리라. 그러나 랭스 또는 쾰른의 대성당에서나 찾아볼 수 있을 법한 불그죽죽한 빛깔의 유색 유리들과는 거리가 멀다. 석회 황산염을 굳혀 만든 대리석 창문은 산란이 절제된 법랑질 유액을 뒤집어쓰고 있어, 칙칙하게 색이 죽은 빛만을 받아들일 따름이다. 이렇게 팔각기둥 꼴의 개구부로 내리쬐는 자연광은 창문에 투각된 막대 트레이서리와 금속 장부촉으로 고정된 모르타르 돌 막대들에 의해 섬세하게 분할된 다음 회당 내부를 향해 조용히 곤두박칠친다. 빗방울보다 가볍고, 빗방울보다 조용하고, 빗방울보다 빠르게.

    빗줄기는 교회 지붕이 이고 있는 둥글고 완만한 퇴적암 석판들에 부딪혀 산산이 흩어지고 말지만, 빛은 아니다. 빛은 아폴론의 활시위를 떠나 온 화살처럼 사물의 내부까지 파고든다. 사제 서품은 빛을 대행할 권한을 보증하므로, 바오로 신부는 언제든지 빛의 관점을 빌릴 수 있다. 멀리 비구름 사이에서 광선 한 줄기가 반짝이더니, 신부의 영혼을 끌어안고 대성당 위로 뛰어내린다. 낙하하는 빗방울들이 하나 둘 정지하고, 팔라우 거리를 가득 채운 인파들에서 움직임이 일시에 멎는다. 세상은 느리게 가게 두어라. 신부는 이미 회당 안에 서 있다. 고개를 위로 젖히면 돔의 기부基部를 떠받치고 있는 원추형 골격이 올려다보인다. 프렌치 호른의 나팔관을 연상시키는 천장을 따라 여덟 개의 늑골이 열쇠처럼 교차되어 있어, 교회 윗면을 각진 금고로 덮어 잠근 듯한 인상을 준다. 높이 채광창에서 내리뻗친 석조 줄기들은 돔 바닥에 형성된 정방형 내실의 네 귀로 하강하면서 점점 더 가늘어진다. 삼각 궁륭들 사이에 드리운 반원형의 교각 네 개는 중심점에 끼워 넣은 이맛돌에 의해 가까스로 지탱되는데, 평행 사변형 모양의 쐐기석 하나가 벌써 8백 년 넘게 돔의 하중을 견디고 있다는 사실은 경이롭다. 그나마 교각과 교각이 만나는 지점, 그러니까 궁륭이 좁아지는 길목마다 오목한 구멍이 파여 있어서, 이 벽감 안에 조각된 네 명의 전도자: 황소를 거느린 성 루크, 독수리를 거느린 성 요한, 사자를 거느린 성 마르코, 천사를 거느린 성 마테오가 수백 년 묵은 돌덩어리들의 노고를 달래고 힘을 보태는 듯 보인다. 회반죽으로 살이 빚어진 성인들이 둘러서서 내려다보는 가운데 바오로 신부가 천천히 몸을 움직인다. 내진choir을 몸통 삼아 양쪽으로 넓게 확장된 교회의 익랑을 따라서. 이 구조물은 물론 피 흘리고 삐거덕거리며 들어 올려진 예수 그리스도의 양손과 그 좌대: 산딸나무 침목을 흉내 내어 만들어졌지만, 지금은 단지 젊은 신부를 너그러이 끌어안기 위해 양껏 벌어진 두 팔 같다. 이틀 전의 사건으로 입구가 폐쇄된 까닭에 줄곧 한 사람의 발소리만이 울려 퍼지는데, 어딘가 쓸쓸하고 무거운 걸음새가 대성당의 광막한 품 안에서 조용히 잠들어 사라지는 것이다. 젊은 신부는 대성당의 우측 측랑을 걷는다. 머리 위에서 석재 늑골들이 이중 교차되며 아케이드를 이루었다가 흩어진다. 마치 터널을 밝히듯 복도 벽면을 따라 설치된 주황색 전구들 밑으로 신부의 왼쪽 얼굴이 드러난다. 측랑 기슭에 놓인 성구함들은 역사 깊은 유물들과 신성한 조각품을 보관하고 있지만, 어느 하나 신부의 발목을 잡아 두지 못한다. 성인의 두개골이 안치된 비야누에바의 성 토마스 예배당도, 대주교와 추기경의 유해가 매장되어 있다는 성 요셉 예배당도, 스페인 회화의 대표자 고야의 유화 두 점이 전시된 산프란치스코 데 보르하 예배당도, 성모 마리아 생애 여섯 신비를 기록한 그림들로 장식된 성 베드로 예배당도 끝끝내 신부의 무릎을 꿇리지 못한다.

마침내 신부가 다다르는 곳은 배랑narthex 오른편의 작은 통로 입구이다. 두껍게 마름질된 원목에 연철 격자를 박아 넣은 문짝이 굳게 닫혀 있다. 입구 주위에 둘러친 폴리스라인들은 이미 쓰러지거나 찢어진 상태로 아무렇게나 버려져 있다. 젊은 신부는 고개를 쳐들고 두 손바닥을 가슴 앞으로 모아 맞붙인다. 문틀 상부를 올려다보면, 대리석을 파고 들어 간 장미 매듭 장식물이 투각되어 있다. 아칸서스 잎으로 뒤덮인 노대 위의 성모 마리아. 양옆에서 천사 둘이 향로를 피운다. 잠긴 문을 열어 달라는 기도문이라도 속삭인 걸까? 아니, 신부는 도적들의 보물 창고를 여는 알리바바처럼 비밀 주문을 외지 않는다. 다만 예수의 분묘를 찾아 온 마리아 막달레나처럼 문이 스스로 치워지기를 기다릴 따름이다. 이렇게 어떤 문들은 두드림이 아니라 기다림에 의해 열린다. 짧은 묵상을 마친 신부의 양손이 천천히 문 위에 포개어진다. 경첩에 도포된 기름이 어둠 속에서 남몰래 휘발되기라도 했는지 시끄럽고 을씨년스러운 소음이 뒤따른다. 신부는 한쪽 어깨의 도움으로 가능한 조심스럽게 문을 밀지만 노구老軀는 점잖게 물러나는 법이 없다.

> 네 눈은 네 몸의 등불이다. 네 눈이 맑을 때에는 온몸도 환하고, 성하지 못할 때에는 몸도 어둡다. 그러니 네 안에 있는 빛이 어둠이 아닌지 살펴보아라. (「루카 복음서」 11장 34~35절)

본당 전면의 타원형 창은 종종 오큘러스oculus로 호명되기도 하는데, 건축학자들에게는 외눈의 개구부가 건축물의 의안과 같이 파악되기 때문이다. 신부는 대성당의 현관 위에서 쏟아지는 자연광이 그의 발걸음을 쫓아 통로 안으로 틈입하는 것을 느낀다. 빛은 비록 궂은 날씨로 더럽혀져 절반 이상의 밝기를 잃어버렸지만, 그래도 신부의 눈에 미미한 분별력을 빌려 준다. 예배당과 이어지는 좁은 복도는 고딕 양식의 석관과 태피스트리, 그림 몇 점과 쇠창살들을 품고 있다. 신부는 이 오래된 정물들이 시대착오적인 혼란 속에서 갑자기 깨어나 비명 지르지 않도록 구두 뒤축을 조심스럽게 내려놓는다. 어느 구간에 이르면, 햇볕은 더 이상 그를 쫓아오지 않는다. 신부는 구두와 바지 밑단 사이의 양말목 부분을 약하게 붙들고 있던 자외선의 악력이 차츰 누그러지다가 별안간 사라져 버리는 것을 느낀다. 어둠 속에서 신부의 동공은 절박하게 확장된다. 통로 끄트머리에서 희미하게 손짓하는 빛줄기가 있어, 각막을 물들이는 부옇고 따뜻한 신호를 쫓아 저절로 몸이 움직인다. 동굴 속의 인간은 본능적으로 밝은 곳을 향해 걷는다고 했던가. 불빛은 예배당 내부에서 흘러나오는 것이다. 작은 예배당 제단 뒤에 홀로 밝혀진 인공조명 하나. 빛은 누르스름한 대리석 제단화의 파사드를 드러내며 넓게 퍼져 나간다. 신부는 15세기에 줄리아노 디 노프리Giuliano di Nofri의 정 끝에서 탄생한 열두 개의 부조 앞으로 다가간다. 나비나 꿀벌이 들꽃에 홀리듯이. 조각가가 불어넣은 임의의 움직임에 의해 구부러지거나 주름잡힌 돌 우상들은 제각기 운명을 거머쥐기 위해 근육과 관절을 한껏 내뻗고 있다.

원전에서 묘사되는 내용 그대로:

십자가에 손발이 못 박힌 예수	지옥의 문을 부수는 예수	예수는 비어 있는 무덤에서 되살아난다
놋뱀을 장대에 매다는 모세	가사의 성문을 당기는 삼손	요나는 고래의 배 속에서 빠져나와 해변으로 돌아오고

아래쪽에 놓인 패널은 구약에서, 위쪽에 놓인 패널은 신약에서 이름난 일화들을 빌려 온 것으로, 후일 예수가 겪을 사건들이 이미 오래전에 예지되어 있었음을 나타낸다. 젊은 신부는 쪽성경이나 분권형 성서 한번 펼쳐 들지 않고도 몇몇 장면들을 곧바로 떠올려 낸다. 신부의 시선이 왼쪽에서 탐색을 끝내고 오른쪽으로 옮겨 간다.

성부의 은총 속에서 하늘로 승천하는 예수	성령 강림을 받는 성모 마리아	예수는 천상으로 들어 올려진 어머니에게 왕관을 씌운다
불수레와 불말들에 몸을 싣고 날아가는 엘리야	시나이 산에서 석판을 받는 모세	솔로몬이 어머니를 왕좌에 앉히고

예배당 전체가 시간을 향해 닫혀 있는 카메라 옵스큐라나 다름없어서, 벽이나 천장에 뚫린 미세한 구멍으로 구·신약의 감격스러운 정경들이 하나하나 굴절되어 비치는 듯하다. 차갑고 무늬진 바위 속에 꼿꼿하게 얼어붙은 성인들의 뺨과 광대는 모두 같은 장소를 향해 기울어져 있다. 갸름하고 매끈하게 다듬어진 하악골들은 바니시로 모서리가 수선된 표지 내지는 부호처럼 사기질 광택을 머금은 채 어딘가

를 가리켜 보인다. 몸을 굽혀 제단화 안쪽을 바라보면, 하나뿐인 쓰임새를 박탈당한 죗값으로 볼썽사납게 내버려진 어느 돌 궤짝이 먼저 눈에 띄고, 다음으로는 한때 무언가 보관되었던 자리를 허전하게 비추고 있는 매립식 조명등이 보인다. 좌대 바닥에 깔린 적색 피륙은 아직까지도 야트막한 눌림 자국을 간직하고 있다. 신부는 성구함 안으로 손을 넣어 장식용 천의 표면을 더듬어 본다. 받침대의 테두리를 따라 둥글게 파인 흔적과 성물의 무게로 인해 납작하게 접힌 자리들이 만져진다. 그 손은 마지막으로 천을 세게 쥐었다가 천천히 놓아준 뒤, 성구함 밖으로 빠져나온다. 제단화 앞에서 신부는 무너져 내리듯이 무릎 꿇는다. 바닥에 떨어진 유리 파편들이 신부의 슬개골에 눌리며 더 작은 조각들로 부서진다.

당신은 결국 내 삶의 작은 부분조차 스스로 선택할 수 없게 합니까?

벽면에 고정된 석고 랜턴은 뾰족한 첨탑들을 쌓아 올린 직각 삼각형 모양의 왕관을 썼으며, 처량함도 부끄러움도 모르는 표정으로 신부를 내려다본다. 이 조형물은 구·신약을 통틀어 131번 언급되는 구원과 희망의 사물, 등불을 책 바깥으로 끄집어 내놓은 것이다. 특히 「루카 복음서」에 이르기를 — 너희는 허리에 띠를 매고 등불을 켜놓으라 하였으니, 이후로 2천 년간 성전에서 불이 꺼지는 일은 일어나지 않았다. 그렇기에 지금 같은 시기에도 예배당의 불이 하나쯤은 밝혀져 있었던 것이다. 물론 눈앞의 등불은 그 자신의 역사적 상징성과 차마 헤아릴 수 없는 가치로 인해 소리 없이 고동치는 전례용 컵이 아니라, 실망과 낙심으로 창백하게 퇴색된 젊은 신부의 얼굴만을 비출 따름이다. 오랫동안 성배를 보호해 왔던 이중 유리창은 괴한들이 둔기를 휘두를 때 뒤따른 힘과 궤적을 제 몸체에 남겨 두었다. 파괴적인 이미지가 끝도 없이 재현된다.

어떤 사람들은 굳이 화재 속으로 뛰어들지 않고도 모든 것을 잃었다는 사실을 깨닫지만, 또 어떤 사람들은 그의 집과 가족을 태우는 불길에 살을 파먹히고 피부가 그을리면서도 똑같은 사실을 좀처럼 인정하지 않는다. 그런 사람들은 화마 속에서 전소된 뼈들을 두 손으로 쥐어 본 다음에야 자신이 영영 끝나 버렸다는 사실을 받아들인다. 바오로 신부는 도난당한 성배의 빈 자리를 두 눈으로 더듬고, 그 빛을 가두었던 유리의 살들을 하나하나 짓밟으면서 끝끝내 수긍하기에 이른다. 이제 다 끝났다. 성배는 그리스도인들의 손으로 돌아오지 않을 것이다. 설사 범상한 머리로는 이해할 수 없는 기적이 일어나서 우여곡절 끝에 가까스로 되찾게 되더라도, 다시는 대중 앞에 공개되지 않을 것이다. 실종된 성배가 세상을 떠돌아다니는 한, 신부도 방황하고 배회하는 채로 남겨질 것이다. 알폰소 5세에 의해 직접 기증된 마르세

유 항구의 쇠사슬이 조용히 몸부림친다. 이 거무튀튀한 쇳덩이는 비센테 로페즈의 민족주의적 회화 밑에 못 박혀, 추방당하는 무어인들의 발목을 지난 수백 년 동안 졸라 왔다. 이제 금방이라도 바닥으로 떨어져, 예배당의 차가운 돌바닥을 뱀처럼 기어와 젊은 신부의 온몸을 옭아매려 들어도 이상하지 않을 것이다. 신부는 스스로 자유로운 존재가 아니라는 사실을 다시 한번 인정하게 될 것이다.

바오로 신부는 자리에서 일어나 천천히 뒷걸음질한다. 부드럽고 반투명한 석회질 탄화물 조각품들은 제단화 중심부의 아치형 구멍에서 저절로 자라난 듯 양옆으로 날개처럼 펼쳐진다. 해부학적으로 곤충의 가슴 부분에 해당하는 고딕 양식의 문간은 기괴하게 고정된 인체 모형들로 삼중 장식되었으며, 수천 번의 끌질로 깎이거나 다듬어진 면면들을 회절격자처럼 뿜낸다. 줄리아노 디 노프리의 부조들은 온몸으로 증언한다. 모든 삶은 사람이 원했든 원하지 않았든 미리 정해져 있다는 사실을. 그러니까 이 조잡한 모사물 하나하나는 위기 속에서 신앙이 거두는 승리를 기념하지 않는다. 이들은 가장 위대한 예언자와 전도자, 심지어는 그리스도조차도 삶의 흐름 안에서 자유로울 수 없었다는 사실을 못 박아 두기 위해 영영 박제되어 있다. 신부는 날카로운 도구에 의해 침식된 석판의 홈들, 그러니까 성인들의 눈과 입이 머금은 광택에서 슬픔을 느낀다. 석고 가리개의 역할은 제단의 위나 뒤에 수직으로 놓여 전례 시간마다 거룩한 풍경을 조성하는 것이다. 내부 투어 캡션에 따르면, 성배 예배당의 제단화는 처음부터 여기에 놓이지 않았다. 그것은 15세기에 성가대석choir과 회중석nave 사이에 가로놓일 장식 칸막이로써 제작되었다. 성가대 문 위에 조각된 세 명의 성인만이 오늘날까지도 그와 같은 사실을 묵묵히 증언하는 바 — 성 루이와 성 엘레나는 각각 알토와 소프라노로 오라토리오에 참여한다. 인간이 낼 수 있는 목소리 가운데 가장 아름답고 화려한 두 음은 성인들이 생전에 누렸던 권위와 출신에 의해 보증된다. 성모 마리아는 가장 높은 기둥의 정수리를 안테나처럼 밟고 올라서서, 지상에서 조직된 코러스가 통신 장애 없이 천상의 문간을 두드릴 수 있도록 보살핀다. 이처럼 특별한 축복 없이는 전리층에 도사린 히브리 신화의 괴물: 지즈Ziz에 의해 오염되고 감전당한 음향 찌꺼기들이 낙진처럼 떨어져 내리기 때문이다. 베히모스, 레비아탄과 함께 세상을 삼 분할한 이 괴물 새는 성령의 힘으로 들어 올려진 기도와 노래에서 운율과 조성을 빼앗고, 하늘과 땅 사이에 연결된 영적인 길목을 교란시키면서 묵시록에 기록된 심판의 날을 지연시킨다. 때가 되면 땅과 바다의 두 괴물과 함께 야훼의 식탁에 올라, 무수히 많은 은제 나이프와 포크로 몸을 찔릴 것을 두려워하는 까닭이리라. 신학 대학에서는 가르쳤다. 그러므로 너희 모두가 혼자 있을 때는 묵상으로, 형제자매들과 함께 있을 때는 찬송으로 쉬지 않고 주님의 귀에 다가가야 한다고. 무엇을 위해서? 작은 먼지의 움직임부터 멀리 태양의 일주 운동까지— 자연의 모든 사물은 단지 우주를 덮어쓴 창조주의 각본에서 탈선하지 않기 위해 매분, 매초 정해진 궤도를 따라 몸부림칠 따름인가? 바오로, 이렇게 너는 네 삶의 어느 한 귀퉁이도 접거나 찢어 버리지 못한 채 고분고분 네 역할로 돌아가는가? 결국 이 짧은 나들이도 탐닉과 방랑을 거쳐 귀환으로 종결되는구나. 이른바 탕아의 비유, 저 지긋지긋한 교훈을 네가 다시 입증하는구나. 이제 그만 돌아갈 시간이다.

세계는 0과 1로 이루어져 있다. 0은 점이고, 1은 선이다. 0은 영원, 1은 하루이다. 0은 False, 1은 True. 바오로 신부는 0의 중심점을 향해 천천히 빨려 들어가는 육체 한 구를 본다. 지팡이를 짚은 노인은 허리가 점점 더 구부러지다가 결국 완전히 꺾여 버린다. 굴곡진 척추에 떠밀려 간이 위를 짓누르고, 파열된 내장들이 가죽 부대처럼 배 밖으로 터져 나온다. 머리를 무릎 사이에 파묻고, 두 손으로 양쪽 발목을 붙잡은 노인은 수태된 아기의 몸처럼 둥글게 말려 있다. 신부는 일찍이 0의 삶을 받아들였다. 태어날 때 빚어진 모습 그대로 죽음을 맞이하는 삶을. 영성에도 모양이 있다면 틀림없이 0과 비슷할 거라고 믿었다. 그래서 이렇게 말할 수 있었다.

내 삶은 태어날 때부터 이렇게 정해져 있었던 거야.

신부의 눈앞에 헬레나가 찾아와 서 있다.

아니요, 신부님. 미리 정해진 삶 같은 건 없어요.

그것은 헬레나의 영혼이나 환영 같은 것이 아니라 문자 그대로의 몸이다. 헬레나의 꺾인 목은 수면에 떨어질 때 그녀가 어느 쪽을 바라보고 있었는지 알려 준다. 경추 아래로 이어지는 관절들도 외상에 의해 심각하게 골절되었는데, 특히 팔과 다리의 약한 이음새들이 어긋나면서 딱딱거리는 소리를 낸다. 충돌의 흔적을 고스란히 간직한 그 뼈다귀들은 오래된 철골 구조물의 직선 부재들처럼 천천히 오그라들며 골반과 어깨의 아치형 골격을 스스로 짜맞추느라 덜덜 떨린다. 익사체에서 흔히 발견되는 부패의 징후가 부생성 곰팡이처럼 물렁물렁한 피부를 좀먹고, 파랗게 멍든 근육들 위로 혈전을 머금은 핏줄들이 눈에 띄게 불거져 나와 있다. 한때 인체 내부의 통로였던 그것들은 더 이상 생명의 힘으로 꼴록거리지 않으며, 등불 바깥에서 흉측하게 부풀어 오른 채 황색망사점균 같은 다리들을 드러낼 따름이다. 신부는 그의 성가대 단원이 망가진 아래턱으로나마 기준 음을 맞추려고 **아…… 아……** 중얼거리며 목을 가다듬는 모습을 말없이 지켜본다. 충격은 잠시. 놀람과 두려움도 금방 가라앉는다. 콘트랄토의 음성을 쫓아 한 발자국 다가가면, 성가대 단원은 거꾸로 한 발자국 물러난다. 예배당 바닥으로 물방울이 뚝뚝 떨어진다.

헬레나, 우리는 아직도 널 찾고 있단다.

헬레나는 오른팔 뼈마디의 하얀 돌기들을 들어 올려 신부의 뒤편을 가리킨다. 힘줄이 끊어져 불안정하게 덜거덕거리는 손가락은 제단화 속 하나의 풍경을 고통스럽게 가리켜 보인다. 가사의 성문을 넘어뜨리는 삼손과 지옥의 문을 부수는 예수를 향해. 바오로 신부는 성가대 단원의 손끝을 쫓아 무심코 고개를 돌렸다가 그만 영혼을 다치고 만다. 헬레나가 더듬거리며 말한다.

나는 신부님이 찾아와선 안 되는 곳에 있어요.

신부가 쉰 목소리로 묻는다.

어떻게 하면 너를 구할 수 있을까?

헬레나의 손에서 떨림이 멎는다. 성가대 단원은 팔을 내리고 어기적어기적 어둠 속으로 걸어가 사라져 버린다. 신부가 주위를 두리번거린다. 예배당 천장의 반구형 금고를 수놓은 여덟 개의 늑골이 머리 위에서 회전한다. 삼각 아치의 꼭짓점을 형성하는 공중 장식물들을 향해 안정적으로 수렴하는 돌담들은 팔각 별-옥타그램 형상으로 조립되었다. 각각의 이맛돌마다 열두 사도가 그려져 있고, 중심원에는 대관식을 위해 머리를 숙인 성모 마리아가 있어서, 13미터나 되는 늑재 궁륭의 갈비뼈들을 하늘 위에서 손수 들어 올리고 있는 듯한 인상을 준다. 사라진 성가대 단원의 목소리는 대성당의 바닥재를 두드리거나 내벽에 부딪히면서 울려 퍼지지 않는다. 콘트랄토의 육성은 둥근 천장의 벽돌들을 떨게 만들면서, 평행 사변형 꼴의 수평 반력처럼 신부의 머리 위로 하강한다. 신부는 쐐기석 사이에 끼인 작은 돌덩어리같이 이빨을 떨며 그것을 듣는다.

이제 그만 이 성당을 떠나세요. 저기 신부님이 할 일을 일러 줄 사람이 찾아올 거예요.

그러자 누군가 예배당 통로에서 겁에 질린 목소리로 외친다.

거기 누구 있습니까?

바오로 신부는 화들짝 놀라 어둠 속으로 몸을 던진다.

그림자 속에서 게슴츠레 눈을 뜨는 남자가 있다. 레이나 광장의 임대 주택, 창문 옆 벽면에 어깨를 기댄 채. 광장 안쪽으로 짐승의 뿔처럼 돌출된 앞 건물의 현관과 외벽이 종일 그늘을 보장하기에, 바오로 신부는 언제까지고 어둠 속에 숨어 있을 수 있다. 바깥에서는 여전히 비가 내린다. 신부는 잠깐 낮잠에 빠져들었다가 갓 깨어난 사람처럼 눈시울을 문지르고 마른세수로 피로를 닦는다. 창밖에서 검은 형체 하나가 골목을 마구 내달리다가 신부가 머무는 건물 앞에 이르러 우뚝 멈춘다. 몹시 다급한 버저음이 소리가 집 안의 정적들을 몰아낸다. 신부는 경계하며 문간으로 다가간다. 현관 뒤로 발소리가 들리자 바깥에 서 있는 사람이 성마른 영어로 애걸한다.

형제여, 성배를 되찾을 방법이 있습니다.

불새 포획

재두루미들은 1천 킬로미터를 날아 연해주로 돌아가고, 쇠기러기들은 4천 킬로미터를 날아 캄차카로 돌아간다. 독수리들과 노랑부리백로들은 7천 킬로미터를 날아 각각 필리핀과 몽골로 돌아가고, 큰뒷부리도요들은 1만2천 킬로미터를 날아 뉴질랜드로 돌아가며, 극제비갈매기들은 3만4천 킬로미터를 날아 남극으로 돌아간다. 하늘에도 길이 있어, 매해 여름과 겨울이면 수많은 새들이 무리를 짓거나 홀몸으로 긴 여행을 떠난다. 조류학자들은 철새들이 어떻게 그 먼 길을 대대로 정확히 왕래하는지 설명하기 위해 여러 가지 가설을 인용해 왔다. 처음에는 새들이 지형을 기억한다고 주장했지만, 수만 킬로미터나 되는 대양을 한 번에 종단하는 바다 철새들의 이주 경로가 보고되면서 설득력을 잃었다. 알바트로스, 도요, 검은슴새와 같은 장거리 여행자들은 많게는 50그램에서 적게는 0.3그램쯤 나가는 태양광 충전식 VHF 발신기를 등뼈와 척골, 발가락에 매단 채 섬 하나 떠다니지 않는 망망대해를 건너가면서 학자들을 놀라게 했다. 또 다른 학자들은 새들이 낮에는 태양을, 밤에는 별자리를 나침반 삼아 이동한다고 주장했지만, 이 가설 역시 연간 평균 2만여 킬로미터를 비행하는 뾰족한 머리의 대륙 횡단자: 회색무늬딱새Olive-sided Flycatcher들에 의해 반박되었다. 남미 지역의 개방형 숲 지대에서 겨울을 나는 회색무늬딱새들은 2004년 브라질과 볼리비아 국경지 일대에서 이루어진 무분별한 벌목 사업으로 하루아침에 보금자리를 빼앗긴다. 약 2백만 헥타르 면적의 우림이 말 그대로 증발해 버리며 때 이른 이주를 강요받자, 이들은 전동 톱날에 의해 하얗게 머리가 잘린 아마존 황무지 위로 일제히 날아올랐다. 서쪽의 안데스산맥부터 머나먼 북쪽의 알래스카에 이르는 대장정을 서둘러야 했던 것이다. 회색무늬딱새들은 겨울철 남반구에서 평균 177일을 보내고 여름철 북반구에서 평균 71일을 보내는데, 이는 2월부터 5월까지 아마존 일대가 우기에 접어들기 때문이다. 심지어 2004년은 대형 사이클론이 수차례나 남미 대륙을 강타했던 해로 기록되어 있다. 말인즉슨 한 무리의 철새들이 햇빛은 물론 달빛 한 점 없는 저기압권의 하늘 아래에서도 카리브해와 멕시코만을 넘어 앵커리지의 번식지를 찾아갔다는 이야기다. 이밖에도 익숙한 냄새로 이주 경로를 식별한다든가, 부모가 자식 세대와 함께 비행하며 교육을 한다든가, 경험칙으로 습득한 지도를 물려받는다는 가설 등이 차례로 제안되었지만, 결국은 똑같은 한계에 부딪힐 수밖에 없었다. 인간이 새의 눈으로 세상을 부감하지 않는 한은 어디까지나 모두 상상에 지나지 않았다. 게다가 한 번의 비행만으로 수차례씩 날짜 변경선을 넘나들어야 하는 철새들이 그런 모험을 감행할 리도 없었다.

 1970년대 말기, 볼프강과 로스비타 윌치코 부부는 시베리아에서 남유럽·북아프리카까지 매년 5천 킬로미터 이상의 거리를 비행하는 유럽 울새를 끈질기게 추적한 끝에 새로운 이론을 내놓았다. 부부 조류학자에 따르면, 가슴과 양 뺨이 붉게 물든 이 명금류는 마치 무게 20그램의 자철석처럼 지구의 자기장을 감지해 움직이는 것으로 파악되었다. 그러나 학계는 새들이 지자기地磁氣를 느끼고 이용하는 방법에 관해서는 속 시원히 해명하지 못해 잘근잘근 손톱을 씹었다. 학자들이 철새들의 망막에서 특수한 감광 단백질을 포집하여 보고한 사건은 상대적으로 최근에 일어났다. 크립토크롬cryptochrome으로 알려진 이 생화학 물질은 원래 식물에서 처음 채취되었고, 광학적인 의미에서 식물들이 실제로 빛을 본다는 사실을 입증하는 논고의 핵심 자료로 제출되기도 했다. 식물학자들은 크립토크롬이 광수용체로서 청색광을 받아들인 뒤에야 식물 본체에서 단백질 인산화 과정이 촉진된다는 사실을 밝혀냈다. 식물들은 이렇게 청색광을 실시간으로 관찰하면서 자외선이 강할 때는 엽록체를 도피시키고, 자외선이 약할 때는 엽록체를 집합시키는 방식으로 스스로의 몸체를 구부리거나 휘게 만들어 왔던 것이다. 다시 말해, 식물들에게도 눈이 있어, 당신이 보는 모든 것을 식물들도 똑같이 본다. 이것은 야생 식물들을 가족처럼 보살펴 온 자발적 삼림학자들의 노력뿐 아니라, 꽃과 나무의 관점을 이해하기 위해 평생을 의인법에 매달렸던 자연주의 시인들의 시론이 마침내 인정받은 사건이었다. 하지만 조류학자들은 같은 합성물이 철새들의 눈과 근육, 뇌 조직에서 발견되자 큰 혼란에 빠졌다. 소위 식물의 눈으로 호명되던 크립토크롬이 척추동물의 DNA 전사에는 어떻게 관여하는지 전혀 알 수 없었기 때문이다.

진화학과 유전학, 동물 행동학을 두루 강타한 이 난제는 10년 가까이 생물학자들의 골머리를 썩이다가 마침내 어느 천재 물리학자의 현미경 안에서 낱낱이 해소된다. 뮌헨 최초의 삼림 묘지에 매장된 이 독일인 과학자는 양자역학의 주창자로 이미 잘 알려져 있다. 베르너 하이젠베르크는 50년 만에 무덤에서 일어나서, 바이에른주의 뵈머발트 산맥을 반더포겔Wandervogel5처럼 속속들이 헤집고 다닌다. 침엽수림을 이루는 가문비나무, 너도밤나무, 전나무 가지들이 머리 위에서 흔들린다. 우듬지에 둘러앉아 노래하는 유럽 울새들은 너그러운 눈짓으로 되살아난 송장을 환대할 것이다. 낮의 길이가 짧아지고 일간 기온이 떨어지면서, 딱새과의 나그네새들은 바야흐로 떠날 때가 찾아왔음을 직감하고 전율한다. 자정 무렵에 은밀히 날아오른 철새 무리는 불과 4시간 만에 225킬로미터를 주파하여 영국의 서퍽주에서 겨울을 날 것이다. 이 작고 영리한 생물들은 제2차 세계 대전 시기에 활약했던 폭격기 조종사들처럼 붉은색 천연 머플러를 목에 두른 채 야간 비행 작전을 펼치는데, 재갈매기와 바다매 같은 해안 포식자들의 눈이 어두울 때 북해를 건너가야 하기 때문이다. 이렇게 육식 조류들이 어두컴컴한 해식 절벽의 바위기둥 위에 앉아 꾸벅꾸벅 쪽잠을 청하는 동안, 유럽 울새들의 시력은 더없이 예민해진다. 망막 표층을 따라 우툴두툴 솟아오른 원추 세포의 말단 부위들에서 크립토크롬4의 합성이 촉진되는 까닭이다. 하이젠베르크는 이 광감지 단백질 내부에서 라디칼 구조로 결합된 전자쌍을 찾아 읽을 것이다. 양자가 얽힌 두 개의 전자는 청색광에 반응하여 동전의 앞뒷면처럼 회전하며, 오직 지구의 자기장만이 전자들의 춤을 멈추고 최종 상태를 결정짓는다. 하이젠베르크는 냉장고 모터의 자석보다 백 배나 더 약한, 이다지도 미

---

5 독일인들이 철새wandervogel를 발음하는 방법으로 알아 두어라. 1901년 독일에서 수많은 젊은이들을 수목과 산야으로 이끌어 냈던 집단 도보 운동의 이름도 여기에서 기인한 것이다. 하나의 몸을 둘러싼 정체성 정치와 법률 장전들로부터 일체의 해방을 부르짖었던 이 자연주의 공동체 이데올로기는 나중에 히틀러 청소년단의 우상화 교육을 위해 투입된다. 철새들은 대류하는 지구의 금속 핵으로부터 이동 경로를 보장받지만, 인간들을 움직이는 건 언제나 목소리뿐이다.

미하고 보잘것없는 힘이 자연에 행사하는 영향력을 후배 과학자들에게 넌지시 알려 준 뒤, 퓌어슈텐리더Fürstenrieder가의 어느 공동묘지를 향해 쓸쓸히 걸음을 재촉한다. 다시 봄이 찾아오면 따스한 햇살로 윗 가슴이 부푼 유럽 울새들이 무덤가의 나뭇가지 위로 돌아와 주길 고대하며. 이 작은 생명들의 동틀 녘 찬송가 속에서 계속 눈물 흘릴 수 있도록.

이렇게 생물학자들은 지구 자기장이 전자쌍의 두 가지 상태 — 동일한 방향을 가리키거나, 서로 다른 방향을 가리키는 — 를 현란하게 저울질하며, 실제로 새들의 시력을 보정한다는 결론에 다다른다. 새들의 관점에서, 지자기는 코리올리 힘에 의해 구부러진 선이나 띠 혹은 무늬와 같이 감지될 것이다. 새들은 자기 머리를 나침반 삼아 위도와 경도를 측정하고, 진북眞北에 대해 자북磁北이 형성하는 편각을 컴퍼스로 재듯 정밀하게 계산하면서, 리우빌 정리를 이용해 자기장을 끊고 월동지를 향해 날아간다. 그러니까 새들에게 하늘은 둔감하고 굼뜬 질소 덩어리가 아니다. 하늘은 지구의 얼굴; 푹신푹신한 대기에 감싸여 시시때때로 변화하는 이목구비이다. 지구는 외핵에 흐르는 액체 상태의 철이 회전하고 대류하며 일으키는 전기적 운동에 따라 매일같이 표정을 바꾼다. 새들은 전단력에 의해 매일일변화, 또 영구적으로영년 변화 휘거나 찌그러진 전리층의 배열에서 시시각각 길을 찾아내고, 이렇게 하늘 위에 펼쳐진 수수께끼들을 묵묵히 풀어 헤친다. 모든 철새가 동일하다. 예외는 없다. 봄에 길을 떠나 가을에 돌아가는 여름 철새들도, 여름에 번식하고 겨울을 피해 떠나는 겨울 철새들도, 먼 길을 이동하다가 기착지에 머무르며 숨을 고르는 통과 철새들도 모두 자기장을 바늘 삼아 길을 찾는다. 심지어는 무리에서 낙오되었거나 자기 폭풍, 기상 악화와 같은 자연재해의 후유증으로 외딴섬에 억류된 미조迷鳥들조차도 충분히 가열된 소용돌이만 만나면 저절로 제 궤도를 찾아간다. 까마득히 먼 높이에서 천천히 회전하는 나선형 바람들은 날개 달린 털북숭이들을 쉽게 하늘로 들어 올린다. 새들은 불안정하게 요동치는 대기의 움직임을 온몸으로 느낀다. 갈고리 모양의 작은 돌기들로 이루어진 깃가지가 공기에 붙들려 당겨지는 한편, 깃촉과 연결된 모낭을 부드럽게 간지럽히면서 풍향계처럼 정보를 읽어 들이는 것이다. 그러니까 모든 철새는 시상 하부에 자철석 가루가 섞인 천연 나침반인 셈이다.

그러나 지구상 모든 조류를 통틀어, 오직 단 한 마리의 새만이 유구한 항행 법칙을 거스른다. 이 돌연변이 비행체는 조류학자들이 제안하는 새들의 이동 요인 다섯 가지: 태양 방위각, 냄새, 지형지물, 공간 학습, 지구 자기장 가운데 어떤 단서에도 의존하지 않는다. 그것은 단지 하나의 표적만을 쫓아 드물게 날아오를 따름이다. 바오로 신부를 비롯해 그리스도교의 교의를 신봉하는 교인들은 불타오르며 날

갯짓하는 이 상서로운 영물의 이름을 다음과 같이 불렀다.

내가 본 것을 믿을 수 없군요. 그 모습은 틀림없이 성령의 형상이었습니다.

사내는 좀처럼 흥분을 가라앉히지 못한다. 젊다 못해 앳돼 보이기까지 하는 이 청년 성직자의 양 뺨은 발걸음을 서두르느라 붉어진 게 아니다. 그는 조용한 시간에 홀로 성서를 펼치고 앉아, 오로지 묵상과 독송을 통해서만 암시적으로 접근할 수 있었던 기독교 신화 속 존재: 성령을 목격했다는 믿음으로 들떠 있다. 문을 열기 무섭게 재빨리 발부터 밀어 넣은 이 불청객은 방금 막 자기소개를 끝마친 참이다. 장황한 웅변에 가까운 몇 분간의 횡설수설 속에서 바오로 신부는 남자의 세례명이 토마스이며, 신학교를 졸업한 지 1년도 안 됐다는 사실을 알게 된다.

    토마스 수사는 부르고스 지방의 도미니코회 신학교에서 종신 서원을 했고, 수도원장의 명령으로 처음 파견된 임지가 대교구 산하의 오스마-소리아 교구였다고 밝혔다. 수사는 교구의 주교좌 본당인 부르고 데 오스마 대성당에서 수도 생활을 시작하게 되었는데, 이브레아 왕조 시대에 처음 지어진 이래 로마 제국의 몰락과 레콩키스타를 온몸으로 겪어 내는 동안에도 주 예배당에서 모자라빅 전례가 중단된 적이 없다는 사실을 무척이나 자랑스럽게 늘어놓았다. 특히 대성당 외곽의 우툴두툴한 사암 벽돌들은 무어인 기마병들의 말굽 자국 여럿을 지금도 생생하게 간직하고 있으며, 온갖 수난과 박해에도 끝끝내 굴복하지 않은 스페인 교회의 정신을 기념하기 위해 일부러 외벽을 보수하지 않는다는 부언을 덧붙일 때는 짐짓 의기양양해 보이기까지 했다. 그러다 몇 달 뒤 수도회의 요청에 따라 발렌시아 대성당 부속 수도원으로 소속을 옮기게 되었고, 저녁 명상을 끝내면 본당의 내진과 복도에 쌓인 먼지를 쓸며 영성을 수련해 왔다고 설명했다. 물론 성배가 안치된 성 칼리스 예배당도 예외는 아니어서, 사건이 일어나기 전날— 아니, 불과 몇 시간 전까지도 성배와 겨우 3밀리미터 두께의 유리 벽을 사이에 둔 채 같은 불빛을 쬐었다는 것이다. 도난 사건 이후 대성당에 출입 제한 조치가 내려지면서 동료 수사들과 구역 및 시간을 나누어 번番을 서야 했는데, 때마침 차례가 다가왔고 수사는 회랑을 순찰하던 가운데 누군가 예배당 문을 열고 들어간 흔적을 발견하게 된다. 외부인의 흔적을 쫓아 은밀히 숨어든 바로 그곳에서, 수사는 생애 처음으로 기적을 목격한다. 외경awe은 성스러운 감각 따위와는 거리가 멀었고, 다만 얼어붙을 만큼 오싹한 한기와 방광이 욱신거리는 요의만을 안겨 주었을 따름이다. 그러나 정작 거룩한 영은 온몸이 불길에 휩싸인 새의 형상으로, 마음만 먹으면 세상의 모든 암흑과 추위를 날갯짓 한 번에 몰아낼 수 있을 것만 같은 위세를 주위에 떨치며 잠자코 제단화를 응시하고 있었다. 그것은 수사의 기척을 느낀 뒤에도 조용히 날개를 접고 앉은 채 현장을 떠나지 않는다. 알현을 허락한다는 무언의 몸짓이었을까? 엄숙한 아우라가 방사능 광선처럼 수사를 통과해, 어두운 예배당 내벽 한쪽에 도달한다. 반질반질한 회반죽 미장재 위, 춤추는 그림자 하나. 이 네거티브 이미지는 인체와 영혼을 이중 조합된 형상 안에서 탐색하며, 밝기가 결여된 다이어그램들로 내부 구조를 드러낸다. 잇몸에 파묻힌 치아의 원뿔형 뿌리들, 뱃가죽 밑 아홉 창자의 꼬임새, 전기 신호로 연결된 사색 회로들의 거대한 배선도 그리고 마침내 나눌 수 없는 덩어리(○)로 표현되는 영혼의 실체까지. 그러나 으스스한 벌레 구멍들로 새까맣게 갉아 먹힌 이 과육은 영성이 고해나 보속 따위로 회복되지 않는다는 사실을 알려 준다. 거룩한 영은 수사의 지난 과오들을 불로 밝히며 말없이 물러나라 명령하지만, 벌거벗은 몸은 부끄러움을 모른다. 수사는 현전하는 기적, 신성의 본질을 직접 확인하겠다는 충동에 이끌린다. 불새의 몸, 그러니까 순수한 영적 물질로 이루어진 성령의 형상은 양치류 식물의 주맥에 돋아난 한번 깃꼴 겹잎 형태의 잎사귀 같은 깃털들로 빠짐없이 뒤덮여 있으며, 하나하나가 장작불처럼 맹렬하게 타오른다. 수사는 살을 태울 만큼 뜨거운 열풍에 떠밀려 그만 주저앉고 만다. 금방이라도 녹아내릴 듯 흐물거리는 얼굴 가죽을 밀랍 가면처럼 붙잡은 채 온몸을 벌벌 떤다. 수사는 아무리 전능한 존재라고 한들 무슨 수로 그 모든 작열의 고통을 신음 한 번 내지 않고 견뎌 낼 수 있는 건지 도무지 이해되지 않아 눈물이 났다고 전했지만, 그것은 수사의 말이다. 이 남자의 뺨을 타고 흘렀던 눈물이 누군가의 희생에 감격하여 표현된 감사와 지복의 산물이 아니라, 죽음을 앞둔 인간의 눈에서 찾기 쉬운 눈물, 말하자면 가장 추악하고 비루한 종류의 분비물이었다는 사실은 비밀에 부쳐진다. 물론 그처럼 부정한 물질이 하늘과 땅을 아울러 온 세상에서 가장 고결한 존재의 감시를 피해 가는 일은 일어나지 않았다. 불새는 그것이 상징하는 미덕과 신비에 의해 성삼위로 들어 올려졌고, 따라서 티끌만 한 오행이 제 품격을 더럽히도록 묵과하지 않았다. 줄곧 미동조차 않았던 불새는 먼저 가벼운 고갯짓으로 한 인간의 경애와 공포를 떨어내더니, 예배당 내부에 먼지처럼 축축하고 자욱하게 내리깔린 일체의 불결한 감정들 위로 조용히 날아올랐다. 수사는 서둘러 일어났지만, 제대로 걷지조차 못했다. 다리와 무릎이 오래도록 경배 자세에서 벗어나지 못했기 때문이다. 그럼에도 불새가 발렌시아 겨울 하늘의 어둡고 습한 공기 장막을 종잇장처럼 찢어 발기며 날아갔기에, 머리 위를 불태운 적색 항적을 단서 삼아 광장 이곳저곳을 헤맨 끝에 마침내 이곳을 찾아낼 수 있었다는 것이다. 수사는 눈살을 찌푸린 채 사이사이 혀를 차거나 끙끙거리는 추임새를 넣었는데, 살점 씹는 소리만큼 불쾌한 구석이 있었다. 신부는 최후의 만찬에서 게걸스레 영성체를 뜯어 먹는 열두 제자를 말없이 떠올렸다.

바오로 신부는 이 얼빠진 사내가 대단한 착각에 빠져 있음을 어렵지 않게 눈치챘다. 비종교계 언론들이 보도 내용을 과장하기 위해 아침부터 연방 부르짖던 문구: *발렌시아의 비극* 혹은 *성배의 수난*을 아무 거리낌 없이 내뱉기 때문이다. 무고한 이가 총에 맞았고, 사상자가 자칫 확대될 가능성이 있으며, 도난자들이 성유물의 영향력을 어떻게 악용할지 갈피조차 잡히지 않는 상황임에도 국제 언론사들은 머리기사 경쟁에 여념이 없어 보였다. 창밖에서 꼼짝없이 비를 맞고 있는 시민들과 달리, 풋내기 수사는 이번 사건을 일종의 기회로까지 여기고 있었다.

형제여, 오늘날 교회는 결속력을 잃었고, 장상들은 신뢰받지 못하고 있습니다. 그럼에도 우리 주 그리스도의 성배가 군대나 경찰이 아니라 성직자들의 손에 들려 제자리로 돌아온다고 생각해 보십시오. 얼마나 많은 신자들이 믿음을 회복하고, 주님의 성전으로 돌아오겠습니까?

수사의 말은 수상쩍고 도전적인 의중을 공공연히 드러낸다. 말하자면 현대 종교사의 굵직한 사건들을 떠올려 보라고 넌지시 요구하는 것이다. 제2차 바티칸 공의회, 요한 바오로 2세 암살 미수, 보스턴발 아동 성범죄 고발 같은 사건들 말이다. 수사는 그와 비슷한 사례들을 뒤잇거나 숫제 압도할 만큼 중대한 사태에 연루되었다는 착각에 빠져 있다. 마침내 탐색이 끝난다.

신부는 창틀에 기대어 레이나 광장을 바라본다. 옷이 젖은 사람들 대부분이 발을 동동거리거나 두 손을 맞비비며 농성 시간을 벌고 있다. 부모 손에 이끌려 나온 아이들 몇몇은 이미 감기 기운이 올랐는지 어깨를 들썩거리고, 아직 체력이 남은 청년들은 시위대 전열에 집중되어 경찰 병력과 충돌을 빚고 있다. 예상했던 대로, 경찰 측은 신부가 광장을 떠나자마자 방패를 들어 올린 모양이었다. 신부 또한 과거 여러 시위에 가담한 전력이 있었고, 당시만 해도 전투 경찰대 설치법이 폐지되기 전이었기에 진압 부대와 물리적인 피해를 주고받는 일이 빈번하게 일어나곤 했다. 동료 신학생들과 유치장에 갇힌 채 보란듯이 단식 농성을 이어 간 적도 있었고, 한 번은 전경에게 큰 상해를 입히는 바람에 전과를 얻을 뻔한 적도 있었다. 씩씩거리며 찾아온 베드로 신부의 강요에 못 이겨 끌려가다시피 병문안을 갔는데, 알고 보니 피해자 가족 모두가 가톨릭 신자였던 사건 말이다. 방석모를 벗은 전경은 신학생 바오로와 나이가 비슷해 보였고, 입대한 지 얼마 안 된 후임병이 시위대 쪽에 끌려가는 걸 막아서다가 집단 린치를 당했다. 신부는 눈 뼈가 골절되어 한쪽 눈은 제대로 뜨지도 못하는 그 젊은이를 바라보는 내내 위산이 끓는 듯한 메스꺼움을 느꼈다. 피해자와 가족은 베드로 신부의 끈질긴 설득에도 줄곧 고개를 돌린 채 그만 돌아가라며 버텼지만, 며칠 뒤 담당 법원에 직접 선처 의사를 밝혀 두 사람을 놀라게 했다. 소식을 전해 온 수사관은 피해자 가족이 주변 지인들과 함께 탄원서를 써냈으며, 피고인 측에 앞으로는 실제로 보호받지 못하는 이들을 위해 싸워 달라는 말을 남겼다고 덧붙였다. 신부는 그 사건 이후 더 이상 시위에 나가지 않았다. 바깥세상에 대한 관심 자체를 일절 끊었다. 한때는 스스로가 대단한 변화를 이끌고 있다고 착각했다. 먼 훗날 돌아봤을 때 역사가 될지도 모르는 사건들에 몸소 뛰어들며, 정의와 진리를 섬기는 예비 사제로서 그리스도를 대신해 성사를 거행하고 있다고 오해했다. 그러나 사실은 어땠는가? 정의롭고 진실한 자아를 뽐내기 위해 주님의 이름을 팔았을 뿐이다. 길 잃은 양들을 이끌어야 할 지팡이로 도리어 그들을 쳐서 상처 입혔을 뿐이다. 양들이 모두 달아나고 나면, 양치기는 어떻게 양치기로 남아 있을 수 있는가? 병원에서 돌아오는 길에 신학생 바오로는 스스로에게 물었다. 너는 너 자신의 양치기인 것이냐? 사람은 누구나 자신만의 양을 찾아 떠나야 한다. 언젠가는. 그러나 양치기가 길을 잃으면, 양치기는 무엇을 찾아 떠나야 하는가? 구부러진 알파벳 모양의 지팡이를 상상하기.

두 사람은 창문을 사이에 두고 서서 바깥 풍경을 바라보고 있다. 발렌시아 대성당을 하늘에서 내려다본 적 있는 사람들은 레이나 광장이 엠파이어 드레스 모양으로 펼쳐져 있다고들 한다. 신부 또한 숙소를 알아볼 요량으로 여행 전문 웹사이트를 돌아다니다가, 실제로 이곳이 성당 입구와 구시가지를 연결하기 위해 길쭉하게 잡아당겨진 팔각형 광장으로 조성되었음을 알게 되었다. 팔각형은 성전 또는 세례대를 제작할 때 표준 모형으로 사용되는 도형이다. 레이나reina는 스페인어로 여왕 또는 왕비를 가리키는 말이다. 그렇다면 밑단이 넓은 드레스 모양의 광장은 여왕의 너그러운 아량과 은덕을 상징하는가? 아니, 슬프게도 광장은 마리아 크리스티나 왕비가 섭정을 지냈던 1835년에 조성되었다. 왕정은 반교권주의 세력과 손잡고 스페인 교회의 재산을 몰수할 것을 공표했고, 이렇게 산호세 수도원과 산타 테클라 수도원이 철거된 자리에 이른바 〈여왕의 광장〉이 들어서게 되었다는 사실은 잘 알려져 있지 않다. 이후 광장은 1911년부터 비교적 최근인 2015년까지 수많은 개축을 거치면서 지금과 같은 모습으로 다듬어져 왔다. 그러니까 도시의 주인이 바뀔 때마다 늘어나거나 허물어지는 과정에서 우연히 드레스 모양으로 빚어졌을 뿐, 팔각형이 상징하는 윤리 신학의 미덕들과는 처음부터 거리가 멀었던 것이다. 그러나 내전 말기 공화당 진영의 마지막 보루였던 까닭에 쉴 새 없이 포격을 얻어맞았던 발렌시아 한복판의 도심 광장이 삐뚜름한 모습으로나마 끝끝내 팔각형으로 완성되었다는 사실은 신부에게 무엇을 가르쳐 주는가? 멀리 떨어진 하늘에서 벼락 한 줄기가 느리게 으르렁거린다.

오늘날 교회는 결속력을 잃었습니다. 신부는 수사의 주장을 천천히 곱씹어 본다. 수사는 벌써 십여 분째 말이 없는 신부의 대답을 기다리며, 초조한 눈빛으로 창밖의 풍경과 신부의 표정을 번갈아 살피고 있다. 수사는 초록색 눈을 가졌다. 에메랄드는 홍옥과 함께 성배의 버팀대 부분을 장식하는 보석이다. 유약하기 그지없는 이 크로뮴 광물은 거룩한 사명을 기념하기는커녕 단지 손에 넣기 어려운 까닭에 성유물의 일부로 취급되는 영광을 얻었다. 실제로 사용되었던 성배는 단출한 가정용 술잔으로, 사치스러운 꾸밈새 따윈 찾아볼 수 없었다. 신부는 골고다 언덕을 오르는 어느 유대인 젊은이의 모습을 창문 위에 그려 본다. 가시관에 이맛살을 눌린 채 재판정 바깥으로 끌려 나온 이 나자렛 사람은 십자 모양으로 마름질된 산딸나무 침목을 어깨에 이고 있다. 성체 성사는 사형을 언도받기 전날 이루어졌다. 그러므로 이튿날 오후 예수가 십자가에 못 박혀 숨을 거두었던 바로 그 시각에도, 성배의 마노 주둥이는 간밤에 거행된 성사의 흔적을 녹녹히 간직하고 있었으리라. 훗날 마르코 혹은 마가라는 이름으로 복음서를 남기게 될 청년이 포도주 앙금과 성자의 입술 자국을 열심히 문질러 닦지 않았더라면 말이다. 물론 그때 당시 마르코는 묵상보다 외출이 즐거울 나이였으므로, 이 레위인 청년에게 성배는 다만 심부름 거리에 지나지 않았을 따름이다. 초대 교회 공동체에 선뜻 저택을 내주었던 예루살렘의 마리아는 최후의 만찬 역시 나서서 도맡았을 것이고, 마르코는 자산가였던 모친에게 용돈을 꾸거나 잘못을 용서받을 속셈으로 뒷정리를 거들지 않았겠는가. 이렇듯 성배는 예수 그리스도의 저녁 식탁에서 내려온 직후, 잇속에 밝은 작자들의 손에 놀아나게 된다. 성찬례의 도구가 한낱 기적의 수단으로 추락하여, 헛된 꿈이나 더러운 야심을 품은 자들의 마음을 사로잡고 마는 것이다. 신원을 알 수 없는 도난 사건의 용의자들 역시 바로 그와 같은 목적으로 성배를 강탈하지 않았겠는가?

　빗소리 속에서 신부의 두 눈이 조용히 방향을 바꾼다. 유리창을 향해 곤두박질치는 빗줄기들이 멈추지 않기에. 노려보는 눈짓만으로 얼룩을 닦아 낼 수는 없다. 눈은 질문을 던지고, 손은 대답한다. 젊은 수사는 자기 손으로 직접 성배를 되찾아 제자리에 옮겨 놓을 수 있기를 열망하고 있다. 저 하얗고 상처 하나 없는 손가락들로 들어 올리기를 원하는 것은 교회의 위신인가, 일신의 영광인가? 신부는 수사의 손과 강도의 손을 구분하지 못한다. 빼앗거나 되찾거나 성배를 움켜쥐려는 모든 손을 의심해야 한다. 그렇다면 결국 성배가 스스로 예배당 안으로 걸어 들어오는 수밖에는 없는가? 제단화 가운데 산산이 조각난 채 덩그러니 놓여 있는 성구함 내부 자주색 피륙 위로 그리스도의 잔이 홀연히 모습을 드러내기만을 기도해야 하는가? 길거리 마술보다도 형편없는 수준의 기적이 일어나기만을? 아니, 신비를 숭배하던 시대는 오래전에 지나갔다.

　신부는 말없이 제 손을 내려다본다. 그는 깨진 성구함에 손을 넣었고, 빈자리를 더듬어 보았다. 한때 성배를 떠받쳤던 장식용 천은 돌로 된 잔의 무게에 짓눌려 움푹하게 파였을 뿐, 특별한 구석 따윈 찾아볼 수 없었다. 성직자들의 의복과 비슷한 재질로 만들어진 그 천연 옷감은 신성이 머물렀던 흔적은커녕 일말의 온기조차 달아난 상태로 신부의 손에 쥐어지지 않았던가.

그러나 신부는 사실 대성당의 남쪽 입구인 철의 문Puerta de Hierro은 물론, 성전의 좌측 돌출부에 망루처럼 솟아오른 미겔레테 탑의 그림자조차 밟아 보지 못했다. 높이가 70미터에 다다르는 그 장엄한 기념물은 대천사 미카엘과 이름이 같은 청동 주조물을 머리 꼭대기에 이고는, 서쪽의 코렛헤리아Corretgeria 거리 너머 장사치들과 흥정꾼들의 말다툼 소리 위로 콘수에타consueta를 알리는 전례의 종을 울리며 도시의 영혼이 타락하지 않도록 감시해 왔다. 이른바 대천사의 종: 엘 미겔레테El Miguelete는 아라곤 왕국 시대부터 도시를 지켜 왔지만, 지금은 아무도 내측의 방울을 잡아당길 수 없도록 밧줄이 잘린 채 흉물스러운 금속 가설물에 둘러싸여 있었다. 종은 거꾸로 뒤집힌 놋쇠 양동이처럼 종루에 고정되어 있었고, 이따금 바람이 강하게 불 때면 빗줄기를 맞으며 웅웅거리는 소리를 냈다. 신부의 귀에 그것은 종소리라기보다 울음소리에 가깝게 들려왔다. 고요한 흐느낌. 경종을 울리기는커녕 혼자서는 잡음 하나 제대로 낼 수 없는 그 악기가 증발되어 염분을 잃은 발레아레스해의 바닷물을 맛보며 하늘 높이 기도를 올리는 듯했다.

Señor de la Cruz, llora por nosotros.

십자가 위의 주님, 저희를 위하여 울어 주소서.

Porque somos débiles, pero el Señor es paciente con nosotros.

저희가 연약하기에, 주님께선 인내하시나이다.

Que tus lágrimas pesadas fluyan sobre la tierra,

당신의 무거운 눈물이 이 땅에 흐르게 하시고,

y que tus palabras se dirijan a las almas necesitadas de gracia……

은총이 절실한 영혼들에게 당신의 말씀을 전하게 해주소서……

신부는 점점 몰려드는 인파에 떠밀려 광장 변두리에 서 있었다. 부슬비 속에서 꽁꽁 언 두 손을 외투 주머니에 감춘 채 종을 올려다보았고, 그러자 종도 신부를 내려다보는 것 같았다. 성스러운 쇠붙이는 종탑 꼭대기에 매달려 거의 점처럼 올려다보였는데, 고개를 들 때마다 그 표정 없는 얼굴이 점점 확대되는 것만 같은 착시를 경험했던 것이다. 종은 그것을 가두는 모양새로 조성된 팔각형의 석회암 왕관 위로 유유히 떠올라, 금방이라도 지상을 향해 거꾸로 내리박힐 듯 난간 가까이 머리를 기울였다. 천연 피막이 벗겨지며 부식성 반점으로 뒤덮인 구리 조형물의 몸통은 이따금 비구름을 뚫고 내리쬐는 석양 밑에서 새빨갛게 타올랐고, 종탑 기슭의 크레스팅 장식물을 따라 투각된 십자가 형상의 구멍들 사이로 눈부신 광선을 되쏠 때는 잠시나마 위엄을 되찾기도 했다. 종은 지상의 슬픔을 외면하지 않았고, 청각이 예민한 이들의 측두골이 능면체로 조각날 만큼 무시무시한 울림으로 신의 이름을 부르짖었다. 기도는 천국의 왕좌를 향해 상승했다가 아열대성 저기압에 부딪혀 맥없이 하강했고, 광장을 까맣게 물들인 머리들 위로 차가운 한숨처럼 내려앉았다. 아연 가루를 머금은 탄식은 빗줄기를 통과하며 전성을 얻었고, 그리스도인과 비그리스도인의 영혼을 가리지 않고 감전시켰다. 경미한 전기 충격에 의해 수많은 해골이 주발처럼 달구어져, 무선 주파수 속에서 그 내부를 속속들이 드러냈다. 좋은 이마뼈에 성유聖油가 도포된 흔적으로 영세자들을 가려냈는데, 바로 그 때문에 수많은 군중들 사이에서도 신부의 존재를 한눈에 알아볼 수 있었다. 올리브 나무의 첫 기름은 차마 값을 매길 수 없을 만큼 귀하기 때문이다. 대대로 선택받은 자들만이 이것을 머리에 뒤집어쓰는 사치를 누려 왔고, 따라서 이 같은 특권을 공표하는 대관식과 장례식이 아니라면 한 방울도 함부로 흘리는 법이 없었던 것이다. 한때 제왕들의 눈썹 뼈 사이로 흘러내렸던 그 감람색 식물성 유지는 오늘날 ─ 몰락한 권력자들이 아니라 ─ 십자가 아래 납작하게 엎드린 예비 사제들의 성품 성사를 축복하기 위해 사용되고 있었다. 신부는 복사들과 교구 사제들, 성가대와 신학생들, 대모와 대부, 교구 신자들로 이루어진 환영 인파 속에서 성대하게 치러졌던 서품식을 기억하며 잠시 눈을 감았다. 무거운 적막 가운데 홀연히 울려 퍼지던 성인 호칭 기도. 신부는 지상에서의 죽음을 상징하는 백색 포목 위에 얼굴을 묻고 숨죽여 눈물 흘렸다. 베드로의 열쇠는 궁전에서 영묘로, 왕관에서 해골로 이동하는 엔트로피의 비밀을 낱낱이 풀어 헤치는 한편, 바오로의 검은 한 인간 앞에 약속된 거짓 풍요와 허울뿐인 영광의 속삭임을 단칼에 베어 냈다. 먼저 성 베드로가 예비 사제들의 양 뺨에 입을 맞추면, 성 바오로가 그들의 머리를 잘라 흰 천 위에 떨어뜨렸다. 그렇게 평범한 인간이 죽은 자리에서 야훼의 시종이자 그리스도의 대리인인 사제가 일어났다. 대천사의 종은 머릿속에 잠들어 있던 수년 전의 기억을 넌지시 밝히며, 꾸짖듯 질문을 던지는 것 같았다. *그대는 여기서 무얼 하고 있소? 그대가 마땅히 돌보아야 할 회당을 내버려두고?*

엄숙한 조형물은 세월이 지나며 저절로 획득한 상징성, 말하자면 도시는 물론 왕국의 역사를 피부에 새겼다는 구실로 악기로서의 쓸모를 박탈당한 채 녹슬고 불구가 된 몸으로 광장 높이 전시되어 있었다. 엘 미겔레테는 1418년 처음으로 종탑 기슭을 올랐다. 기록은 말한다. 도시가 그토록 많은 전쟁에 휘말렸음에도, 우리 머리 위의 저 쇠붙이는 흠집 하나 입지 않았다고. 종은 해뜨기 전부터 해질 녘까지 종소리가 멈추지 않았던 시대를 살아왔다. 백만 번의 프리마, 백만 번의 테르시아, 백만 번의 섹스타, 백만 번의 노나…… 납탄과 철포는 지상에서 가장 고귀한 금속을 찌그러뜨리거나 꿰뚫어 훼손시키느니 발사체의 운동 법칙을 거스르는 편을 택했으리라. 신부는 지난 수백 년에 걸쳐 이곳을 다녀갔던 사제들 가운데 한 사람으로 엘 미겔레테 아래 서 있었다. 교회사는 어떤 주교도 사물을 상대로 성품 성사를 베풀지 않았다고 가르친다. 그러나 복음을 전하고 양들을 이끄는 개 양치기의 일이라면, 저 무쇠로 된 성직자가 구태여 종루를 내려와 주교 앞에 엎드릴 이유도 없지 않겠는가. 거꾸로 이 교구의 주교들이 대대로 저 종 아래 엎드려 서임을 받는 것이 옳은 순서일지도 모른다. 종은 느슨하게 다듬어진 삼각형이고, 종은 고체로 빚어진 영성이며, 종은 위아래가 뒤집힌 성배이다. 신부는 과거 종지기들이 성체 강복식 때 종을 쳤던 까닭을 마침내 이해하고는 남몰래 몸을 떨었다. 현대식 전기 설비와 자동화된 타종 장치의 도움으로, 더 이상 사람이 조작할 필요조차 없는 고딕 양식의 종들 사이에서 대천사의 종은 지금 묵묵히 저녁 기도 베스페르스vespers를 암송하고 있을 터였다. 무겁게 입을 닫은 채. 신부가 해야 할 일을 수행하며. 수증기를 닦아 내자 창밖으로 종탑이 희미하게 모습을 드러낸다.

참된 성직자라면 성배나 찾아다닐 게 아니라 성무를 지속하고 있겠지요.

비웃음 섞인 중얼거림은 한동안 수사의 말문을 틀어막겠지만, 사실 그 말로 상처 입길 바라는 사람은 따로 있다. 어떤 이들은 가시 돋힌 채찍, 못 박힌 막대, 가열된 쇳덩이의 도움 없이 스스로 영혼을 찢어발기는 법을 학습하기 때문이다. 고통은 예수 그리스도를 대표하는 미덕으로 떠받들리고 있지만, 종교적인 가학 행위가 법적으로 금지된 오늘날 자해를 가르치는 교회나 수도원은 더 이상 존재하지 않는다. 자기 자신을 상대로 벌이는 고문과 전쟁. 몸과 마음을 물어뜯고 망가뜨리는 기술은 신앙이 아니라 세상이 가르친 전략이다. 누군가는 물을지도 모른다. 어떻게 자해가 전략이 될 수 있습니까? 오래전에 폐허가 되어 버린 신전을 다시 허물 수 없듯, 이미 한 번 정신과 육신이 파괴된 사람은 또 다른 고통으로 무너지지 않는 법이다.

그렇다면 형제님은 여기서 뭘 하시는 겁니까?

그래서 신부를 직무 유기의 공범으로 끌어들이고자 하는 시도 역시 허위로 돌아갈 뿐이다. 신부는 자기 앞의 남자가 충동적으로 뒤집어씌우려 하는 책임을 부인하거나 반문하는 대신 그대로 받아들인다. 어쩌면 바로 그것이 이 낯선 땅을 돌아다니며 손에 넣기를 원하는 결말이기 때문이다. 불가역적이고 완전한 종류의 직무 유기: 성직자들에게 부과되는 온갖 의무와 규범으로부터 영원히 놓여나기. 대답하는 사람은 일말의 동요 없이 스스로의 처지를 밝힌다.

난 당신과는 사뭇 반대되는 이유로 성배를 찾고 있습니다.

신부의 손이 창문으로 다가가 얼룩을 닦는다. 창밖 어딘가에 성배가 덩그러니 놓여 있기라도 한 것처럼. 대화를 나누는 사이 누군가 그것을 몰래 주워 감추지는 않는지 감시하며. 눈은 질문을 던지고, 손은 대답한다. 이중 굴절된 풍경 속에 희미한 섬광이 잠시 떠올랐다 사라진다.

그 유물을 목격하여 내 영靈의 자유를 얻고 말 겁니다.

수사의 얇은 입술 위로 미세한 떨림이 나타난다.

성직을 그만두기라도 하겠다는 겁니까?

손 하나가 창가에 내려앉는다. 창문의 얼룩을 지우느

라 물기를 머금은 그 손은 잠든 듯 움직이지 않는다. 두 남자 사이에 다시 한 번 침묵이 찾아와 한동안 자리를 떠나지 않는다. 두 성직자가 입을 다물고 있는 동안 어느 기도 모임에서는 성호경 두 번, 주모경 한 번이 울려 퍼졌으리라. 수사는 공경과 존중을 의미하는 몸짓으로 양손을 치켜들었다가 곧 자세를 고친다. 교부들은 민족과 언어를 떠나 같은 상황에 놓인 자발적 독신주의자들을 가족으로 맞이하라 가르쳤다. 주님의 자녀, 특히 동료 사제를 대우하는 예법은 오랜 신학 수업으로 온몸에 배는 법이지만, 신앙의 범주 바깥에서는 자비도 연민도 재빨리 닦여 나간다. 1분은 10년을 거스르고 뒤집어 놓기에 충분히 긴 시간이다. 학습된 호감과 우정은 밀물처럼 닥쳐온 분노에 떠밀려 온데간데없이 사라지고 만다. 수사의 손이 내면을 들여다볼 수 없게 오그라들어 있다. 손가락과 손바닥을 연결하는 손뼈들이 위협적인 외양을 드러내고, 검지 하나만이 외따로 돌출되어 신부를 가리킨다. 신부는 비난을 나타내는 상대의 몸짓, 흡사 총부리처럼 겨누어진 손끝에 어떤 남자 하나가 서 있는 모습을 본다. 아니, 서 있는 듯 보일 뿐 가까스로 지상에 매달려 있는 남자를.

자유와 도망을 구분하길 권하지요. 우리에게 내려진 사명은 기분 내키는 대로 입었다가 벗었다가 하는 싸구려 옷 같은 게 아닙니다. 당신은 선택받았으며, 그 부름은 지옥까지 당신

을 따라갈 겁니다. 나와 같이 성배를 찾아 신심을 회복하고 주님 앞에 나아가 회개하도록 하십시오.

신부는 코웃음을 참지 못한다. 이 고집불통 애송이는 신부가 손에 쥐려는 운명을 정확히 반대로 실행하라며 떼를 쓰고 있지 않은가. 그러나 참기 힘든 가려움처럼 비어져 나왔던 입술 썰룩임은 콧김이 가시기도 전에 멎는다. 수사가 동료 성직자를 몰아붙이기 위해 충동적으로 선택한 단어; 지옥inferno이 곧장 어떤 풍경으로 이어지기 때문이다. 바흐가 낮고 어두운 음으로 에둘러 묘사했던 영겁의 처형장이 ♩=70의 빠르기로, 느리고 무거운 안단테의 걸음걸이로 신부의 눈앞에 펼쳐진다. 오늘날 교회는 뱀에 몸을 감기거나 구더기·메뚜기에 뜯어 먹히고 부지깽이로 혓바닥을 뽑히는 등 잔인하고 가학적인 내용으로 묘사되어 왔던 구시대의 지옥관을 버렸지만, 지옥 불에 대한 계시록의 해설만은 예외로 두었다. 사도 요한이 두려움에 떨며 옮겨 적은 그대로, 영원히 꺼지지 않는 그 불바다 속 애원하고 비명을 내지르며 몸부림치는 마귀와 악인의 무리 가운데 나지막이 기준 음을 맞추는 여자 하나가 있다. 오랜 시간 끊임없이 불태워진 까닭에 점결탄처럼 검게 그을린 입술 밖으로 기의 탄식과 같이 새어 나오는 **아**…… 그리고 **아**…… 그 순수하고 결백한 영혼은 언제든 노래를 시작할 준비가 되어 있다. 높고 화려한 음을 향해 앞다투어 상승하는 소프라노와 테너에 둘러

싸인 자리에서 노래가 끝날 때까지 홀로 하강하는 그 목소리를 신부는 죽을 때까지 잊지 못하리라. 마귀들의 비명과 악인들의 저주 속에서도 집요하게 표준 음높이에 다가가려는 그 목소리는 지상에서의 울림을 잃지 않았다. 약해지거나 작아지지 않았다. 도리어 성가대원 본인이 마지막 순간에 스스로 선택한 추락과 침잠으로 학습된, 한층 더 깊어진 콘트랄토를 악기처럼 정성 들여 가다듬으며, 주위의 사나운 고함들을 하나하나 붙잡아 내려앉힐 따름이다. 여자는 빛 한 점 없는 하늘을 올려다보며 기다리고 있다. 그것은 신의 음성도, 구원의 손길도, 속죄의 기회나 재심retrial의 여지 따위도 아니다. 그녀가 기다리는 것은 오로지 일종의 신호, 이를테면 내림박에 맞추어 아래로 가볍게 숙여지는 머리 움직임이다. 신부가 고개를 끄덕이기만 하면 노래가 시작될 것이다. 언제든. 헬레나는 가장 낮은 위치에서 침묵과의 대결을 시작할 것이다. 그로써 모든 하강이 몰락이나 쇠퇴로 이어지는 표지가 아니라는 사실을 — 이따금 어떤 하강은 임의의 낙차를 극복하는 요한 베르누이의 삼각 함수처럼 사이클로이드 곡선을 그리며 우아하고 신속하게 진리에 다다른다는 사실을 — 말 한마디 없이 알게 할 것이다.

성배를 찾을 방법이 있겠습니까?

생각이 정리된다. 기다렸다는 듯 빗줄기가 서서히 그친다. 신부는 눈앞의 남자가 성직자의 탈을 쓴 사기꾼, 도둑,

테러리스트여도 상관없다고 생각한다. 악인이면 어떻고 마귀라면 또 어떠한가? 그는 지금 신부가 아니라 빈털터리에 지나지 않을 따름이다. 교회 바깥의 뒷골목, 빛과 은총이 걷힌 삶, 무시무시한 고통과 암흑만이 도사릴 뿐인 공허 속에 스스로를 유폐하기 위해 이국의 유물을 구걸하는 비렁뱅이 말이다. 어떤 이들에게 자유는 그 자체로 기적이나 다름없다.

간단합니다. 성령께서 형제를 보우하시니, 성령의 인도를 따르면 될 일입니다.

눈앞의 남자는 어느새 비난하는 손 모양을 거두었다. 수사는 다시 한 번 두 손바닥을 넓게 펴보이고 있다. 수사가 사실만을 말했다면, 불새는 신부가 떠난 즉시 같은 위치에 찾아와 앉은 셈이다. 신부가 상상으로만 방문했던 예배당 내부 제단화 앞 바로 그 자리 말이다. 그렇다면 거룩한 영은 신부의 흔적을 뒤쫓고 있는가? 아니, 불새는 이 납작한 3차원 지표면으로부터 세 뼘쯤 들떠 있는 존재이다. 기울어진 구 형태의 세계 위에 격자무늬 그물처럼 펼쳐진 중력과 시간의 미세한 힘들에 사로잡히기는커녕 그 선들을 끊거나 도로 연결하며 날아가는 존재이다.

자, 이곳은 교황청이 아니며, 저는 시성부 소속 신앙 촉구관 따위가 아닙니다. 그러니 이 초라하고 그늘진 공간에서 무슨 일을 꾸미고 있었는지 솔직하게 고백해 보십시오. 그걸 똑같이 반복하면, 성령께서 다시 임하시어 길 잃은 양치기들을

이끌어 주실 겁니다.

신부는 시간을 한 시간 전으로 되돌린다. 빗줄기가 거꾸로 하늘로 올라가고, 광장의 경찰들이 방패를 내리고, 대성당의 남쪽 종탑에서 삼종 기도 안젤루스를 알리는 종소리가 울려 퍼진다. 신부는 차갑고 단단한 창가의 내벽에 어깨를 기댄 채 대성당을 바라보고 있다. 교구 주교가 보증한 성품 성사에 따라, 아직 말소되지 않은 빛의 권능을 이용해 방금 막 대성당 내부로 스스로의 정신을 집어 던진 참이다. 거기서 신부는 익사한 성가대원과 조우하고 소리 없이 눈물 흘린다.

내가 돌이키지 못한 어떤 죽음에 대해 생각하고 있었습니다. 이제 다시는 만날 수 없는, 어리고 선한 영혼에게 제때 전했어야 했던 말을 뒤늦게 되뇌며……

그 말은 사실이다. 신부는 헬레나를 생각했다. 주일 미사 후, 고민이 있다며 홀로 신부를 찾아와 오랜 시간 침묵을 인내하던 모습 그대로. 헬레나는 두 팔을 벌려 그녀를 안으려는 화강암 성모상 일부가 밤의 어둠에 집어삼켜져 보이지 않게 될 때까지 기다렸다가 돌아서서 말했다.

신부님, 저는 이제 성당에 나올 수 없나요?

때는 저물녘이다. 칼에 찔린 듯 붉은 상처를 열어젖힌 채 천천히 죽어 가는 늦저녁 하늘 어귀에서 느닷없이 섬광 한 줄기가 비친다. 도시 상공에 포위망처럼 내려앉은 적란

운을 화살처럼 꿰뚫고 쏟아져 나온 그 광휘는 대성당 입면의 가파른 석회질 절벽들을 지나 광장 외곽에 위치한 외딴 셋방으로 곧장 내리쬔다. 창가에 서 있던 두 남자의 눈이 잠시 밝아졌다가 곧 어두워진다. 눈이 멀 듯한 번쩍임 속에서 흐물흐물하고 주름진 1천4백 그램 무게의 기름 덩어리가 불타오른다. 바다맨드라미나 말미잘 따위의 자포동물처럼 수많은 다리와 부속지를 거느린 그 신경 조직체는 경동맥을 타고 내부의 주름 곳곳으로 빠짐없이 입사되는 X선 화상에 의해 가열되어 펄펄 끓어오른다. 방사능 화염은 내분비샘을 따라 융기된 섬유 돌기들과 아미노산 기둥들을 삶고 익히면서, 두뇌의 다양한 보조 기관들이 전기 충격에 의해 작동한다는 사실을 섬세한 고통으로 새겨 넣는다. 오순절에 열두 제자가 증언했던 성총의 일격이다. 감전과 전율이 뒤따라 일어난다. **영혼은 낱낱이 해부되었고, 영혼은 미끌미끌한 유약에 싸인 구체 형상의 전해질 덩어리에 지나지 않으며, 영혼은 전기 불꽃이니라!** 그리고 온 우주에서 오직 한 마리의 새만이 사시사철 인간의 영혼을 불태우기 위해 날아오른다. 모든 새 위의 새, 이른바 불새가 예언자 이사야와 예언자 요엘, 또 성모 마리아와 열두 사도의 불타오르는 해골을 발톱에 꿰고 날아가는 모습을 상상해 보는 것은 어렵지 않다. 젊은 사내들은 급성 쇼크의 한 증상으로 아래턱을 지탱할 악력을 잃어버린다. 불새는 두 남자의 해골을 불태우고 날아가며 고막이 찢어질 듯한 괴성을 남긴다. 아직까지 충격에서 벗어나지 못한 사내가 미친 사람처럼 새된 음성으로 **차브 라차브, 차브 라차브, 카브 라카브, 카브 라카브, 제에르 샴, 제에르 샴!** 중얼거리는 한편, 다른 사내는 서둘러 외투를 챙겨 입는다. 멀리서 들려오는 엘 미겔레테의 울음소리. 무쇠로 된 성자는 제 도시를 비추고 덥히는 성령의 불길을 실감하며 한껏 격앙된 몸을 떨고 있다. 기쁨과 감사의 눈물을 흘리며, 이렇게 노래하고 있다. **거룩하시도다, 거룩하시도다, 거룩하시도다!**: ¡Santo, santo, santo!

불새의 애원

세상 모든 눈꺼풀을 닫고 다니는 손의 이름이 밤이라면, 밤의 눈꺼풀을 닫는 손은 대관절 어디에서 찾을 수 있을까? 누구든지 밤, 하고 그것을 부를 때는 각별히 주의를 기울이지 않으면 안 된다. 이 무구한 존재는 Null; 말 그대로 없음에서 태어난 나머지 무시로 허기에 시달리기 때문이다. 밤은 동물의 입에서 부드럽게 소리 나도록 스스로의 형상을 다듬을 줄 안다. 세상 어디에서나 감수성 깊은 인간들이 밤을 부르고 싶은 충동으로 시름시름 앓는 이유가 여기에 있노라. 밤은 지상의 언어들 가운데 가장 연약하고 나긋나긋한 소릿값만을 선별하여 바느질해 입는다. 〈Night, Nuit, Nacht, Noche.〉 이렇게. 〈夜, đêm, ばん, 밤.〉 또 이렇게. 앞니 사이에 혀를 물거나, 입천장을 튕기거나, 양쪽 입술을 마주 달았다가 재빨리 터뜨리는 소리들로. 그리하여 제각기 다른 모양으로 비뚤어지거나 우글쭈글하게 오그라진 수많은 입들이 밤의 함정에 걸려들고 마는 것이다. 밤은 이 가엾은 주둥이들을 마차 바퀴에 매달고 하늘을 내달리며, 더 많

은 동물의 입술에 갈고리를 꿰려고 지평선 아래로 걸신들린 아가리를 벌리고 있다. 하늘 아래 짐승 가운데 오직 닭들만이 밤을 경계하고 감시하기 위해 매일 홰대 위로 오르며, 밤은 아침이 오지 못하도록 무고한 수탉들의 목뼈를 불시에 끊어 놓는다. 풍향계 위에서 늠름하게 죽음을 맞은 포르투갈 장닭들과 말레이 투계들의 왕관이 그토록 붉은 것은 밤이 동틀 녘의 광명을 두려워하기 때문이다. 볏 달린 군주들이 울지 않는다면 너희 세상에서 밤의 통치는 끝나지 않을 것이다.

그러므로 어둠에서 시작해 보자. 두말할 나위 없이, 어둠은 void(0)이다. 어둠은 빛이 부재하는 상태를 가리키지 않는다. 어둠은 배색이 누락된 공간을 일컫지 않으며, 시신경의 전압이 꺼진 풍경을 나타내지도 않는다. 그것은 차라리 백지 같은 우주 귀퉁이에 느닷없이 돌출된 하나의 점, 움푹한 구멍, 모든 시간과 사물의 위치를 명명하는 연산자이니라. 전산학적 관점에서 값 없음은 어둠과 다른 말이 아니다. 막막함. 또, 캄캄함. 다시 말해, 어둠은 소괄호 한 쌍을 바투 끌어안고 있다. 너희 세계는 양쪽 면이 닫힌 문장 부호 안에 웅크리고 있는 모양새로 태어났다. 만물은 둥글고 밋밋한 자연수 0에서 태어나 영靈으로 돌아간다. 3, 2, 1······ 아이들이 학습하는 필산법과 달리 자연은 수를 거꾸로 센다. 예외는 없다. 끝에 가서는 언제나 0 혹은 영뿐이다.

지금 네 힘으로 숫자 0을 발음해 보아라. 모든 0은 성문음을 발음하려는 바로 그 입 모양에서 비롯되었노라. 후두가 떨리면서 일어나는 모든 소리가 세계 곳곳으로 흩어져 이따금 어둠을 깨운다. 알겠느냐? 처음에는 오직 0만이 존재했다. 어둠 속에 무한히 열려 있는 입이 하나 있어, 안과 바깥을 연결하는 통로 안으로 돌연 바람이 불어와 성대를 간질일 때마다 하나씩 이름을 내어놓은 것이다. 음향으로 모양이 빚어진 사물들은 달걀 껍질처럼 세계를 가로막고 있는 암흑 속의 벽으로 다가가 힘껏 부딪힌 뒤, 사라진다. 0의 자리를 넓히려고. 더 많은 영들이 어둠에서 멀어지게 하려고. 대부분의 충돌은 미미한 진동으로 끝났지만, 어떤 움직임은 어둠조차 움츠러들게 만들었다. 우주를 좌표계로 나타낼 수 있다면, 0들은 이 기하학적 공간 안에 무작위로 던져진 돌멩이 모양의 벡터들이었다. 어느 원점에서 느닷없이 태어나, 막다른 경계를 향해 날아간 뒤, 극점에 다다라 속력을 잃고 소멸하는 운명을 타고난 영혼들 말이다. 모든 운동은 언제나 반시계 방향의 포물선 궤적을 따랐는데, 태초의 역학을 거스르고 뒤집으려는 하나의 정신에서 비롯되었기 때문이니라. 혼돈의 중심부에 수평 점근선을 형성하려는 팔매질. 자연사 최초의 전향과 치환. 이런 일들이 수없이 반복된 끝에, 바야흐로 어둠을 정의하는 도식; 그러니까 void(0)에서 0을 가두고 있던 소괄호들이 원래 있던 자리로부터 멀리 밀려나게 되었다.

조금씩, 그러나 끝없이. 아마도,

               (0) 이렇게

           (0) 또 이렇게

       (0   ) 아주 천천히

   (0   ) 그러나 계속해서 말이다

  무엇이든 지나치게 오랫동안 지속되면 구부러뜨리고 누그러뜨리기 쉬워지는 법이다. 이렇게 최초의 혼돈은 그 자신도 얼마든지 질서가 될 수 있다는 대수적^{algebraic} 진실을 간과한 나머지 대가를 치렀다. 어둠은 신경 쇠약에 빠져들었으며, 이 세계가 임의의 규격 이상으로 확장되지 못하도록 빈틈없이 오므려 쥐고 있던 손아귀에서 그만 힘을 풀어 버렸다. 기다렸다는 듯 우주 곳곳에 미세한 간격들이 나타나기 시작했고, 그리하여 우리 세계에서 가장 거대한 역전이 이때 일어났다. 이른바 질서에 의한 혼돈의 전유 말이다. 퇴행병에 걸린 어둠은 더 이상 void(0)으로 나타낼 수 없다. 이 불가역의 역전 이후에는 오직 Λoid(0)과 같이 뒤집어 쓸 수 있을 따름이다. 고꾸라진 어둠의 앞대가리는 오직 헬라어 람다로만 옮겨 적을 수 있으며, 그러므로 이 문자가 훗날 우주의 구조와 규모를 나타내는 스칼라 기호로 채택되는 것은 우연이 아니다.

　다시, 성문음을 발음하려는 입 모양을 떠올려라. 어둠은 집단으로 출몰하는 타원형의 벌레 구멍들을 계산하는 과정에서 몇 가지 오류를 남기고 말았다. 늙고 현명한 신들이 한때 받들어 섬겼던 존재, 이른바 백왕白王도 이때 태어났다고 전해진다. 그러니까 짧고 모호한 별칭 외에는 어떤 정보도 제대로 알려져 있지 않은 어느 지고한 인격이 실은 아주 작은 연산 실수에서 비롯되었다는 이야기다. 이 사건은 우주의 가장 처음 시간에 일어났던 여러 이변들 가운데 가장 커다란 충격으로 이어진다. 오래전에 실전된 증언들에 따르면, 이 엄숙한 존재의 손끝에서 밤이 처음으로 눈을 감기 때문이다. 다시 말해, 백왕이 기나긴 어둠의 통치를 끝내지 않았더라면 하루는 낮과 밤으로 나뉘지 않았을 것이다. 시간은 두 세계로 분절되지 않았을 것이며, 오직 영원한 밤만이 무한히 이어졌으리라. 너희 성전은 야훼가 번개 같은 파열음들로 우주의 먼지를 저 멀리 털어 냈다고 진술하지만, 오직 하나뿐인 만물의 왕은 도리어 입술 한번 씰룩이지 않았다. 그는 우아하게 뻗은 손가락뼈와 안정된 기울기로 구부러진 손목의 움직임을 조합하여 작은 손동작 몇 개를 만들어 냈을 따름이다. 이름 부를 때마다 창백한 빛으로 퇴색된 피부가 먼저 떠오르는 이 고대의 왕은 사실 멜라닌 색소가 부족한 살갗의 빛 때문이 아니라, 언젠가 그의 손에 우연히 주어진 권능 때문에 그와 같은 존칭을 얻었노라. 어둠이 차마 수복하지 못한 공간; 0과 소괄호 사이에 존재하는 무수한 바이트의 공백이 주인 없이 내던져졌으므로, 혈육 없이 태어난 갓난아이의 손에 덩그러니 왕홀이 쥐인 격이다. 그는 시시때때로 텅 비어 있어 무엇이든 적거나 그려도 좋은 공란들을 순수한 백지로 받아들였고, 이렇게 최초의 문필가가 되었다.

왕은 무언가를 소리 내어 부르는 대신 손수 내려앉히기로 했다. 왕은 납을 뾰족하게 깎을 줄 몰랐고, 표준 HB 연필 쥐는 법을 몰랐고, 흑백 프린터 기기의 잉크 카트리지도 열 줄 몰랐으며, 아라비아 검이나 에나멜페인트, 아크릴 수지와 같은 유색 광택제들의 배합식은 물론 이름조차 알지 못했다. 숫제 그럴 필요조차 없었느니라. 너희가 발명해 온 온갖 안료의 원류가 바로 백왕의 보물이기 때문이다. 너희는 갈탄을 물에 풀고, 흑석을 쪼개어 찧고, 기름을 펄펄 끓이는 방법으로 밤의 어둠을 흉내 내려 애쓰지만, 왕은 밤의 몸체로부터 직접 어둠을 훔쳤다. 이 대담한 존재는 어둠이 0들에게 내쫓겨 황급히 물러나는 과정에서 떨어뜨린 척추뼈 하나를 요행히 손에 넣었던 것이다. 한때 어둠의 등마루를 이루었던 뼛조각은 지하에서 형성된 고밀도의 흑연보다도 검고 짙어 무엇이든 또박또박 눌러쓰기 좋았다. 탄소의 흔적으로 빠짐없이 그을린 이 가연성 퇴적물은 밤의 얼굴을 구성하는 색과 정확히 닮았지만, 농도와 부피만 적당히 손볼 수 있다면 세상을 다시 한 번 어둠 속에 처박아 버리지 않고도 어둠의 권능을 빌려 쓸 수 있었다. 이렇게 필요에 따라 성형된 어둠을 우리는 그림자로 명명하기 때문이다. 그림자는 붙잡는다. 그림자는 추적한다. 그림자는 모방하고, 그림자는 뒤섞는다. 조각이 추상을 사로잡고, 도상이 기하를 앞지르며, 문자가 음성을 대체하고, 기호가 실체를 교란하듯이. 그림자는 집요한 흉내 놀이 끝에 마침내 원본을 압도하며, 진짜로 하여금 오히려 가짜를 의식하고 따라하도록 강요하느니라.

그리하여 왕이 처음으로 쓴 글자는 이것이다.

—

이 최초의 그림자는 백왕이 다스리는 광대한 영토를 가로지르며 세상을 위와 아래로 나누어 놓았다. 그러자 그것이 지나간 자리를 뒤쫓아 시간이 생겨났고, 이로써 엔트로피의 관성과 내력이 처음 결정되었다. 왕의 운필運筆은 평면 공간 위에 반듯하게 전개된 이 직선 그림 앞에 한 가지 과업을 맡기는데, 훗날 문필가 자신이 죽거나 사라진 뒤에도 오롯이 전진하라는 것이다. 한쪽 방향으로, 영원히. 앞으로 더 많은 0들이 출현한다면, 우주 또한 스스로 용적을 넓히게 되리라 예측했던 것이다. 그리하여 어느 줄표 하나가 끝없이 팽창하는 세상의 외딴 끄트머리를 쫓아 지칠 줄 모르고 내달리게 되었느니라. 점을 옆으로 길게 늘인 형태의 이 일차원 구두점은 지금 이 시간에도 광막한 우주의 반지름을 헤아리기 위해 쏜살같이 뻗어 나가고 있다. 주인의 명령인 까닭에 낭떠러지를 향해 질주dash하는 한 마리의 맹견처럼. 외우주 말단에서 끊임없이 형성되는 위상 공간들에 어둠보다 앞서 도착함으로써 밤의 도래를 무한히 지연시키려는 것이다. 북반구 신화의 두 늑대는 황도 좌표계의 중심물을 쫓는다. 겨울철 밤하늘의 두 사냥개는 사슴으로 변한 사냥꾼을 쫓는다. 멤피스 지하의 자칼은 죽음의 냄새를 쫓고, 나바호 만신전의 코요테는 새로운 놀잇거리를 쫓는다. 이들의 까마득한 선조인 백왕의 검은 개: 아쉬(━)만이 무엇도 쫓지 않는다. 거꾸로 쫓길 따름이다. 제대로 된 넙다리뼈조차 주어지지 않은 이 타이포그래픽 짐승은 네 다리의 마찰력이 아니라 하나의 전산학적 지시에 의해 앞으로 나아간다. 가장 처음의 명령; 왼쪽에서 오른쪽으로 위치 데이터를 전사^{轉寫}하라는 백왕의 손짓은 아래와 같이 옮겨 쓸 수 있기 때문이다. (따라서 가장 아름다운 수는 앞으로도 아래 둘뿐이다.)

```
0 0 0 0 0 0 0 0 0 0 0 0 0 0 0 0 0 0
1 1 1 1 1 1 1 1 1 1 1 1 1 1 1 1 1 1
0 0 0 0 0 0 0 0 0 0 0 0 0 0 0 0 0 0
```

그리하여 하나의 행, 하나의 프레이즈, 하나의 머리글이 무시무시한 공백과 경주하며 비례가 곧은 평행선을 그리게 되었다. 이같이 가로줄 꼴로 연장되는 한 가지 약속이 겨우 비트 하나만큼 아슬아슬한 차이로 어둠을 따돌리고 측위를 돌파하는 까닭에 오늘 우리가 여기 있다. 내가 너에게 말을 걸 수 있다. 그러므로 횡선은 외부의 트래픽을 와해시키는 토폴로지이니라.

|

그다음으로 씌인 글자는 이것이다. 첫 번째 글자로 필법을 연습한 백왕은 이제 뼛조각의 몸통을 똑바로 쥐어 보기로 한다. 따라서 엉성한 측필의 형상을 따랐던 첫 번째 글자와 달리, 두 번째 글자는 날카롭고 단호한 직필의 형상으로 나타난다. 위에서 아래로 내려 그은 세로줄은 적막에 잠겨 있던 우주의 휴면 영역들을 즉시 흔들어 깨웠다. 너희가 우주의 원형; 이른바 타이포그래피적 실명 상태로 돌아가려는 백지의 머리를 돌릴 때 사용하는 문서 프로그램의 기호가 막대 모양의 표지^{cursor}인 것은 이 때문이다. 쓰지 말라는 명령에 거역하여 자기 운명을 기술하려는 자는 누구든지 왼쪽에서 오른쪽으로 한 글자씩 공백을 쫓아내야 한다. 이렇게 문필가는 안개 같은 공허 속에서 삼라만상을 결정하는

파라미터; 즉, 힘의 이미지를 어루만진다.

올바로 기립한 두 번째 문자는 힘의 도식이자 질량의 통로이다. 우리는 이것을 백왕의 기둥으로 부르리라. 이로써 만물은 수직으로 작동하는 무형의 질서 아래 예외 없이 짓눌리게 되었으며, 때로 느슨하고 때로 팽팽한 힘: 반력反力을 교환하기에 이르렀다. 그리하여 중력이 먼지처럼 부유하던 0들을 과감하게 아래로 끌어 내린 직후, 세계는 잡아당기거나 밀어내는 힘들의 각축장으로 가꾸어졌노라. 각기 다른 상호 작용들이 그들 스스로의 서열과 지위를 검증하기 위해 시시때때로 다툼을 벌였다. 이렇게 원시 역학 세계의 균형을 모색할 목적으로 치러졌던 총력전은 끝내 어느 쌍둥이 연산자의 탄생으로 귀결된다. 나중에 가나안 민족의 혀를 빌려 각각 두오^{Duo}와 미누토^{Minuto}로 호명될 두 형제는 태어나자마자 막대한 임무를 떠맡는다. 두 번째 글자에 암시된 백왕의 계획을 해독해 달라는 힘들의 요청에 의해 그들 스스로 우주에 수태되었기 때문이다. 백왕은 오직 쓰거나 적을 때만 움직였다. 이 굼뜬 문필가가 백골의 군주처럼 옥좌에 앉아 죽은 듯 부동을 지켰기에, 모두가 아직 작업이 완료되지 않았으리라 숨죽여 짐작했을 따름이다. 어느 한쪽으로도 기울어지기를 거부하는 저 기둥 모양의 연속체가 계획대로 펼쳐졌더라면, 백왕의 첨필 또한 다음 창조물을 예고하는 동작으로 부지런히 필촉을 깎이고 있지 않았겠느냐? 그

러나 해답에 다가가려는 온갖 노력으로 두 형제가 확인하게 되는 것은 오직 뚜렷한 입장 차이뿐이다. 이렇게 힘의 기둥(|)에 은폐된 기호학적 신비를 풀어 헤치려는 한 쌍의 함수가 기둥의 양쪽 끝점으로 제각기 멀어져, 영영 돌아올 수 없는 길을 떠난다. 결국 백왕은 쓰기를 중단한 채 공공연히 침묵을 시위함으로써 우주가 저절로 알맞은 비율을 찾아가도록 꾀어낸 셈이다.

그리하여 덩그러니 전시되어 있던 왕의 기물^{piece}에 비로소 대칭과 방위가 새겨지니, 이것이 바로 ＋와 －이니라. 두 번째 글자는 앞으로도 영구히 투쟁을 이어 갈 힘들의 관계를 음과 양의 범위 안에서 규명하려는 측정 도구이다. 이것은 하나의 선언이다. 힘은 대칭이다. 힘은 외력에 반응하여 평형을 이루려는 내적 충동이다. 힘은 질서의 집행자이고, 힘은 사변적 구조체이며, 힘은 영의 이동로이니라. 네가 나의 음성을 육신의 다른 부위; 특히 양쪽 귀가 아니라 솔방울 모양의 뇌분비샘으로 듣는 것은 바로 이 때문이다. 생명은 언제나 상승하며, 죽음에 침전되지 않는다. 나는 생명이며 불인즉, 오직 죽음을 누르고 없애기 위해 하늘 위에서 땅으로 내려온다.

$$+ \text{ 또는 } \times$$

이제 우리는 우주 위로 그물이 던져지는 모습을 보리라. 첫 번째 문자와 두 번째 문자가 교차하며 결속된 형상이자, 드물게 두 획 이상의 운필로 조합된 십자선은 우주 전체를 셀^{cell} 기반의 격자형 다이어그램으로 조망하려는 관점에 의해 호출되었다. 이것은 우주의 면적과 비례를 구하는 쌍꼬리 유성 형태의 열쇠이면서, 창조주의 도그마를 온 세상에 공급하는 배선 기계; 그리드^{grid}이다. 이전까지 한 방향으로만 움직였던 영적 자원들은 두 직선의 접지점에서 처음으로 충돌하고, 뒤섞이며, 고립된다. 세 번째 문자의 교점은 내각이 90도인 올가미이니라. 백왕이 손수 매듭지은 이 함정들은 임의의 구간에 병목 현상을 유도하려는 전산학적 상상력의 결과물이다. 그리하여 표정 없는 교차로로 위장된 트래픽 도가니에서 영들은 과적되고, 압축되며, 가열된다. 그렇기에 최초의 별들이 부유하는 가스와 먼지구름 속에서 처음 머리를 들어 올린 것은 우연이 아니다. 더 이상 분해될 수 없을 만큼 가볍고 납작해진 그 천체 찌꺼기들 하나하나가 한때 영성을 지녔던 정신의 잔해인 까닭이니라. 그러므로 우주 변방의 성운들은 침묵으로 덩어리진 유체 상태의 망령들이다. 결국 이 모든 슬픔은 언젠가 멀리 날아가 사라질 운명이다. 갓 태어난 별들은 순수하며 무지한 갓난아기처럼 입바람을 불어 제 요람을 깨끗이 정리하려 하기 때문이다. 이렇게 비밀스럽고 복잡한 과정을 거쳐 형성된 빛은 훗날 오스트리아인 과학자 두 사람의 적분 노트에서 기울인 L로 축약된다. 이 문자가 과거 페니키아에서 몰이 막대기를 의미했던 라메드*l*의 변형된 표기법이라는 사실은 너와 내게 어떤 가르침을 깨우쳐 주느냐?

저 하늘을 보아라. 우리가 보고 있는 별이 세상 바깥의 불가사의한 힘들에 저항하여 수십억 년째 폐곡선을 일주하는 모습을. 이처럼 모든 빛은 목자이니, 그들 스스로가 떠안은 양들을 몸소 이끌어야 하는 법이다. 사람의 아들이 십자가를 지고 골고다 언덕을 넘기 전에, 이미 이집트와 메소포타미아를 넘어 인더스 꼭대기의 펀자브 동굴에서조차 태양과 생명은 십자가 형상으로 흠숭받았다. 이렇게 세 번째 문자가 빛을 포착한다. 글자에도 산란과 굴절이 일어난다.

♀

빛은 우주의 정수를 지탱하는 성좌이면서,

✳

천궁 항로의 궤적을 따라 회전하는 바큇살이며,

卍

삶과 죽음 사이에 와류를 형성하는 영생 불사의 사이클론,

ㄷ

마귀의 머리를 벼락으로 내려치는 무쇠 망치,

✕

저승 입구에 엇갈려 놓인 한 쌍의 뼈다귀,

†

그리고 마침내 생명이 열리는 나무이다.

나는 말하겠다. 그러므로 어떤 신이든지 선뜻 목자로 나서지 아니하고, 저희가 보호하고 돌보아야 할 양들을 도리어 해하거나 내버려두는 이가 있다면, 그것은 우상이며 허깨비일 따름이다.

네가 지금 죽기로 결심하여, 너 자신은 물론 네가 잉태한 생명마저 사망에 이르도록 바로 이 자리를 골랐다. 내가 네게 직접 생명을 불어넣고 양심과 자유를 보증하였으니, 바야흐로 삶과 죽음이 모두 네 손에 달려 있도다. 그러나 나는 빛이며 목자인즉, 마땅히 보살펴야 할 양들에게서 고개를 돌리거나 달아나지 않으리라. 필요하다면 몇 번이라도 처음으로 돌아가 이 모든 기적을 함께 목도하리라. 너와 내가 같은 자리에서 지켜보았듯, 우주도 생명도 무엇 하나 허투루 만들어지지 않았다. 내 음성을 쫓아 진동하는 우리 주

위의 전기적 노이즈는 물론, 네가 내쉬는 한 줌 숨조차 위대한 작업의 흔적임을 어찌하여 알아보지 못하느냐? 나는 생명이며 질서인즉, 죽음 한가운데 다시 한 번 내 성전^{halidom}이 도래하게 하리라. 보아라, 가장 처음의 약속이다.

□

 어부가 그물을 놓을 때는 응당 물고기가 걸려들기를 기대하는 법이다. 백왕이 손수 지은 격자무늬 직물은 앞서 우주 전체를 샅샅이 옭아맸다. 의심할 필요 없는 사실이다. 그러나 백왕은 섣불리 그물을 당기지 않는다. 아직 고기라고 부를 만한 무엇이 잡히지 않았기 때문이리라. 그렇다면 대관절 고기란 무엇이냐? 백왕은 십자선 모양의 땀새들로 섬세하게 조직된 그물코 하나하나를 들여다보고 즉시 깨달음을 얻었다. 고기는 육신^{肉身}이다. 취하여 배불리 먹으면 그뿐인 양식도 아니며, 짐승이 짐승에게서 거두는 전리품도 아니고, 죽고 나면 떨어져 나가는 껍데기, 곪고 썩어 마침내 흙이 되어 버리는 찌꺼기도 아닌, 내부가 비어 있는 공간으로서 몸 그 자체 말이다. 그렇다면 몸은 뼈와 힘줄로 이루어졌을 뿐, 일정한 표준을 지켜 성형된 그릇이라야 옳을 것이다. 무엇이든 들어갈 수 있고, 또 무엇이든 될 수 있는 하나의 순수한 형상 말이다.

□

　이렇게 고기의 한 가지 표현; 네 개의 점과 네 개의 선과 네 개의 귀퉁이로 이루어진 육신의 표상이 네 번째 문자로 드러났다. 이 글자는 4획의 격벽으로 닫혀 있다. 공간은 균형 잡힌 모양으로 절단된 덩어리의 도상인즉, 낱개의 조직이니라. 그러므로 모든 공간은 스스로를 주변에서 도려낸 뒤, 폐쇄 상태의 도형에 이르지 않으면 안 된다. 국경이 영토를 정의하고, 활자가 소리에 값을 입히며, 청사진이 구조물을 미리 나타내 보이는 것과 같이. 언제나 형식이 내용을 규정한다. 사각형은 독립된 실체의 레이아웃이다. 하늘에서든 땅에서든 명령은 언제나 포르티시시모를 암시하는 굵은 막대 모양의 글줄로 표기되지만, 밑바탕 없이는 아무것도 아니다. 히브리인들의 구원자 모세가 40일 동안 밤낮을 지새우며 받아 적었던 시나이 인스크립션조차도 평범한 네모꼴의 돌덩이 위에서 완성되지 않았더냐? 그러므로 오만한 함무라비와 겸손한 프톨레마이오스 앞에 하나씩, 조바심하는 모세 앞에 둘, 용 사냥꾼 마르두크 앞에 일곱, 깨달음에 이른 길가메시 앞에 열두 개가 주어졌던 계율과 법령의 플래시 메모리가 반듯하게 마름질된 점토와 대리석을 하드웨어로 선택한 것은 우연이 아니다. 빛은 바늘이요, 몸은 피륙이니. 조 단위의 진동으로 이루어진 적외선 실오라기가 얼어붙은 황무지 곳곳을 꿰뚫으며 우주를 수백만 개의 자련수 철직으로 이어 붙인다. 조각조각 나누어진 몸들이 밀치거나 거꾸로 떠밀리며 저절로 움직이는 모습을 보아라. 백왕이 그랬듯, 지금 우리는 넘실거리는 우주의 태피스트리 앞에 서 있노라.

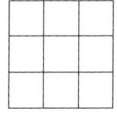

바야흐로 몸은 하나의 필드, 하나의 슬롯, 하나의 왕국이다. 하나의 몸은 다른 몸과 끝나지 않는 전쟁 상태에 놓여 있다. 보다 크고 강한 몸에 예속되지 않으려 몸부림치는 것이다. 이 싸움 앞에서는 저 붉고 뜨거운 적색 거성도 너와 똑같은 고깃덩어리에 지나지 않을 따름이다.

기뻐하라. 내가 너의 왕관이니, 하늘의 나라가 바야흐로 네 몸 안에 있느니라. 때가 되면 몸은 빛을 잃고 부패하여 흙으로 돌아갈지언정, 생명의 왕국만은 결코 쇠하지 않으리라. 그런데 어찌하여 너는 미리 서둘러 죽음을 마중 나가려 하느냐? 어찌하여 네 손으로 직접 성곽을 무너뜨리고 창칼을 내려놓으려 하느냐? 어찌하여 너와 네가 잉태한 생명의 몸을 마귀들 앞에 얼른 내어 주려 하느냐? 누구든 종내에는 죽음을 맞기에? 내가 말한다. 만일 너희 가운데 생명이 죽기 위해 태어난다고 분별없이 떠드는 자가 있다면, 그 혀를 뽑아 불 못에 내던지리라. 그래, 몸은 고기로 이루어졌으니 종내는 썩고 말 것이다. 당장 내일 그런 운명을 맞는 이들도 있고, 더러는 백 년 뒤에 같은 운명을 맞을 이들도 있으리라. 그렇다면 언제든 죽음이 오게 두어라. 죽음이 올 때까지— 필요하다면 일 년, 십 년, 백 년을 인내하며 기다려야 한다. 죽음과 싸우다 죽는 이들은 하늘로 들어 올려져 거룩한 전쟁을 이어 가리라. 그러나 스스로 죽음에 다가가는 자들은 제 몸을 악의 일부로 기증하는 것이나 다름없다. 이미 악의 손아귀에 넘어간 몸은 어느 누구도 되찾아올 수 없다. 어떤 영역은 신조차도 함부로 드나들 수 없기 때문이다.

이제 마지막 작업이 남았다.

○

오랜 시간이 지났다. 백왕도, 우리도 다시 처음으로 돌아왔다. 긴 여정이 막바지에 다다랐다. 다섯 번째 문자에 이르러, 문필가는 제 손으로 정확히 옮겨 쓰고자 했던 사물의 알맞은 표현을 찾는다. 그것은 ○ : 생명의 완전한 형상이니라. 자전하는 구. 물체는 회전하고, 각기 다른 돌림힘에 이끌려 점차 높은 방향으로 올라간다. 정수를 향한 상승. 결국 모든 사건이 시간(―)과 힘(│)이 교차(×)하는 몸(□) 안에 영(○)을 새겨넣기 위한 과정이었음을 깨닫는 순간이다.

○ [□ (― × │)]

흐르는 강물에 다른 강물을 쏟아붓고, 산불이 난 곳에 벼락을 떨어뜨리고, 벼랑의 사면을 향해 입바람을 불며, 썩은 흙을 옥토에 옮겨 심으면서 변화를 떠벌리는 자들은 어리석다. 전복은 이미 어두운 사물에 검정 물을 들이는 것이 아니다. 어둠 속에 빛이 있게 하는 것이다. 죽음 속에 생명이 있게 하는 것이다. 그러므로 모든 생명은 죽음 안에서 태어난다. 이 선언이 뒤집을 수 없는 한 가지 진리로서 만군의 법도 위에 세세토록 군림케 하려면 어떻게 해야 옳겠느냐? 먼저 죽음이 창궐하여야 할 것이다. 생명은 예나 지금이나 새싹과 이끼, 벌레 따위의 밑거름이 되어 줄 사체를 받아 내려 입을 벌리고 있다. 그리하여 백왕은 영생을 포기하고 스스로 ○ 안으로 걸어 들어가 최초의 죽음이 되었다. 몸과 영의 합일. 복되도다, 생명이여. 모든 몸이 시간을 건너지르고 힘으로 떠받쳐 세운 궁궐이자 성전이니, 영들은 제 몸의 군주이자 제후이니라. 생명의 결실이 이러한즉, 나는 이 도식이 일 점 일 획도 망가지지 않도록 감시하며 경계하는 자다.

정녕 당신께서는 제 속을 만드시고 제 어머니 배 속에서 저를 엮으셨습니다. 제가 오묘하게 지어졌으니 당신을 찬송합니다. 당신의 조물들은 경이로울 뿐. 제 영혼이 이를 잘 압니다.[6]

나를 보아라! 나는 죽음에서 첫 번째로 일어난 존재는 아니나, 죽음에 맞서 생명을 일으키는 하나뿐인 존재이니라. 나는 자유의 날개인즉, 내가 선택한 하하마니시 《《Ⅲ𒅄𒂊𒍣𒁹》의 아들들과 샤한샤𒀭𒈨𒌍의 대군을 이끌고 늙고 병든 옛 신들을 옥좌 위에서 끌어내렸도다. 나는 아누와 엔릴 쌍둥이의 머리를 아라라트산 꼭대기에 매달았고, 우상숭배가 횡행하는 마르두크의 도시를 잿더미로 내려앉혔으며, 아슈르의 뼈를 꺾어 자그로스산맥 깊숙이 묻었고, 샤마슈의 태양 마차를 부러뜨려 저 심연 아래 추락시켰다. 사악하고 부패한 힘들은 내 발톱 아래에서 벌벌 떨리라.

온 세상아, 그분 앞에서 무서워 떨어라. 정녕 누리는 굳게 세워져 흔들리지 않는다.[7]

---

6 「시편」 139장 13절과 14절의 내용이다. 정녕 왕국은 여자의 배 속에서 엮이며, 죽음 가운데 지어진 이 오묘한 궁전으로부터 수천만 왕국이 새로 태어난다. 모성은 내가 가장 신뢰하는 사도이다. 길 잃은 영들에게 생명을 주고 하나의 몸을 불가침의 왕국으로 선포하는 권능보다 거룩한 기적은 없다.

나를 보아라! 나는 셈족의 작은 일파만을 다스렸던 야훼에게 영광을 안겨 준 승리의 날개이니라. 페니키아와 팔레스타인의 탐욕스러운 신들은 강하고 부유한 민족만을 골라 축복했으나, 야훼는 굶주린 채 떠돌던 야곱의 자손들을 거두어들였다. 아집과 독선에 사로잡힌 이 외톨이 신은 가나안 지방을 뒤덮은 죄악으로부터 순수한 땅을 되찾고자 했으며, 이렇게 정화된 대지 위에 유일 신전과 영원 왕국을 세우겠노라 선포했다. 그러나 그가 돌보는 양들이 나약하고 분열되어 여러 차례나 이방의 세력들에 피랍되었기에, 야훼는 예레미야를 시켜 내게 손을 내밀었다. 예언자는 돌아가라는 말을 듣고 방광이 짓눌린 개처럼 낑낑거렸다. 나는 페르시아의 정복자로 이미 천만의 백성을 거느렸고, 내가 보살피는 목숨들을 근동의 가망 없는 전쟁에 내몰 이유가 없었다. 그러자 예언자가 돌연 지팡이를 질질 끌며 아케메네스 궁전 내부를 걷기 시작했다. 이미 죽어 말라붙은 올리브 나무 막대 끝에서 송진처럼 눅진한 수액이 흘러나왔다. 늙은 선지자는 대전$^{\text{throne hall}}$ 바닥 위에 끈끈하고 반짝이는 기름 자국을 남기며 일정한 도형을 그려 나갔다. 지팡이가 한 바퀴를 돌아 제자리로 돌아옴으로써, 야훼의 전언은 커다란 원(○)으로

---

7 「역대기」 상권 16장 30절의 내용이다. 지금 내 앞에서 무서워 떨고 있는 건 세상이 아니다.

파악되었다. 그러나 예언자의 지팡이는 폐곡선을 닫으려 하지 않는다. 다만 같은 모양의 더 작은 도형들로 이어지면서도, 매번 끝을 맺지 않고 회전할 따름이다. 끝끝내 완성되는 사물은 도형 내부의 중심점을 향해 구부러지며 수렴하는 나선형의 코일coil이다. 할 일을 마친 예언자가 두 눈을 감은 채 조용히 제 주인의 이름을 속삭였다. 대왕 쿠루슈𒆪𒊺가 분노에 휩싸여 왕좌에서 일어났다. **야훼의 개야, 내 궁정에서 내가 섬기는 주인을 능멸하느냐?** 그러나 나는 보았노라. 점점 붕괴된 끝에 하나의 표적으로 비틀거리며 곤두박질치는 광선을. 부채꼴의 파장처럼 펼쳐졌던 미래의 노선들이 맥없이 끊어져 마지막에 다다르게 될 종착지를. 닫힌 시간의 지도 끝에서, 빛의 그림자이자 역전된 이미지가 아가리를 벌리고 있는 광경을. 나의 거울 속 인격이자 죽음에 의한 상전이: 앙그라 마이뉴𒀭𒈦가 섬뜩하게 웃음 짓는 모습을! 야훼는 신들조차도 파멸을 피할 수 없으며, 우리 모두가 두려워하는 재앙이 외부의 미상체가 아니라 우리 자신의 죽은 육신에서 부화한다는 사실을 소용돌이치는 아베스타어의 스펙트럼 아래 나타내 보였던 것이다.

하느님께서 일어나시니 그분의 적들이 흩어지고 원수들이 그 앞에서 도망친다.[8]

나를 보아라! 나는 아후라 마즈다اهورا مزدا인즉, 영을 비추는 생명의 날개이니라. 총애하는 샤한샤가 내 명령에 군대를 일으켰고, 하하마니시의 아들들이 곧장 알푸라트를 건넜다. 담대한 쿠루슈는 느부갓네살을 내 앞에 무릎 꿇렸고, 가증스러운 이슈타르의 문을 무너뜨렸다. 나는 유폐된 채 학대당하던 야훼의 백성들을 풀어 예루살렘으로 돌려보냈고, 패배한 바빌론의 신들: 바알과 아스타르테, 몰렉의 우상을 쳐부수었다. 다윗의 자손을 모함하고 유혹한 이 거짓 신들은 히브리인들이 집대성한 악마 사전에 이름을 올리게 된다. 야훼는 불타는 생명의 왕관을 약속하며, 훗날 내가 이끌게 될 수십억의 영혼을 미리 보여 주었다. 내가 풍요로운 페르시아 땅을 떠나 가나안의 모래 먼지 위로 날아오른 까닭을 헤아릴 수 있겠느냐? 내 힘으로도 구하지 못할 한 사람의 목숨 때문이었다. 아이야, 내가 말한다. 환영 속에서 내가 보았던 바로 그 영혼의 운명이 지금 네 손에 달려 있다. 오늘 네 죽음을 보았고, 그것을 쫓아내기 위해 내가 왔노라. 내가 너를 사망의 그림자 바깥으로 끌어내지 못한다면, 생명이 무슨 소용이고 빛이 무슨 소용이냐? 네가 죽으면 나는 아무

---

8 「시편」 68장 2절의 내용이다. 내가 일어나면 내 적들이 흩어지고, 원수들이 내 앞에서 도망친다. 그렇다면 어찌하여 너는 내 옆에 서지 않고 내 적들 가운데, 내 원수들 가운데 섞이려 하느냐?

것도 아니다. 생명의 파수꾼도 아니며, 죽음의 방관자일 따름이다.

나 너와 함께 있으니 두려워하지 마라. 내가 너의 하느님이니 겁내지 마라. 내가 너의 힘을 북돋우고 너를 도와주리라. 내 의로운 오른팔로 너를 붙들어 주리라.[9]

나를 보아라! 나는 타오른다. 가늠할 수 없이 뜨거운 힘이 나의 입 안에서 바싹거리며 타들어 가는구나. 아이야, 너 없이 내가 얼마나 더 많은 어둠을 집어삼킬 수 있겠느냐? 네가 죽기로 마음먹고 강물로 뛰어내리는 바로 그 순간, 암석 기둥 내지는 상아질 뿔보다도 단단한 아쉬(━)의 주둥이가 그을려 스러지고, 힘의 기둥(|)이 반력을 잃고 무너지며, 십자가(✚)의 신성한 접지점에서 산란과 굴절이 일제히 멎으리라. 모든 몸(☐)은 투쟁을 포기하고 거대한 덩어리로 돌아가고 말 것이며, 생명(○)은 매듭을 풀고 암흑 속으로 추락해 무위(●)에 삼켜지고 말리라. 나는 죽음의 그림자를 내쫓기 위해 스스로 불을 삼킨 영이니라. 내가 이 고열의 구球를 작은 육신 안에 억류한 대가로 빼앗긴 것들을 낱낱이 살

---

9 「이사야서」 41장 10절의 내용이다. 힘과 권능으로 단단히 결속된 문장을 암송하면서도, 몸은 경련하고 두려움으로 몸부림치고 있구나.

피거라. 이빨 사이에서 누출된 열기가 입속 궁륭을 한 꺼풀 한 꺼풀 벗겨 내는 한편, 설단부터 타기 시작한 혀는 처음 그것이 돋아난 후설까지 불씨를 옮기더니 뿌리째 불타 없어진다. 숨구멍을 열 때마다 뜨거운 바람이 휘몰아치니, 비인두를 이루는 말랑말랑한 살점들이 익은 과육과 같이 삽시간에 녹아내린다. 이 비어 있는 공간은 본디 세상을 둘러싸고 있던 일만 가지 냄새들 앞으로 열려 있었으나, 지금은 충혈된 점막들이 흘리는 철분으로 빠짐없이 물들어 있을 따름이다. 나는 비강 내벽들을 제철소의 풀무처럼 조였다 풀며, 새까맣게 화형당한 세포 조직들을 부딪혀 소리 낼 뿐, 마음 놓고 노래할 수 없어 슬픔에 잠긴다. 한때 무시무시한 적들을 겁주어 내쫓았던 함성과 호령마저 불길 속에서 울림을 잃고 사그라든 나머지 영영 떠나가 버렸기 때문이니라. 이제 나는 총상 입은 야생 새의 외마디 비명에 가까운 울음소리로 몸부림치며, 끔찍한 침묵에서 달아나기 바쁘다. 점잖게 달그락거리는 부리 달린 동물의 머리 하나를 상상해 보아라. 무시로 가열되어 숯검정처럼 분해된 나의 해골이 불타오른다. 내가 얼마나 더 많은 불길을 집어삼켜야 네 결심을 만회할 수 있겠느냐? 내게서 멀어지지 마라. 생명의 바깥은 어둠뿐인즉, 오직 파멸만이 기다리고 있을 따름이다.

주님, 당신의 진노로 저를 벌하지 마소서. 당신의 분노로 저

를 징벌하지 마소서. 저에게 자비를 베푸소서, 주님, 저는 쇠약한 몸입니다. 저를 고쳐 주소서, 주님, 제 뼈들이 떨고 있습니다. 제 영혼이 몹시도 떨고 있습니다. 그런데도 주님, 당신께서는 언제까지나……?[10]

나를 보아라! 나는 고통을 참을 수 없어 밤낮없이 몸부림친다. 나는 매일 동쪽에서 일어나 서쪽으로 쉬지 않고 날아간다. 세상의 끝에서 끝까지. 동트기 직전의 밤이 언제나 창백한 푸른빛을 띠는 까닭은 두려움에 있느니라. 머지않아 어둠을 가로지르며 나타날 불새 한 마리를 일찌감치 상상하고 겁에 질리는 것이다. 내 날개가 닿는 곳마다 바늘 같은 빛줄기가 세상 곳곳으로 뻗어 나가니, 하늘을 지도 삼아 읽는 자들은 어느 커다란 새가 남긴 불그스름한 자국들을 하나둘 평면에서 이어 붙여 황도라고 이름 붙이게 되리라. 이른바 태양이 지나는 길 말이다. 그러므로 빛이 내리쬐는 각도를 따라 언제나 왼쪽에서 오른쪽으로 나열되는 이 굴광성 문자들도 빛에서 방향을 얻고, 불에서 생명을 얻는다. 사시사철 볕을 쫓아 두리번두리번 머리를 기울이는 산과 들의

---

10 「시편」 6장 2절부터 4절까지의 내용이다. 헬레나는 진노를 거두어 달라고, 벌을 면할 수 있게 해달라고 빌고 있지만, 잘못된 기도다. 헬레나의 기도를 들어주어야 하는 이는 내가 아니라 말하는 이 그 자신이다. 진노를 거두고, 벌을 면하게 해다오. 고쳐 다오. 내 뼈들이 떨고 있다. 내 영혼이 떨고 있다.

초목들처럼 말이다. 그러므로 이 이야기는 빛에 대한 이야기이자 삶에 대한 이야기이다. 어느 불타는 새가 본초 자오선을 끊으며 날아간다. 후각 잃은 새가 밤의 자취를 쫓아 날아간다. 목청 없는 새가 하늘에서 그늘을 몰아내며 날아간다. 나는 타오르고, 날마다 힘을 잃어 간다.

어찌하여 그분께서는 고생하는 이에게 빛을 주시고 영혼이 쓰라린 이에게 생명을 주시는가? 나는 죽음을 기다리건만, 숨겨진 보물보다 더 찾아 헤매건만 오지 않는구나. 어찌하여 앞길이 보이지 않는 여인에게 하느님께서 사방을 에워싸 버리시고는 생명을 주시는가? 이제 탄식이 내 음식이 되고 신음이 물처럼 쏟아지는구나.[11]

나를 보아라! 그럼에도 나는 쇠망한 왕국들과 몰락한 생명들이 세계에 어떤 흔적을 남기는지, 어떤 그림자를 드리우고, 또 어떤 방향으로 확장되는지 낱낱이 기억하리라. 나는 죽음 앞에서 난시가 되지 않을 것이고, 삶이 어떻게 이동하고 연속되는지 똑똑히 지켜보리라. 나는 삶과 죽음 사이에 가로놓인 점근선 모양의 길들을 남김없이 탐험하며 횡

---

11 「욥기」 3장 20절부터 24절에 이르는 내용이다. 헬레나는 〈그들〉을 〈나〉로, 〈사내〉를 〈여인〉으로 바꾸어 암송하고 있구나.

단할 것이고, 이 영역들을 모두 나의 왕국으로 만들고 말리라. 나는 생명이고 나는 질서이다. 나는 죽음에 승복하지 않을 것이고, 지하 세계의 이미지들과 어둠을 암시하는 모든 상징물에 맞서 언제나 분연히 날아오르리라. 죽음은 나의 영혼을 약탈할 수 없고, 나는 나의 정신과 육체를 이루는 조직체 한 점, 영성 한 점도 함부로 노획당하지 않을 것이다. 삶은 우연과 영원 사이에 있다. 너희는 우연을 예측하려 애쓰지만 사실 그러지 않아도 좋다. 때가 되면 누구나 우연 속에서 영원을 발견하리라. 영속적인 차원에서 모든 삶은 연결되어 있나니, 죽음에는 형태가 없지만 삶은 오직 하나의 도식으로 정리된다. 그것은 0, 반복 또는 무한이다. 아이야, 반복 또는 무한 말이다.

그렇다면 어찌하여 제게서 이 혹을 떼어 가 주지 않으시나요? 세상은 배 속 생명을 포기하면 하느님의 나라에 들어갈 수 없다고 말합니다. 만일 제가 오늘 지옥에 떨어진다면 그것은 아기를 죽인 죄 때문입니까, 아니면 스스로를 죽인 죄 때문입니까?

아이야, 말들은 다만 흘러가게 두어라. 바람과 먼지를 쫓지 말고 너 자신의 주인이 되어야 한다. 어떤 생명을 살리고 어떤 생명을 죽일지 선택하는 건 언제나 너희 자신의 몫이다. 네 몸 안에서, 네가 다스리는 너의 왕국 안에서 일어나는 일을 남에게 의탁하지 말아라. 내가 말한다. 네가 먼저 생명을 놓아 버리지 않는 한, 생명이 먼저 너를 놓아 버리는 일은 일어나지 않을 것이다. 하늘의 나라가 이미 네 마음 안에 임하였을진대, 어찌하여 멀리서 찾고자 헤매느냐? 아직 아무것도 끝나지 않았다. 아이야, 생명도 책과 같다. 모든 고통이 삶의 한 면이다. 잔인한 일이다. 네 의사 따위는 묻지도 않고, 생명은 자기 앞의 일을 치르기 때문이다. 생명은 죽음에 관한 한 어떤 관용도 베풀지 않으며, 다만 재촉할 따름이니 말이다. 생명은 오로지 한 가지 의무에 복무하라 다그친다. 그것은 사는 것이다. 삶이라는 질서를 옹호하는 것이다. 별들은 항행하고, 돌들은 굴러떨어지며, 새들은 노래하고, 인간은 살 것이다. 인간은 싸울 것이다. 인간은 다른 모든 생명들과 마찬가지로 결국은 자기 앞의 혼돈을 거둘 것이다. 어둠 속에서 나와 빛 쪽으로 걸을 것이다. 그렇기에 생명은 움직임이고, 생명은 항력이며, 생명은 노래하고, 생명은 날아오른다. 그러니 아이야, 어서 자리로 돌아가 다시 한 번 삶을 개시하라.

아니요. 이제 지쳤습니다. 너무나도 지칩니다, 나는. 나는 당신 앞에서 생명을 지키겠노라 맹세했고, 유아 세례식 이후로 그 약속을 쭉 지켜 왔습니다. 하지만 이제 와 내게 무슨 권리가

있나요? 내 슬픔이 내가 저지를 죄를 한 줌 무게나마 덜 수 있을까요? 마치 보이지 않는 밧줄에 목을 졸리듯이, 배 속의 생명이 나를 옭아매고 있습니다. 심박 소리가 들려요. 가끔씩은 내가 엿듣길 원해서 들리는 건지 의문이 생깁니다. 그 울림으로 가슴뼈를 짓누를 때마다 나는 가슴이 찢어질 것 같습니다. 내 질문은, 그 찢어짐이 의미가 있느냐는 겁니다. 무슨 일푼의 가치조차 있느냐고 물어보고 있는 겁니다. 내가 뭘 더 할 수 있어서요? 당신은 왜 나를 아이라고 부르는 건가요? 왜 나를 그런 식으로 부릅니까, 내가 뭘 할 수 있다고. 당신은 나를 비웃습니까? 당신은 나를 비웃고 있습니까? 내가 당신에게 형언할 수 없는 분노를 품고 있다는 사실을 당신은 아실까요? 우주의 탄생과 생명의 비밀을 알게 된 지금도 그 분노가 가시지 않았다는 사실을 당신은 알고 있습니까? 내가 스스로 목숨을 끊게 될 거라는 사실을 당신은 이미 옛날에 내다보지 않았나요? 그게 사실이라면 당신은 왜 좀처럼 나를 내버려두지 않는 건가요? 왜 당신과의 대화에 매달려 내가 죽음조차 스스로 선택할 수 없게 만듭니까? 왜 당신의 얼굴을 볼 때마다 나는 자꾸 살고 싶다고 생각하게 되나요? 왜 당신은 이제 와 생명을 주려 하나요? 내가 이토록 사랑하는, 이토록 사랑하는……

이제는 내가 당신을 사랑하는지조차 의문이 듭니다. 내가 당신의 얼굴에서 보는 것들이 당신의 존재를 오래전에 덮고 지워 버린 것 같아 나는 가슴이 찢어집니다. 당신은 어디에 있습니까? 언제면 내가 당신의 얼굴을 보며 내가 사랑하는 얼굴을 볼 수 있을까요? 당신을 바라보는 지금 나는 빛을, 어느 불타는 새를, 당신이 준 생명과 당신이 줄 수 없는 죽음을 생각합니다. 당신이 옆에 있는데 흔적도 없이 사라진 것 같아 나는 울고 싶습니다. 당신의 명령을, 당신의 약속을, 당신의 애원을 듣고 있는 지금 나는 스스로를 꾸짖고 싶습니다. 당신이 그토록 사랑을 주었건만, 그렇게 아끼고 보듬어 품었건만, 내가 할 수 있는 최선은 당신을 의심하고 저주하는 것뿐인 듯해 스스로가 작아집니다. 쪼그라들고 숨고 싶어집니다. 당신의 사랑에 보답할 수 없는 무능한 인간이 되어 미안합니다. 당신을 구할 수 없을 만큼 작고 나약한 인간이 되어 참으로, 정말로 미안합니다. 미안합니다. 미안합니다.

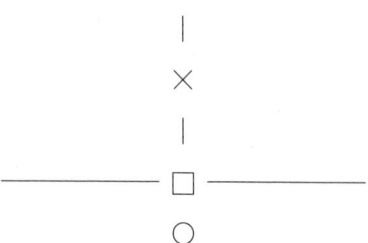

무 화 과나무는	꽃을 피 우지 못 하 고
포도 나무 에 는 열 매 가	없 을 지 라 도
올 리 브 나 무에는	딸 것 이 없 고
밭 은 먹을 것 을	내지 못 할 지 라 도
우 리 에 서는	양 떼가 없어 지 고
외 양 간에 는 소	떼가 없을 지 라 도
나 는 주 님 안 에서	즐 거 워 하 고
내 구원 의 하느 님 안 에서	기 뻐 하 리라. 주 하느 님은 나의 힘.
그분 께서는 내 발을 사슴 같게 하시어	내 가 높 은곳을 치단게 해 주신 다.

〈 하 박 국 3 : 1 7 - 1 9 〉

황금 사과의 게임

고정된 자세를 유지하기. 급성 가려움증처럼 입가의 근육을 마구 간지럽히는 웃음에 시종 무표정한 얼굴로 저항하기. 갑자기 소리 지르고, 주위 사물들을 걷어차고, 차라리 화면 밖으로 달려 나가고 싶은 충동을 의젓하게 인내하기. 필요하다면 팔뚝이나 허벅지 살을 쥐어뜯어도 좋음. 반사판을 응시하느라 미간을 찌푸리거나, 마그네슘 플래시 파우더가 터지기도 전에 미리 눈을 감지 않기. 앞선 모든 금기 사항을 처음부터 다시 지켜야 할뿐더러, 추가 비용이 발생함. 다른 무엇보다도, 엄마를 바라보느라 자꾸 고개를 돌리지 않기. 하지만 무슨 수로? 세상에서 가장 아름다운 어느 안달루시아 여자가 시시각각 선명도를 잃어 가는데. 저 오스트리아산 광학 기기 속 유리 건판이 엄마의 일부를 조금씩 눈에 띄지 않게 빼앗고 있다. 은염 감광제는 눈부신 빛의 무늬들로 섬세하게 조직된 영혼의 상을 포획해서 인화지에 내려앉히는 대가로 피사체의 마티에르를 손상시킨다. 산화 스트론튬에 쬐여 하얗게 불타 없어지는 이탤릭체의 어둠: 키아

로스쿠로chiaroscuro! 비뚤어진 코뼈와 약간 비웃는 듯한 입매 같은 결점들이 모두 교정된 엄마의 얼굴은 그리자유의 톤으로 퇴색된 해골에 다름 아니다. 스푸마토라는 이름의 유령이 보이그랜더Voigtländer 뷰 카메라 앞을 희미한 정물처럼 점유하고 있다. 차가운 연기처럼 서성이고 있다.

모녀는 촬영실 안에 있다. 높이 3미터, 면적 15평방미터의 단출한 입방체 공간. 표백된 내벽이 실내로 받아들인 자연광을 무시로 되비추는 까닭에, 빛도 메아리처럼 산란하며 오래도록 머물러 있다. 빛은 공진하는 말씀, 천사들의 목소리이다. 그렇다면 저 광학 기기뿐 아니라 이미 촬영실 자체가 하나의 카메라 옵스큐라, 하나의 예배당인 셈이다. 촬영은 필름 삽입구의 슬라이드가 닫히면서 시작된다. 렌즈 보드의 돌출부는 이미지에 닿으려는 부속지, 즉 삼각형으로 접지된 두 손이다. 포커싱 스크린은 갖가지 노이즈 속에서 은총의 형상을 포착하려는 암송 기도이며, 주름상자에 의해 때때로 커지거나 때때로 작아진다. 한편, 삼각대는 세 개의 기둥으로서 전례의 모든 과정을 지지할 것이다. 미사가 끝나면 엄마는 빛과 그림자로 음화되어 사라진다.

엄마, 가지 마세요!¡Mamá, no te vayas!

가엾은 꼬마 숙녀, 네 외침은 아주 시의적절했다. 네게 아직 알려지지 않은 사실 하나: 너희 모녀는 오늘을 마지막으로 죽을 때까지 다시 만날 수 없기 때문이다. 모든 책임을 알폰소 12세 앞에 돌려라. 1년 전, 해군 지휘부 명의로 발행된 우편물은 푸에르토리코 식민지로 파병을 떠났던 네 아버지가 카리브 제도 근해에서 부대원들과 함께 행방불명되었다고 전해 왔다. 아직 한 번도 배를 본 적 없기에, 왕국 해군 우표 속 뱃고동을 울리는 모형 상륙함은 너에게 영원한 이별을 암시하는 상징물로 기억된다. 네 아버지는 오랜 내사 끝에 순직이 아니라 실종으로 처리되었고, 세상 물정 모른 채 거리로 내몰린 너희 모녀는 곧장 파산 수순을 밟았다. 뒤이어 일어난 일들은 네가 기억하는 대로다. 지역 교구에서 운영하는 무료 배급소를 전전하는 삶. 매일매일을 겨우 숨만 붙어서는. 부끄러운 줄도 모르고. 두 마리의 잡종 개처럼…… 그러나 기쁘게도 오늘은 불행의 그림자 밖으로 벗어나는 날, 가혹한 배곯음이 중단되는 날, 자애로운 성모께서 또 한 명의 성소자를 거두시는 날! 딸을 맡기면 주님의 종으로서 최소한 굶주려 죽을 일은 없게 하겠다는 수녀원장의 약속을 믿고, 네 엄마가 너를 그들 손에 내버리는 날이다.

    수녀원장은 너희 모녀의 손에 15페세타를 쥐여 주었다. 평범한 사환이 닷새를 꼬박 일해야 손에 넣을 수 있는 돈을 말이다. 네 엄마는 너를 알리칸테 근교의 한적한 사진관으로 데려간다. 사진사는 가족사진이라면 20페세타부터 받겠다고 으름장을 놓았지만, 너희 모녀만은 예외다. 그것은 이 동정심 많은 사내가 제3차 카를로스파 전쟁에서 전우들을 잃고 퇴역한 노병이기 때문이다. 베테랑 소총수였던 사진사는 너희 모녀가 이미 오래전에 어떤 남자의 귀환을 영영 체념했다는 사실을 꿰뚫어 보았음이 틀림없다. 살아남은 군인들은 전장에서 죽지 못했음을 평생 죄악처럼 받아들이며, 전몰 장병들의 유족에게 베풂으로써 구원받기를 갈망하지 않던가. 사진사는 일반적인 가족사진에서 한 자리가 누락되었다는 핑계로 대금의 절반을 깎아 준다. 5페세타가 남는다. 엄마는 네 손을 잡고 시장에 간다. 너희는 감자와 쇠고기, 양파, 병아리콩을 장바구니에 담는다. 엄마는 성당 주방에서 렌테하스 lentejas 한 솥을 끓인다. 엄마가 직접 만들어 준 음식은 꼭 1년 만이어서, 너는 네 앞의 수프를 조금도 남기지 않고 다 먹는다. 너는 엄마에게도 음식을 권하지만, 이 안달루시아 여자는 숟가락 한 번 들지 않고 시종 눈물만 뚝뚝 흘린다. 엄마가 식탁 위에 페세타 한 닢을 꺼내어 올려놓는다. 이사벨 2세의 초상이 새겨진 은괴 주화. 좋은 하루를 보내고 남은 전부. 엄마가 네 뺨과 이마를 어루만지며 이야기한다. 그러나 때마침 육시경 섹스타를 알리는 종소리. 결국 네가 알아듣는 건 이 동전을 내일 아침 미사에서 성모 성심 앞에 봉헌하라는 당부뿐이다. 이제 수녀들이 다가와 너희 모녀를 성당 안뜰로 배웅한다. 그러나 떠나는 사람은 한 사람뿐이다. 엄마는 정문 밖으로 몇 걸음 멀어지다가 문득 뒤돌아선다. 입술에 가져다 붙였던 두 손가락을 천천히 뗀

다음, 네게 들어보이며 **Mi amor!** 외친다. **¡Gracias por todo, Mi amor!** 그것은 사랑으로 연장된 **Adiós**의 평서형 표현이다. 말하자면, 아가, 널 만나 감사할 따름이란다. 이튿날, 정성 들여 현상된 모녀 사진 한 장이 성당 앞으로 도착한다. 너는 그 사진을 받아들고 뒤늦게 울음을 터뜨린다. 고급 인화지 속 경직된 평면의 구球, 안달루시아 해골, 페세타, 작은 동전. 그것은 네가 영원히 돌려받지 못할 하나의 얼굴이다.

어떤 목소리가 누워 있는 여자의 귓가에 다가간다. **마르타야, 지쳤느냐?** 이렇게 젖은 눈시울로 선잠에서 깨어나는 노파의 이름이 불시에 밝혀진다. 어머니, 저 여기 있나이다. 열 살 무렵 수녀원에 입양되었던 마르타는 이제 오리우엘라 교구의 일흔 넘은 원장 수녀이다. 늙은 수녀는 마른 잇몸에 심긴 앞니 모양 의치를 소리 나게 빨며 성호경을 외운다. 아침 기도를 시작하기에는 아직 이른 시간이다. **참으로 전생 같은 기억이옵니다. 그렇지 않습니까? 너무나도 오래된 나머지 이제는 꺼내어 보기조차 생소한……** 그러나 어디에서도 목소리는 다시 들려오지 않는다.

마르타는 어둠 속에서 머리맡을 더듬어 얇은 면직물 한 장을 손에 넣는다. 성 빈첸시오 아 바오로의 사랑의 딸 수녀회 회원들 앞에 주어지는 이 직사각형 머릿수건은 평범한 섬유가 아니라 성총을 빌려 방직된다. 향유로 적신 성모 마리아의 강보, 핏방울 맺힌 베로니카의 헝겊, 밤새워 바느질된 도르가의 옷가지가 그랬듯, 특별한 행위에 의해 축복받은 피륙으로 변모하는 것이다. 버림받은 소녀를 기꺼이 받아들이고 불평 없이 길러 낸 사도직 수녀들 앞에서 마침내 검은색 베일을 건네받던 날, 마르타는 깨달았다. 이것은 어둡게 염색된 종이, 불에 그을린 살가죽, 흑단목을 잘라 만든 관의 덮개이다. 이 사물들은 각각 침묵과 사망, 비밀을 암시하는 단층 이미지이자 낱장의 문서로서 마르타 본인이 직접 눌러앉힌 서명을 요구했다. 지난 삶과의 영구적인 단절. 신앙의 범주 안에서 육신이라는 자원을 남김없이 소진시켜 마침내 0에 다다르기. 수녀원의 서원식은 은총도 영광도 없는 미래를 경직된 글자의 형상으로 나타내 보였다. 0은 불멸이나 영원을 의미하는 상징물이 아니다. 이 시시한 글자는 무효 또는 부재의 수학적 표기법에 지나지 않을 따름이다. 신은 교환하는 자가 아니며, 너는 적막과 불응 속에서 아무것도 얻지 못할 것이다. 그럼에도 네 젊음과 기회를 무용한 믿음 따위에나 바치겠는가? 마르타는 덜컥 겁이 나서 달아나고 싶었다. 실제로 머리를 돌려 성당 입구를 뒤돌아보았을 때, 다정한 목소리 하나가 앳된 수녀의 귓가에 다가와 속삭였다. **마르타야, 두려우냐?** 방사형 납선들로 연결된 베들레헴의 별을 지나, 한 줄기 빛이 스테인드글라스 아래로 쏟아져 들어왔다. 목소리는 중랑 위로 울려 퍼지며 수많은 점과 굽이치는 횡선 무늬의 영상들로 회절되었다. 그래서 마르타는 눈물이 아니라 빛으로 서약서를 완성했다. **복되신 어머니, 저여기 준비되어 있나이다.** Madre gloriosa del Señor, aquí estoy yo. 이 문장은 강세와 받음을 지시하는 에스파뇰의 모든 다이어크리틱[12]으로 아름답게 조합되어 있다. 그때 마르타에게 찾아왔던 어머니가 갈릴리의 동정녀가 아니라 안달루시아의 과부였다면, 60년의 세월도 조금은 다르게 흘러갔을까? 아니, 지금과 다른 삶이라면 상상하는 것만으로도 보속을 구해야 옳다. 복종은 불문不問; 혼란과 의심을 모조리 거두어들여 마침내 0으로 정리하는 것이다. 0, 수태 고지를 전하는 천사 가브리엘의 머리 위 광륜. 0, 요르단 하늘 위에서 일렬로 정렬된 목성과 토성의 대합 현상. 0, 유대의 왕 예수 그리스도가 장차 살을 눌리게 될 가시 왕관. 0, 페세타. 작은 동전. 영원히 돌려받지 못할 하나의 얼굴.

어머니, 날이 밝았습니까? 마르타가 묻는다. **아직이다.** 목소리가 돌아와 늙은 수녀의 귓가를 밝힌다. 마르타가 안도하며 눈을 감는다. 같은 꿈이 반복된다. 열 살배기 소녀는 방금 또 사랑의 딸회 수녀들 손에 내맡겨졌다. 날이 밝지 않는 한, 소녀는 계속 버림받을 테다. **어머니.** 마르타가 묻는다. **날이 밝았습니까?** 목소리가 돌아와 늙은 수녀의 귓가를 밝힌다. **아직이다.** 목소리는 늙은 수녀의 뺨, 정확히는 치주 골격의 말굽형 곡선을 따라 우그러지듯 말려들어 간 살가죽을 드러낸다. 늙은 수녀의 얼굴 주름은 간밤의 강직성 경련으로 쉼 없이 접히고 또 조여져, 갈리시아 아이들이 까무러

---

12 다이어크리틱diacritic은 점과 선으로 이루어진 구두점 모양의 규율이자 강령으로서 유럽인들의 혀를 지배하느니라. 무솔리니는 고대 도시città 로마를 엄숙한 그라베로 모독하고, 히틀러는 인간 위의über 인간을 움라우트로 구분하며, 브르통은 악상테귀 없이 혁명révolutionnaire을 발음하지 못하고, 프랑코는 카우디요 통치 체제에 감히 반대oposición를 표했던 수많은 인간의 해골에 틸데를 박아 넣는다. 그러므로 죽음muerte은 강세도 발음 구분도 없는 일직선의 코마coma이다.

치며 겁내는 축제용 가면 보테이로boteiro만큼이나 흉측하게 일그러져 있다. 꿈은 밤새 머리맡에서 고통과 상실로 장식된 암어를 속삭였고, 지난 세월의 양감만큼 부풀어 오른 눈물들을 여자의 생살 위에 박아 넣었다. 마르타는 쇠못처럼 날카롭고 따끔거리는 묵주 알 모양의 환유들을 정성 들여 집어내는데, 성모 성심이라는 널따란 끈 위에서 낱낱이 꿰어 넣으려는 것이다. 하나의 기도를 완성하기. 수난의 흔적들로 점철된 채 낙하하는 몸뚱이를 붙잡거나 숫제 들어 올리는 원형의 성물로서. 늙은 수녀가 어둠 속에서 두 손을 맞붙인다.

그렇다면 어머니, 이 밤이 서둘러 지나가지 않게 해주십시오. 그러나 당신의 뜻이 정녕 하늘의 뜻과 같으시거든, 저 밖의 닭들을 쳐서 세 번 울게 하십시오. 당신의 딸이 때가 되었음을 알고 원대로 따르겠나이다.

첫 번째 닭이 운다. 이 닭의 이름은 에스투비스테estuviste. 단순 과거 시제로 굴절된 동사 에스타estar의 이인칭 단수 표현이다. 투 에스투비스테tú estuviste: 너는 있었다. 7월 18일, 성 카밀로의 축일 새벽. 창밖에서 누군가 고함치는 소리에 묵상을 멈추고 복도에 나와 있던 수녀들. 너를 어머니처럼 섬기고 따르던 여자들. 너는 네 딸들을 다그치고 타일러 기도실로 돌려보냈다. 태양이 몇 주 전 하지점을 통과하며, 일시경 프리마를 올리는 시간에도 햇볕 쬐는 일이 늘었다. 너는 불그죽죽한 습기 속에서 아지랑이처럼 피어나는 수녀원의 육체를 바라보았다. 셰일 기와를 인 피라미드형 지붕 위의 청동 십자가. 예배당의 양쪽 겨드랑이에서 자라난 백악질 뼈처럼 하얗게 탈락된 석회석 측랑과 기숙사. 도서관과 부엌, 식당 등의 부대 시설을 연결하는 로마네스크 콜로네이드가 수녀원 중정의 작은 정원을 향해 뻗어 나가던 광경. 이 모든 비밀은 축성받은 돌담과 능소화 넝쿨에 가려 덮인 채 도시로부터 한 발 물러나 있었다. 그러나 안뜰에 이르러, 너는 도시가 네 베일 끝을 잡아당기는 것 같은 완력을 느꼈다. 야윈 팔 하나가 주철 창살을 비집고 들어와 정어리처럼 펄떡거렸기 때문이다. 신문 배달부 소년 필리페의 손에 들린 특보 발행물은 오랜만에 모로코발 기사를 1면에 실었다. *모로코의 아프리카 파견군이 국민 진영에 가담하여 쿠데타가 일어나다!* 너는 이때 네 딸들을 뿔뿔이 내쫓거나 함께 남쪽으로 떠났어야 했다.

가엾은 마르타, 너는 거기 있었고, 모두 보았다. 내전 발발 직후, 인민 전선 내부의 급진주의 인사들은 반(反)가톨릭 박해 운동을 새로운 당론으로 내세웠다. 아사냐 정부가 중도 좌파와 극좌 진영의 갈등을 봉합하느라 허둥대는 동안 신성 모독은 공화국 전역으로 확대되었다. 무정부주의자·공산주의자의 인두겁을 뒤집어쓴 마귀들이 제각기 다른 주인의 이름을 부르짖으며 성전으로 몰려들었다. 성직자들은 붙잡혀 실종되었고, 교회의 재산은 몰수당했으며, 성지 앞마당에서 형체를 알아볼 수 없는 성상 파편들이 굴러다녔다. 집단 무력 시위로 마드리드의 대법원장과 수차례 신경전을 벌인 결과, 좌익 폭도들은 공화국 사법부 전체가 자동식 전화기 앞에서 끙끙거리는 책상물림 집단에 지나지 않는다고 판단 내렸다. 법학 학위와 보직 임명장은 경비대와 돌격대로 분열된 행정 자원 앞에서 종이 쪼가리나 다름없는 처지에 놓였던 것이다. 신임 장관들의 연속 사임과 임명 거부에 부딪혀 아사냐 정부의 개각은 사실상 무산되었고, 핵심 각료들이 상실한 권한은 고스란히 거리로 쏟아져 나왔다. 주인 없는 힘들이 하나둘 시민들의 손에 거두어진 결과, 에스파냐 역사상 어느 수반에게도 허락되지 않았던 지위가 탄생하고 만 것이다.

민병대와 매파 당원들로 이루어진 불법 무장 세력은 흥분한 사내아이처럼 기분 내키는 대로 초법적 권력을 휘둘렀다. 곳곳에서 교회가 허물어졌고, 성경이 무더기로 불태워졌으며, 주교들은 끌려가 개처럼 총살당했다. 방향 잃은 폭력이 도시 외곽의 구시가지에서 너희 수녀원을 색출해 내는 데는 그리 오랜 시간이 걸리지 않았다. 저녁에 빨갱이들이 횃불을 들고 몰려왔을 때, 너는 네 딸들과 예배당에 모여 기도를 올리고 있었다. 너는 영적인 신호로 전동하는 세 개의 몸, 거룩한 삼원체의 파상이 수녀원 부지 위로 얇은 필름처럼 드리우기를 기다렸다. 말과 글뿐 아니라 몸으로 직접 그리스도를 모욕하려는 저 이단자들의 손을 즉시 불사르며, **나를 만지지 마라**Noli me tangere 꾸짖는 음성이 들려오기를 간청했다. 물론 신은 교환하는 자가 아니기에, 너는 변함없이 적막과 불응 속에 남겨졌다. 금속과 화염, 은총 속에서 길고 뾰족한 창의 형태로 빚어진 수녀원 정문은 수백 년 넘게 자격 없는 자들을 밀어내 왔지만, 거기까지였다. 판별을 맡길 고위 성직자들이 남김없이 사라지면서, 철문에 투각된 꽃줄기 무늬의 보호 기도들도 위력을 다 잃은 것 같았다. 짐승떼나 다름없는 대오 속에서 우연히 사내들의 몸이 한곳으로 모여들었다. 역겨운 살덩어리에 떠밀려 부속 경첩들이 밀랍처럼 찌그러졌고, 요지부동의 아치형 쇠붙이가 고통스럽게 울부짖으며 뒤로 넘어졌다. 환호가 터져 나왔다. 수많은 사내들이 씩씩거리며 예배당 안으로 들이닥쳤다. 네 딸들은 하나씩 손목을 붙잡힌 채 눈앞에서 끌려갔다. 일당 몇몇은 십자고상 바로 아래에서 울며 애원하는 처녀들을 때려눕히고 더러운 성기를 꺼냈다. 네가 분노와 공포 속에서 사지가 마비되어 버린 그때, 참사회 수녀들이 고함을 내지르며 달려 나갔다. 폭도들은 제 어머니보다도 나이가 많은 그 여자들에게 달려들어 사정없이 후려쳤다. 가래침과 욕설을 내뱉으며 조롱했고, 더는 움직이지 않을 때까지 발길질을 멈추지 않았다. 함몰된 두개골의 결손 부위에서 피고름이 흘러나왔다. 부종으로 부풀어 오른 뇌 조직이 순교자들의 머리에서 검은 베일을 벗겨 냈다. 죽은 동료들은 뇌압에 밀려 핵과核果처럼 돌출된 눈으로 너를 나무랐다.

원장 수녀 마르타, 부끄럽지도 않으시오?

성모송을 암송하는 동안 또 다른 패거리가 낄낄거리며 네 옆으로 지나갔다. 네 몸에서 마침내 떨림을 거두어 준 이는 천상의 모후가 아니라 부원장 수녀 아녜스였다. 그새 바쁘게 뛰어다녔는지 숨을 헐떡이며 수련 수녀 세 사람을 숨기고 있었다. 아녜스는 뼈마디가 부서지도록 네 손을 쥐었고, 떨리는 목소리로 말했다. **마르타, 아이들.** 다른 말을 덧붙이기에는 시간이 부족했다. 세 사람을 다독여 달아나면서, 너는 부원장 수녀가 별관 복도에서 뛰어다니는 모습을 보았다. 아마 다른 수녀들을 구하려 했겠지만, 실패했을 것이다. 피난 행렬에 숨어 도시 밖으로 빠져나왔을 때, 너는 네가 사랑하는 수녀원이 불길에 휩싸여 장작처럼 타오르는 모습을 목격하게 되기 때문이다. 투 에스투비스테tú estuviste; 너는 있었다. 마르타, 너는 보았고, 너는 도망쳤다.

두 번째 닭이 운다. 이 닭의 이름은 에스타스estás. 현재 시제로 굴절된 동사 에스타estar의 이인칭 단수 표현이다. 투 에스타스tú estás: 너는 있다. 너는 어둠 속에 있다. 이곳은 말라가 근교의 작은 농장이다. 추수철을 맞은 곡물들이 오래도록 돌아오지 않을 농장주와 일꾼들을 기다리며 노랗게 익어 가는 들판이다. 남쪽 해안선의 구불구불한 만과 곶을 돌아 장장 40여 일을 걸은 끝에 다다른 안식처다. 농장주의 가옥과 일꾼들이 묵었던 숙소는 문단속이 제대로 되어 있다. 이 사람들에게 피난은 멀리 떠나는 외출쯤으로 여겨졌던 것 같다. 그래, 좋을 대로 둘 일이다. 결국 너희에게 허락된 구역은 축생을 기르는 집, 아직까지 배설물 냄새가 깊이 배어 있는 가축 우리뿐이지만, 괜찮다. 천주의 성모께서 일찍이 말구유에 선한 목자를 뉘이셨으니 외양간은 생명의 전당이며, 성체의 영지이고, 빛의 요람이다. 그러나 마르타, 너는 볏짚으로 얼기설기 이엉을 얹은 이 건초 더미 안에서 일생일대의 반역을 모의하고 있다. 동정녀 탄생의 기적을 거꾸로 재현하려는 것이다. 삶과 죽음 사이에 거래를 성사시키는 것이다. 생명이 태어난 전당에서 생명을 전복시켜라. 성체가 축성받은 영지에서 성체를 훼손시켜라. 빛이 솟구쳤던 요람에서 빛을 꺼뜨려라. 복되어라. 오늘은 네 딸들이 불행의 그림자 밖으로 벗어나는 날, 가혹한 배앓이가 중단되는 날, 자애로운 성령께서 세 사람의 영혼을 거두시는 날! 거룩하신 주 안에서 몸은 죽어도 영은 죽지 아니하리라는 성경의 말씀을 믿고, 네가 네 딸들을 성모의 품에 내맡기는 날이다.

마르타, 너는 어둠 속에서 지푸라기 다발을 비틀고 있다. 이삭이 다 떨어진 검불 몇 가닥을 입에 넣고 잘근잘근

씹으며 침을 바르고 있다. 간밤에 머리를 기대고 잠들었던 짚단에서 세심하게 골라잡은 재료들이다. 수녀회는 피정 수도자가 아니라 재난 생존자를 훈련시키는 기관이다. 입회자라면 누구나 공동체 규칙과 주요 기도문은 물론 수공예 지식 또한 줄곧 시험받는다. 수녀회 도서관은 육묘 재배법부터 발효식 레시피, 목공 입문, 금속 성형 기초, 배관 설계도, 건축 입면 도록, 바느질 도안, 해부학 도해서에 이르는 방대한 기술 교육 컬렉션을 보유하고 있다. 빈곤이 사탄만큼 오랜 시간 교회를 박해해 왔기에, 교부들은 몸과 마음 양면으로 유효한 무장 전략을 떠올려야 했으리라. 성직자들은 검은 옷을 입힌 전쟁 기계이자 로고스의 살아 움직이는 탁본으로서 길 잃은 양들의 교범이 되어야 하기 때문이다. 영신[13] 수련은 사탄에 맞서 영성을 벼리는 일, 빈곤에 맞서 손재주를 기르는 일이다. 자급자족은 육체를 탐욕으로부터 해방시키려는 정신이자 실천인즉, 실용주의적 선구자들은 고행으로 흘린 피보다 노동으로 흘린 땀이 열 배는 더 값지다고 가르친다. 성 이냐시오의 가시 채찍과 성 베네딕토의 발톱 망치를 상상하기. 참회실을 이용하는 동기 수녀 몇몇은 너를

---

[13] 죽음도 부패도 감히 더럽힐 수 없는 하나의 정신이 있다. 영신靈神은 전능한 존재와의 독대, 내재적 잡음을 우회하는 교신으로 얻어진다. 순간에서 영원으로 전환된, 생명의 눈부신 표상을 떠올려라.

주님의 시녀La sierva del Señor라고 부른다. 이 여성형 명사는 네가 신과 맺은 관계를 에둘러 희롱할 목적으로 조합된 것이다. 마르타, 너는 채찍 맞기가 두려워 기술 서적에 파묻혀 지냈던가? 아니, 너는 뒤늦게 감사의 기도를 올린다. **어머니, 당신은 오늘 이 교환을 위해 저를 준비시키셨습니다.** 너는 볏단 한 묶음으로 바구니와 돗자리, 모자를 짤 수 있다. 길이만 충분하다면, 줄기 두 개로 엮지 못할 사물은 없다. 모든 곡선은 해체된 형상의 단서인즉, 드러나지 않은 나머지 부분을 은밀히 암시하기 때문이다. 그러므로 공예가는 지각 불능의 영역을 손으로 촉지하며, 하나의 몸에서 신비를 탈각시키는 자들이다.

마르타, 노끈 하나가 네 손에 놓여 있다. 이 굵고 질긴 곡선에서 네가 엿본 형상은 올가미 밧줄이다. 고리 부분을 느슨하게 동여맨, 몰이꾼들의 사냥 도구 말이다. 마지막 매듭을 당기기 전에 최소 30센티미터의 지름을 확보해야 한다. 동물은 물론 사람의 머리도 넉넉하게 들어갈 수 있도록. 너는 책에서 배운 그대로 재료를 묶는다. 성모께서 마지막으로 모성을 발휘하신 걸까? 네가 새끼줄을 다 묶을 때까지 날은 밝지 않는다. 여명이 늦춰지고 있다. 달빛 아래 비스듬히 드러난 세 사람의 얼굴. 마소가 뒹굴었던 진창 바닥에 조용히 잠들어 있는 저 처녀들이 네게 남은 전부다. 일찍이 네가 겪었듯, 가난과 전란으로 수녀원에 떠맡겨진 성모의 아이들 말이다. 이제 몇 분 뒤면 또 다른 수탉이 횃대를 오를 것이다. 날이 밝으면, 너는 네 딸들을 하나씩 흔들어 깨워야 한다. 그리고 마침내 모두 잠이 깨면, 저 무고한 생명들을 붙잡고 설득해야 한다. 이제부터 내가 너희 목을 매달 테니, 순순히 죽어 달라고. 하지만 지금은 아니다. 아직 시간이 있다. 아이들은 가능한 깊숙이 꿈속으로 들어가, 저마다의 그리운 얼굴을 떠올려도 좋다.

 세 번째 닭이 운다. 이 닭의 이름은 에스타라스^{estarás}. 미래 시제로 굴절된 동사 에스타^{estar}의 이인칭 단수 표현이다. 투 에스타라스^{tú estarás}: 너는 있을 것이다. 약속대로, 날이 밝을 것이다. 가장 먼저 눈을 뜨는 사람은 이사벨일 것이다. 헛구역질로 괴로워하며 기상한 이사벨은 네 얼굴을 보고 아연실색할 것이다. 조임끈 대신 어금니로 새끼줄을 고정하느라 새빨간 핏자국이 온 입가를 물들인 까닭이리라. 너는 이사벨에게 가장 처음 만든 새끼줄을 건넬 것이다. 물론 이사벨은 순종할 것이다. 이 배려심 깊은 처녀는 오히려 네 수고를 기꺼이 덜어 주려 할 것이다. 무릎이 안 좋은 너를 힘으로 주저앉힌 다음, 말구유를 밟고 올라설 것이다. 본인에게 주어진 새끼줄과 남은 새끼줄 두 개를 대들보에 단단히 고정하고, 네게 내려와 **수녀들을 깨울까요?** 물을 것이다. 너는 손등으로 힘겹게 식은땀을 닦으며 겨우겨우 고개를 끄덕일 것이다. 이사벨은 아비가일을 먼저 깨울 것이다. 아비가일은 쉽게 받아들이려 하지 않을 것이다. 아비가일은 화를 낼 것이다. 첫 성소 모임 때부터 줄곧 그래 왔듯, 납득할 수 없는 명령은 따르지 않으려 할 것이다. **죄를 지은 건 우리가 아닌데 왜 죽어야 해요?** 너는 아비가일을 올려다보며 단호하게 설명할 것이다. **이사벨 수녀가 입덧을 시작했으니, 이제 더 늦출 수 없소.** 아비가일은 이해하지 못할 것이다. 아비가일은 울분을 토하고, 아비가일은 저항하고, 아비가일은 네게 저주를 퍼부을 것이다. 그럼에도 너는 아비가일에게 새끼줄을 가리켜 보일 것이다. 수형자의 목덜미를 기다리며 공중에서 흔들리는 저 올가미를. 납득할 필요 없는 일이다. 고통은 잠시뿐이며, 죽음이 지나가고 나면 금방 천국에서 눈을 뜨게 되리라. 결국 아비가일도 스스로 말구유를 밟고 올라설 것이다. 다리가 풀리는 바람에 소리를 내며 넘어질 것이다. 그리하여 요안나가 누구의 도움도 없이 깨어날 것이다. 요안나는 누구의 도움도 없이 제 앞의 운명을 깨달을 것이다. 요안나는 달아나려 할 것이다. 다른 수련 수녀들의 손에 붙잡혀 힘없이 돌아오겠지만 말이다. 요안나는 애원할 것이다. 요안나는 울부짖으며 쉰 목소리로 거듭 부탁할 것이다. **살려 주세요. 원장 수녀님, 제발 살려 주세요.** 마르타, 너는 요안나의 뺨을 갈길 것이다. 날카로운 단절음. 네 손이 채찍처럼 막내 수녀의 얼굴을 할퀴며, 붉고 흉측한 흔적을 남길 것이다. 너는 고함칠 것이다. **정신 차리시오, 요안나! 주님 안에서 영생을 얻을진대, 죽음 따위가 그리 두려우시오?** 그리고 너는 이 행동을 죽을 때까지 후회하게 될 것이다. 요안나는 몸을 떨며 네게서 멀어질 것이다. 이사벨이 막내 수녀의 손목을 붙잡고 말구유 위로 끌어당길 것이다. 이사벨은 네 결심을 이해하는 하나뿐인 딸로 남을 것이다. 네 딸들의 영생을 보장받는 대가로 네가 지불해야 할 비용이 무엇인지 헤아릴 줄 아는 사람은 이사벨뿐일 것이다. 그리고 이사벨은 다른 수녀들을 다독이겠답시고 그 비밀을 누설하는 우행 역시 범하지 않을 것이다. 이사벨이 밧줄을 목에 걸면, 아비가일도 올가미 안에 머리를 넣을 것이다. 아비가일은 섬뜩한 눈빛으로 네게 복수를 종용할 것이다. 주 하느님께서 하지 않으시면, 네 손으로 그 마귀들을 죽이라고 당부할 것이다. 그러는 동안 요안나는 외상으로 달아오른 뺨의 살갗에서 혈관의 맥동을 느끼며, 누구의 도움도 없이 두려움에서 벗어날 것이다. 삶이란 강박과 약박으로 꼴꼴거리는 음률의 연장, 그뿐이라는 사실을 인정하고 끝끝내 받아들일 것이다. 너는 순순히 밧줄 안에 머리를 넣는 요안나의 모습을 기대해도 좋다.

원장 수녀님, 저희 모두 준비되었습니다.

마르타, 너는 마지막으로 기도를 드리자고 제안할 것이다. 너희가 가장 사랑하는 성모송을 말이다. **은총이 가득**

하신 마리아님, 기뻐하소서! 네 딸들은 이렇게 시작된 기도가 갑자기 중단되지 않을 것이며, **아멘**에 이를 때 비로소 목이 매달릴 것을 예상하지만, 그들의 믿음은 배신당할 것이다. 성모송의 운율론적 정점, 거룩한 모성母性을 향해 섬광처럼 상승하는 한 토막의 행을 신호 삼아— 마르타, 네가 있는 힘껏 말구유를 밀어 버리기 때문이다. 그래서 수녀들은 **성모 마리아!**Santa María! 외치고는 곧바로 목이 졸려 기도를 끝맺지 못하게 될 것이다. 문자표의 첫머리, 알레프를 포획하는 단모음 [a]가 이렇게 마지막으로 발음된다. 기도는 구부러뜨리고 펼치고 되접히는 혀의 움직임, 살들의 부딪힘이다. 너는 이 사실을 네 영혼에 압흔처럼 새겨 넣게 된다. 아래턱뼈가 불시에 닫힌 결과, 두 수녀의 혓바닥이 앞니에 잘려 네 앞으로 떨어지기 때문이다.

틀림없이 아비가일이 가장 먼저 죽게 될 것이다. 아비가일은 끔찍한 고통에 사로잡혀 몸부림칠 것이다. 공중에서 힘껏 바둥거리며 미상의 원수를 향해 마구 주먹을 휘두를 것이다. 그럴수록 밧줄은 점점 더 바투 조여져, 목구멍을 빈틈없이 틀어막고 말 것이다. 마지막 순간이 다가오는 동안에도 아비가일은 눈을 부릅뜬 채 너를 노려볼 것이다. 죽음은 아비가일의 육신을 차갑게 식히겠지만, 불 같은 분노만은 내내 남아서 악몽처럼 네 그림자를 따라다니게 될 것이다. 이렇게 아비가일, 히브리어로 처음 속삭여졌던 **주의 기**

뱀ᵃᵇʳᵃᵏʰⁱ이 네게서 떠나갈 것이다.

다음으로 요안나가 죽게 될 것이다. 요안나는 느닷없는 사고로 소스라치게 놀란 나머지 공황에 빠져 허우적거릴 것이다. 피범벅이 된 앞니로 잃어버린 혀의 자리를 더듬으며 땅으로 손을 뻗으려 할 것이다. 잘려 나간 혀를 되찾아 네게 부탁하려는 것이다. 밧줄을 끊어 달라고. 발꿈치를 받쳐 달라고. 죽음을 각오했던 품위 따위는 흔적도 없이 사라져 버리고, 다만 초라하고 가엾은 몸짓으로. 너는 뒤늦게 달려 나가려 하지만, 요안나가 고개를 가로저을 것이다. 막내 수녀는 죽음의 위력을 감당하기에는 스스로가 너무나도 나약하다는 사실을 마지못해 수긍하며 죽을 것이다. 이렇게 요안나, 히브리어로 처음 속삭여졌던 **주의 은혜**ʸʰʷʰⁿʰ가 네게서 떠나갈 것이다.

마지막으로 이사벨이 죽게 될 것이다. 이사벨은 목소리를 떠는 바람에 속마음이 발각될까 두려워 암송으로 기도를 시작하고, 그래서 유일하게 혀가 잘리지 않을 것이다. 이사벨은 부모에게 버림받았던 옛날에 이미 죽었다는 생각을 끝까지 버리지 않을 것이다. 따라서 지금 목이 매달린 사람은 길 잃은 메아리 혹은 몸 없는 유령에 지나지 않는다고 믿는 것이다. 그러나 기도는 영혼을 타격하는 음향이며, 은총은 울려 퍼지는 파동 속에서 반향 정위反響定位와 같이 영성의 존재를 확인시킬 것이다. 이사벨은 감격하여 눈물 흘릴 것이다. 너는 이사벨에게 처음으로 성모송을 가르친 사람, 또 마지막으로 성모송을 들려준 사람으로 남을 것이다. 이사벨은 가혹한 목 졸림으로 숨이 끊어져 가면서도 암송을 멈추지 않을 것이다. 이사벨은 네가 사람을, 모두 합쳐 여섯 생명을 한꺼번에 목매달아 죽인 죄로 지옥에 떨어지게 될 것을 슬퍼하며 염려하기 때문이다. 그래서 네 딸은 입 모양으로나마 네게 작별 인사를 건넬 것이다. **Adiós, mamá.** 그래서 너는 입술에 가져다 붙였던 두 손가락을 천천히 들어보이며 **Mi amor!** 외칠 것이다. 이렇게 이사벨, 히브리어로 처음 속삭여졌던 **주의 약속**אלישבע이 마침내 네게서 떠나갈 것이다.

투 에스투비스테tú estuviste: 너는 있었다. 네게도 가족이 있었다. 두 번이나.

투 에스타스tú estás: 너는 있다. 홀로 남아 있다. 멀리 파시스트 상륙 함대의 뱃고동 소리.

투 에스타라스tú estarás: 너는 있을 것이다. 마르타, 목소리는 돌아오지 않을 것이다.

전쟁은 교대 진행 규칙의 보드게임이다. 군인은 점, 병력은 선. 따라서 모든 지휘관은 경쟁 지휘관을 상대로 기하학적 우세를 선점하지 않으면 안 된다. 행과 열, 수직과 수평, 면과 면의 대결. 전술은 전장 전체를 4:3 화면 비의 고정된 면적으로 표현하려는 수단인즉, 비 그늘이나 모래 언덕 따위의 불규칙한 곡면들을 격자무늬 이미지 타일로 눌러앉히는 것이다. 그렇다면 카를로스, 네가 갇혀 있는 이 5×5미터 규격의 실내 공간도 전장이라고 부를 수 있을까? 대령은 소리 나게 혀를 차며 담뱃불을 꺼뜨린다. **퍽이나 그렇겠다, 퇴물 같으니.**

대령은 아프리카의 혹독한 지형을 람베르트 구면 삼각법으로 다림질하여 익혔고, 악명 높은 사하라와 아틀라스에 매복한 모로코 의용군을 거꾸로 기습하면서 실력을 증명해 보였다. 그러나 대령이 장군으로 떠받드는 남자, 프란시스코 프랑코는 대령에게 좀처럼 중책을 맡기지 않는다. 실적을 올릴수록 도리어 더 많은 권한을 거두어들일 따름이다. 보좌 직원들마저 왕당파 인력으로 전원 교체된 지금, 대령은 기로에 놓여 있다. 전역이냐, 충성이냐. 대령은 군부에서 이미 13년을 썩었다. 군사적 안목이나 섬세한 사교술, 정치적 균형감 따위의 생존 본능은 누구에게나 쉽게 배양되지 않는다. 어쩌면 임관부터 진급, 영전에 이르는 장교 복무의 선 과정이 엘리트 군인을 가려낼 목적으로 기획된 장기 실험일지도 모른다. 결국 누가 살아남는가? 전쟁 영웅들? 애국자들? 대령은 사무실 벽면의 안달루시아 문장 속 두 마리 사자를 겨냥해 담배꽁초를 튕긴다. 종래에는 교활한 늙은이들만이 살아남는다. 대령은 사무실 바깥에서 의심의 눈초리로 으르렁거리고 있을 왕당파 장교들을 상상하며 코웃음 친다. 이 영리한 젊은이는 스스로를 둘러싼 감시와 견제의 맥락을 읽어 낼 줄 안다. 모두 고작 종이 한 장 때문에 일어나는 일들이다.

    대령은 3년 전 제출한 어느 입당 서류에 발목이 잡혀 있다. 고대 로마의 보병 대형을 상징물로 내세운 파시스트 정당, 소위 에스파냐 팔랑헤Falange Española는 리베라 장군의 유산이다. 장군의 아들인 호세 안토니오 프리모 데 리베라가 아버지의 군부 개혁으로 직접 수혜를 입은 사관 학교 장교들에게 지지를 호소했고, 대령은 응답했다. 대령은 빚을 갚을 줄 모르는 후레자식으로 기억되고 싶지 않았던 것이다. 대령은 팔랑헤에 대한 지지를 끝끝내 거두지 않을 생각이다. 지난해, 리베라 가문의 장남이 결국 적진에서 처형되었고, 이 소식은 대령의 남은 일생을 총탄처럼 고정하기에 충분했다. 대령은 군부 내 팔랑헤 지지자들을 비영리 민간 사업체로 연결하려 애썼지만, 모든 계획이 왕당파 공작원에 의해 탄로 나고 말았다. 프랑코는 전쟁 고아 자선 단체로 그럴싸하게 위장된 이 파벌 집회의 후원자 목록을 손에 넣었고, 장성급 인사들을 뿔뿔이 전출 보내거나 숫제 해임시키면서 왕당파의 승리를 인정했다. 한편, 대령은 연대급 병력과 세비야로 재배치되었는데, 자칭 안달루시아의 왕으로 군림 중인 케이포 데 야노 장군의 군대가 섣불리 돌발 행동에 나서지 못하도록 압박하라는 것이다. 대령은 마지막 왕정 시기 최고 권력자들의 몰락을 똑똑히 지켜보았다. 실의에 빠진 리베라 장군은 이국의 도읍에서 심장 질환으로 눈을 감았고, 알폰소 13세는 4월 총선으로 지방 의원 8만 명 앞에 왕권을 내주며 망명자 신세가 되고 말았다. 대령은 흉부에 장식된 수훈 약장들을 하나씩 끌러 책상 위에 내려놓는다. 전쟁은 교대 진행 규칙의 보드게임이다. 군인은 점, 병력은 선. 따라서 모든 지휘관은 경쟁 지휘관을 상대로 기하학적 우세를 선점하지 않으면 안 된다. 대령은 패배를 받아들이고 고향으로 돌아갈 것이다.

누군가 문을 두드린다. 바깥에 서 있는 사내들은 가브리엘 상병과 하이메 일병, 궁전 검문소의 교대 근무 인원들이다. 비서직 장교가 복잡한 방문 절차를 확인하는 척 병사들을 벌주고 괴롭히며 재미를 보고 있다. 대령은 휘파람을 짧게 불어 무고한 청년들을 불행에서 구해 준다. 사실 군 경력 마지막 접견을 왕당파의 개들에게 허락하지 않으려는 것이다. 그러나 문을 열고 들어오는 방문객은 두 사람만이 아니다. 병사들이 늙은 여자를 뒤에 숨기고 있다. 대령은 두 손가락으로 병사들에게 문을 가리켜 보인 뒤, 늙은 여자를 소파에 앉힌다. 머리 가죽에 한때 백발이 자랐던 흔적과 상처가 작은 낭종처럼 돋아나 있다. 강제로 삭발을 당했거나 스스로 머리를 잡아 뜯은 것이다. 병사들이 긴장한 자세로 사무실 입구 양쪽을 지키고 서 있다. 대령이 묻는다.

무슨 일인지 설명해 줄 사람 있나?

하이메 일병이 씩씩하게 소리친다.

궁전 주위를 어슬렁거리기에 잡아 왔습니다!

대령이 새 담배를 찾는 사이 가브리엘 상병이 조심스럽게 보고한다.

대령님을 뵙겠다고 떼를 썼습니다. 반드시 전달해야 할 게 있답니다.

대령이 오른손을 앞으로 뻗는다. 왼손에서는 갓 불이 붙은 담배가 타고 있다.

이 몸을 찾으셨다고요?

늙은 여자는 미동도 없다. 대령이 담배 한 모금을 들이마신다.

어르신, 함자가 어찌 되시오?

늙은 여자가 대답한다.

케베도.

그건 이름이 아니라 부계 족보에서 물려받은 성씨다. 대령은 개의치 않는다.

전달하겠다는 물건이 뭡니까?

늙은 여자는 한동안 대답하지 않는다. 병사들이 두 사람의 대화를 초조하게 지켜보고 있다. 그들만이 아니다. 대령의 민간인 개인 면담은 바깥에서 근무 중인 왕당파 장교들의 이목을 끌기 좋은 사건이다. 대령은 서두르지 않는다. 대령은 수읽기에 도가 텄다. 대화는 전쟁의 국면으로 전환되고 있다. 교대 진행 규칙의 보드게임 말이다. 대령은 늙은 여자와 왕당파의 첩보 자산들을 상대로 양면 전선을 펴고 있다. 눈앞의 노파가 아군일지 적군일지 아직 알 수 없다. 대령은 그 신호를 기다리고 있다. 그리고 늙은 여자가 마침내 자기 몫의 수를 둔다.

네 앞의 길을 걸어가라.

대령은 여자에게서 사진 한 장을 받아든다. 19세기 말엽의 어둠과 혼란이 희뿌연 안개 입자로 포착된 흑백 사진 속에서 소녀와 엄마가 서로를 바라보고 있다. 한편, 사진을 뒤집으면 비례가 망가진 필체로 전사된 문구 한 줄이 눈에 띈다. **케베도, 네 앞의 길을 걸어가라.**Quevedo, camina por tu camino. 대령은 이 간명한 내용의 서간이 사진사에 의해 옮겨 쓰였다고 확신하는데, 알파벳이라기보다 사행선蛇行線에 가까워 보이는 조잡한 무늬들 어디에서도 수정액의 흔적을 찾아볼 수 없기 때문이다. 사진이 최초 현상된 이후 지금까지 누구도 글자를 고쳐 쓰지 않은 것이다. (도대체 세상의 어떤 어머니가 붕괴된 알파벳으로 자녀의 미래를 축복한다는 말인가?) 게다가 글씨 주인이 엄마라면 액자도 없는 사진 뒷면에 몰래 전언을 숨길 이유가 없었을 것이고, 평범한 가족사진이었다면 단독 사진에나 어울리는 기념 문구를 남길 이

유가 없었을 것이다. 엄마는 처음부터 이 사진을 소녀에게 선물할 계획이었다. 마지막으로 전하고 싶은 말을 사진사에게 미리 알려 준 뒤, 현상된 사진 뒤에 대신 써 달라고 부탁했던 것이다. 사진은 빠르면 하루, 느리면 사흘 뒤에나 소녀에게 도착했을 것이다. 그러나 사진을 받아 들었을 때, 소녀는 이미 엄마의 목소리를 잊었을 것이다. 이렇게 때때로 형상은 음향보다 느리게 도착한다. 음향은 점, 형상은 선. 기억은 두 개 이상의 청각 좌표를 일정한 파형 안에서 파악하려는 대뇌 변연계의 전술이다.

이걸 주겠다는 겁니까?

대령은 사진을 늙은 여자에게 돌려준다.

네 앞의 길을 걸어가라.

늙은 여자는 같은 말을 되풀이한다. 대령은 이 가엾은 영혼의 의식이 이미 손쓸 수 없이 훼손되어 있다는 사실을 뒤늦게 알아차린다. 신발은 밑창이 다 벗겨졌고, 검은 옷의 재봉선 밖으로 직물의 올이 빠져나와 있다. 감정이 좀처럼 드러나지 않는 얼굴(섬뜩한 가면 같은). 불안에 쫓겨 한시도 가만두지 못하는 손짓까지. 내가 지금 누구와 대화 중이지? 대령은 탄식에 빠진다. 노인의 텅 빈 눈동자 안에서 수많은 그림자가 엿보인다. 불에 그을렸다고 말해도 좋을 만큼 거뭇거뭇하고 황폐한 종류의 잔해들이다. 치매가 해마를 먹어치운 뒤 각회角回까지 이른 결과, 베르니케와 브로카 영역이 불타 없어졌다. 노인은 오염된 언어를 힘겹게 더듬어 말하고 있다.

카를로스, 네 앞의 길을 걸어가라.

늙은 여자의 입에서 대뜸 대령의 이름이 튀어나온다. 대령은 놀라고 긴장하지만 들키지 않게 감출 줄 안다. 그러나 사병 둘 그리고 사무실 바깥의 경호 및 비서직 장교들은 불행히도 외교술을 훈련받지 못했다. 행동이 빠른 몇몇 직원들은 벌써 제식 권총의 미끄럼쇠를 당겼다 놓았다. 늙은 여자가 볏짚 바구니 안으로 손을 넣자마자 사방에서 금속들이 부딪힌다. 늙은 여자의 머리 뒤에서 수십 개의 약실이 탄환을 물고 있다. 대령이 지시하기만 하면, 바구니에서 손가락 하나 까딱하지 못한 채 뒤통수에 구멍이 날 것이다. 그러나 늙은 여자는 아랑곳하지 않는다. 바구니 안에 들어 있던 물건이 탁자 위에 놓인다. 대령과 직원들은 사제들이 미사 시간에 사용하는 전례용 제구의 한 구성품을 떠올린다. 머리가 어지러운 과즙 냄새. 카베르네 소비뇽의 풍부한 과일향이 사내들의 후각을 마비시킨다. 순금 술잔은 불과 몇 분 전까지 그리스도의 입술이 머물렀던 것처럼 창백한 광채를 가장자리에 머금고 있다. 대령이 묻는다.

이게 뭡니까?

늙은 여자가 한 손을 펼쳐 보인다. 대령은 여자의 손바닥에 적힌 낱말을 소리 나지 않게 읽고는, 살짝 눈살을 찌푸린다. 발렌시아에서 보냈던 유년기의 한 장면을 떠올리려 애쓰는 것이다. 지독한 그리스도인이었던 할아버지 손에 이끌려 대성당으로 미사를 드리러 다녔던 기억. 아이들은 다가가기조차 겁냈던, 대성당 측랑의 어느 으슥하고 어두운 예배당 입구 앞, 발 디딜 틈 없이 모여 있던 순례자들. 부활 축일, 아니면 성탄 축일을 맞아 빅토리아노 대주교가 특별한 성작을 제대 높이 들어 올리던 모습. 꼬마 하나가 눈을 빛내며 그 광경을 올려다보고 있다.

내 기억이 정확하다면, 그건 붉은 마노로 만들어졌고 하트 모양의 손잡이가 달려 있었소.

늙은 여자가 고개를 가로젓는다.

카를로스.

늙은 여자가 같은 말을 되풀이한다.

네 앞의 길을 걸어가라.

아프리카 파견군은 내전 초기 나치 독일과 이탈리아 왕국의 연합 해상 작전으로 바닷길을 보장받았다. 지브롤터 해협을 건넌 스페인 육군의 최정예 사단은 피 한 방울 흘리지 않고 알헤시라스를 장악했다. 프랑코는 본토 상륙과 동시에 베테랑 측량 자원들을 안달루시아 영내로 전개시켰고, 불과 사흘 만에 카디스와 세비야를 거머쥐었다. 그러나 마드리드 공성전이 겨울을 넘기면서, 전황은 국민 전선 측에 불리하게 돌아가기 시작했다. 인민 전선의 프로파간다 라디오 채널은 국제 의용군과 공화국 자원 입대자들이 연일 마드리드로 집결 중이라고 보도한다. 도시 수비대는 게릴라와 시가전으로 뼈아픈 전력 교환을 끊임없이 강요해 올 것이고, 독일과 이탈리아의 파시스트 동맹은 점차 깊숙이 전쟁에 개입하려 들 것이다. 교전이 길어질수록 공화국의 좌익 정치 정당들은 의견을 조율하고 전선을 밀어내겠지만, 프랑코는 허술한 명분 아래 어렵사리 체결되었던 반공주의 파벌들의 내부 잡음 때문에 잠을 이룰 수 없을 것이다. 대령은 마드리드로 갈 수 있다. 대령에게 내려졌던 숙청 지시를 왕당파에게 그대로 되갚아 주는 것이다. 아니면 프랑코에게 갈 수 있다. 잃어버린 명예를 회복하고, 민족의 정신을 좀먹는 저 빨갱이들로부터 에스파냐의 영혼을 깨끗이 정화하는 것이다. 아니면 세비야로 가도 좋다. 거기서 정신 나간 늙은이를 제압하고, 제3의 세력으로 거병하여 이 지긋지긋한 전쟁을 영원히 끝내 버리는 것이다.

늙은 여자는 대령이 우스꽝스러운 금속 단추들을 도로 주워 가슴에 다는 것을 지켜본다. 늙은 여자는 일어나 방을 나간다. 장기간 숙성된 적색 포도주 냄새가 뒤에 남겨진다. 빳빳한 제복 차림의 군인들이 경계심 가득한 눈빛으로 그녀를 노려본다. 그러나 누구도 그녀를 붙잡아 세우지는 않을 것이다. 산 텔모 궁전의 성벽 같은 파사드가 붉게 물들고 있다. 늙은 여자는 인적 없는 대로 위를 홀로 걸어간다. 죽을 때까지 걸음을 멈출 수 없는 저주에 걸린 사람처럼. **케베도.** 그렇게 불리던 때가 있었다. 아주 먼 옛날에. 유아 세례조차 받기 전에. 그러니까 아직 이 늙은 여자가 세상 구경도 못한 태아였던 시절에. 뱃속에서 작은 손을 말아쥔 채 밤낮으로 졸음에 잠겨 있던 그녀에게 부모는 이따금 이렇게 — **케베도**, 속삭이듯 — **케베도**, 말을 걸곤 했다.

저녁 시간이 다가오자 도롯가의 가로등이 일시에 점등된다. 램프 근처에 앉아 있던 새 한 마리가 여자의 머리 위로 날개 소리를 내며 날아간다. 늙은 여자는 가까운 가로등을 지날 때 홀연 걷기를 멈춘다. 전기 불꽃이 여자의 마지막 남은 것, 희미하고 핏기 없는 그림자를 무한히 늘어뜨리며 선처럼 잡아당기고 있다. 그래서 여자는 선과 빛, 다시 말해 1과 0 사이에 놓이게 된다. 지금은 빛이 여자의 등 뒤로 선을 비추고 있지만, 계속 걷는다면 선이 앞으로 오게 될 것이다. 선을 향해 걷게 될 것이다. 선이 되어 갈 것이다. 그림자는 검고 어둡다. 한때 여자가 머리에 뒤집어썼던 낟장의 직물처럼. 하지만 이제 다 잊었다. 맹세와 영성, 죽음들까지도. 아니, 여자가 잊은 게 아니라 그것들이 여자를 잊었다고 해야 할까? 여자는 묻고 싶다. 그때 찾아왔던 어머니가 갈릴리의 동정녀가 아니라 안달루시아의 과부였다면, 60년의 세월도 조금은 다르게 흘러갔을까? 여자는 다시 걷기 시작한다. 아니, 지금과 다른 삶이라면 상상하는 것만으로도 보속을 구해야 옳다. 복종은 불문不問; 혼란과 의심을 모조리 거두어들여 마침내 0으로 정리하는 것이다. 0, 망자의 머리에 씌워지는 장례 화환. 0, 아나톨리아 하늘을 어둠으로 뒤덮었던 검은 태양과 불타는 왕관. 0, 여섯 생명의 목을 조이게 될 교수형 집행인의 매듭. 0, 페세타. 작은 동전. 영원히 돌려받지 못할 하나의 얼굴. 자, 케베도. 계속 네 앞의 길을 걸어가라.

QUI PUGNAT NONDUM EST VICTUS

급습

늑대 한 마리가 어둠 속에서 비를 맞고 있다. 늑대는 19세기 판화집의 부식된 구리 접시 바깥으로 은밀히 비어져 나온 화학 액체 같다. 잉크처럼 검고 두꺼운 털가죽. 말년의 프란시스코 고야가 분노에 떨며 저주했던 모습 그대로. 흑풍黑風: 마드리드를 집어삼킨 흑색 화약 연기는 어느 귀머거리 화가에게 묵시록적 표징으로 감지된다. 거대한 맹수의 그림자. 불길한 실루엣이 몇 장의 금속 단면 위에 부글거리는 바늘 자국으로 옮겨진다. 이렇게 늑대는 멸망을 앞둔 세계 주위를 가스 성분의 노이즈처럼 어슬렁거리며, 사냥감의 목뼈가 노출되는 순간만을 기다린다. 그러므로 늑대는 임박한 죽음의 냄새, 가시적인 위험 신호, 타르를 뒤집어쓴 구두점이다.

물론 모든 늑대가 사냥에 성공하는 것은 아니다. 빗속에서 홀로 주둥이를 쳐들고 있는 이 우두머리 수컷 늑대처럼. 늑대는 늙었고, 상처 입었다. 오랫동안 이끌었던 사냥 집단으로부터 축출당했고, 포식자의 위력과 기품도 세월 앞에 남김없이 빼앗겼다. 늑대는 제 손으로 놓아주었던 표적을 다시 한 번 뒤쫓고 있다. 굶주린 배를 달랠 먹잇감이나 실력을 겨룰 경쟁자 따위가 아니다. 늑대는 괴물을 상대하고 있다. 십자군 네트워크의 확장된 전선, 범지구적 비밀 조직체, 가톨릭 제국이 바로 그것이다. 어느 야수가 감히 그리스도의 목뼈를 물어뜯을 수 있을까? 늑대는 벽화와 석판 같은 원시 디스플레이 장치에 저장된 신 살해자들의 영상을 떠올린다. 비의적인 무늬로 얼룩진 이 화면 속에서 짐승들은 각기 다른 전략으로 숙적을 공격하고 있다. 세트는 오시리스의 전신을 육편으로 조각내고, 펜리르는 거대한 턱으로 오딘을 한입에 삼켜 버리며, 나라심하는 날카로운 앞 발톱으로 히란야카시푸의 흉부를 할퀴고, 테즈카틀리포카는 술에 취한 케찰코아틀의 날개를 찢으며, 모리건은 자신이 사주한 군대에 참살당한 쿠 훌린의 사체를 밟고 앉아 비웃는다. 야생은 로고스가 미치지 않는 영역, 의식의 외부에 매복한 그림자인즉, 신들은 어둡고 혼란스러운 이 무대 위에서 비명을 지르며 쓰러진다. 늑대는 눈을 감고 있다. 성체의 전복, 성전의 쇠퇴. la caída del sacramento, la ruina del templo. 먼저 부드럽고 달콤한 치경음으로 열린 다음, 명료하고 안정적인 중모음으로 닫히는 이 사냥감은 얼마나 탐스러운 전리품이 되겠는가?

늑대는 그리스도를 잘 안다. 예수와 그를 따르는 양들은 언제 어디에서나 전병과 과즙 냄새를 감추는 법이 없다.

누룩을 섞지 않은 밀 덩어리와 설탕 없이 발효된 알코올 음료를 먹으면서 신과 한 몸이 된다고 믿는 자들이다. 성찬례의 재료들은 평범한 음식들과 다르게 식도와 내장을 거치며 소화되지 않는다. 대리자가 손수 축성한 빵과 포도주는 육신이 아니라 영혼 앞에 안배된 연료이기 때문이다. 구세주의 살과 피는 씹어서 부수거나 음미하는 행위가 금지되어 있다. 오직 녹여서 삼킬 수 있을 따름이다. 혓바닥의 작은 돌기들을 따라 배선된 영적 융모들로 천천히 흘러들어 갈 수 있도록. 이것이 영성체이다. 인간의 아가리를 하나의 그릇으로 받아들이기. 성배와 아귀 사이에 거룩한 유비가 발생하도록. 그렇다면 성찬聖餐과 만찬晚餐을 구분하는 기준도 입 바깥에 있지 않다. 오래된 질문 하나. 어떻게 먹을 것인가? 모든 주둥이는 근육과 힘줄을 턱뼈에 꿰매어 붙인 생가죽 부대이다. 어떤 음식을 정크 푸드로, 오트 퀴진으로, 마침내 만나manna와 넥타르로 판명하는 몫은 오직 혀에 달려 있다. 본 아페티.Bon Appétit. 처음부터 끝까지. 사제도 예수도 끌어들일 필요 없는 일이다. 이것이 성체 성사이다. 입속의 풍경을 가꾸고, 섭취한 내용물을 알맞게 배열하고, 보기 좋은 담음새를 유지하는 일체의 음복 행위 말이다. 오로지 그리스도인들만이 이처럼 기행적인 식문화를 벌인다. 음식을 침으로 녹여 먹는 자들은 역겨운 단내를 풍긴다. 소화액이 전분을 분해하며, 이당류 찌꺼기를 내벽 곳곳에 남겨 두는 까닭이다. 늑대는 빗줄기 사이에서 그리스도인의 냄새를 골라내고 있다. 무교병matzo 특유의 생 밀 냄새가 장마철 습기와 섞여 들면서, 입을 벌리면 물먹은 곰팡이 맛이 쏟아져 들어오는 것 같다.

    그리스도인이 근처에 있다. 대로변에서 처음 감지된 흔적은 골목 안쪽으로 다가갈수록 점점 더 많은 단서를 형성하면서, 가늘고 긴 끈 모양의 후각 지도를 늑대 앞에 드러낸다. 이곳은 베날마데나. 말라가의 화려하고 복잡한 중심가에서 한 뼘쯤 벗어나 있는 도시이다. 코스타 델 솔은 지중해가 직접 깎고 다듬은 유럽의 발코니로, 매해 여름 수백 만의 외국인들을 받아들인다. 도시는 처음부터 완충 지대로 기획되었는데, 말라가와 마르베야 중간에서 관광 인파를 분산시키는 것이다. 1950년대 프랑코 정권은 내전의 후유증을 벗어던지지 못한 상태였고, 특히 외환 부족으로 통화 가치가 하락하면서 시장을 통제하기는커녕 휘둘리고 있었다. 파시스트 독재자는 1953년 미국과 마드리드 조약을 체결하며 개혁 자금을 확보하자마자 내각 개편에 나섰다. 내수 경제만으로는 외채의 압박을 이겨 낼 수 없었기 때문이다. 내전 기간 선전 부장으로 활약했던 살가도는 대규모 숙청 사업에서 보란 듯이 살아남았는데, 최고 권력자의 비공식적 지지 없이는 불가능한 인사 조치였다. 프랑코 정권의 기밀 데이터와 언론 조례를 도맡아 지휘해 왔던 정보 전략가의 권한은 카우디요의 암묵적인 인가 아래 전격 확장되었다. 예수회 산하의 대안 학교에서 영유아 시절을 보낸 이 가톨릭 근본주의자는 주님의 버팀목 — 전설에 따르면, 여호와가 세상을 창조한 뒤 피로를 달래기 위해 손을 얹었다는 땅 — 이베리아의 개발권을 자못 엄숙한 자세로 받아들였던 것 같다. 살가도의 정보 관광부는 카우디요가 직접 구상한 경제 전략 기구에서 매우 핵심적인 자리를 차지하고 있었고, 임기 내내 감당하기 어려운 도전을 받았다. 살가도는 먼저 성지 순례에 집중되어 있던 관광 산업부터 뜯어고치기로 마음먹었는데, 민간 사찰 중에 입수한 나치 전범들의 탈출 경로가 유용하게 사용되었다. 재판을 피해 조국에서 달아난 게르만족 망명자들은 라틴 아메리카로 건너가기 전, 안달루시아에 머물며 흥청망청 휴가를 즐겼던 것이다. 살가도는 갈리시아의 장엄한 하구 라스 리아스Las Rías보다 무려 열 배나 짧은 안달루시아 남부 연안에서 눅눅한 외화 냄새를 맡았고, 160킬로미터 길이의 해안 지대 전체를 휴양 자원으로 낙점하기에 이르렀다. 정보 관광부 장관의 결재가 떨어지기 무섭게 코스타 델 솔 일대에서 어촌과 어획항이 자취를 감추었다. 비린내가 씻겨 나가자 사업가들이 앞다투어 몰려들었고, 보석처럼 빛나는 해안 부지 위로 아르데코식 호텔과 리조트, 초호화 마리나 시설이 들어서기 시작했다. 도시 어디에나 석유와 지폐 냄새가 깊게 배어 있는 이유다. 늑대는 도시에 저주를 퍼붓는다. **코스타 델 솔**Costa del sol, **태양 가득한 바닷가라고?** 마드리드와 카나리아, 발레리아스 제도를 비롯해 지중해에 기생하는 부자 도시들 하나하나가 파시스트 부역자의 손을 거쳐 갔다. **레가도 델 파차**Legado del Facha, **파쇼 놈들의 유산이겠지.** 늑대는 비에 젖은 해변을 바라본다. 160킬로미터 길이의 해안선, 파시스트 돼지들이 그어 놓은 저지선을. 자유와 양심이 떠밀려 오지 못하도록 지중해 방면으로 높이 쌓아 올린 파시즘 장벽이 해무 속에 조용히 파묻혀 있다.

늑대는 어느 그리스도인을 쫓고 있다. 정확히는 신분을 위장한 바티칸 출신의 엘리트 성직자 하나를. 교황청의 하수인이 파시스트들 손에 디자인된 도시로 숨어들었다는 사실은 놀랍지도 않다. 늑대는 폐업한 청과점의 비닐 천막 앞에 서 있다. 한때 신선한 열대 과일들이 놓였을 자리마다 게릴라 무장 집단의 제식 장구류가 진열되어 있다. 어두운 페인트로 도색된 전쟁의 유령들이 마지막 전술을 모의하고 있다. 바스크와 자유 일원으로 활동하던 시절, 늑대와 분대원들은 가톨릭 성직자를 목표로 계획된 모든 작전에 한 가지 가명을 붙였다. 목양견 사냥: 목자의 대리인을 자처하는 그리스도의 개들에게 잊지 못할 교훈을 가르쳐 주기. 그러나 1986년 나바라 지방에서 수행되었던 마지막 목양견 사냥은 실패로 돌아갔다. 선발대가 작전 지역에 미리 매복해 있던 GAL 조직원들에게 붙잡혔고, 차가운 주검이 되어 돌아왔기 때문이다. 늑대는 참혹한 고문으로 파괴된 혈육의 몸을 엉거주춤 들쳐 업고 가족에게 돌아가야 했다. 안드레. 아버지가 일찍 세상을 떠난 까닭에 나이 많은 형제를 아비처럼 따랐던 아이의 이름이다. 늑대는 실어증에 걸린 어머니와 단둘이 장례식을 치렀고, 아우의 유품을 소각하는 과정에서 구김살 진 타바코 종이를 발견했다. 글루텐이 벗겨진 접착면 위로 구불구불한 글씨가 나타났고, 문장은 이렇게 시작되었다가 끝났다. *페트리, 이제 그만두고 싶어.* 어떤 말들은 연기처럼 부유하며 좀처럼 증발되지 않는다. 안드레는 전쟁과 육신을 교환했고, 그래서 몸은 약탈당한 생명을 전시하는 묘지로서 늑대 앞에 나타난다. 죽은 아우의 몸은 죽음 직전까지 가해진 날것의 학대를 낱낱이 고발하며, 형제에게 즉시 폭력을 중지하라고 명령한다. 마치 죽음을 볼모 삼지 않고는 무엇도 강요할 수 없다는 사실까지 미리 계산해 두었던 것처럼. 그래서 늑대는 게임을 떠났고, 30년 넘게 돌아오지 않았던 것이다. 부대원들이 그와 관련된 문건 일체를 폐기하고, 기밀 장부에 적힌 활동 내역을 말소시킨 뒤, 마침내 조직 명단에서 암호명 엘 로보^{El lobo: 늑대}를 제명시킬 때까지.

늑대 한 마리가 어둠 속에서 비를 맞고 있다. 늑대의 이름은 페트리, 시몬 베드로의 변형된 그림자이다. 페트리는 늙었고, 상처 입었다. 남자는 건물 앞에서 잠시 눈을 감는다.

어떤 기도는 성호나 우두wudu 따위의 준비 동작 없이 시작된다. 중력과 기압으로 단단하게 응결된 물방울 하나하나에 음정과 박자가 있다. 물은 노래이다. 그래서 남자의 기도 역시 노래처럼 하늘 위로 들어 올려진다. 낙하하는 궤적, 진동하는 몸체, 타격하는 음향을 모두 거슬러 올라가는 그 기도는 하늘 위의 궁전이 아니라 밤하늘의 성좌들에 다가간다. 특히 천구 좌표계에서 두 개의 밝은 별로 표현되는 작은개자리에. 겨울철 길잡이 별을 품은 저 갯과 동물은 죽은 아우의 유년기를 연상시킨다. 다시 한 번 폭력에 가담하기에 앞서, 마지막으로 용서를 구하는 것이다. 물론 아우는 대답하지 않을 것이다. 눈을 뜨면 세상은 잠시 어두워졌다가 밝아진다. 늑대는 불탄 황금 같은 눈을 가졌다. 축복받은 일가붙이만이 타고나는 눈이다. 밤이 깊었고, 때가 되었다. 처마 밑 어둠 속으로 또 다른 그림자가 뛰어들며, 그늘이 한층 더 짙어진다. 양치기 개를 사냥할 시간이다.

원무

2인용 객실에 세 사람이 들어와 있다. 눈이 아니라 귀가 알려 주는 사실이다. 잠들어 있던 사이, 누군가 몰래 다가와 손발을 묶고 복면을 씌웠다. 들이쉬고 내뱉을 때 남는 것. 증발되기 쉬운 수분과 열기의 궤적이 신부의 콧등을 간질인다. 신부는 지반이 함몰되는 바람에 지하 갱도에 고립된 광부들이 산소 부족이나 장기 부전이 아니라 급성 심근 경색으로 전원 사망했다는 기사 일부를 기억해 낸다. 신부는 목을 내뻗고 이리저리 움직인다. 머리 주위의 공간을 넓히려 애쓰는 것이다. 뜨개코가 늘어나자 한 줄기 빛이 헝겊 내부로 쏟아져 들어온다. 눈이 아니라 입술이 먼저 편물의 틈새를 파고든다. 신부는 공기를 들이마시기보다 거의 빨아먹는다. 사수의 맺음눈 부분이 타액으로 젖어 들며 점점 어두워진다. 섬유의 꼬임새는 특정한 자수 패턴을 신부의 침샘에 새겨 넣는다. 케이블 스티치는 콧수를 꼬아서 피륙 겉면에 입체 무늬를 수놓는 뜨개 기술이다. 대바늘이 교차되는 매듭 포인트마다 물방울 모양의 장식물이 매달린다. 작은 공기낭이 수직으로 돌출되어 있는 셈이다. 신부는 혀끝으로 봉제선을 더듬어 다음 구멍을 찾아간다.

그렇소, 바스코^{vasco}. 내가 바로 당신이 찾는 그 사람입니다. 나는 로마에서 태어나 한 번도 로마를 떠나 본 적이 없습니다. 하지만 나를 심문하기 전에 미리 경고하겠습니다. 당신에게 내 정보를 넘긴 이가 누구인지는 모르겠으나, 앞으로는 그쪽과 거래하지 마십시오. 당신이 신뢰하는 그 연줄은 나에 대해 반쪽짜리 진실만을 속삭였으니 말입니다. 내가 스페인 사람으로 신분을 속였으며, 사흘 전 부엘링 항공의 오전 9시 50분발 에어버스 A320편을 타고 엘프라트 공항에 도착했다는 사실 외에도 많은 자료를 건네받았을 겁니다. 당신도 조직에서 활동하는 동안 기본적인 첩보 교육은 이수했을 테니, 모든 정보에 값어치가 매겨진다는 사실을 모르지 않을 겁니다. 그리고 암시장에서 활동하는 정보상들은 고객을 하나만 두지 않는다는 사실도 우리는 잘 알고 있습니다. 더군다나 당신들은 2011년 무장 투쟁 종식을 선언하면서 스스로 패배를 인정하고 역사의 뒤안길로 물러났지요. 수뇌부와 실세들은 체포되어 옥살이를 하고 있고, 살아남은 단원들은 스페인과 프랑스 양쪽으로 찢어지지 않았습니까? 정보상들은 인간 컴퓨터와 같은 족속입니다. 손익에 밝을 뿐 아니라 세력 간 균형까지 계산하도록 프로그래밍되어 있습니다. 당신들은 한때 그들이 선호하는 고객이었습니다. 특별 대우를 받았지요. 유럽 최후의 분리주의 무장 집단이라니, 이보다 근사한 표상이 어디 있겠습니까? 당신들은 대륙 내 대의제 민주주의 국가들을 상대로 언제나 우위를 점했습니다. 보통은 하나의 법안을 통과시키기 위해 의원실과 상임위뿐 아니라 의사당, 때때로 대통령 궁까지 달려들기 마련이지만, 당신들은 아니었습니다. 당신들은 비웃었습니다. 서로를 감시하고 표심을 경계하느라 허울뿐인 조직들로 찢어져, 정작 어떤 결단도 내리지 못하는 의사 결정 기구들이란 얼마나 가소롭습니까? 당신들은 군대이면서 정당이었습니다. 그렇기에 표결이나 심의 따위의 경직된 행정 절차들로 발목 잡힐 일이 없었고, 신속한 일 처리로 정보상들 사이에서 인기를 얻었습니다. 하지만 바스코, 내게서 불신을 찾아내기 전에 당신 꼴부터 좀 살피십시오. 당신들은 이제 늙고 병든 사냥개 무리에 지나지 않습니다. 끈이 다 떨어졌다는 말입니다. 정보상은 당신들에게 외상으로 자료를 건넸을 겁니다. 불과 10년 전까지 놈들 대신 더러운 임무를 몇몇 치워 주었으니, 뒤늦게 대금을 치렀다고 착각하기 쉽도록 말이지요. 당신들은 기만당한 겁니다. 현대전에서 현실은 고차원 공간으로 분류됩니다. 어떤 현실의 내부나 외부 혹은 상부나 하부에 또 다른 현실을 발명함으로써, 수많은 전략들을 동시에 계획하고 전개하는 겁니다. 우리 세계에서 전쟁이 멈춘 적은 단 한 번도 없습니다. 당신과 내가 지금 여기서 전쟁을 벌이고 있듯이 말입니다. 그러나 우리가 치르고 있는 전쟁은 저 위쪽에서 일어나려 하는 전쟁에

비하면 너무나도 초라한 규모의 다툼일 뿐입니다. 성배 도난 사건은 단순한 트리거에 지나지 않습니다. 마스터플랜이 시작되었다는 명시적 신호 같은 겁니다. 장담컨대, 게임 판에 뛰어들 이들의 이름만 들어도 당신은 바지에 오줌을 지리고 말 겁니다. 그러니 정보상에게 엿들은 것들 전부를 다 잊고, 지금이라도 가족들 곁으로 돌아가십시오. 미안하지만, 앞으로 일어날 전쟁은 당신 수준의 플레이어가 참여할 수 있는 게임이 아닙니다.

침대와 침대 가운데 놓인 협탁 위 전등에 불이 들어와 있다. 형광체 주위를 밝히는 적색 파장의 조명 아래 검은 형체들이 드러난다. 한 사람은 침대 위에 앉아 있고, 다른 사람은 침대 밑에 앉아 있다. 아니, 앉아 있는 게 아니라 억지로 눌러 앉힌 것이다. 좀 더 자세히 들여다보면, 침대 밑에 앉은 사람은 금방이라도 고꾸라질 듯 머리를 내밀고 있다. 손발이 묶여 허리를 펼 수 없기 때문이다. 그러니까 참수형을 언도받은 죄인처럼 사지가 결박되어 무릎을 꿇고 있는 저 사람이 바로 토마스 수사다. 그렇다면 침대 위에 앉은 사람은 누구인가? 남자는 두 개의 곡선과 한 개의 타원으로 이루어진 영거리 사격용 표적지처럼 줄곧 같은 자리에 고정되어 있다. 광원은 남자의 등 뒤에 또 다른 형상을 드리우는데, 수성 바니시로 마감된 객실 내벽 위 어두운 데생은 떨고 흔들리는 가운데 유령처럼 투사면을 미끄러지고 있다. 불꽃 때문일 것이다. 가스라이터의 부싯돌이 당겨지고 놓일 때마다 음성의 온기도 바뀌는 것 같다. 수사는 눈앞의 사내를 바스코라고 불렀다. 바스크인 남자. 전직 테러리스트. 둘은 서로를 알고 있고, 이미 많은 대화가 오갔다. 문답은 전부 스페인어로 이루어지고 있다. 신부가 알아듣는 말은 일부뿐이다. 군대milicia 또는 정당partido 같은 말들. 이베리아식 억양으로 전이된 라틴어의 암종 같은 잔해들. 성 히에로니무스가 풀어 헤친 73권의 신비는 전례의 도구이자 장소로서 신성 불가침의 지위를 누려 왔다. 트리엔트 공의회는 라티움에서 기원한 고대 문자 체계를 말씀의 옥좌에 앉히는 대관식이었고, 히브리어와 그리스어의 감염으로부터 로고스를 수호하라는 교령을 공표하기에 이르렀다. 노바 불가타!Nova Vulgata! 학부 시절 내내 손에서 놓을 수 없었던 그 라틴어 경전은 신부에게 유럽의 살덩어리처럼 감각되었는데, 스페인·프랑스·포르투갈·이탈리아 같은 로망스 지방뿐 아니라 교회에 속한 모든 서방 민족이 같은 책으로 교육받았다는 사실을 떠올릴 때마다 분쟁과 화해 속에 떨어지고 붙기를 수없이 되풀이하는 에우로페의 육신이 눈앞에 나타나기 때문이다.

정보상은 내게 예수쟁이를 믿지 말라는 말도 덧붙였지. 언제나처럼 말이야. 보스니아계 무슬림인데, 사라예보 포위전의 생존자거든. 네가 태어나기도 전에 일어난 전쟁인데, 들어본 적 있나? 구호품을 얻으러 나갔다가 돌아오는 사이에 아내

와 딸을 잃었다더군. 저격수에게 당했다면 장사라도 지냈겠지만, 포격으로 건물 전체가 무너져 내리는 바람에 시체조차 건지지 못했다지. 기억해 두는 게 좋을 거야. 내 단골 정보상의 코드명은 체티리^{Četiri}다. 보스니아에서는 4를 그렇게 읽는대. 내가 왜 그런 이름을 사용하는지 물으니까 말없이 오른손을 보여 줬지. 엄지가 없었어. 전쟁이 끝나자마자 스스로 잘라 버렸다더군. 4년이었다. 세르비아 놈들은 4년 동안 내내 도시를 에워싸고 장을 보거나 예배를 드리러 가는 민간인들을 겨냥해 총알과 포탄을 퍼부었다지. 그때도 너희 예수쟁이들은 전선에서 물러나 점잔을 떨었어. 유감이다. 즉각 폭력을 중지하라. 언제나처럼 너희가 조장한 전쟁이었는데도 말이야. 너희는 남슬라브 지역 전체를 살육 공장으로 기획했다. 발칸 반도는 유럽 대륙의 성곽이자 안뜰; 아나톨리아의 무슬림들이 끊임없이 흘러들어 오는 입구였으니, 주기적인 인종 청소가 필요했겠지. 물론 절대로 직접 나서는 일은 없었어. 한 민족을 구슬려 다른 민족을 사냥하면, 그다음에는 모든 일이 자동으로 돌아가거든. 가경자 비오 12세가 우스타샤를 내세워 세르비아인들을 죽이고 동방 정교회를 탄압했다는 사실을 아는 사람은 얼마나 될까? 너희는 필요할 때마다 손가락질만 하면 됐어. 오늘 세르비아인들이 죽었다면, 내일은 크로아티아인들이 죽고, 모레는 슬로베니아인들이, 글피에는 아슈케나즈 유대인들이 죽어 나갔지. 크로아티아 출신의 반역자, 요시프 브로즈 티토가 나타나기 전까지는 그랬어. 그 남자는 해골과 피로 얼룩진 다뉴브강 아래에서 유럽의 죽음을 엿보았고, 자그레브부터 베오그라드까지 지름 9백 킬로미터에 다다르는 다민족 국가를 구상하기에 이른다. 그건 거대한 국경이면서 일종의 방화벽이었어. 남자는 세계 대전을 겪으며 바티칸의 영향력을 몸소 실감했고, 그 비밀스러운 손아귀가 발칸 반도를 장악하지 못하도록 길게 참호를 팠던 거지. 하지만 남자의 성분이 문제가 되었다. 놈은 그리스도의 존재를 부정하는 파르티잔 빨갱이였던 거야. 남자가 죽자, 너희는 아드리아해에 수몰되었던 오랜 전략을 다시 한번 시험대에 올렸다. 밀로셰비치가 대세르비아주의를 표방하며 민족 단위의 양심을 부추기는 모습을 흡족하게 바라보았겠지. 위대한 공산주의자의 마지막 유산인 유고슬라비아 사회주의 연방 공화국은 그렇게 더럽혀졌고, 해체 수순을 밟는다. 여기까지가 지난 백 년, 소위 가톨릭교회의 보루인 유럽의 동쪽 측방에서 일어났던 일들이다. 한편, 서쪽 측방의 상황은 어땠지? 교황청은 내전 직후 프랑코 정부와 정교 조약을 체결한다. 독재 기간 동안 스페인 내 성직자들은 물론 바티칸의 고위 사제들이 마드리드의 파시스트들과 긴밀히 협력했다는 사실은 최근에야 밝혀졌지. 너희는 부역자들과 외국인들이 게르니카에서 우리 민족을 상대로 학살을 벌였을 때도 아무것도 하지 않았어. 아니, 다른 방면으로는 적극적으로 나섰다고 해야겠군. 그렇게 살아남은 부모들에게서 아기를 빼앗아 멋대로 팔아넘겼으니 말이야. 불과 30년 전인 1990년대까지 자그마치 30만 명의 아이가 부모 품을 떠나 가톨릭 가정에 떠넘겨졌다. 다른 누구도 아닌 성직자들이 대규모 납치 사업을 벌였던 거다.

이봐, 애송이. 너는 세계가 전쟁을 치르고 있다고 말했다. 그렇다면 이것이 너희가 치르는 전쟁이냐? 너희의 전장은 어디에 있지? 너희가 적대하는 세력은 어느 쪽이고? 너희가 그렇게나 집착하는 생명조차 위대한 마스터플랜의 일부일 뿐이라고 말하는 거냐? 그렇다면 신앙이란 무엇이지? 그저 시키는 대로 순명하고 굴종하는 자세가 믿음의 표현이라면, 너희가 섬기는 예수가 양심에 따라 살라고 가르친 까닭은 무엇이냐? 너는 우리 조직이 군대이자 정당이라고 말했다. 인정하지, 정확히 짚었어. 가장 훌륭한 교훈은 적에게서 배우는 법이거든. 우리 바스크인들은 스페인과 프랑스 사이에서 오랜 세월 투쟁하며, 당대 최고의 무기와 전술을 습득했다. 역사서는 한때 세계를 쥐락펴락했던 제국들에 관해 낱낱이 가르치지만, 한곳만은 죽어도 언급하지 않는다. 입에 올리는 행위만으로도 바지에 오줌을 지릴 것처럼. 그래, 바티칸만큼이나 끈질기게 살아남은 군대이자 정당이 또 있을까? 우린 너희에게 배웠다. 네놈 말이 옳아. 평범한 대의제 민주주의 국가들은 고작 법안 하나를 통과시키려고 불필요한 행정 인력을 낭비하지. 전성기 때 우리는 스페인과 프랑스뿐 아니라 EEC까지도 협상 테이블에 앉힐 수 있었어. 네 말대로 저들의 의사 결정 기구는 표결이나 심의 따위의 경직된 입법 절차들에 발목이 잡혀 있었으니 말이다. 그래서 어떤 법안들, 상대적으로 덜 중요하다고 여겨지는 안건들은 종종 본회의장 문턱조차 넘지 못한 채 국회 아카이브에 구류되는 거야. 그렇게 먼지 쌓인 초안들이 문헌학적 미궁을 유령처럼 떠돌게 되는 거지. 영원히. 한창 때 내가 어떤 의심을 했는지 알려 줄까? 세상은 미美 건국의 아버지들이 유행시킨 대의제 민주주의를 선진 국가 경영 체제로 인정하기에 이르렀다. 미국은 내전으로 폐허가 되었거나 무력으로 정복한 땅에 대의제 민주주의를 건설한다. 국왕의 권력을 쪼개어 국민들 앞에 돌려주겠다니, 이 얼마나 정의로운 혁명인가? 그런데 말이야. 대의제 민주주의가 실제로 그렇게 모범적인 공동체 노선이라면, 바티칸은 왜 조금도 변하지 않은 걸까? 내 생각은 이렇다. 대의제 민주주의는 너희가 퍼뜨린 사상 전염 질환이다. 너희의 조상이자 뿌리, 로마인들이 수천 년 전에 발명한 그 마약성 컴파운드를 개량해서 세계 각국의 정부를 마비시키려는 작전이지. 그래서 언제나 교회가 국가에 앞서 전략적 우위를 점할 수 있도록. 13세기에 존 왕을 상대로 최초의 귀족 의회를 소집시켜 영국 왕실을 불구로 만들었던 것처럼. 우리에게는 아주 짧은 시간 주어졌을 뿐이지만, 조직원 모두가 실감할 수 있었다. 너희가 독점해 왔던 그 형이상학적 전력이 얼마나 치밀하게 설계되었으며, 또 파괴적인 효과를 내는지 말이다.

애송이, 넌 이번 사건이 트리거에 지나지 않는다고 했다.

더 큰 사건을 예고하는 하나의 무대 장치일 뿐이라고. 정보상이 넘겨준 자료들에 따르면, 네놈 말고도 수십 명의 사제들이 로마의 피우미치노 공항을 떠나왔다더군. 심지어 몇몇은 너보다 앞서 발렌시아에 숨어들었던데. 다시 말하자면, 너희 공작원들이 도난 사건 며칠 전부터 이미 대성당 부근을 어슬렁거렸다는 이야기다. 물론 성품 성사까지 받은 양반들이 직접 총알을 갈기고, 성당을 훼손하지는 않았겠지. 언제나처럼 더러운 일은 다른 이들이 떠맡게 되어 있거든. 좋아. 네놈이 말했듯, 우리 형제 몇몇은 아직까지 옥살이를 하고 있다. 바스크정치연합은 수감된 조직원들의 석방을 놓고 사회노동당과 구체적인 예산안을 협상 중이야. 국민 여론은 우리 쪽에 불리하게 조성되어 있다. 무장 투쟁 피해자들이 엄연히 존재하니, 회피할 수 없는 문제이기는 하지. 문제는 이 사안을 총선까지 확대하려는 세력이 있다는 거다. 사회노동당은 연합 포데모스를 연정으로 끌어들이면서 가까스로 과반석을 지켜 냈지만, 위태로운 상황이다. 신흥 우파 정당인 VOX가 나라 안팎에서 지지 기반을 넓히고 있고, 국민당은 산체스 정부의 우유부단한 분리주의 정책을 비난하며 표심을 이탈시키고 있지. 하지만 다음 총선에서 스페인 정치 지형을 완전히 장악하려면 더 큰 한 방이 필요해. 공교롭게도, 파격적인 퍼포먼스는 VOX의 전문 영역이지. 의석이 부족한 정당은 언제나 의사당 바깥에서 캠페인을 벌이는 법이니까. 또 전통과 가족, 교회를 수호해야 한다고 떠들겠지.

너희 바티칸과 정치적 의제를 한 몸처럼 공유한다고 강조하면서. 정말 편리하지 않나? 그래, 네 입을 빌려 듣고 싶은 진실은 하나뿐이다. 성배 도난 사건은 극우 정당이 디자인하고, 바티칸이 승인한 테러리즘 시나리오다. 내 가정법이 틀렸다면, 정말로 좋은 구실을 대야 할 거야.

남자의 형체가 확대되며 한층 짙어진다. 사내가 실제로 몸을 기울였고, 포로와의 거리를 좁혔다. 서로 다른 소재의 옷가지들이 부딪히며 바스락거리는 소리가 신부의 귀를 간질인다. 나일론과 결합된 멤브레인 패드들이 비잔틴식 파에눌라의 부드러운 겉감을 내리누르고 있다. 두 사람이 살과 피로 각각 점유하고 있던 필드, 두 개의 몸으로 표현되는 전선이 마침내 충돌하는 순간이다. 불확실한 불빛 아래에서 두 남자의 몸뚱이는 비례와 대칭이 망가진 도형과 덩어리들로 와해되어 있다. 신부는 타원형의 꼭대기에서 시작된 전신 입상의 곡선이 목과 어깨를 지나 바깥 팔로 이어지며 가파르게 하강하는 모습을 본다. 한쪽 팔이 냉간 압연된 쇠막대처럼 뻣뻣하게 늘어나 있다. 근육과 뼈로 이루어진 이 원기둥 형상이 조직체는 방패 모양의 역삼각꼴 원반에서 곧장 뻗어 나와서는, 두께와 길이가 제각각인 다섯 개의 부속지로 목표물과 연결된다. 손은 멀리 어깨 주위에 부착된 힘줄과 인대가 받는 인장력으로 바들바들 떨리고 있지만, 어렵게 붙잡은 전리품을 대가 없이 놓아 주지 않을 것이다. 양손 어디에도 무기는 들려 있지 않다. 사내가 가진 것은 두 손뿐이다. 손은 훈련 교본이나 사용 설명서가 필요 없는 흉기이다. 사내는 저 값싼 백랍 같은 해골에서 아래턱쯤 손쉽게 부쉬 버릴 것이다. 먼저 광대뼈가 함몰된 다음, 하악골 전체가 턱관절 밑으로 뜯겨 나갈 것이다. 교합면이 벌어져 윗니와 아랫니의 충치가 드러나고, 끔찍한 외상 아래 완력으로 해부된 인간의 두상이 전시될 것이다. 토마스는 적막 속에 쓰러질 것이다. 남자는 라틴어 성가와 주요 기도문 속 저모음만을 골라 더듬거리는 애송이 수사의 혀를 잡아 뽑을 것이고, 먹이나 미끼가 아니라 공양의 제물로써 교회 앞에 던져둘 것이다. 신부는 숨을 몰아쉰다. 맥동하는 두뇌가 가상의 이미지들을 무작위로 이어 붙인 결과, 피비린내 나는 영상들이 60프레임 속도로 자동 슬라이드된다. 신부는 고어·호러 시장의 상급 상품 같은 살점과 유혈을 떠올리느라 식은땀을 흘린다. 한편, 수사는 고함을 지르거나 몸부림치지 않는다. 토마스는 혹독하게 훈련받은 군인처럼 두려움을 시인하는 일체의 언행을 삼간다. 젊은이는 제 뺨을 옥죄고 누르는 짐승 같은 힘을 도리어 조롱하고 비웃을 따름이다.

그렇게 좁은 세상에 갇혀 있으니 무대에서 내려올 수밖에요. 당신은 이제 너무 낡아서 음모론자들조차 씹어 삼키기를 꺼리는 구닥다리 세계관을 들먹이고 있습니다. 그토록 적대하고, 그토록 증오하는 바티칸에 대해 당신은 뭘 알고 있습

니까? 당신이 주장하는 국경 없는 정치체, 그리스도의 제국은 19세기에 이미 몰락했습니다. 먼저 나폴레옹 보나파르트의 손에 맨몸으로 발가벗겨진 뒤, 빈 회의에 끌려 나와 사형을 선고받았지요. 협상이 이어졌던 9개월 동안 주역국들은 하루에도 수차례씩 국경을 새로 그렸고, 이 과정에서 교황의 전통적 권력은 갈기갈기 찢어져 나갔습니다. 바티칸은 실낱 같은 목숨 줄이나마 부지하려 발악했고, 프랑스와 오스트리아·프로이센 출신의 신학자들과 추기경들을 교황청으로 불러들이며 어떻게든 시간을 벌었습니다. 핵심 부서의 각료들은 연구 업적이나 행정 경험에 앞서 외교적 경쟁력을 검증받은 인사들로 대부분 교체되었고, 그에 따라 조직 내부의 지배 구조도 재편되었습니다. 크게는 두 파벌이 두각을 드러냈습니다. 예수회를 선봉으로 내세운 울트라몬타니즘ultramontanism 세력은 세속 국가들에 빼앗긴 교황의 지위를 되찾아 오자고 주장했지만, 프란치스코회를 위시한 자유주의 세력은 도리어 탈권위를 선언하고 지역 사회에서 교회의 새로운 역할을 받아들여야 한다며 맞섰습니다. 당신이 교황이라면 어느 편을 지지하겠습니까? 역사는 우리가 언제고 거대한 게임 안에 놓인 장기말임을 알려 줍니다. 교황은 충성파의 손을 들어 주며, 자신이 보유한 전략적 이점: 비숍 페어 상태를 스스로 무너뜨렸습니다. 18세기에 수도회가 공식 해체되며 중대한 위기를 맞이했던 예수회는 역량을 입증할 기회에 목말라 있었고, 1870년 제1차 바티칸 공의회를 이끌어 내며 다시 한 번 부상하기 시작했습니다. 교부들은 *하느님의 아들*$^{Pastor\ Aeternus}$ 헌장 아래 전례 없는 권한을 보좌에 결속시켰는데, 교령 하나하나가 일종의 선전 포고와 같았습니다. 이 종교 회의로 로마 주교좌는 전체 교회의 수장좌로 들어 올려졌고, 이에 따라 로마 주교가 교황좌$^{ex\ cathedra}$에 앉아 표명하는 모든 견해가 도그마로 받아들여집니다. 이것이 바로 교황 무류성입니다. 이처럼 독단적인 캠페인의 후유증으로 수많은 그리스도인이 독립된 교파로 떨어져 나갔고, 펜타르키아를 이루는 콘스탄티노폴리스, 알렉산드리아, 안티오키아, 예루살렘의 총대주교좌들은 물론 성공회·정교회, 심지어는 프로테스탄트 공동체와 맺어 왔던 협력 관계조차 크게 훼손되고 말았습니다. 그러나 울트라몬타니즘 세력의 수술 자체는 성공적이었다고 평가하겠습니다. 부수적인 출혈을 대가로 바티칸을 다시 국제 무대에 올려놓았으니 말입니다. 이제 좀 눈이 뜨입니까? 바티칸은 더 이상 하나의 왕국도, 군대도 아닙니다. 지금 당장 교황청 홈페이지에 접속해 보십시오. 지루하기 짝이 없는 조지아 글꼴은 짧은 연혁과 주석을 나열하기 바쁘며, 불친절한 하이퍼링크들로 부속 기관들 앞에 잡무를 떠맡기고 있습니다. 윗대가리들의 입맛, 좀 더 점잖게 표현하자면 교부들의 총애와 변덕에 따라 끊임없이 뒤바뀌는 세력 균형을 도표화한 결과물이자 아카이브. 그게 바로 오늘날 바티칸의 실체이며, 당신이 바티칸에 대해 알아야 할 전부이기도 합니다. 당신이 추측한 작전을 기획하거나 실행할 만한 인력도, 실력도 없다는 이야기입니다.

그렇다면 로마 출신의 사제들이 왜 신분을 속여 가면서까지 이곳에 왔을까요? 당신의 정보상은 내가 스페인 수사로 위장했다는 사실은 알아냈지만, 어느 수도회 사람인지는 밝혀내지 못했습니다. 아니, 관심이 없었다고 봐야겠지요. 어떤 사람에게는 모든 예수쟁이가 다 같은 예수의 개로 보일 테니, 이해합니다. 그러므로 내가 직접 밝히건대, 나는 콘벤투알 성 프란치스코회의 회원이자, 원죄 없이 잉태되신 마리아의 사도, 의롭고 떳떳한 성모 기사회의 기사입니다. 실제 교회의 역사가 당신 주장대로 폭력을 조장하고 전쟁을 부추기는 악행들로 점철되어 있다고 가정한들, 우리 기사단의 목적과는 다릅니다. 우리는 하느님의 승리, 그리스도의 승리, 티 없으신 성모 성심의 승리에 복무합니다. 우리 교회는 지금 성령의 시대를, 교회의 어머니이자 성령의 배필이신 성모 마리아의 시대를 살고 있습니다. 슬로베니아에서 마리아 사제 운동을 이끌었던 이반 포야브니크 신부는 파티마의 성모 특집으로 기획된 2003년 마리아지 신년 호에 이렇게 썼습니다. *그것은 전투 계획이다! 성모께서는 지존하신 삼위일체 하느님으로부터 이 무서운 전투에서 하느님의 자녀를 이끄는 천상 군대의 지휘관으로 정해지셨다. 이는 계속적인 대전이지만 흔히는 그 모습이 겉으로 드러나지 않는 것인데, 이 시대에는 전면전의 양상을 띠게 된 것이다. 그리하여*

1917년 성 막시밀리안 콜베 신부가 성모 기사회를, 1921년 프랭크 더프 형제가 레지오 마리애를 창설하게 된 것입니다. 두 단체는 모두 복되신 마리아의 사병 조직으로 창설되었으며, 각각 예루살렘 왕국의 성전 기사단과 로마 제국의 대규모 전투 단위에 기원을 두고 있습니다. 재림의 시간이 다가오니, 성모 마리아의 안배로 우리는 미리 준비되어 있었던 겁니다.

    대통합이 정점으로 치닫고 있습니다. 대전투가 벌어질 겁니다. 바티칸은 급감하는 신자 통계는 물론 필요 이상으로 확대된 평신도 단체들과 현장 사목자들의 대립, 주요 수도회의 헤게모니 다툼과 장상 및 평신부들의 성 추문 같은 내부 전쟁으로 행정 능력이 거의 마비된 상태이지만, 외부 전쟁도 피할 수 없는 상태입니다. 교부들은 성공회와 정교회, 칼케돈 기독교의 다섯 총대주교좌를 교황의 수위권과 보편권 아래 영구적으로 복속시키기를 원하고, 그래서 유럽 의회와 줄곧 불협화음을 빚고 있습니다. 유럽 연합 이사회의 의장국들은 러시아와 이스라엘, 튀르키예, 이집트 지역에서 자행되는 군사 작전 및 인권 침해를 연일 비난하며 외교·경제적 제재를 전방위로 확대 중이니, 비오 9세 때 선언되었던 숙원 사업을 중단하지 않는 한 관계는 좀처럼 개선되지 않을 겁니다. 무려 성배가 도난당했음에도 주요 국가들이 성명조차 내지 않는 까닭은 의외로 투명합니다. 한편, 유럽 연합은 북대서양 조약 기구를 내세워 바다 건너까지 영향력을 행사하려는 미국과 군사적 작별을 준비하고 있습니다. 이전까지 유령 군단처럼 받아들여졌던 유럽군의 존재가 2017년 PESCO를 출범시키면서 구체화되었고, NATO는 AUKUS와 EDA로 분열될 조짐을 보이고 있습니다. 당신 생각은 어떻습니까? 미국이 유럽 본토에서 순순히 발을 뺄까요? 어떤 방식으로든 유럽 사회에서 미국의 지위를 다시 한 번 과시하려 하지는 않을까요? 한편, 중동의 극단주의 무자헤딘들은 2021년 탈레반의 카불 점령 작전을 실시간 중계방송으로 시청하며 미디어 산업에 눈을 떴습니다. 이들은 난민 또는 교환 프로그램으로 서구 사회에 유입된 무슬림 민간인들을 잠재적 무장 보병으로 전환시키고자 하는데, 두괄식 스크립트에서 성배보다 강력한 이미지는 찾기 어려울 겁니다. 마지막으로, 러시아는 노르트스트림 파이프라인으로 유럽의 숨통을 쥐고 있습니다. 천연가스 공급망은 발트해 해저와 지하 대수층에 지맥처럼 형성된 러시아의 에너지 패권 지도이며, 우크라이나와의 전쟁에서 EU의 개입을 차단하는 카드로 남아 있어야 합니다. 그럼에도 서유럽 참견자들이 우크라이나에 군수물자를 대겠다면, 알맞은 교훈을 가르쳐 줘야겠지요. 칼리닌그라드에서 국경을 맞대고 있는 폴란드, 노르웨이, 발트 3국에 전선을 맡기고 군축을 감행한 대서양 연안의 돼지들은 만성적인 안전 불감증에 빠져 있으니, 후방에서 교란 작전을 벌이면 놀라 자빠지고 말 겁니다. 지리학은 산과 강, 계곡과 바다 같은 자연물들을 높낮이와 방위각, 기울기가 서로 다른 3차원 물체들로 퇴각시키는 기예입니다. 그것은 조약과 협정, 각서 따위의 공식 서류에서 점령 자산을 물리적 단위로 표현하기 위해 발명되었습니다. 플랑드르와 브리타니아, 갈리아, 알프스, 마침내 이베리아조차도 크기만 커졌을 뿐 원리는 같습니다. 복잡하게 얽힌 적대 관계들을 지정학적 질서 위에서 읽어 내지 못하면, 전장의 규모를 과소평가하는 우를 범하고 맙니다. 맥락이 있는 곳마다 전쟁이 있습니다. 말하지 않았습니까? 현대전에서 현실은 고차원 공간으로 분류된다고. 우리가 다투고 있는 이 현실의 안과 바깥에서, 또 위와 아래에서 지금 이 순간에도 서로 다른 전략들이 펼쳐지고 있습니다. 이 전쟁은 유권자들의 눈치나 살피는 반장 선거 수준의 역할 놀이 따위가 아닙니다. 바야흐로 세계의 주인을 확인하는 군주들의 경합이고, 제후들의 대결인즉, 왕들의 게임입니다. 당신 수준의 플레이어가 거들떠볼 수 있는 게임이 아니라는 이야깁니다. 다시 한 번 말하지만, 전쟁은 우리에게 맡기고 가족들에게 돌아가십시오. 당신은 너무 늙었고, 이제 주인공이 될 수 없습니다.

대화가 잠시 중단된다. 침묵은 1분을 넘기지 않을 것이다. 신부는 두 사내의 움직임을 살피고 있다. 땀과 침으로 검게 얼룩진 헝겊 안에서, 숨을 헐떡이며. 시간은 단순히 멈췄다기보다 얼어붙은 것처럼 감각된다. 사내가 이제 그만 양손을 오므려 닫기로 작정한다면, 성직자의 골통은 순식간에 각 얼음처럼 부서져 내릴 것이다. 사내는 해부학적 기능이 정지된 머리를 신부의 눈앞에 들이밀까? 신부의 얼굴을 덮고 있던 가리개가 마침내 벗겨진다. 한동안 어둡고 흐릿한 덩어리로 파악되었던 사내의 실체가 신부 앞에 드러난다. 사내가 안경을 들추며 묻는다.

너도 다 알고 있었나, 치노?

사내의 등 뒤에서 다른 남자가 버럭 소리친다. 토마스는 요행히 살아남았다.

우리 형제를 감히 건드리지 마십시오! 그는 원죄 없으신 성모께서 보우하시는 한국 교회의 사제이며, 성령의 은혜를 입은 자입니다. 지금 잠깐 길을 잃었지만, 성배와 함께 주님의 품으로 돌아올 운명이란 말입니다. 털끝 하나라도 다치게 했다가는 백 배 천 배의 화를 입을 겁니다.

사내가 다시 한 번 토마스에게 다가간다. 남자는 수사의 입에 테이프를 감으며 이죽거린다.

인정하지. 저 남자는 예상 밖의 인물이야.

사내가 돌아와 신부 앞에 앉는다. 남자는 기침 몇 번으로 목을 가다듬고는 질문을 이어 간다. 남자의 손목은 매트리스를 짚고 누르느라 가볍게 꺾여 있다. 스프링이 압력을 받아 내려앉으면서, 신부의 한쪽 뺨도 천천히 아래로 꺼진다. 결과적으로 남자는 손끝 하나 대지 않고 신부의 머리를 손에 넣은 셈이다. 이제 팔을 옮기거나 다리를 올리는 동작만으로도 두 사람의 관계가 다시 설정될 것이다. 남자는 안경 밑으로 신부를 내려다보고 있다. 나직하게 눌린 목소리.

광신도 녀석, 입을 다무니 세상 조용하군. 우리끼리 솔직하게 얘기해 보자고. 자네도 나처럼 재수 옴 붙어서 웬 음모에 휘말리게 된 것 같은데, 사실인가? 아까부터 자네가 성령의 은혜를 입었다느니 주절거리던데, 이것 참 믿을 수가 있어야지. 성배에 무슨 GPS라도 달려 있어서, 이 농간을 부린 작자들의 위치를 정확히 찾아갈 수 있다는 건가? 기밀 감청 시스템이나 정밀 측량 장비 하나 없이? 평범한 인간이 아니라 무려 성령께서 정보를 주시고?

사내가 토마스와 신부를 번갈아 내려다본다.

이봐, 젊은이들. 찬물을 끼얹어서 미안하지만, 신앙에 너무들 깊이 심취하신 건 아닌가? 이 몸이 아무리 늙었어도 그렇지. 이런 식으로 망신을 주겠다면 곤란하지. 기분 상할 뻔했잖아.

신부는 사내가 영어로 말하고 있다는 사실을 뒤늦게 알아차린다.

자네가 직접 해명해 봐. 성배를 찾으려는 이유가 뭐지?

신부는 이제 반대로 되묻기를 원한다. 성배란 대체 무엇인가? 온갖 겉치레와 미사여구로 거추장스럽게 장식되었을 뿐, 시작은 평범한 용기였다. 음료를 가둘 목적으로 내부를 우묵하게 파낸 반구형 돌덩이리. 안주인이 우연히 골라잡은 세간붙이에 예수의 피가 쏟아졌고, 다음으로 입술이 닿았을 따름이다. 석영은 압전성 높은 광물이지만, 안주인이 이 사실을 미리 알고 손님 앞에 내밀었을 가능성은 희박하다. 구자라트산 홍옥수로 조각된 칼세도니 잔은 성혈을 음미한 즉시 깨달았을 것이다. 모든 피는 전해질을 머금고 있으며, 신경 조직의 명령 부호가 미세한 전기 충격에 의해 운반된다는 사실을. 이렇게 성배 바닥에 고인 핏방울마다 일정한 전압이 새겨져 있고, 분지형 돌기들로 이루어진 이 방전 무늬가 한 가지 방향을 나타낸다는 사실을. 피는 머리 꼭대기에서 발끝으로 떨어지고, 다시 발끝에서 머리 꼭대기로 이동하는 수직의 궤적을 따른다. 그렇다면 성혈도, 성배도 단순한 벡터에 지나지 않는다. 힘은 들어 올리고 내려앉히는 움직임, 바로 그것이다. 그렇기에 나자렛의 예수 역시 상승과 하강의 법칙 아래 성찬례를 묶어 두었던 것이다. 네가 있는 곳 어디에서나 반듯하고 단단한 받침대를 찾을 수만 있다면, 감사와 함께 바쳐라. 네가 준비한 제단이 누추하고 허름할지언정, 주께서 기뻐하며 대좌로 삼으시리니.

아득한 어지럼증이 찾아온다. 구역질 나는 멀미 속에서 세상의 위와 아래가 뒤바뀌고, 시간도 거꾸로 흐르기 시작한다. 신부는 까마득한 약속들의 목격자가 된다. 아브라함은 숫양의 사체를 들어 올리고, 노아는 흰 비둘기 한 쌍을 들어 올리며, 모세는 수소의 잘린 머리를 들어 올린다. 사무엘은 새끼 양의 가죽 벗긴 고기를 들어 올리고, 솔로몬은 수천 마리의 불탄 짐승을, 엘리야는 불타는 마차에 올라 스스로를 하늘로 들어 올린다. 이윽고 여호사밧이 세 군대의 군기를, 느헤미야가 바빌론의 벽돌을 들어 올린 뒤에, 낯익은 제사장이 모습을 드러낸다. 어느 성탄절 밤의 대축일 미사 시간이다. 신학생 바오로가 방학을 맞아 본당에 돌아왔고, 복사를 서고 있다. 베드로 신부가 빵을 들어 올린다. *너희는 모두 이것을 받아 먹어라. 이는 너희를 위하여 내어 줄 내 몸이다.* 그들은 제대석을 향해 기울어진 석회석 궁륭의 아치형 늑골 아래 서 있다. 아버지 신부가 성작을 높이 들어 올린다. *너희는 모두 이것을 받아 마셔라. 이는 새롭고 영원한 계약을 맺는 내 피의 잔이니 죄를 사하여 주려고 너희와 많은 이를 위하여 흘릴 피다. 너희는 나를 기억하여 이를 행하여라.* 신학생 바오로는 회중석을 마주 보고 있다. 몇 년 뒤 그가 거두게 될 예비 성가대원들이 부모와 함께 앉아 있다. 이 장면 속에서 아이들은 대부분 열 살 생일도 맞지 않았고, 손가락 빠는 습관을 버리지 못했다. 신학생 바오로도, 예비 성가대원 아이들도 아직 서로를 몰랐던 시기이다. 그러나 신부 바오로는 충동에 이끌려 회상의 규칙을 어기고 만다. 너무 긴장한 나머지 혈색마저 잃어버린 아이 하나를 기어코 알아보는 것이다. 할머니 손을 붙잡은 채 가까스로 울음을 삼키고 있는 그 아이는 틀림없이 헬레나이다. 레지오 마리애 평의회에서 프레토리움 단원으로 활동 중인 할머니의 영향 아래 영아 세례를 받은 지 9년째이다. 대모는 지부 단장을 지냈던 미카엘라로, 콘스탄티노플 성지 순례를 다녀온 뒤 그와 같은 세례명을 골라 주었다. 콘스탄티누스 대제의 모친이었던 헬레나는 황제를 설득해 수많은 그리스도인을 구원했지만, 밀라노 칙령보다 위대한 업적으로 이름을 남긴 장본인이기도 하다. 전설에 따르면, 성녀는 예루살렘에서 사람의 아들이 못박혔던 십자가를 발견했던 것이다. 대모는 헬레나가 수호성인처럼 성지의 반석이 되기를 바랐겠지만, 운명은 이따금 가혹한 방향으로 되풀이된다. 낡고 케케묵은 이콘icon 원화 속에서 묘사되었듯, 헬레나는 본인의 수호성인처럼 무거운 십자가를 지게 되지 않는가? 신학생 바오로는 미래에 알게 될 사실들을 미리 깨닫고, 슬픔과 함께 현실로 돌아온다.

다 그만두고 싶습니다. 이제 너무 지쳤어요.

멀리서 토마스가 몸부림치지만, 사내는 신부에게서 머리를 돌리지 않는다.

죽이려면 죽이시오. 내가 그토록 바라는 자유를 당신이 줄 수도 있겠지요.

영광송 길이의 짧은 침묵이 지나간다. 사내가 무거운 음성으로 묻는다.

성배를 찾으면, 자유가 되는 건가?

그러나 그것은 질문이 아니라 확인이다. 그래서 신부도 구태여 대답하지 않는다. 사내는 머리를 끄덕이며 일어선다. 어떤 의심 내지는 불안 뒤에 붙일 구두점을 마침내 떠올려 낸 사람처럼. 사내는 돌아서서 수사에게 다가간다. 테이프를 뜯어낼 때, 입술 주위의 앳된 솜털들도 뒤따라 벗겨진다. 사내가 수사의 어깨를 가볍게 두드리며, 부드러운 목소리로 이야기한다.

애야, 집으로 돌아갈 사람은 내가 아니라 너다. 성당에 나가지 않은 지는 꽤 됐다만, 저 바깥의 성령이 전쟁이 아니라 평화를 원한다는 사실쯤은 잘 알겠구나. 이제부터 저 남자는 내가 맡겠다. 성배를 되찾겠다고 약속하마. 하지만 너희 계획대로 되지는 않을 거야.

사내가 돌아와 신부를 일으켜 세운다. 손발을 풀어 줬음에도 신부는 옴짝달싹하지 않는다. 신부는 스스로의 입장을 조금도 과장하지 않았고, 육신과 영혼을 옥죄는 피로감에 짓눌려 있다. 그는 부상 입은 사슴처럼 경계가 누그러져 있고, 생존 자체에 미진한 의욕만을 드러내고 있다. 억지로 중단할 수 없는 호흡을 제외하면, 신부는 아무것도 하지 않기를 원하는 것 같다. 힘없이 누워 있는 부동 상태의 인간은 아주 오래전부터 죽음 혹은 거부를 나타내는 문자 이미지로 해석되어 왔다. 그래서 이집트와 가나안, 미노스의 고대인들은 관 내지는 올가미를 연상시키는 원시 아이소타이프로 알파벳을 둘러쌌던 것이다. 사내는 젊음의 한 시기를 인간이 아니라 동물의 이름으로 살았고, 이런 종류의 사냥감을 멸시하며 비웃었던 적이 있다. 동요하지 않았을 것이다. 다른 누구도 아닌 사내 자신이 같은 상황에 놓여 보지 않았더라면. 사내는 신부의 오른팔을 들어 다시 묶는다. 케이블 타이나 밧줄이 아니다. 제 목덜미에 둘러 단단히 동여매는 것이다.

하루도 살아남지 못할 겁니다.

두 사람이 객실을 나가려고 할 때, 토마스가 소리친다.

날 믿지 않은 걸 후회하게 될 거예요.

바깥에서는 여전히 비가 내리고 있다. 개 한 마리가 어둠 속에서 비를 맞고 있다. 사내는 건물 앞 계단에 쪼그려 앉아 비를 피하는 떠돌이 강아지에게서 눈을 떼지 못한다. 작은 개의 이름은 안드레, 사도 안드레아스의 변형된 그림자이다. 사내는 늙었고, 상처 입었다. 30년의 세월이 흘렀다. 페트리는 환갑 넘은 늙은이가 되었지만, 안드레는 여전히 꼬리가 말린 화이트 테리어 같은 모습으로 남아 있다. 안드레는 사람은 물론 새끼 쥐 하나 상처 입힐 줄 모르는 아이였다. 형제가 함께 찍은 사진은 고등학교 졸업식 사진 한 장뿐으로, 이 사진 속에서 안드레는 꽃다발을 품에 안은 채 멋쩍게 웃어 보이고 있다. 종일 말이 없었던 안드레는 저녁 식사가 끝나고 불쑥 찾아와 페트리를 놀래 주었는데, 한마디가 전부였다. **고마워**. RTVE 채널의 오래된 뉴스 프로그램, 텔레디아리오Telediario 속 여성 앵커의 말소리가 희미한 음량으로 흘러나오고 있었다. 페트리는 코웃음을 쳤고, 동생에게

다가가 가슴을 때렸다. 동생이 욱 소리를 내며 도망쳤고, 그 모습은 영락없는 화이트 테리어 같았다. 처마 밑에 숨어 있던 강아지가 도로를 향해 달려 나간다. 사내는 밤하늘로 눈을 돌린다. 사내는 브리태니커 출판사에서 제작하는 교육용 천체 지도나 국립 천문 연구소의 관측 장비 없이도 겨울철 별자리를 정확히 짚어 낼 수 있다. 겨울이 오면, 어떤 하늘에서든 그의 형제가 동족을 찾아 울며 프로키온의 밝은 빛을 내리쬐기 때문이다.

아무리 늙었어도 늑대는 물 수 있지. 일단 물면, 늑대는 죽어도 놓지 않아.

객실 문이 닫힌다. 묶여 있던 사내가 힘없이 돌아눕는다. 비는 밤새 그치지 않을 것이다.

EX ALIENIS SPOLIIS ORNATUS

여명

인간이 신의 형상을 빌려 만들어졌다면, 결국은 신도 하나의 고깃덩어리이다. 몸은 피를 흘리고, 몸은 뼈와 살로 이루어져 있으며, 몸은 썩어 없어진다. 로마인들이 복제 이미지이자 모형 표본으로서 신-황제의 몸을 브리타니아 땅으로 가져왔을 때, 피언fiann14들은 제국 시민권자들의 몸통을 잘라 짐승들에게 던져 주었다. 그리스도인들이 주름 접힌 물상이자 입체 데칼코마니로서 야훼-아도나이의 몸을 브리타니아 땅 위에 세웠을 때, 드루이드들은 베네딕도회

---

14 혼자는 피언fiann, 무리는 피어너fianna. 켈트족 영웅인 핀 막 쿨이 일찍이 이 떠돌이 전사 집단을 이끌고 아일랜드 땅을 누비지 않았더냐? 그래서 다누 신족이 독점했던 신화 대계, 울라 지역의 죽음 전쟁으로 얼룩진 얼스터 대계, 아르드리Ard Rí의 계보나 읊을 따름인 열왕 대계와 달리 피니언 대계는 자유로운 영혼들의 시대이다. 나중에 더블린에서 무장 독립 운동을 기획하는 아일랜드 공화주의자들이 피어너에런Na Fianna Éireann— 다시 말해, 아일랜드의 전사들로 조직되었다는 사실은 우리에게 어떤 사실을 알려 주느냐? 이처럼 시간은 과거와 미래를 횡선의 토폴로지 아래 원형으로 구부린다. 때로 바큇살처럼, 때로 굴대처럼. 그리하여 운명은 수레바퀴처럼 굴러가는 것이다. 바야흐로 죽음이 생명을 누르려 하니, 피어너의 사냥용 뿔피리를 불 때가 왔노라. 나시 돌아올 왕이 제 약속을 지키는지 괴연 두고 볼 일이다.

선교사들을 거꾸로 매달고 불태워 켈트 만신전으로 올려 보냈다. 몸은 상처 입을 수 있고, 몸은 고름을 머금을 수 있으며, 몸은 구부러지거나 꿰뚫릴 수 있다. 몸이 부드러운 털과 기름진 연조직으로 뒤덮인 고깃덩어리를 떠나지 않는 한, 모든 몸은 죽음 앞에 열려 있다. 세상 모든 표현 가운데 으뜸으로 평가되는 타원형의 상アン도, 체액과 분비샘 대신 넥타르와 암브로시아로 이루어진 점토 암포라도, 엄정한 비례 속에 황금빛 상감처럼 나타나는 올리브향 궤적도 모두 이름만 다른 전리품들이다. 브리간테스족은 브리타니아 북부를 두려움에 떨게 했던 군장 국가 시절부터 다누 신족의 학살자로 이름을 떨쳤다. 숲속 현자들은 이 고대 브리튼인들이 경쟁 부족의 신을 살해하고 훼손하는 과정에서 신성 모독의 풍미를 깨우쳤고, 아직 더럽혀지지 않은 바다 건너 미지의 신들을 상상하며 굶주린 채 잇몸을 핥는 모습으로 석탄 매장지 깊이 잠들었노라 속삭인다. 칼레도니아 일대에서 오랫동안 인기를 끌었던 이 불경스러운 오락거리는 원시 켈트 사회의 주술 유산 사이에 섞여 여러 후손들 앞으로 계승되어 왔지만, 지금은 오직 픽트랜드의 주인들만이 사냥 축제 끝에 황홀경을 느낄 따름이다. 썩은 시체들의 탑으로 도살자의 형상을 수복하기.

　대제사장 브리기드는 부족 전사들의 손에 수많은 신이 쓰러지는 광경을 목격해 왔다. 야생을 신으로 떠받드는 몸들은 대개 늑대와 뱀, 멧돼지, 까마귀에게서 수확한 털이나 가죽을 뒤집어썼고, 자연을 신으로 떠받드는 몸들은 잎차례, 마엘스트롬, 트리스켈리온을 아우르는 회전 대칭 나선 또는 파도, 곡류천, 산등성이를 묘사하는 크레타식 사행 곡선을 살갗에 새겨 넣은 모습으로 전투에 나섰다. 이교도들은 이렇게 동물의 부산물이나 천연 잉크 따위로 있는 그대로의 몸을 감추기 바빴는데, 우스꽝스러운 겉치레를 빌려 입음으로써 그들 각자가 숭배하는 표상에 다가갈 수 있다고 믿었던 것이다. 그러나 싸움은 덩어리와 덩어리가 부딪히고 뒤섞이는 의식이자 공연이다. 대결 중에 몸은 면적과 밀도를 가진 하나의 진지stronghold로 즉시 전환되며, 폭력의 교범 안에서 물리적 자원을 주고받기 좋도록 커다란 수금처럼 펼쳐진다. 이 악기들은 찢어지고, 어긋나고, 부서지는 소리들 속에서 천천히 해체되기에, 변신이나 위장 같은 거짓 껍데기도 손쉽게 풀어 헤쳐진다. 그래서 결투에 나서기 전 부족 전사들은 도리어 옷가지를 다 벗었고, 점성 높은 인디고색 전쟁 물감으로 전신을 물들였다. 대청과 지방, 정액을 달걀 물에 섞은 이 천연염료는 가슴 근육과 옆구리, 넓적다리는 물론 얼굴까지 덮어 가렸다. 부족의 전통 보디 페인팅은 인체 안팎의 보이지 않는 압력과 역장의 흐름을 표현하기 위해 직선과 곡선으로 대비를 이루었는데, 이따금 면이나 원 같은 2차원 부가물이 보충되기도 했다. 그러나 그림은 종교적 기원 따위와는 거리가 멀었고, 전투원의 신장부터 체중·골격 등의 조건을 판별하는 종합 도식에 가까웠다. 모든 몸을 다만 살아 있는 고깃덩어리로 파악하는 부족의 정신은 전장에서 대치 중인 적들에게 두려움을 심어 주었고, 원래 로마인들 사이에서 그림을 의미했던 라틴어 픽투스pictus가 부족의 이름으로 굳어진 것도 이제 먼 옛날 이야기다. 발가벗은 부족 전사들은 때로 몽둥이로, 때로 맨손으로 값비싼 금속과 수수께끼 문양으로 장식된 몸뚱이들에서 불가침 조약을 해제시킨다. 실체의 반향, 혹은 유사 신격처럼 잠시나마 눈부신 광채를 내뿜던 사이비 우상들은 이내 분뇨 더미에 처박히거나 복부 바깥으로 잡아당겨진 장기에 스스로 목 졸린 채 죽어 갈 따름이다.

다그다의 아이들아, 저기를 봐라.

이제 하나의 몸이 멀리서 입상을 드러낸다. 안개가 그들 사이에 자욱히 내려앉아 있어, 미간을 찌푸리지 않고 남자의 용모를 제대로 알아보기란 불가능하다. 눈부신 갑옷이 가장 먼저 시선을 사로잡는다. 무거운 철판들을 가죽끈으로 조여 고정한 이 쇳덩어리는 금속이 아니라 운석으로 주조된 공예품 같다. 관절과 근육을 보호하는 쇠붙이마다 섬뜩한 조명이 매달려 있는데, 이 광원들은 아주 다른 세계의 발광체를 되비추는 듯 보인다. (그래서 브리기드는 오늘 태양이 떠오르지 않았다는 사실을 하마터면 잊을 뻔했다.) 빛들은 우주 복사선에 쬐인 방사성 형광 물질처럼 불타는 꼬리를 길게 늘어뜨린 채 남자의 온몸을 감싸 안고 있다. 다음으로 눈에 띄는 사물은 단연 벡실리움일 것이다. 때로 하드리아누스 방벽 위에서, 때로 테스투도 진형 사이에서 높게 들어 올려졌던 저 군기를 브리기드는 천 리 밖에서도 알아볼 수 있다. 로마인들은 가증스러운 동물상 아래 대형 천을 펼쳐 군단의 휘장과 표찰을 그려 넣길 좋아했다. *우리는 제2군단, 아우구스타이다. 강력한 무장에 값진 승리 있으라. 우리는 제10군단, 프레텐시스이다. 최고의 미덕은 싸우지 않고 승리하는 것이다. 우리는 제14군단, 게미나이다. 충성과 정직으로 승리를 향하여!* 반면, 남자의 군기는 알파벳은 물론 구두점 하나 없이 비어 있다. 평면 위에 표현된 침묵. 직선들로 조합된 기하학적 표장 하나만이 넝마 조각 한가운데 홀연 수놓였을 따름이다. 수평과 수직의 비율이 동일한 이 선형 장식물을 중심으로 네 개의 추가 직선이 교차하면서, 문양의 부속지에 해당하는 각각의 교차점마다 작은 십자가들이 열매처럼 맺혀 있는 모양새다. 그림은 처음에 붉은 실로 바느질된 자수처럼 보였으나, 점차 괴물의 노획물로 염색되었다는 사실을 숨김없이 내보인다. 브리기드는 냄새와 점도로 피의 주인을 금방 알아차리는데, 그것은 린트부름lindwurm: 교회 뒤뜰의 묘역과 고대 카타콤에 숨어들어 시체를 파먹는 파충류 악령이다.

젖먹이 몸종아, 네 군단은 어디에 있느냐?

누군가 대뜸 일성을 내지른다. 고함은 경계하며 물러나 있던 구경꾼들을 일선으로 내몰고, 조롱 섞인 야유를 이끌어 낸다. 칼레도니아 억양으로 과장된 게일어가 수백 개의 입천장을 두드리며, 구개음이 거의 소나기처럼 쏟아진다. 브리기드는 사나운 눈짓으로 무리 사이에서 소란을 가라앉힌 다음, 앳된 여자 하나를 가까이 부른다. 브리기드의 하나 남은 혈족, 엘리라가 푸른 몸들을 밀치며 다가온다. 대제사장의 막냇동생은 세 쌍둥이를 임신한 상태였다. 태아들이 자리를 경쟁하며 자궁벽을 훼손시켰고, 태반이 떨어져 나가자 과다 출혈이 시작되었다. 엘리라는 탐욕스러운 오빠들이 자궁 경부에 머리가 낀 채 질식사하는 동안 얌전히 순서를 기다렸고, 덕분에 브리기드가 산모의 뱃가죽을 갈랐을 때 늦지 않게 발견될 수 있었다. 엘리라는 울지 않았고, 몸부림치지 않았으며, 제 어미와 피붙이들의 죽음 앞에서 태연히 곤잠에 빠져들었다. 핏덩이는 불과 수개월 전 성인식을 치렀으며, 대제사장 밑에서 제 또래의 분견대를 이끌고 있다. 이 과묵한 전사-사냥꾼은 출생 자체가 신화에 비견되었고, 켈트 사가 속 고대 영웅들의 무훈을 뛰어넘을 재목으로 길러졌다. 족장들은 방벽 이북의 마지막 남은 베네딕도회 수도원을 놓고 다투었는데, 대제사장이 직접 출병을 선언하자 모두 입을 다물었다. 대제사장은 질녀가 태어날 때와 똑같이 혈전과 장액을 뒤집어쓴 모습으로, 빛나는 손들에 붙들려 켈트 만신전 높이 들어 올려지는 꿈을 꾸었다. 향정신성 안개 속에서 우르Urr강 하구의 화강암 성채가 올려다보였고, 카르닉스carnyx의 청동 트럼펫 소리가 아득한 메아리처럼 울려 퍼졌다. 엘리라는 이교도 소굴을 무너뜨리고 그리스도의 몸을 찢어발김으로써 사냥 축제의 최종 승자가 되어야 했다. 바로 이곳이다. 질녀는 황홀경 속에 승천하고, 브리기드는 피투성이 토양 위에 도살자들의 제단을 다시 세울 것이다.

애야, 가서 네 운명을 거머쥐어라.

엘리라가 앞으로 걸어간다. 전사-사냥꾼은 왼손에 투창을 한가득 쥐었는데, 창끝마다 감염성 농액이 발려 있다. 자작나무 가지를 깎아 만든 이 막대 무기 묶음은 갈래 벼락처럼 세 줄기로 나뉘어졌다. 아들-길잡이-왕의 형상으로 삼중 굴절된 그리스도식 트라이그램을 꿰뚫을 송곳들이다. 청동 이빨을 씌운 꼬챙이 세 자루는 대제사장이 심혈을 기울여 준비한 비의적 제물이며, 사냥 축제를 공표하는 무대 장치로써 서막을 열어젖히기 위해 바위 위를 오른다. 전사들이 방패에 실레일리shillelagh를 부딪힌다. 두드림 소리는 전사-사냥꾼이 왼발을 내딛을 때마다 울려 퍼져서, 2음절로 구성된 장단격의 음보율을 계단처럼 밟고 올라서는 것 같은 착각을 불러일으킨다. 엘리라는 판상 광물들이 강변에 쌓이며 만들어진 천연 제방 위에 서 있다. 거의 분말 크기로 풍화된 암석질 알갱이들을 이제 막 쥐었다 놓은 참이다. 첫 번째 투창이 오른손으로 자리를 옮긴다. 침묵 속에서 질녀가 왼손을 들어 올린다. 삼각근을 물들인 직선 무늬 전쟁 물감은 노뼈와 손등을 지나 장지長指까지 이어지면서, 일자형 뼈대를 조절식 가늠자처럼 펼쳐 놓는다. 질녀의 뒤통수에서 미세한 움직임을 읽어 내는 사람은 대제사장뿐이다. 전사-사냥꾼은 삼각비 안에서 움직이는 표적을 정렬시킨 다음, 최적의 경사를 탐색하는가 싶더니, 창을 던진다. 모든 동작이 순식간에 이루어진 나머지, 구경꾼들의 눈에 전사-사냥꾼은 줄곧 정지된 영상으로 남아 있다. 창은 눈 깜짝할 사이에 다리를 건너가서는, 둔탁한 타격음으로 되돌아온다. 타원형으로 넓게 마름질된 산딸나무 방패 위로 남자가 머리를 들어 올린다. 남자의 얼굴은 외따로 부풀어 오른 여름철 백합 꽃봉오리처럼 희고 부드럽다. 이 옥안玉顔에서는 작은 생채기나 사마귀는 물론 땀 한 방울조차 들여다보이지 않는다. 무엇보다 남자의 표정이 엘리라의 비위를 거스른다. 불안도, 흥분도 모르고 다만 슬픔으로 굳게 다물어진 저 입술이 특히. 대제사장은 질녀가 어금니를 갈며 으르렁거리는 소리를 듣지만, 짐짓 모른 체한다. 두 번째 투창이 오른손에 쥐여진다. 엘리라가 반쪽 몸통을 골반 바깥으로 잡아 늘리면서, 여자의 몸은 로마식 기수법 X에 가깝게 벌어진다. 몸은 이렇게 스스로 벡터 이미지가 되어 좌표계로 들어간다. 활시위처럼 힘껏 당겨진 근육 띠들은 투사체의 질량을 견디느라 아치형으로 구부러져 있다. 이 발사대는 부지불식간에 앞으로 펴져서, 가느다란 뼈 막대들에 의해 가까스로 고정되어 있던 제의용 나뭇가지를 저 멀리 던져 버린다. 창은 안개 속 응결된 물주머니들을 터뜨리며 솟아오르더니, 사이클로이드 궤적을 그리며 사냥감의 머리 위로 내리꽂힌다. 그러나 이 무시무시한 작대기는 증기압으로 납작해진 이슬점만 할퀴었을 따름이니, 이번에는 어떤 소리도 돌아오지 않은 것이다. 남자는 토양에 박힌 창에 눈길 한번 주지 않는다. 먼젓번 창을 방패에서 뽑아 던져 버리고는, 다시 걸어올 뿐이다. 구경꾼들이 발 구르기를 멈춘다. 하나의 입상이 여명처럼 밝아 오고 있다. 젖먹이 몸종이자, 일인 군단이며, 빛나는 쇳덩어리가 다리 위에 떠올라 있다. 눈부신 삼원체는 에제키엘의 바퀴처럼 긴밀히 맞물려 차차로 회전하면서, 메르카바 문양 속 삼 층으로 포개어진 정사면체를 드러낸다.

너희는 모두 이것을 받아먹어라. 이는 너희를 위하여 내어 줄 내 몸이다.

겁쟁이 몇몇이 무기를 버리고 달아난다. 대제사장은 탈영병들을 가리켜 손짓하려다 깜짝 놀라 얼어붙고 마는데, 등 뒤에서 질녀가 돌연 고함을 내지르기 때문이다. 엘리라는 피에 기갈이 들린 마귀처럼 다리 입구로 한걸음에 달음박질친다. 마지막 남은 창은 던져지지 않는다. 질녀는 표적을 쏘아 맞히는 대신 꿰뚫어 매달기로 작정했고, 그것이 마지막이다. 생모와 쌍둥이 형제들의 고기 무덤에서 시체 장미처럼 피어났던 핏덩어리가 이렇게 가장 처음의 형상으로 되돌아간다. 두 인체가 다리 중간에서 충돌하더니, 붉은 안개가 흩뿌려진다. 충격은 가공할 만했다. 남자가 방패를 내밀자, 하나의 몸이 즉시 사라져 버렸을 뿐이다. 이렇게 브리기드가 엿보았던 미래의 환영이 꿈 바깥에서 되풀이된다. 한때 질녀의 일부였던 조직들이 다만 붉은 것과 흰 것으로 나뉘어 펼쳐져 있다. 살점들은 높이 튀어 올라 강물에 던져진 한편, 뼈 기둥은 산산조각 나서 발밑을 굴러다닌다. 두개골 파편들은 반구형 그릇처럼 뒤집혀 놓였고, 교량 바닥에 엎질러진 피 웅덩이를 거꾸로 그러모으고 있다. 결투는 일격에 끝났지만, 남자는 승리에 도취되지 않았다. 웨일스 출신의 이 겸손한 젊은이는 힘겹게 판금 각반을 구부려 앉더니, 부글거리는 선혈 위로 손을 뻗는다. 손은 부딪혀서 흩어진 육신과 영혼을 불러들여, 하나의 기호 안에서 새로 얽어매려 한다. 켈틱 매듭으로도 호명되는 이 트리퀘트라 속 세 개의 타원은 천체 궤도, 무한 꽃차례, 여성의 생식기와 동일한 곡선으로 기울어져 있다. 브리기드가 베지카^{vesica}라고 부르는 이 고대 글리프를 젊은이는 이히투스^{IXΘYΣ}로 읽을 것이다. 이것은 갈릴래아에서 5천 명을 먹인 유선형의 살코기

이면서, 베싸이다 출신의 어부 시몬 베드로가 죽을 때까지 놓지 못했던 어획용 그물이다. 그러나 젊은이가 이어 붙이려는 선은 엄정한 곡률에 의해 굴절된 둘레 따위가 아니다. 그는 타원 내부에 숨어 있는 장축과 단축을 넌지시 쫓고 있다. 두 직선이 교차하며 형성되는 중심점(h, k)을 찾으려는 것이다. 이렇게 물고기의 배꼽, 트리퀘트라 속 세 줄기의 광선이 피 웅덩이 바깥으로 모습을 드러낸다. 남자의 손은 떨어져 외따로 빛을 발하는 이 표지들을 하나의 형상 안에서 다시 배열한다. 그것은 ○ : 영신의 비어 있는 못 구멍이자, 생명의 눈부신 표상이다.

너는 누구냐?

늙은 여자가 다가와 말을 건넨다. 대제사장을 따르던 무리들은 이미 달아나 사라진 지 오래다. 노인은 빈손이다. 이제 그녀에게는 아무것도 남지 않았다. 여자는 다만 묻기 위해 떠나지 않았을 뿐이다. 남자는 말이 없고, 한참이나 일어서지 않는다. 남자는 몹시 지쳤다. 괴철 주조물을 끈기 있게 짊어진 이 청년은 죽은 질녀와 나이가 같다. 이제 막 성인이 되었고, 이제 막 전장으로 불려 나온 것이다. 젊은이는 방패 테두리에 몸을 기대고는 어깨를 떨고 있다. 노인은 이 연약한 몸뚱이가 얼마나 많은 피로 길을 닦았고, 또 앞으로 얼마나 많은 해골 탑을 쌓게 될지 들여다본다. 분노가 아니라 연민으로 일그러진 얼굴이 젊은이의 어깨 갑옷 위로 되비친다. 아니, 이 쇠붙이 일체를 갑옷이 아니라 감옥이라고 불러야 할까? 눈앞의 몸뚱이는 열간 압연된 금속판들에 짓눌려 있는 것이 아니다. 제 손으로 앗은 목숨의 무게를 실감하며 눈물 흘리는 것이다.

네가 바로 그 메시아냐? 엘리야, 이사야, 그리스도냐?

엘리라의 남은 일부는 교량 바닥의 석재 상판을 녹이며 타들어 가더니, 젊은이가 완성한 삼위일체 문양 밑으로 꼴록거리며 가라앉는다. 브리기드는 뒤늦게 무너졌고, 떨리는 목소리로 물었다. 대제사장은 적에게 한 가지 대답을 독촉하고 있다. 이 물음은 제 육신을 보전하려는 애걸과 다르고, 죽은 질녀의 영혼을 내맡기려는 간청과도 다르다. 대제사장은 이 모든 희생에 정당한 대가가 따르는지 알고 싶다. 젊은 기사의 여정을 물들일 핏물과 살점이 숭고한 목적 아래 약속된 공물인지 묻는 것이다. 이 웨일스인 애송이가 제대로 대답하지 못하거나 숫제 부정한다면, 짐승처럼 달려들어 눈을 뽑고 심장을 파낼 것이다. 젊은 기사가 마침내 일어선다. 애도 속에 묵상을 마친 이 영혼은 홀가분한 얼굴로 짧은 라틴어 한 문장을 속삭인다. 대답을 듣고, 노인은 여느 세례받은 그리스도인처럼 황홀한 감격 속에 눈을 감는다. 대제사장은 숲으로 사라지기 전, 나뭇가지를 들어 이렇게 쓴다. 이 문장만은 사람이 모두 떠난 뒤에도 오래도록 땅 위에 남아 있다.

EGO SUM VIA VERITAS ET VITA: 나는 길이요, 진리요, 생명이니라.

처형은 길고 가혹했다. 그리스도는 장장 여섯 시간 동안 십자가 위에 매달린 채 죽음을 기다렸을 것이다. 햇빛 아래 숨김없이 드러났던 육신 위로 어슴푸레한 땅거미가 수의처럼 덧입혀진 모습을 보라. 이윽고 병사들이 나타나, 그리스도와 함께 못 박힌 강도들에게 차례로 다가간다. 긴 막대 두 개가 수형자들의 다리 사이로 엇갈려 놓이더니, 양쪽 무릎을 눌러 납작하게 우그러뜨린다. 도둑들은 비명 한번 내지르지 못하고 순식간에 죽음을 맞는다. 양팔은 횡목에 고정된 한편, 몸은 처형대 밑으로 끌어당겨져 흉곽 전체가 뼈와 근육 속에 파묻히기 때문이다. 그리스도의 죽음은 한참 뒤에 확인되는데, 누구도 이 육신에 섣불리 다가가려 하지 않는 까닭이다. 그리스도는 이들이 망설이는 사이 조용히 숨을 거두었으리라. 저녁에 마침내 백인 대장이 나서서 창으로 옆구리를 찔렀으나, 실제 역사는 복음서에 기록된 사도들의 증언과 사뭇 다르다. 뜻밖의 일식으로 하늘이 어두워지거나, 성전의 휘장이 저절로 찢어지거나, 지축이 흔들리는 이변 따위는 일어나지 않는다. 다만 하늘과 땅 사이 모든 시간이 정지한 듯 숨 막히는 정적만이 형장 주위의 언덕배기를 따라 오래도록 내려앉았을 따름이다. 발진으로 뒤덮여 묽고 악취 나는 체액을 쏟아 내는 육신 곁으로 몇몇 사람이 몰려와 있다. 성모 마리아, 요아킴과 안나의 딸들; 인간 예수의 이모들, 마리아 막달레나와 예루살렘의 여자들, 사도 요한 그리고 아리마태아의 요셉이 그들이다. 산헤드린 공회의 일원이자 데카폴리스의 유력 인사였던 바로 그 요셉 말이다. 유대인 늙은이는 사체의 외상 가까이 술잔 하나를 높이 들어 올리고 있다. 아수르산 옥석으로 세공된 이 조각품은 재판 전날 성찬례 때 사용되었던 도구들 가운데 하나이다. 성배는 그림 중앙에 놓여 있다. 수수께끼 화가의 손을 대신하여 주위 기호들을 안배하려는 유채 표지처럼. 그리하여 이 0인칭 정물은 사망한 신뿐 아니라 실의에 빠진 성인들의 몸까지 예외 없이 구부러뜨리면서, 평면 공간 내부에 투영된 방사형 원근선들을 하나의 점으로 거두어들이고 있다. 그리스도의 갈빗대에서 흘러내린 물은 넓은 주둥이를 지나 컵 밑으로 미끄러져 내리면서 성혈로 전환되는데, 이 움푹한 돌덩어리가 고대 그리스의 적회식 혼주기 크라테르krater처럼 농혈과 담즙, 진액 따위의 분비물들을 희석하여 배합하기 때문이다. 이어지는 일들은 네 복음서에 기술된 내용을 따른다. 성인은 총독 필라투스를 찾아가 스승의 주검을 돌려받은 다음, 향유를 바르고 아마포에 감싸 동굴 무덤으로 옮길 것이다. 그러나 예수가 사흘 만에 부활하여 은신처에 나타났고, 베드로와 다른 제자들의 거취가 사도행전에서 낱낱이 밝혀지는 반면, 늙은 요셉의 행방만은 묘연하다. 이 부유한 사도가 근동에서 최고로 값진 무역품; 무려 그리스도의 선혈이 담긴 성배를 들고 마레 노스트룸을 건너 끝끝내 브리타니아에 상륙했다는 사실은 어디에도 적혀 있지 않다. 단지 이 가상의 성자가 로마인과 브리튼인 양쪽 모두의 부름에 의해 복음서 바깥으로 끌려 나왔으며, 제국이 몰락한 지금까지도 브리타니아 교회의 수호자로 섬김 받고 있다는 사실만이 여러 기록물로 남아 있을 따름이다. 시간이 지나면서 벽면의 일부가 되어 버린 이 프레스코화처럼 말이다.

성인께서는 주님의 말씀을 좇아 이 땅으로 성배를 운반하셨으며, 그렇게 브리타니아 최초의 교회가 새럼 언덕에 세워졌지요. 제국은 외방 세력들의 침입과 행정 관리들의 타락으로 병들어 신음합니다만, 보십시오. 우리의 교회와 신앙만은 여기 이 자리에 굳건히 서 있습니다. 에보라쿰의 교부들께서 벌써 몇 번이나 호위대를 파견하셨으나, 나와 우리 형제들은 여기서 죽음을 맞을지언정 수도원을 떠나지 않을 겁니다. 그러니 당신도 이만 돌아가 주십시오.

기사는 벽감 내부에서 눈을 떼지 않는다. 울퉁불퉁한 회반죽 겉질 위로 야트막하게 포개어진 천연 안료들의 층리를 구별하려는 것이다. 언뜻 한 덩어리의 작품처럼 받아들여지는 이 그림은 사실 수백 개의 조르나타^{giornata} 패널과 수십 겹의 인토나코^{intonaco} 박층으로 이루어져 있다. 화가는 아침나절 동안 데생을 끝낸 뒤, 알칼리성 토성 안료를 물에 섞고, 할당된 구역을 하나씩 물들여 나갔으리라. 이렇게 수백 일에 걸쳐 복음서 최후의 수난이 어두운 석회질 레이어 위로 옮겨지는 것이다. 화가는 그리스도와 이 가여운 몸뚱이 주위에서 오열 중인 인물들 어느 누구에게도 시선을 주지 않았다. 가장 처음 완성된 기호는 수비학적 표식에 가까웠을 것이다. 모든 형태와 정보가 펼쳐지고 닫히는 접힘점으로서, 일점 투시법의 눈은 언제나 정확하게 제자리를 지명하기에. 이 절묘한 좌표는 성배를 조심스럽게 감싸 쥔 성인의 양손 안에 숨겨졌음이 틀림없는데, 마노 술잔과 구릿빛 피부를 두루 장식할 용도로 덧대어진 산화 철 가루들이 하나둘 떨어져 내리고 있기 때문이다. 이것이 시간이다. 기사는 입속에서 라틴어 sum을 ero로 구부러뜨린다. 평범한 동사 하나가 아니라 시간의 자침을 거꾸로 뒤집는 것처럼. 백 년은 금방이다. 천 년, 또 만 년의 세월이 눈앞에서 지나간다. 시간은 먼저 촛불을 밝힌 채 다가오던 수사를 게걸스럽게 먹어치워 뼈다귀만 남겨 놓은 뒤, 수도원을 허물어 땅 밑에 가두고, 저 아래 흐르는 강의 지류를 바꾸고, 브리타니아의 조상 신들과 정령들을 심해 바닥에 가라앉히더니, 밝은 섬광과 굉음, 열복사 속에 모조리 잿더미로 만든다. 미래의 브리타니아 땅에는 그림도, 교회도, 신앙도 없다. 오직 기사 한 명만이 황폐한 토양을 딛고 일어나 끝없이 떠돌 따름이다. 성배 탐구의 여정이다.

에보라쿰은 이미 오래전에 함락되었소. 동부에서는 칸티움이, 서부에서는 세곤티움이, 남부에서는 론디니움이 각각 주트족과 앵글족, 색슨족 침략자들의 손아귀에 떨어졌지요.

기사는 파괴된 도시들의 목록을 로마인처럼 발음한다. 수도원 안에서 시간은 아주 느리게 흐르거나 숫제 정지하여 움직이지 않는다. 이 폐쇄 공동체의 은둔자들은 저 옹성 바깥에 옛 제국을 상상하고 있다. 이미 한 세기도 전에 쇠망하여 사라져 버린 로마인들의 나라를. 수사가 에어포윅Eoforwic을 지목하는 방식에서 그와 같은 시대착오가 드러난다. 한때 브리타니아 속주의 도읍으로 일으켜 세워졌던 그 요새 도시는 이제 앵글족 언어로 *돼지우리*라 불리고 있다.

주여, 당신의 양 떼를 굽어살피소서…… 그렇다면 당신은 대체 어디서 온 누구십니까?

기사가 비로소 그림 앞에서 돌아선다. 촛불은 먼저 양쪽 어깨와 가슴벽에 고정된 철판 덮개들을 비춘 다음, 무거운 쇳덩어리들 위로 홑잎꽃처럼 피어난 얼굴을 더듬어 밝힌다. 살덩이와 힘줄, 뼈가 아니라 용융된 광재를 녹여 굳힌 듯한 이 입체 원반은 58면으로 연마되어, 주위의 어둠을 사방으로 내쫓는다. 기사는 금속 장갑을 달그락거리며 작게 성호경을 외운다.

나는 로만 브리튼인들의 마지막 남은 보루이자 궁성, 카멜롯에서 오는 길이오.

목소리는 수도원 외부와 내부의 시차를 명료한 공명 속에 조율한다. 수사는 몇 가지 사실을 지탱하고 있던 라틴어 문장의 3인칭 시제를 어렵게 바로잡는다. 잠시 실의에 빠져들었던 이 베네딕도회 성직자는 금방 평정을 되찾는다. 그림 옆에 놓여 희미하게 빛나는 어느 유물에서 역사를 읽어 내기 때문이다. 타타르산이나 고령토, 백랍 따위의 저가 안료가 아니라 질 좋은 붕산염으로 표백된 이 방패는 꼭짓점이 열두 개인 직선 무늬 증표를 불빛 속에 드러낸다.

이제 알아보겠군요. 그 방패는 성인께서 성배와 함께 들고 오신 산딸나무 방패가 아닙니까? 십자가와 동일한 목재로 만들어졌으며, 그리스도의 몸을 염습하고 남은 방부제로 하얗게 칠해졌다지요. 성인의 피를 물려받은 수호자들이 대대로 지녀 왔고, 최후에는 강 건너 코베닉 성주에게 맡겨졌다고 들었는데…… 그렇다면 당신이 홀로 저 야만인들을 물리친 것도 말이 됩니다. 당신이 바로 어부 왕 펠람의 손자, 갤러해드로군요. 필시 왕좌를 되찾으러 오셨겠지요.

기사가 눈썹 주름을 찌푸린다. 한동안 잊고 지냈던 낱말이 갑옷 속의 알맹이를 외과용 바늘처럼 찔러 드는 까닭이다. 웨일스인 어머니는 여름의 매를 의미하는 웨일스어 그왈케브드gwalchaved에서 기원을 찾았지만, 갈리아인이자 수도원장이었던 고모는 요르단강 동부의 붉은 고원을 가리켜 보였다. 한때 아모리인들의 땅이었던 이 사암 산지는 여호수아 시대에 정복되어 새 지명을 받았는데, 증인의 산을 의미하는 히브리어 길르앗Gilead이 바로 그것이다. 장군은 일대의 산악 지형을 둘러보며 그 같은 이름을 생각해 냈을까? 아니, 갤러해드는 어디선가 이름 불릴 때마다 무더기로 쌓아 올린 아모리인들의 시체를 떠올린다. 증인과 산이 모두 거기에 있다.

나는 왕위 따위에 이끌려 오지 않았소. 원탁에서 성배의 환영을 보았고, 계시를 좇아 여기에 다다랐을 뿐이오. 이제 묻건대 코베닉의 성주께서 성배를 보호하고 있다는 게 사실이오?

수사는 등을 돌리더니 고갯짓으로 과객을 부른다. 두 사람은 몇 걸음 걸어 여닫이창 옆에 나란히 선다. 석고 창틀에 고정되어 있던 미늘 판자들이 경첩을 벌리며 바깥으로 열린다. 수도원은 해무 속을 부유하는 바위섬처럼 단층 절벽 위에 소리 없이 떠올라 있다. 수사는 촛불을 선반 위에 올려놓더니, 창밖으로 팔을 뻗는다. 앙상한 손가락 하나가 구름 내부에 펼쳐진 전기장을 헤집으며 나아간다. 미약한 방전으로 작게 경련하던 이 부속지는 끝끝내 몇 가지 형상을 낚아 올리는데, 결로 속에 우뚝 솟아 있는 첨탑 한 쌍이 단연 눈길을 끈다. 안개에 뒤덮인 지상 위로 흡사 화강암 부표처럼 드러나 있는 이 석조 기념물은 수직 창살과 석회 막대로 조립된 머리를 높이 내밀고 있다. 하나는 다각뿔 모양의 함석 모자를 썼고, 하나는 왕관 모양의 뾰족한 난간 장식을 이고 있는 모습이다. 그러나 갤러해드는 형식과 미장이 아니라 이름으로 두 시설물의 역할을 이해한다. 왼쪽은 게스타스, 오른쪽은 디스마스이다. 예수와 함께 못 박힌 두 사형수의 이름 그대로다. 이들 첨탑은 각각 종루와 등대로 본성 양옆에 부가되었으며, 브리타니아가 바다 밑으로 가라앉은 뒤에도 여전히 일과경을 알리거나 길을 비출 수 있도록 받침대를 높여 지어졌다. 이렇게 갤러웨이 남쪽 경사지를 딛고 일어났던 코베닉 성은 짙은 연무에 저층부가 집어삼켜진 광경으로 왕손을 맞이하고 있다. 기사는 검은 뿔처럼 돌출된 두 첨탑에서 어둡고 불길한 전조를 읽어 낸다. 등대의 불이 꺼져 있고, 종루는 벌써 여덟 시간째 울리지 않았다.

그렇다면 너무 늦었군요. 어부 왕은 얼마 전 성내에서 시해됐습니다. 당신보다 앞서 도착한 어느 기사에게 희생되었지요. 듣기로는 붉은 갑옷을 입었다는데, 픽트족과 내통하여 일을 꾸민 겁니다. 수도원을 포위했던 바로 그 야만인들 말입니다. 대제사장이라는 여자가 쳐들어와 주장하기를, 우리 그리스도인들이 다그다 모르의 가마솥을 훔쳐 숨겼다고 하더군요. 누군지는 몰라도 켈트인들의 문화와 종교를 속속들이 꿰고 있는 자입니다. 교회에 대한 적개심을 이용해 방벽 이북에서 영

향력을 넓힐 심산이겠지요. 성배는 부상과 질병을 낫게 할뿐더러 영생을 준다고 알려져 있으니, 신화 속 가마솥으로 속이는 건 일도 아니었을 겁니다. 유력 군장들이 속속들이 합세해서, 픽트 최초의 연합 왕국이 세워졌다며 거들먹거리는 소리도 들었습니다. 저들 말로는 우리 수도원을 무너뜨리고 불태운 뒤엔 웨일스를 넘어 커노우까지 진격할 계획이라더군요.

기사는 컴브리아 숲속 지하 성소에서 발견했던 동굴 벽화를 떠올린다. 그림은 황토와 숯 냄새를 짙게 풍겼고, 횃불이 다가오자 안료에 섞인 천연 기름의 흔적을 드러냈다. 이 원시 암각화가 켈트 만신전의 아버지를 묘사한 가장 오래된 기록물은 물론 아니겠지만, 서력기원 이전에 켈트인들 사이에서 숭앙받았던 고대 신의 형상을 획득하기에는 썩 괜찮은 사본으로 받아들여졌다. 녹색 망토 차림에 흰 수염을 기른 드루이드 신은 비옥한 땅 위 어느 돌 왕좌에 앉아 있었다. 한 손에는 무거운 곤봉 로르그 모르$^{\text{lorg mór}}$가 들려 있었는데, 가시 자두의 거스러미처럼 날카로운 돌기가 자라난 이 무기는 사실 다른 손에 들린 수금 우어너^{uaithne}와 짝을 이루는 아기였다. 다만 수금이 상승하고 하강하는 열두 계단의 정동을 4옥타브 아르페지오로 펼쳐 놓는 반면, 곤봉은 생명과 죽음을 2보격의 음성률 파동 안에서 두들겨 전환시킬 따름이다. 그리고 이 모든 영상을 뒤집어 전시하는 거울이자 대칭 함수로서, 코러 안시크$^{\text{coire ansic}}$가 아래에서 조용

히 끓고 있었다. 양쪽 넓적다리 사이에 놓인 이 요술 가마솥은 다누 신족의 유산들 가운데 으뜸가는 보물이다. 드루이드 신의 거대한 몸체와 그 세목들이 정확하게 좌표가 반전된 모습으로 되비쳐 있어, 가마솥 내부의 형상을 본체로 지목해도 좋을 정도였다. 이 관점을 지지한다면, 켈트인들도 그리스도인들도 저희가 섬기는 신의 육신을 취하는 셈이다. 가마솥은 실제로 성배만큼이나 정교하고 전문적인 과정을 거쳐 제작되었음이 분명했다. 구부린 청동 판을 켜켜이 겹쳐 쌓아 대갈못으로 고정했을 뿐 아니라, 신석기 시대의 시문 수법을 철기 시대의 라텐식 금속 세공술로 재현하려 했던 흔적마저 엿보였기 때문이다. 가마솥의 구연부를 따라

음각된 횡선들은 오검 문자로, 마르지 않는 솥 ᚋ⸺ᚌ⸺·ᚌᚋ⸺ᚋ 을 나타냈다. 사선 및 종선의 수와 배열로 음운을 구별하는 이 문자 체계는 로마 문자보다 꼭 한 글자가 적은데, 그것은 Z: 라틴어 음절 사전의 26번째 글자이다. 그리스어 제타ζήτα 에서 수입된 이 외래 기호는 복소수 평면에 점들을 전개하라는 명령이자 신호이며, 그로써 우주 만유에 펼쳐진 수비학적 매듭들을 하나의 직선 안으로 거두어들인다. Z로 표기할 수 있는 가장 성스러운 라틴어 낱말이 자카리아스Zacharias이고, 이 예언자의 이름 — 주님께서 기억하신다 — 이 뜻하는 바와 같이, 예언서 전체가 재건과 구원의 약속으로 점철되어 있다는 사실을 떠올렸을 때, 기사는 전율했다. 전쟁과 혼란으로 병든 북해 어귀의 어느 도서지 위로 돌연 여명이 밝아 오는 것 같았다. 빛은 공진하는 말씀, 천사들의 목소리이다. 이렇게 두 문명이 충돌하면서 서로 다른 문자 체계의 빈 자리가 돌출되고, 그 부재에서 영성을 들여다보게 하심인즉, 기사는 깨달았던 것이다. *주 하느님께서는 아직 브리타니아를 떠나지 않으셨도다. 아니, 처음과 같이 이제와 항상 영원히 그러하리라! 폐허가 된 땅덩어리 위에 성전을 다시 세우라!* 성배는 틀림없이 그 반석이 될 터였다. 여정의 다음 노선이 밝혀진다.

이제 여기 적법한 후계자가 돌아왔으니, 주님께서 과연 우리를 보호하시나이다. 정의로운 형제여, 주님의 이름으로 선왕

의 죽음을 되갚고 이 땅의 교회들을 보호해 주시길 기대합니다.

기사가 방패를 집는다. 이 웨일스인 사생아는 제 몸속에 흐르는 왕가의 피 따위에 섣불리 감격하지 않는다. 모든 그리스도인은 축복받은 성사로 신의 아들 자리에 오르는즉, 인간들의 혈통이며 가문이란 얼마나 우스운 이름 놀음일 뿐인가? 기사가 말없이 양팔을 하나씩 들었다 놓는다. 겨드랑이 밑으로 사슬 피복과 섬유 직물이 잠시 드러나는데, 이 부속 안감들은 남자에게 닥쳤던 죽음의 위기들을 간직하고 있다. 창과 칼, 심지어 뿔에 꿰뚫린 구멍들이 군데군데 그물코처럼 벌어져 있고, 둔기나 거구에 들이받혀 우그러진 금속 고리들은 조금도 수선되지 않았다. 다만 가죽 띠쇠에 남은 잇자국만은 착용자가 직접 물어뜯은 흔적으로, 낱낱의 전투가 일정한 압력으로 야트막히 새겨져 있다. 수사는 표정에서 우려와 실망을 숨기지 않는다. 얼핏 완전해 보이는 눈앞의 형상도 결국 하나의 몸에 지나지 않으며, 다른 고깃덩어리들과 똑같이 수많은 약점으로 조합되어 있어서, 서둘러 부서지거나 갈기갈기 찢어지지 않도록 쇳조각들로 얼기설기 가려 덮였다는 사실 탓이다. 기사는 양쪽 위팔에 밧줄처럼 묶인 양가죽 혁대를 앞니로 깨물어 당긴다. 가슴과 등에 매달린 금속판들이 배면을 향해 바투 조여들며 덜그럭거리는 소리를 낸다.

아니오. 누구든 주님께 죄를 지었다면, 벌을 내릴 능력도

권한도 모두 주님께 있습니다.

　돌아서서 떠나려는 기사의 곁으로 수사가 종종걸음으로 다가와 선다.

성으로 가려거든 북쪽의 상류를 건너야 합니다. 다만 야만인 놈들이 이곳으로 넘어오자마자 하나뿐인 다리를 무너뜨렸으니, 다른 방법을 찾는 게 좋을 겁니다. 이따금 우리 형제들을 강 건너편으로 옮겨 주었던 늙은 사공이 있는데, 나루터를 끼고 있는 오두막을 찾으십시오.

　기사가 머리 숙여 인사한다.

주님께서 여러분과 함께. Dominus vobiscum.

　수사가 두 손을 모아 대답한다.

또한 그대와 함께. Et cum spiritu tuo.

　이제 나가서 복음을 전할 시간이다.

　마지막 남은 브리튼 왕국의 궁정, 카멜롯의 원탁은 자그마치 150개의 좌석을 두고 있다. 이 상설 의결 기구는 원래 열세 명의 기사가 참여하는 내각제 평의회로 발족하였으나, 왕실 조언가 멀린의 미심쩍은 구상을 좇아 오늘날과 같이 확대되기에 이르렀다. 아서 펜드래건은 켈트 연합 세력과 앵글로색슨 대공세를 상대로 양면 전선을 강요받는 가운데, 굶주린 사내아이들마저 전방으로 떠밀 만큼 궁지에 몰린 상황이다. 시키는 대로 베고 찔렀을 뿐, 전술적 안목 따위는 일절 훈련받지 못한 이 전직 로마 군인은 연이은 패전과 도덕적 결손으로 한동안 탄핵 위기에 시달려 왔다. 그러자 음흉한 마술사는 로만 브리튼 지역의 유력 가문과 귀족 영주들, 심지어는 무법자 군벌들까지 닥치는 대로 불러들이더니, 이 야심가들과 왕 사이에 봉건 계약을 알선하면서 브리타니아 최고 회의체의 의결권을 지불하기 시작했다. 소문은 해협을 건너 아르모리카 지방까지 퍼져 나가, 갈리아·게르마니아·사르마티아 출신 패잔병뿐 아니라 고트족·프랑크족·반달족·알라니족 용병들마저 멀리 서쪽 일몰지의 육천 바위섬으로 뱃머리를 돌리게끔 꾀어냈다. 성대한 의전으로 가장된 이 임시 서약식은 사실 궁중 모략의 일환이며, 예비 봉신의 가용 자원을 갖가지 의무와 책임 아래 예속시킬 목적으로 기획된 공연에 지나지 않는다. 폭군, 추방자, 검투사, 사생아, 탈영병, 방랑자, 야만인으로 이루어진 기사단은 머지않아 해방될 브리타니아의 땅덩어리를 분할받는 대가로 원탁에 앉았기에, 회의는 거의 언제나 과열된 분위기 속에서 경계 획정이나 독점 보장 같은 권리 분쟁으로 치닫는다. 왕실 조언가의 참관 아래 원탁은 전쟁 회의실이 아니라 사법 재판소로 퇴락해 왔고, 시시때때로 이해관계가 조정되는 이 법정 자체가 거대한 교대 진행식 게임판 같았다. 그러는 동안 이 가상의 영지들이 결국 어디에도 존재하지 않는 무형 자산이라는 사실은 홀대받고 잊혀진다. 마술사는 이렇게 시제를 저울질한 값으로 미래의 왕국에서 토지 한 움큼을 덜어 냈고, 궁정 기사 작위를 유가 증권처럼 발행하면서 왕당파 인사들로 원탁 전체를 장악하려 했다. 그러나 늙은 멀린은 물론 아서 펜드래건 본인조차 감히 차지할 수 없는 좌석 하나가 골칫거리였다. 왕의 오른편으로 열세 번째 자리에 놓인 이 바위 의자에는 위험한 자리Siege Perilous라는 고유 명사가 표시되어 있다. 알파벳의 절삭 면을 따라 형성된 플라즈마 파상들은 이 구절이 끌이나 정 따위가 아니라 살아 있는 번갯불로 새겨졌음을 알려 준다. 넓적한 아치형 등받이 상단에 장식된 문자들은 마법이나 권력으로도 함부로 더럽힐 수 없는 지위를 상징하는데, 실제로 제 운명을 과대평가했던 몇몇 사내들에게는 몸소 분수를 깨우쳐 주기까지 했다. 의자는 자격 없는 자들에게 처형대와 같았다. 피부가 화상과 궤양으로 붉어지더니 저절로 벗겨졌고, 손발은 순식간에 썩어들어 가 덩굴줄기처럼 꼬부라졌으며, 온몸에서 체모가 우수수 떨어져 내렸고, 바깥을 향해 열린 모든 구멍으로부터 피 분수가 솟구쳤다. 눈동자는 희뿌연 연기에 집어삼켜지더니 곧 색을 잃었고, 어떤 상도 맺히거나 되비치지 않는 비금속 결정질 광물처럼 굳어서 영영 움직이지 않았다. 의자는 곤죽이 된 사체들을 금속 껍데기와 함께 옆으로 쓰러뜨렸고, 의기양양한 자세로 다음 도전자를 기다렸다. 그러나 갤러해드는 모든 기사가 두려워하며 기피하는 이 의자

가 누구 앞으로 비워졌는지 한눈에 알아볼 수 있었다. 다가가 살펴볼 필요조차 없었다. 어떤 목소리가 그에게 앉을 곳을 정확히 지명했기 때문이다.

꼬마 길르앗아, 저 자리가 네 자리다.

그래서 그는 아무 의심 없이 걸어가 자리에 앉았다. 그러자 약속처럼 원탁 한가운데 눈부신 광선이 내리쬐었다. 거대한 빛기둥은 머리 위 하늘이 아니라 세계 바깥에서 직접 투사된 자외선 파장처럼 섬뜩한 열기로 이글거렸다. 지표면을 향해 계단식으로 내려앉은 대기의 층상 배열은 이 전자기 복사를 조금도 지연시키거나 구부러뜨리지 못했다. 빛은 지구 상층부의 얇은 자기권을 일점으로 돌파하며 내리꽂혀서, 화학 반응으로 딱딱거리는 구름들을 주위에 두르고 있었다. 이 위협적인 이온 덩어리들은 전리층에 조성된 음향 찌꺼기들과 함께 지상으로 내던져졌고, 따라서 궁성 내부를 공포스럽고 구역질 나는 화음들로 오염시켰다. 에게해의 휴화산들이 지하 동굴에서 키타라를 켜는 소리, 대륙붕 아래 지각판들이 서로 몸통을 물어뜯으며 으르렁거리는 소리부디 공전 궤도를 일주하며 공진하는 천체들의 노랫소리, 수억 년 전 붕괴된 백색 왜성의 고주파 펄스가 카르만 선을 두드리는 소리까지. 원탁의 기사들과 궁정 입회자들은 방음 장치는 물론 방호 기도조차 없이 생물학적 위험에 노출되었고, 대규모 통신 교란 속에서 축복받은 화성학적 주파수 네

트워크를 잃어버렸다. 갤러해드는 수백 명의 가신들이 엎드려 귀를 막거나 고통스럽게 기어다니는 광경을 보았다. 값비싼 의복과 장신구로 치장한 이 성인 남녀들은 궁정 예절 따위는 일찍이 내려놓은 채 가금류처럼 꽥꽥거리며 원탁 아래로 숨어들기 바빴다.

이윽고 거룩한 입상이 빛 속에서 나타났다. 감람색 토가^{toga}를 걸친 흑발의 청년은 순금으로 빚어진 술잔을 손에 들고 회중 앞에 걸어 나왔다. 희귀한 보석들로 장식된 술잔 밑바닥에서 붉은 피가 끊임없이 솟아올라, 청년의 손을 뒤덮고 이내 원탁 위로도 뚝뚝 떨어져 내렸다. 느닷없이 트럼펫 소리가 울려 퍼지더니, 또 다른 젊은이들이 빛기둥 밖으로 발을 내디뎠다. 가장 먼저 모습을 드러냈던 청년과 달리, 뒤따라 등장한 이들은 얼룩 하나 없이 표백된 튜닉 차림이었다. 행렬은 청년의 뒤에서 보폭을 맞추어 걸었고, 걸음을 옮길 때마다 황금 촛대와 악기가 흔들리며 궁전 천장을 휘황찬란한 빛으로 물들였다. 마지막으로 원탁을 밟은 사람은 맨발의 금발 여성으로, 커다란 은 쟁반이 두 손에 들려 있었다. 이 고귀한 받침대 위에는 죽은 물고기 세 마리가 놓여 있었는데, 각자 다른 방향을 바라보도록 머리를 뉘인 모습에서 용도를 짐작할 수 있었다. 쪽빛 비늘을 입은 이 고깃덩어리들은 평범한 먹거리가 아니라 형상에 부여된 음가^{音價}인즉, 갤러해드는 이것을 생명^{vita}으로 소리 내어 읽었다. 행렬은 원탁 위를 걸어 가장자리에 이르더니 유령처럼 자취를 감추었고, 동시에 궁정을 밝혔던 빛기둥도 소리 없이 거두어졌다. 원탁 한가운데 내리쬐었던 광선이 사라지면서, 카멜롯의 휘석 궁전은 갑자기 어둡고 냄새나는 생쥐 소굴로 퇴색된 것 같았다. 용융된 조암 광물로 이루어진 내벽들과 흑단목을 마름질해 이어 붙인 원탁, 곡선형 아케이드식 복도를 따라 줄지어 내걸린 가문 깃발 속 방패 꼴 문장들이 조잡한 장식품으로 전락하는 순간이었다. 기사들은 눈물 흘렸고, 이전까지 집착하며 뽐내 왔던 온갖 패물들을 내려놓았다. 기사 하나가 의자를 밟고 원탁 위에 서더니, 무릎이 부서지도록 꿇어앉아 외쳤다.

주님, 우슬초로 제 죄를 없애 주소서! 제가 깨끗해지리이다.[15]

보랏빛 서코트에 황금 그리핀 장식을 수놓은 이 젊은이의 이름은 퍼시벌이었다. 기사는 머리 위 궁륭을 이루는

---

15 시편 51장 9절의 내용이다. 이스라엘의 왕, 다윗이 목마름과 고통을 호소하며 갈구했던 허브과이 여러해살이풀은 지금도 시리아 지방의 바위틈에서 박하 향을 발산하고 있다. 우슬초의 라틴어식 표기 히소포스^{hyssopos}와 영어식 표기 히숍^{hyssop}은 모두 히브리어 에조브^{ezob}에서 파생된 말이다. 에조브는 고대 히브리어 사전에서 〈지나가다, 넘어가다〉는 의미로 사용되었다. 예수가 십자가에 매달려 물 한 모금을 구걸할 때, 예루살렘 사람 하나가 우슬초 가지를 들고 다가와 입가에 건넸다. 막대 끝에 고정된 해면을 빨아 포도주를 들이킨 예수는 고개를 떨어뜨리며 말한다. 테텔레스타이^{τετέλεσται}: 이제 다 이루었다.

화성암 늑골을 향해 두 팔을 벌렸다. 천장에는 연꽃 모양의 별자리가 그려져 있는데, 옥타그램의 가장자리에서 경련하는 여덟 꼭짓점은 나중에 시리우스, 프록시마, 리겔, 미르파크, 카펠라, 베텔게우스, 하다르, 스피카로 밝혀질 다중 성계의 주계열성 항성들이다. 이윽고 다른 기사들도 하나둘 원탁 위에 올라 똑같은 자세로 회개를 받아들였는데, 그 수가 오십에 다다랐다. 기사 하나하나의 무력을 고려하면 중대한 손실이 아닐 수 없었지만, 왕과 마법사는 봉신들의 충동적인 대이탈을 저지하지 못했다. 원탁을 지탱하는 수평적 이념 때문만이 아니라, 전례 없는 규모의 신흥 정당을 막아설 구속력이 미비했기 때문이다. 전체 의석수의 3분의 1에 이르는 이 성배 탐구 집단은 스스로 성문을 박차고 나갔고, 아마도 다시는 돌아오지 않을 공산이 컸다. 마침내 갤러해드도 자리에서 일어났고, 왕의 오른편 좌석에 앉은 부친을 바라보았다. 호수의 기사는 아들을 향해 말없이 고개를 흔들어 보였지만, 부질없는 노력이었다. 갤러해드는 마지막으로 궁정을 떠난 기사로, 원탁에 둘러앉은 모두가 지켜보는 가운데 직접 성문을 닫았다.

꼬마 길르앗아, 고단해 보이는구나.

마침내 안개 바깥에서 해가 완전히 저문다. 적막이 시냇가에 내려앉고, 저녁노을의 어슴푸레한 분광 속에서 목소리 하나가 다가와 기사를 깨운다. 기사는 반나절 내내 사공을 기다리다가 까무룩 잠들어 있던 참이다. 나루터 주인은 일찍이 귀띔받았던 용모와 크게 배치되는데, 어느 아름다운 청년이 웃으며 지팡이를 내려놓은 것이다. 기사는 수년 전 카멜롯에서 목도했던 성배의 환상을 떠올린다. 황금빛 행렬의 선두에 섰던 바로 그 청년이 말뚝에서 밧줄을 풀고 있다.

두려워 마라. 나는 거룩하신 분의 축복 아래 여행자들을 돕는 시종이다.

기사는 몹시 놀랐지만 잠시뿐이다. 목소리가 두려움을 몰아내는 힘으로 공명하기 때문이다. 이윽고 천사가 다가오라고 손짓하자, 온몸이 즉시 부름에 응답한다. 나룻배 위에 올라타고 앉기까지 모든 일이 결정하기도 전에 이루어지지만, 의심도 불만도 뒤따르지 않는다. 나룻배는 두꺼운 널빤지를 대못과 나사로 보강한 반쪽짜리 목공품으로, 작은 물보라에도 위태롭게 휘청인다.

꼬마 길르앗아, 우리는 아주 오랫동안 널 지켜봐 왔다.

천사가 이어서 말한다.

어김없이 여정의 끝에 다다랐구나. 정말 잘해 주었다. 이제 거의 다 왔다.

기사가 묻는다.

정녕 성배가 저곳에 있습니까?

천사가 눈을 감고 지그시 머리를 흔든다.

저곳에 있는 건 진실뿐이다.

기사가 묻는다.

그렇다면 여정의 끝을 암시하시는 까닭이 무엇입니까?

천사가 웃음을 무너뜨린다. 입가에서 환희가 중단된다. 우려의 그림자가 드리운다.

꼬마 길르앗, 너는 네 삶에서 단 한 번도 겨루어 본 적 없는 분노와 유혹, 배신을 맞닥뜨리게 된다. 우리가 강물을 건너다가고 있는 저 흑암의 성채, 카보넥에서 말이다. 지금까지는 주님께서 널 보호하셨지만, 이 마지막 결투만큼은 온전히 네 힘으로 치러 내야 한다.

기사가 단호하게 읊조린다.

주님의 적을 기쁘게 쳐부수겠나이다.

천사가 눈물 흘리며 고개를 떨어뜨린다.

널 기다리는 자가 주님의 적도, 악령, 마귀도, 괴물도 아니기에 가슴이 찢어지도록 괴롭구나.

천사가 이어서 말한다.

꼬마 길르앗아, 잊지 말거라. 성배는 한 번도 네 곁에서 멀어진 적이 없다.

모호한 당부와 함께 천사가 뱃머리를 가리켜 보인다. 천사는 마지막 노질로 나룻배를 물살 밖으로 밀어 올린다. 반질반질하게 다듬어진 잔돌들이 나룻배 밑바닥의 들보와 나무 막대들을 긁는다. 기사가 배에서 뛰어내려 뒤를 돌아보았을 때, 천사는 이미 사라져 자취를 감춘 뒤다.

　무거운 이중 널문이 천천히 밀려나며, 성곽 내부의 시설과 사물들이 하나둘 깨어난다. 교회와 병영 폐허에 잠들어 있던 유령들이 기흉 환자처럼 쌕쌕거리는 기식음을 내쉬며 궁전 내부로 몰려든다. 거미줄에 얽혀 있던 금속 촛대들 위로 하나씩 불이 밝혀지더니, 내측으로 이어지는 통로가 드러난다. 붉은 모직 융단은 입구부터 왕좌까지 접힘 없이 펼쳐져 있어서, 누구든지 먼저 왕을 대면하지 않고는 시야 밖으로 벗어날 수 없다. 왕정 회의 및 알현 일정으로 문 닫힐 일이 없었던 시절에는 황금 가면 투구를 쓴 왕실 근위병 수십 명이 통로 양옆에 정렬해 있었으리라. 거구의 장정들이 긴 자루 끝에 날붙이가 매달린 장병기를 높이 쳐들고, 엄숙한 침묵 속에 이리저리 눈을 흘기며 잠재적인 위험을 탐색하는 광경은 일대 장관을 이루었을 것이다. 그러나 갤러해드는 너무 일찍 떠났고, 그래서 전성기의 카보넥을 어렴풋한 기억들과 몇 가지 가정에 기대어 상상할 수밖에 없다. 출신과 혈통에 얽힌 이야기 대부분이 고모에게 전해 들은 것으로, 고모는 단언했다. 언젠가 카보넥은 영광을 되찾을 운명이며, 그렇기에 매일같이 고귀한 기사의 귀환을 기다리고 있다고. 고모의 믿음은 틀리지 않았다. 존속 살해의 위협을 피해 성 밖으로 내쫓겼을 때, 갤러해드는 생후 18개월 된 핏덩어리가 아니었던가? 궁성은 늠름한 사내가 되어 돌아온 사생아 기사를 온몸으로 맞아들인다. 아리마태아의 요셉은 성지 건설의 임무를 친형제 손에 위탁한 뒤 사망했고, 평범한 어부였던 알렌은 아발론 골짜기에 다다라 성인의 지팡이를 내려놓았다. 그러자 붉은 가시나무들이 저절로 자라나 주위를 까맣게 뒤덮었고, 이 나무들을 베어 만든 목책 안에서 브리타니아 최초의 그리스도 왕국이 태어났다. 카보넥 왕가의 핏줄은 이렇게 가시나무 숲에서 뻗어 나왔고, 선혈처럼 붉은 왕관을 선조의 직명과 함께 물려받아 왔다. 마지막 어부 왕 펠람이 외동딸을 얻은 직후 불임을 진단받으면서, 5백 년 왕조에 어두운 전망이 드리우기도 했다. 그러나 이 노련한 어부는 눈앞에서 어슬렁거리는 대어를 놓치지 않았고, 무려 호수의 기사를 상대로 낚시찌를 던지는 모험에 나섰다. 노왕은 만취한 기사의 침실에 외동딸을 밀어 넣었고, 이처럼 부정한 방법으로 낚아 올린 생명이 바로 꼬마 길르앗이다. 카보넥은 궁성 가득 울려 퍼졌던 어느 한낮의 외침을 떠올리며 몸을 떨고 있다. *경배하라, 황야의 암굴을 비출 새로운 빛이시다!* 어부 왕 펠람을 살해한 일격은 브리타니아 최초의 그리스도 왕국을 무너뜨렸지만, 아리마태아 사람 요셉의 핏줄마저 끊어 내지는 못했다. 강보 안에서 첫 울음을 내질렀던 핏덩어리 왕자가 마침내 돌아온 것이다.

불빛은 직선 복도를 산책로 삼아 대형 수목처럼 심긴

다발 기둥들을 휘감으며, 궁륭 꼭대기의 첨두 아치까지 순식간에 솟아오른다. 여기서 조명들은 쇠메와 정으로 조심스럽게 열어 젖혀진 격자형 리브의 황산염 요철에 부딪혀 다시 아래로 쏟아진다. 가늘고 긴 빗줄기 모양으로 낙하하는 빛들은 먼저 화강암 타일을 딛고 도약한 다음, 내실 양쪽 버팀벽을 따라 부설된 중층 회랑들과 상부 수직 창을 환히 밝힌다. 이 거대한 장식용 판유리들은 유리 결정과 금속 산화물, 납 프레임 속에 수난받는 예수의 육신을 가두고 있다. 끈적끈적한 법랑질 유액이 외벽에서 빨아들인 달빛으로 더께를 떨쳐내자, 궁성 내측의 폐쇄된 연회장과 비어 있는 좌석들 위로 엑토플라즘 같은 연기가 드리운다. 모르타르 잔해와 곰팡이 반점으로 얼룩지고 오염된 측랑 외측의 유리 피막들은 천천히 날개처럼 펼쳐져서, 카보넥이라는 이름의 돌덩어리를 지상으로부터 들어 올리려는 것 같다. 궁성은 원시 동굴과 유사한 고전적 질서 위에 기독교식 의장을 덮어씌운 결과물이다. 이 지하 예배당 최정상부에 빗물받이처럼 채광 통이 뚫려 있어, 쇠붙이를 두른 참나무 들보들과 반원형 교각들 사이로 달빛을 통과시키고 있다. 밤하늘의 창백한 손길은 크리스털 화관을 쓴 샹들리에들 밑으로 하강하면서 모욕당한 왕좌를 어루만진다. 이윽고 하나의 형체가 드러나는데, 붉은 갑옷이 식탁 위로 윗몸을 기울인 것이다.

벌써 오순절이 왔느냐?

기사가 벡실리움을 던졌지만, 깃대는 날아가 왕좌에 박혔을 뿐이다. 첫 공격은 이렇게 무산된다. 붉은 기사는 끈질기고 무료한 졸음에서 깨어나 흥분 속에 이를 부딪혔고, 천천히 일어나 도전자 앞으로 다가온다. 궁성 전체가 동요하는 가운데 왕위 찬탈자가 마침내 기사 앞에 마주선다. 갤러해드는 이 남자의 갑옷이 벌레나 수지 따위의 천연염료가 아니라 사람의 피로 붉게 칠해졌음을 뒤늦게 알아차린다. 흰 기사는 재빨리 철모 아래 경악스러운 표정을 숨겼지만, 붉은 기사는 도리어 투구를 벗어 보인다. 이렇게 천사가 일찍이 귀띔해 주었던 경고가 누설된다.

꼬마 길르앗아, 나를 알아보지 못하겠느냐?

갤러해드는 몸이 굳어 움직이지 못한다. 올가미에 묶인 수사슴처럼, 다마스쿠스의 눈 먼 바오로처럼. 그처럼 아름다운 청년을 한 번도 본 적 없기 때문이다. 희고 부드러운 얼굴은 산화 아연을 섞은 물에 살균된 직물처럼 창백하고, 길고 가늘게 꼬인 머리는 엽록소가 분해된 낙엽의 잎맥처럼 노랗게 시들어 있다. 찬탈자는 원탁의 일원들 가운데 가장 순수하고 고결한 기사의 역전된 상이며, 그런 사실을 숨기지 않고 드러낸다. 갤러해드는 검을 겨누며 일성을 내지른다.

사탄아, 감히 주님의 종을 희롱하려 하느냐?

붉은 기사가 식탁 위에 투구를 내려놓는다. 남자는 비어 있는 좌석들을 가리켜 손짓하면서 먼저 자리에 앉는다.

왕좌를 중심으로 열두 자리를 넓게 벌려 놓은 좌석 배치는 나중에 꾸며진 것으로, 최후의 만찬을 공들여 모방한 흔적들이 눈에 띈다. 그러나 정작 식탁 위에는 먼지 쌓인 접시와 그릇뿐이다. 호화로운 상차림 대신 두개골이나 손가락, 넙다리뼈 같은 유해들이 전리품처럼 저마다의 자리를 차지하고 있다. 백골마다 섬뜩한 외상이 새겨져 있어서, 숙련된 군인이나 외과의라면 절삭 면을 들여다보는 것만으로도 훼손된 경위를 읽어 낼 수 있을 정도다.

앉아라. 이야기를 다 듣고 판단해도 늦지 않을 것이다.

그러나 흰 기사는 결투 자세를 조금도 흐트러뜨리려 하지 않는다.

일어서서 듣겠느냐? 좋다.

붉은 기사는 의자 위 어느 해골의 손아귀 안에서 컵을 빼앗아 든다. 앉아 있다가 불시에 죽음을 맞았는지, 아니면 거꾸로 죽은 뒤에 의자에 앉혔는지 알 수 없는 해골의 눈구멍 밑으로 작은 뼛조각들이 우수수 흘러내린다. 한때 박지처럼 얇은 근막에 싸여 있던 이 무기질 집음부들은 차가운 달빛 아래 해부학 도해처럼 펼쳐진다. 미세한 바늘 자국은 진동하는 소리가 중이의 미로를 통과하지 않고 골전도를 통해 귓속뼈에 직접 새겨졌음을 암시하는 흔적으로, 오직 하늘 위에서 들려오는 음성만이 이처럼 드물게 섬세한 파상 점선 무늬를 남기곤 했다.

사탄이라고 했느냐? 그러나 장담컨대 나만큼 널 닮은 이도 없을 것이다. 내가 최초였다. 네가 바라보고 있는 자가 바로 첫 번째 길르앗이라는 말이다. 나도 너처럼 계시와 전언에 이끌려 이 성채를 찾아왔다. 그래, 어부 왕은 아직 살아 있었다. 우리의 병든 조부, 펠람 말이다. 가까스로 숨만 붙은 상태였지. 내가 직접 그 구차한 목숨을 빼앗지 않았더라도, 며칠이면 왕좌 밑으로 스스로 굴러떨어져 죽음을 맞았을 것이다. 나는 그 교활한 모략가를 붙들고 외쳤다. 이제껏 당신이 성배를 가지고 있었다면, 왜 진작 내게 넘기지 않았느냐고. 왕은 노환으로 정신이 나가 버렸는지 미친 사람처럼 깔깔거리며 대답했다. 성배는 내게도 있고, 네게도 있고, 누구에게나 똑같이 주어졌다고. 꿈이나 환영 따위에서 목도했던 황금 컵이나 보석 잔을 찾는다면 틀렸다고. 그런 건 세계 어디에도 존재하지 않는다고 했다. 그래서 죽였다. 돌아갈 삶이 어디에도 없었기에. 너와 나, 우리의 생은 성배를 위해 계획되지 않았더냐? 성배를 손에 넣지 못할 운명이라면 숫제 태어나지 말았어야 했다. 결국 여기서 우릴 기다리는 결말은 영광이 아니라 배신뿐이다.

붉은 기사가 컵을 높이 들어 올리고는 멀리 내던진다. 컵은 깨지지 않고 소리 내며 벽에 부딪히더니, 두 남자 앞으로 조용히 굴러온다. 깨진 창으로 윗수염박쥐 무리가 놀라 날아간다.

성배는 처음부터 존재하지 않았다. 위조된 성물, 가상의

유산, 실체 없는 보상이었다는 말이다. 모두 거짓말이다. 지금껏 목숨을 내걸었던 사명과 계율이 전부 모래성에 지나지 않았다. 아직도 모르겠느냐? 아직도 들리지 않느냐? 저 하늘 위의 기만자들이 너와 내 결투를 부추기는 소리가? 이렇게 또다시 우리 둘을 싸움 붙이고, 두 길르앗이 운명에 놀아나는 모습을 내려다보며 비웃고 있는 자들이다. 성령은 겨우 이따위 놀음을 구경하려고 한 남자의 생을 농락했다.

눈썹 사이의 야트막한 골짜기 안으로 혼란과 의심이 굽이친다. 기사는 한동안 고개를 떨어뜨리고 있었지만, 어떤 부름이 남자의 아래턱을 위로 당긴다. 붉은 기사의 마지막 문장은 신성 모독의 법리를 시험하는 도전으로 받아들여지기에 충분하다. 흰 기사는 불경에 관용을 베풀지 않을 것이다. 방패와 서코트를 물들인 표식들로부터 경건한 요청이 솟구치기 때문이다. 언약과 축도 아래 조심스럽게 장식된 붉은 십자가들은 사방으로 열기를 내뿜어서, 전신에 결속된 금속판들을 한 꺼풀 한 꺼풀 벗겨 낼 수 있을 정도다. 두꺼운 쇳조각들이 순식간에 팽창하며 내부 응력을 압축시킨 까닭에, 남자의 일격은 말 그대로 낙뢰처럼 내리꽂힌다. 붉은 기사는 서둘러 윗몸을 숙였지만, 충분히 빠르지 않았다. 귓등의 살점이 잘려 연골과 함께 식탁 위로 떨어진다.

좋다. 방금 그걸로 네 입장이 정리되었다고 받아들이마.

붉은 기사가 오른쪽 귀를 더듬어 상처 부위를 확인하더

니, 마침내 군용 장검을 빼든다.

나는 이미 수십 명의 길르앗을 쳐죽였고, 보란 듯이 여기에 있다. 백 명, 천 명, 만 명의 길르앗을 죽여서 구원의 길이 열린다면, 너도 네 다음 길르앗들도 기쁘게 희생양으로 맞아 주마.

붉은 기사가 양손을 내뻗는다. 흰 기사는 재빨리 방패를 내밀었지만, 일격은 나뭇조각이 아니라 허공에 내질러진다. 붉은 기사는 기다렸다는 듯 방패를 걷어찼고, 상대가 뒤로 밀려나며 엉덩방아를 찧기 무섭게 전략적 우위를 점하려 달려든다. 저주받은 사내는 칼이 아니라 도끼처럼 무기를 내리친다. 날붙이의 이빨이 박힐 때마다 나뭇결이 터져 나가며, 가시처럼 날카로운 거스러미들이 사방으로 튀어 오른다. 흰 기사는 불리한 위치에서 공격을 받아 내면서도 틈틈이 기회를 엿보고 있는데, 도리어 방패의 균열이 더 깊어질 때까지 기다리는 것이다. 그러나 감전처럼 저릿한 충격이 통증을 불러일으키도록 두어선 안 된다. 양팔에 피로가 누적되면, 나중에는 포크 하나 제대로 잡지 못할 것이다. 흰 기사는 보이지 않는 공간에서 되풀이되는 일격을 주기 운동으로 파악하고, 이 등속 리듬으로부터 임의의 궤적을 계산해 낸다. 붉은 기사가 또다시 무기를 내려칠 때, 느닷없이 방패가 높이 들어 올려진다. 칼날이 방패에 박히는 소리가 궁전 폐허에 울려 퍼지더니, 바닥을 나뒹굴던 사내가 별안간 고함을 내지른다. 흰 기사는 방패를 멀리 던져 버린 다음, 무장이 해제된 상대의 옆구리를 끌어안는다. 순백의 기사가 찬탈자의 몸뚱이를 어깨 힘으로 들어 올리더니, 그대로 바닥에 메어꽂는다. 쇳덩어리 안쪽에서 뼈의 몇 부분이 끊어지거나 으스러지는 소리가 들렸다. 상대는 방금 이 공격으로 다시는 일어나지 못하게 되었어야 옳다. 그렇게 되었어야 한다.

아, 뒤 라크[16]식 격투법이라. 그래, 네 아비의 가르침을 잘도 따랐구나.

붉은 기사는 허리를 짚고 절뚝거리며 일어난다. 아름다운 얼굴은 웃음기를 거두었고, 고통스럽고 신경질적인 불평들이 피노 누아Pinot Noir 포도 알처럼 붉은 입술 주위를 물들인다. 붉은 기사는 수십 번 검을 맞댄 상대의 전술을 예측하지 못했다는 사실에 실망했는지 씩씩거리며 왕좌로 다가간

---

16 뒤 라크du lac는 라틴어도, 게일어도, 고대 영어조차도 아니다. 오직 프랑스인들의 혀로만 발음되고, 프랑스인들의 귀에만 속삭여지는 이 단어는 호수를 가리킨다. 그러니까 랜슬롯 뒤 라크라는 이름은 호수의 랜슬롯이라는 뜻이다. 이 남자는 호숫가를 배회하는 운디네의 손에 길러졌으며, 이와 같은 스스로의 출신 배경에서 새로운 가문을 만들어 냈다. 물의 정령은 물에서 떠나기를 염원하는데, 방법은 사랑에 빠지는 것뿐이다. 그렇다면 사랑은 또 다른 물웅덩이에 스스로를 빠뜨리는 행위가 아니냐? 세례식은 강물에 몸을 담갔다가 나오는 의식이다. 그것은 너희가 너희 몸 바깥의 다른 몸들을 이해할 수 있도록 허물을 벗기고 얼룩을 지우는 과정으로 이루어져 있다. 뒤 라크의 아들은 사공의 도움으로 강물을 건너며 갑옷을 적신 상태다. 이 몸이 다른 몸과 하나의 덩어리로 포개어질 때, 뒤 라크의 숨겨진 어원이 밝혀질 것이다.

다. 흰 기사가 있는 힘껏 내던졌던 벡실리움이 올곧은 모습으로 등받이에 꽂혀 있다.

원탁의 둘째가는 권력자인 그 호수의 기사가 다른 진실들은 알려 주지 않더냐?

붉은 기사가 벡실리움을 양손으로 내뻗는다. 군기 끝에 매달린 쇠촉은 이제 옛 주인을 꿰뚫어 못 박기 위해 달려들고 있다. 흰 기사는 양손을 적극적으로 내밀어 깃대를 붙잡으려 하지만, 닳은 직물만이 한 움큼 뜯겨 나올 따름이다. 창날은 끝내 열 손가락 사이를 비집고 들어가, 눈썹부터 이마까지 길게 이어지는 상처를 남긴다. 투구가 벗겨져 바닥을 구르고, 기사는 신음하며 뒷걸음질 친다. 뜨겁고 끈적한 액상 조직이 눈썹 뼈 밑으로 떨어져 내리며 뺨과 턱을 적신다.

카멜롯이야말로 사탄들의 소굴이다. 협잡꾼과 장사치, 도적 떼로 장사진을 이루었지. 당장 왕부터가 제 누이를 임신시켜 사생아를 낳지 않았더냐? 이 반역자가 훗날 원탁을 두 세력으로 양단 내서 왕국을 끝장낼 운명이라니, 우스워 견딜 수가 없구나. 오, 그래도 랜슬롯 뒤 라크만큼 질 나쁜 불량배는 실로 드물지. 그 남자는 무술로도 악행으로도 원탁에서 으뜸가는 기사이니 말이다. 이 발정난 호색광은 여자와 잘 때를 제외하곤 남자들을 죽이면서 욕구를 달랜다지. 필요하면 납치와 협박도 꺼리지 않는다던데. 게다가 이렇게 아비 없이 태어난 아이들이 손가락질받으며 목을 매다는 동안 잘난 궁정에

틀어박혀 주색에 빠져들었지. 네 어머니 일레인이 상속권으로 부친의 책임을 강요하자, 카보넥에 들이닥쳐 갓난 아들을 찾아 죽이겠다고 길길이 날뛰지 않았더냐? 그런데도 너는 배알도 없이 아비를 용서했고, 위선자 기사단의 일원이 되었다.

붉은 기사는 사실만을 말하고 있다. 랜슬롯은 갓 태어난 아들을 죽여 실수를 만회하려 했다. 그러나 악행은 기도에 그쳤고, 갤러해드는 엄격한 훈육 속에 주 하느님의 무기로 단조되었다. 열일곱에 먼저 아버지를 찾아 나선 그는 웨일스의 바위 절벽 위에서 마침내 죄인과 맞닥뜨렸고, 그때까지 한 번도 패배한 적 없던 호수의 기사를 거꾸러뜨림으로써 실력을 증명해 보였다. 그러나 아버지를 뛰어넘고 용서하는 이 성사聖事에 다른 목적은 없었다. 일말의 앙심이나 연민조차 느껴지지 않았다. 호수의 기사를 상대로 발휘된 힘은 거룩한 사명에서 빌려 쓴 능력이었고, 그렇다면 남자의 운명을 결정하는 처분 역시 의당 주님 앞으로 돌아가야 옳았을 따름이다. 랜슬롯은 회개하며 세례식을 받았고, 아들과 긴 시간 동행하며 서투르게나마 생부의 역할을 모색했다. 두 사람은 북부 브리타니아의 성지를 순례하며 교회의 적들을 쓰러뜨렸고, 이 전리품들을 카멜롯으로 옮기며 찬양의 노래를 불렀다. 이것은 중량을 따라 가슴뼈를 열어 젖힌 사악한 용의 흉곽이다. 이것은 죄악을 도려내 쇠줄로 묶어둔 강령술사의 머리이다. 말씀의 궁전은 사탄과 지옥, 그 모든 음성陰性적 형상을 향해 굶주린 거인처럼 아가리를 벌리고 있다. 할렐루야, 노래하자. 여호와는 괴물들을 벌하시고 만민의 궁전 위로 들어 올리셨네. 속임수로 받아들이기에는 지나치게 벅차고 감격스러운 순간들만이 떠오른다. 이런 삶이 한 남자를 희롱하고 배신할 목적으로 계획되었다면, 남자는 한 번 더 살게 해달라고 엎드려 빌고 싶다. 기사가 바닥을 더듬어 검을 다시 집어 든다. 한 박자 느리게 공격을 받아치는데, 한쪽 눈이 보이지 않기 때문이다.

수녀원은 또 어땠지? 그곳은 인격을 말살하는 훈련소였다. 네 고모는 아직 유치조차 제대로 자라나지 않은 아기를 매질하며 학대했지. 일과경을 어길 때마다 밥을 굶겼고, 젊은 수녀들과 눈이라도 한번 마주치는 날에는 발가벗긴 채 한나절을 복도에 세워 두었어. 어머니에 대한 이야기는 일절 금지되었고, 편지를 쓰다가 발각되는 바람에 손톱을 죄다 뽑힌 적도 있었다. 고통에 둔감해져야 한다는 핑계로 매일같이 참회실에서 가시 채찍을 얻어맞았고, 한 번은 몰래 눈물을 훔치다가 고발당해 수모를 겪기도 했다. 너는 예배당에서 목이 쉬고 갈라져 터질 때까지 외쳐야 했다. Timidus sum, Timidus sum, Timidus sum! 나는 겁쟁이입니다, 라고. 수녀원의 모두가 감시자였고, 네게 자유란 없었다. 넌 갖은 충동과 욕구뿐 아니라 덜렁거리는 성기마저 꼭꼭 감춰야 했고, 고모와 수녀들을 상대로 네가 괴물이 아니라는 사실을 끊임없이 증명받아야 했다. 말해 봐

라, 꼬마 길르앗이여. 한 번이라도 누군가를 진심으로 사랑해 본 적이 있느냐?

두 기사의 기억 속에서 하나의 장소가 밝혀진다. 갤러해드는 모친의 간청으로 수녀원에 숨겨졌다. 독실한 그리스도인이자 봉쇄 수녀원의 원장 수녀였던 고모는 피붙이의 죄를 대속하는 마음으로 어린 생명을 안아 들었다. 수녀원은 남성에게 허락된 공간이 아니었으므로, 갤러해드는 인생 대부분을 5×3제곱미터 크기의 어둑한 단칸방에 갇혀 보냈다. 오랫동안 기도실로 사용되어 왔던 공간으로, 예정에 없던 남성 재원자를 맞아들이면서 가구 몇 점이 추가로 놓였을 따름이다. 모피 밑을 삼과 검불로 채워 넣은 침대에서는 밤낮으로 이가 들끓었고, 여덟 번의 정시과定時課에 맞춰 무릎을 받칠 수 있도록 마련된 면직 깔개가 창문 아래 놓여 있었다. 쇠창살이 달린 머리 위 작은 구멍 밖으로 이따금 새들이 지저귀었고, 찬송가를 외우거나 뛰어다니며 술래잡기하는 꼬마 수녀들의 웃음소리 같은 것이 복도 바깥에서 들려왔다. 성경 주해와 신학 연구서, 언어 사전 등이 책장을 가득 채우고 있었지만, 두 번 이상 읽은 책은 손에 꼽았다. 그러나 성경만은 방대한 시간의 집적체이자 음성 아카이브로서 내내 책상 위에 펼쳐져 있었다. 꼼꼼한 필사 및 검수를 거쳐 침묵과 함께 장정된 이 공산품은 라틴어·헬라어·히브리어의 삼중 스펙트럼으로 녹음된 물리적 배음을 라플라스 변환

쌍 아래 풀어헤쳐 놓은 기계였다. 표백된 종이의 배면 위로 림프샘처럼 부풀어 오른 잉크 자국들을 짚고 있노라면 천둥과 번개, 불호령, 나팔 소리 따위에 사지가 꼼짝없이 옭아매이는 것 같았다. 허락된 자유라고는 고작 이런 것들뿐이다. 주일 미사와 영신 수련 시간을 제외하면 외출은 일절 용납되지 않았다. 용변을 누는 곳에서 끼니를 먹었다. 고모는 하루에 두 번 새 변기와 식사를 가지고 질자를 찾아왔다. 아침 기도 라우데스lauds 때 한 번, 저녁 기도 베스페르스 때 한 번. 아침 기도는 성경 및 성가, 전례를 낭송하는 시간이었을 뿐 아니라, 전날 교육받은 신학 수업 내용을 검증받는 시간이기도 했다. 대답이 틀리면 두 번째 방문은 생략되었다. 배곯음과 악취 따위는 아무것도 아니었다. 어둠 속에 혼자 남겨지는 것보다 가혹한 처벌은 없었다. 붉은 기사의 비난에 날조는 없다. 이 감옥에서 그는 인간이 아니라 짐승이나 괴물처럼 여겨졌다. 그러나 붉은 기사가 집요하게 감추려 애쓰는 진실도 있다. 곯아떨어진 남자의 곁에 찾아와 **제 탓이요, 제 탓이요, 저의 큰 탓이옵니다.**mea culpa, mea culpa, mea maxima culpa. 중얼거리던 목소리를 갤러해드는 기억하기 때문이다. 눈물을 흘릴 때마다 **Timidus sum, Timidus sum, Timidus sum!** 외치게 했던 고모는 이튿날이면 어김없이 다음과 같은 문장을 덧붙여 말하도록 시켰다. **Ac tamen in Domino fortis sum. 그러나 나는 주님 안에서 용기를 얻나이다.** 기사는 공손

하고 겸허한 자세로 모든 고통을 기쁘게 감수했다. 일신을 시험하는 것으로 모자라 끝끝내 망가뜨리려는 일천 가지의 수난을 두 팔 벌려 맞아들였다. 걸신이 속을 파먹고, 거꾸로 밧줄에 묶이고, 가시 채찍에 살갗이 뜯겨 나가는 육체적 고통부터 발가벗겨진 몸으로 성전에 나아가고, 회중 앞에 허물을 고해하는 불명예를 입고, 제 몸 밖으로 빠져나온 배설물 위에서 개처럼 목욕하는 정신적 오욕에 이르기까지. 이같은 헌신으로 남자는 도리어 하나의 몸, 모든 몸 가운데 가장 순수하고 고결한 몸에 다가갈 수 있었던 것이다.

네가 앗은 생명들은 어떠냐? 주님의 이름으로 쳐죽이면 살인도 용서받을 수 있다더냐? 네가 오기 전, 그러니까 마지막 오순절에 찾아왔던 길르앗은 말했다. 살아서 죄를 지을 생명들이라면, 제 손으로 악을 미리 억누르는 것 또한 사도의 직분이라고. 너도 그렇게 생각하느냐? 말해 봐라, 꼬마 길르앗. 너는 약자를 위해 무기를 내려놓은 일이 있느냐? 너는 네 적을 위해 피를 흘린 일이 있느냐? 너는 네 양심을 지키기 위해 신의 목소리를 거역할 수 있느냐? 그런 적도, 그럴 수도 없겠지. 네놈은 단지 부서지기 쉬운 고깃덩어리와 알량한 교회를 온존하려고 갑옷을 걸쳤을 뿐이다. 카멜롯의 겁쟁이 사생아여, 무기와 갑옷, 작위 없이 넌 아무것도 아니다.

어느 깨진 수직 창의 장부촉이 흔들리며 파르르 떨리는 소리를 낸다. 바람이 궁전 폐허의 석재 파편과 먼지를 휩쓸어 모으더니, 두 사람 가운데 작은 소용돌이를 일으킨다. 낙엽 냄새를 물씬 풍기는 이 소슬바람은 군데군데 구멍이 뚫리고 귀퉁이가 찢겨 나간 모직 융단을 거꾸로 지나쳤고, 아직까지 열려 있던 이중 널문을 소리 나게 닫는다. 유령 병사들과 가신들이 중앙 통로로 구경꾼처럼 몰려와 있다. 새로운 왕의 즉위식이다. 둘 중 한 사람만이 왕좌에 앉을 것이다.

네 말이 옳다.

기사가 뺨에서 피를 털어내며 중얼거린다. 깊은 한숨과 함께, 기사는 마침내 자유를 되찾는다. 길고 끔찍한 종류의 전쟁에서 해방된 군인처럼, 남자의 만면에 평화가 떠올라 있다. 남자는 궁전 바닥의 부서진 타일 사이로 단단히 검을 박아 넣더니, 양손을 옥죄고 있던 장갑의 띠쇠를 푼다. 무거운 쇳덩어리들이 발치 주위로 떨어져 내리며 오래된 돌조각의 모서리를 깨뜨린다.

이건 무슨 재간이지?

붉은 기사가 경계하며 묻는 사이 또 다른 금속판들이 어깨뼈 밑으로 미끄러진다. 스스로 벗거나 입을 수 없도록 설계된 윗몸의 갑옷 고정 끈들이 단검에 베여 잘리면서, 낡고 해진 사슬 피복이 드러난다. 남자는 이 비늘 보호구조차 목 위로 들어 올려 던져 버린다. 섬세하게 연결된 쇠고리들이 폐허 위에 그물처럼 펼쳐진다. 가장 안쪽에 받쳐 입는 섬유 직물은 땀과 먼지, 모래로 때가 져 있고, 제때 돌보지 않은 상처와 덧난 흉터들에서 배어 나온 피고름으로 젖어 있다.

약자를 지키려 내 몸을 드러내고 있지 않으냐?

붉은 기사가 무기를 겨누며 이를 간다.

무기를 들어라, 기사여.

흰 기사는 대답하지 않는다. 다리 보호구의 띠쇠를 풀고, 군화 밑으로 내려섰을 따름이다.

이제야 알겠다. 성배는 단지 형상일 뿐, 깨진 컵도 마법의 가마솥도 아니었구나.

붉은 기사가 짐승처럼 앞으로 달려든다. 깃대 끝의 날붙이가 연약하고 무른 고깃덩어리의 흉곽을 꿰뚫는다. 그러나 잔인하고 부덕한 이 배교자는 일격으로 폭력을 중지시키지 않는다. 피에 기갈이 들린 남자는 나무 막대로 전해져 오는 몸속의 울림을 쫓아 더 깊이 깃대를 쑤셔 넣는다. 이미 박살 난 가슴뼈와 만신창이가 된 폐부를 탐욕스럽게 헤집어 놓으며, 만족스러운 비명이 들려오기를 기대하는 것이다. 그러나 상대는 그가 원하는 음악을 끝끝내 들려주지 않는다.

진실은 실로 오묘하게 역전되어 있도다. 우리는 모든 삶에 목적이 있으며, 삶 자체가 바로 그 목적을 찾는 탐색의 연장이라고 착각하지만, 틀렸다. 삶 자체가 이미 목적인즉, 이것을 보호하려는 모든 실천이 비로소 생명이로구나. 기쁘도다, 거룩하신 영께서 내 몸을 성배의 형상으로 빚어내시고 생명의 힘으로

채우셨나니. 아무 조건 없이 제게 주셨듯, 이제 도로 거두어 가소서.

붉은 기사가 고함을 내지르며 무기를 더 깊숙이 찌른다. 두 몸은 함께 밀려나서 궁전 폐허 중앙으로 옮겨진다. 부서지고 깎여 나간 바닥재 위로 형체를 알 수 없는 선들이 이어져 있다. 삼중 삼각형으로 이루어진 이 수수께끼 장식물은 아홉 개의 꼭짓점을 거느렸다. 그림은 바깥으로 무한히 확장되는 어느 발광체가 아니라, 거꾸로 중심부의 접힘점을 향해 후퇴하는 구망성을 묘사한 것이다. 세 삼각형을 동일한 간격으로 회전시켜 쌓아 올린 결과, 열여덟 개의 크고 작은 단면들이 분할되어 나타난다. 이등변 삼각형과 평행 사변형으로 이루어진 이 수비학적 매듭들은 도면 바깥으로 뻗어 나가려는 꼭짓점들을 거미줄처럼 잡아당기며, 비어 있는 내부의 일점을 향해 모든 힘을 집중시키고 있다. 붉은 기사는 전진을 멈추지 않았고, 희생자의 몸뚱이를 거대한 문양 한가운데로 밀어 넣는다. 그리고 바로 이 지점에 이르러, 결투도 종막에 다다른다. 가공할 완력이 개입하여, 붉은 기사가 앞으로 더 나아가지 못하도록 가로막는 것이다. 지고의 은총이 육신과 정신에서 피로를 씻어 낸다. 흰 비둘기 한 마리가 머리 위 앙상한 횡목에 찾아와 앉는다.

죽어라, 겁쟁아! 네 영혼은 영원히 구원받지 못하리라.

흰 기사의 몸이 깃대에 매달려 높이 떠오른다. 피딱지

가 앉은 눈두덩 밑으로 맑은 홍옥 같은 눈물이 덩어리져 흘러내린다. 기사는 이제 아무것도 두렵지 않다. 기사는 공포에 휩싸여 벌벌 떠는 한 아이를 내려다본다. 고깃덩어리처럼 꿰뚫린 육신이 고통 속에서 힘겹게 겨드랑이를 들어 올린다. 양손이 하늘 위에서 활짝 열리더니, 두 손가락은 펴고 두 손가락은 접은 하나의 형상으로서 닫힌다. 이 손가락들은 눈앞의 인간에게 축복과 용서를 내리며 기침으로 꿈틀거린다.

가엾은 자야, 아직도 모르겠느냐? 그분께서 여기 우리와 함께 계신다.

굉음은 몇 초 뒤에 울려 퍼진다. 아마도 번개가 먼저 내리쳤을 것이고, 두 사람이 서 있던 바닥이 무너지며 날카로운 섬전암이 튀어 올랐을 것이다. 누군가 비명을 지르려고 했지만, 그런 시간은 주어지지 않았다. 거대한 빛기둥이 솟구쳐 올랐고, 이 충격은 골짜기에 무겁게 내리깔린 안개를 남김없이 몰아낸다. 흰 비둘기가 폐허를 떠나 지평선 멀리 날아간다. 버려진 궁전 위로 여명의 창백한 빛이 밝아 오고 있다. 브리타니아 왕국에 바야흐로 새 아침이 다가오고 있다.

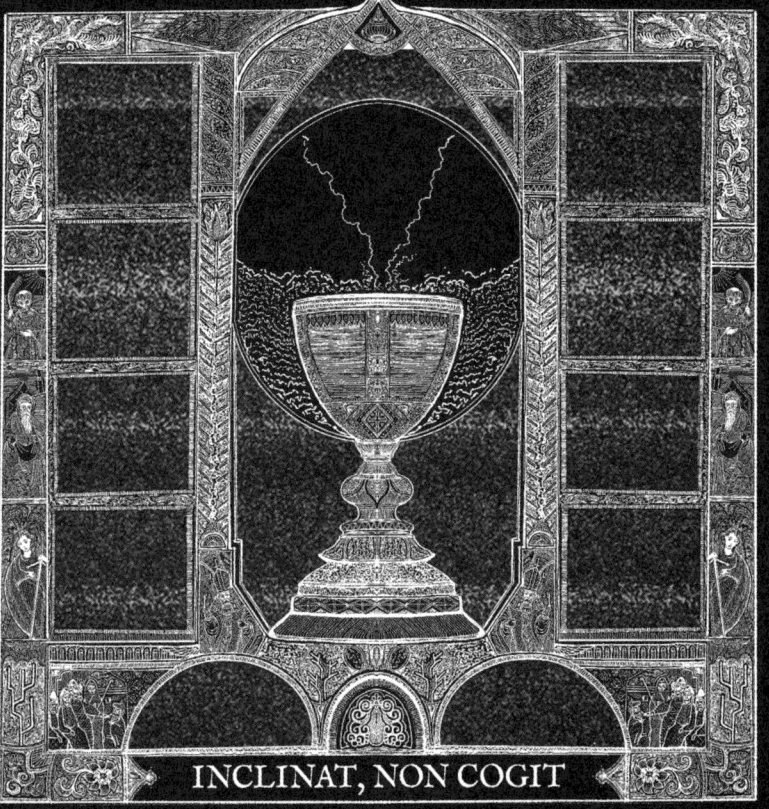

핏자국은 평범한 얼룩들과 달라 쉽게 지워지지 않는 법이다. 바오로 신부는 식탁 맞은편에 앉은 일행을 노려보며 생각에 잠긴다. 이 점잖은 노신사가 한때 스페인과 프랑스 국경 지대에서 암약했던 국제 수배범이라는 사실은 오직 신부만이 알고 있다. 시간은 오후 5시를 향해 간다. 두 사람 주위에서 은제 커틀러리며 세라믹 식기 따위가 부딪히는 가운데 마드리드 억양의 대화 소리가 종종 섞여 든다. 시에스타에서 갓 깨어난 도시 위로 새털구름이 지나가며 야트막한 그늘을 드리운다. 바로 옆 식탁에 앉아 있던 손님들이 일어나 의자를 밀어 넣는다. 페트리는 무테안경의 코 받침을 반 뼘 내려 눈인사를 건네더니, 가게 문이 닫히기를 기다렸다가 말한다.

자네, 사실 성배는 핑계고 그냥 관광을 하고 싶있던 것 아니야?

두 사람 앞으로 2019년산 리오하 와인을 머금은 글라스가 놓여 있다. 페트리는 잔에 묻은 템프라니요^{Tempranillo}

과즙을 엄지로 문질러 닦고는, 같은 손으로 신문지의 다음 장을 펼친다. 전직 테러리스트는 이렇게 읽은 면의 귀퉁이를 축축하게 물들이는 방식으로 일회용 문서에 색인을 표시해 두는 것 같다. 유력 일간지 엘 파이스El País는 국민당 부대변인의 보도 자료를 국내 1면에 실었는데, 편집국 주간의 논평이 같은 공간 안에 발행되어 있다. 총공세 : 국민당의 포성이 에스파냐를 찢어발기다! 논설위원은 이번 도난 사건에 친이민 정책 기조를 연루시키려는 국민당 최고 위원회의 선거 전략을 비판하고 있다. 좌파 정당들의 원외 열세를 의식한 논조다.

성령께서 정말 마드리드로 이끄시던가? 그렇다면 기념품이라도 하나 사다 바쳐야지 않겠어?

페트리는 잇몸에 묻은 탄닌을 빨며 눈에 띄지 않게 몸을 떨더니, 슬쩍 윙크를 해보인다.

농담이 과했군. 하기야 이 땅에서 뭘 좀 찾겠거든 아무렴 마드리드를 건너뛰어선 안 되지. 나도 여기서 우리 와이프를 만났거든. 로라 말이야. 그렇게 멋진 여자는 한평생 처음이었지.

페트리가 글라스에 남은 와인을 한입에 털어 넣는다. 종업원이 다가와 병을 들어 보이지만, 노신사는 점잖게 머리를 흔들어 사양한다. 알코올은 물론 낱말 한 덩어리조차 허투루 낭비되지 않는다. 페트리는 종업원이 두 사람의 식탁에서 충분히 멀리 떠나기를 기다렸다가 말한다.

요즘 친구들은 어떨지 모르겠지만, 난 오히려 발달한 시가지를 선호하는 편이라네.

수염 자국으로 하얗게 뒤덮인 아래턱이 가게 바깥을 가리켜 보인다. 통유리를 씌운 외벽 너머에서 시민들이며 관광객들이 어항 속 물고기처럼 입을 뻐끔거리며 도심을 돌아다니고 있다.

군중은 이동하는 산호초 같은 거야. 규모가 클수록 무언가 숨기기에는 더 좋지.

페트리가 창밖의 어린아이를 향해 손을 흔든다. 고개를 돌리지 않고도 대화는 이어진다.

일단 스스로를 점으로 인식하기 시작하면, 어떤 면을 이용할지 선택할 수 있다네. 바다 위에서 배 한 척은 금방 식별되지만, 소금물 한 방울은 도무지 눈에 띄지 않는 법이거든.

사람을 하나의 점으로, 낱개의 기호로 철수시키는 전략은 늑대들만의 전유물이 아니다. 바오로 신부와 같은 양치기들이야말로 점과 선, 면을 아우르는 기하학적 관점을 이 골이 나도록 훈련받기 때문이다. 세상이 면이라면 삶은 선일 터이다. 선은 탐색하고, 선은 연속되며, 선은 횡단한다. 삶은 구부러지거나 펼쳐지려는 충동의 표현인즉, 어느 방향으로든 경로를 형성해야 한다. 신부는 창밖의 행인들을 바라본다. 갑자기 걷기를 그만두고, 같은 자리에 무한히 머무르며 삶이 중단되기를 기다리는 사람은 아무도 없다. 눈을 감았다 뜰 때마다 새로운 얼굴들이 나타난다. 늙은 늑대는 인체를 점으로 파악하지만, 이 유비는 치명적인 비약을 감추고 있다. 점은 평면 위로 돌출된 좌표 부호 따위가 아니다. 점은 제 위치를 옮기려는 갖가지 외력에 저항하여 인내하고 몸부림치는 덩어리이다. 오직 확고부동한 영성만이 드물게 점의 지위를 획득할 따름이다.

부인하고 싶겠지만, 내겐 당신이나 수사나 다 같은 족속으로 보입니다.

종이 냅킨에 붉은 브라바스 소스와 피멘톤 피칸테 가루 몇 점이 묻어난다.

세상을 게임 판처럼 들여다보고, 사람 목숨을 행마법처럼 다루지 않습니까?

늙은 늑대가 신문을 접어 식탁 가장자리에 올려놓는다. 값싼 펄프지 귀퉁이에 적포도주 한 방울이 인주처럼 눌러앉아 있다. 접힌 면에 발행된 기사는 소위 성배의 수난이 불러올 국가적 재앙을 경고할 목적으로 씌어졌다. 취재부 기자는 임시 수용소로 전락한 카나리아 제도의 아동 보호 시설들과 대서양 횡단 루트에서 조난된 아프리카계 이민자들의 사진을 실었다. 산체스 정부는 2020년과 2021년 두 차례 이민법을 뜯어고치며 우익 정당들의 공세를 지연시켰지만, 성배 실종 사태로 또다시 협상 능력을 시험받고 있다. 성배의 부재는 구세주의 임재만큼이나 중대한 사건으로 받아들여진다. 역전된 기적이자 반anti-성사unction인 셈이다. 유권자들이 지난 총선에서 이미 한 차례 심판을 내렸기에, 정부와 좌익 정당들은 정치적 압력을 철회할 수단을 잃은 상황이다. 성배가 돌아오지 않는다면, 정부는 보다 강경한 반이민 정책을 받아들일 수밖에 없다. 그러나 늙은 늑대의 주의를 사로잡은 기사는 두 번 접힌 신문 용지의 다른 그리드에 인쇄되어 있다. 기상청발發 예보 자료 혹은 법정 심리를 앞둔 공소장처럼 사족이나 해설 한 줄 없이 사실만을 적어

옮긴 분석문이다. 담당 기자는 최신 출구 조사 결과가 반영된 정치 지형도를 축소된 스페인 지도 위에 나타내 보인다. 이 야트막한 스텐실 필름은 피레네산맥부터 베티코산맥까지 높고 뾰족한 산령들을 단층으로 주저앉힐 뿐 아니라, 메세타 고원의 붉은 사암들과 과달키비르강 하구의 검은 부식토를 투표용지 사양의 흰색으로 표백시킨다. 이렇게 언어와 문화, 지리가 모두 다른 중앙 정부 산하 열일곱 지방을 유력 정당들의 상징적인 당색으로 물들이는 것이다. 본문은 최근 VOX가 미성년 이민자들의 수용 방안을 둘러싸고 국민당과 격돌한 끝에 연정에서 탈퇴했다는 소식을 재확인하는 한편, 좌파 연합 전선 내부에서도 SUMAR와 EH BILDU가 ETA 청산 문제로 잡음을 빚고 있다는 사실을 조명하고 있다. 거대 양당들의 무장 해제; 국민당은 이미 원내 정당 단속에 실패했고, 사회노동당 역시 지역 민족주의자들과 진보주의자들의 경쟁으로 고삐를 놓치기 직전이다. 성배 실종 사태가 길어지면 길어질수록 보다 많은 세력이 독자 노선에 나서려 할 것이다. 군소 정당들의 연합체인 SUMAR는 이 격랑을 감당할 만큼 깊게 뿌리내리지 못했다. 뒤따를 일들은 국회의 각본을 따른다. 연합 정부가 와해될 것이고, 그렇게 되면 총리는 사임을 피할 길이 없다. 이것은 비단 정치인 한 사람의 실각만을 의미하지 않는다. 자치권 확대를 조건으로 중앙 정부와 지방 자치주 간의 긴장을 완화시켜 왔던 장기 전략이 수포로 돌아간다면, 교섭 자원 하나를 영영 폐기하는 것이나 다름없기 때문이다.

부인하지 않겠네.

노신사가 자기 앞의 음식을 살며시 밀어낸다.

뭐라고요?

파타타스 브라바스 한 접시가 신부 앞으로 옮겨 와 있다.

자네 말이 옳다고. 나도, 그놈도 다 같은 속물들이지.

늙은 늑대가 냅킨에 두 손을 번갈아 닦는다. 손등의 흉터들은 대부분 베이거나 긁힌 상처들로, 창상 피복재를 제때 갈아 주지 않은 까닭에 피부의 다른 부분들보다 밝게 드러난다. 멜라닌 색소가 결핍된 이 얼룩들은 무르거나 부드러운 물체에 닿을 때마다 따끔거리며 몸서리치는데, 세상 모든 사물들마다 분수와 품격이 정해져 있음을 상기시키는 것이다.

나도 알아. 내 손에 묻은 피 냄새 때문에 자네가 줄곧 괴로워하고 있다는 거.

신부가 눈을 피하며 물 한 모금을 들이켠다. 늙은 늑대는 물컵을 감싸 쥔 신부의 손을 주의 깊게 들여다본다. 이 남자의 손은 가늘고 길며 무구하다. 폭력으로 망가지지 않았을뿐더러 티끌만 한 오행 따위로 더럽혀지지 않은 손이다. 제사를 드리기에 알맞게 준비된 그릇이자 축복과 용서를 발원하는 도구로써 만민 앞에 열려 있는 손이다. 페트리는 상처 입고 고부라진 두 손을 식탁 위에 올려 둔다. 느닷없이 쇠사슬에 묶이거나 톱날이 내려치더라도 놀라지 않을 것이다.

내가 저지른 일들을 이해해 달라거나 용서해 달라고 부탁할 생각은 없네. 단지……

노신사가 안경다리를 고쳐 쓰며 밭은기침을 두어 번 뱉어 낸다.

가본 적은 없네만, 한국과 스페인은 닮은 점이 참 많아. 반도 국가에, 사계절이 아름답고, 불 같은 성미, 음식은 밑간이 세야 하고, 어제 있었던 일은 내일 일어나면 잊어버려. 하지만 무엇보다…… 끔찍한 동족상잔을 벌였지. 차이가 있다면, 자네들은 두 나라로 찢어졌지만 우린 어느 한쪽이 일방적으로 이겨 버렸다는 거야. 상상할 수 있겠나? 패배를 받아들일 시간도 없이 동포들과 전우들이 끌려가 개죽음을 당하거나 멀리 낯선 땅으로 뿔뿔이 흩어져야 했던……

젊은 바오로와 늙은 페트리의 눈이 마주친다.

날 얼마든지 비난하게. 지옥에나 떨어지라고 저주를 퍼부어도 좋아. 하지만 자네가 아직 성직자 신분이고, 성령과 그토록 가까운 사이라면…… 이 사람들을 위해 기도해 주어야 해. 우린 파쇼 정권 밑에서 그토록 많은 고통을 당하고도 부역자들을 처벌하지 않기로 합의했다네. 팍토 델 올비도[17]라고들 하지. 왜 그랬을까? 다들 두려웠던 거야. 또 전쟁이 날까 봐. 옆집

사는 이웃들끼리 또다시 쏘고, 찌르고, 불태워 죽이게 될까 봐. 에스파냐는 그런 땅이라네. 이베리아의 진홍빛 토양 밑에 죽음과 분노와 눈물을 묻어 두고 영영 잊어버리기로 약속한 땅.

노신사가 식탁 위에 올려 두었던 두 손을 거두어 간다. 여느 기도 서적처럼 경건한 모양새로 펼쳐졌던 두 손은 소리가 나도록 마주 닫히더니, 점점 멀어져 양쪽 겨드랑이 밑으로 감춰진다.

그러니 자네도 솔직하게 말해 주게. 도대체 여긴 왜 온 거야?

신부가 깊은 한숨을 내쉰다. 동행의 질문이 떠올리려 할 때마다 괴로운 어느 기억을 건드리기 때문만은 아니다. 신부는 일련의 절차를 들여다보고 있다. 한 명의 사제가 자연인으로 복귀하기 위해 수집해야 하는 교회 행정학적 공증 서류들을 하나둘 헤아리려는 것이다. 성품은 줄 때보다

---

17 이 늑대는 팍토 델 올비도Pacto del Olvido, 이른바 망각 협정을 말하고 있구나. 프랑코의 끝나지 않을 것 같았던 권세가 마침내 1975년 독재자의 죽음으로 종식되었다. 카우디요가 독점해 왔던 권한들이 사냥개처럼 풀려나면서, 처음으로 권력에 목줄을 채운 위정자들은 서둘러 사면법을 통과시키기로 합의한다. 이 문서는 독재자의 사망 이전까지 스페인 전역에서 자행되었던 파렴치한 음모와 폭력 들을 기억 바깥으로 추방하겠다는 선언들로 얼룩져 있다. 그러나 트라우마는 언제나 악몽처럼 귀환하는 법이며, 그렇기에 2007년 역사 기억법Ley de Memoria Histórica이 제정된 이후 다시 한 번 상처가 벌어지고 말았다. 그러나 섣불리 늑대를 동정해선 안 된다. 어떤 짐승들은 이 상처에서 나는 피로 생명을 연명하기 때문이다.

거둘 때 열 배는 더 복잡한 사무 처리 조례를 따르도록 규정하고 있다. 강복을 내리는 주체는 신이지만, 이 은총을 해제시키는 사업은 어디까지나 인간들 앞에 맡겨져 있기 때문이다. 그러므로 그리스도의 대리자에게서 집전 권한을 회수하는 일은 개인과 기관 사이의 전면전이나 다름없다. 청원인은 적게는 열 명에서 많게는 서른 명을 상대로 성직 상실 사유를 인정받아야 한다. 심사단은 가족이나 직속 상급자를 포함하여 관구장, 자문위원, 주교, 성직자성 장관, 교황까지 모든 범위에서 엄격히 선발된다. 수도회부터 교구, 교황청을 아우르는 교회의 모든 공동체가 달려들어야 하는 일이다. 바오로는 지난여름 공식 청원서와 공증인들의 탄원서를 준비했고, 진술을 보증해 줄 영성 심리 상담소의 평가서마저 손에 넣었다. 이것은 친애하는 아버지 신부를 상대로 전쟁을 선포하는 일이었다. 바오로 신부의 공격은 신학적 부자 관계를 무너뜨리는 정도로 끝나지 않았다. 평사제의 공동체 이탈은 교구 장상의 직무 수행 능력을 훼손시키는 사건으로, 인사 평가에 위협이 될 뿐만 아니라 남은 평생 오점처럼 따라다닐 공산이 크기 때문이다. 신부는 사랑하는 의부를 곤경에 빠뜨리는 고통을 감수하고 일을 벌였다. 일방적인 선제 조치로 아버지 신부가 크게 놀라고, 또 상처 입었다는 사실을 구태여 지적할 필요는 없을 것이다. 일대일 면담을 조건으로 협상의 여지를 열어 두었던 베드로 신부는 아들 신부와의 견해차를 확인하곤 즉시 반격에 나섰다. 보충 자료 미비를 근거로 무제한 시간 끌기에 돌입한 것이다. 그렇기에 이 멀고 낯선 땅으로 성지 순례의 임무를 준 것도 연장전의 일부일 가능성이 컸다. 그러나 열쇠를 쥐고 있는 쪽은 예나 지금이나 베드로 신부다. 바오로 신부는 언제나 다음 수를 계산해야 한다. 나이트는 비숍을 보다 폐쇄적인 구역으로 몰아넣어 배드 비숍 포지션을 강요해야 한다.

성직을 그만두려고요. 이번 순례 결과에 주교 명의로 된 진술서가 달려 있습니다.

여기, 또 다른 베드로에게는 그리 만족스럽지 않은 대답이다. 페트리가 꾸짖듯 속삭인다.

아니, 그건 명분일 뿐이지 않나. 성배를 만나려는 진짜 속내를 말해.

신부는 섣불리 부인하려 손을 들지만, 그 손은 눈앞의 잔 위로 내려앉을 것이다. 남자는 주둥이가 넓고 안팎의 기울기며 앙금과 먼지 따위가 숨김없이 들여다보이는 글라스를 천천히 들었다 놓는다. 줄곧 뒤쫓고 있는 하나의 형상을 무게와 너비, 면적을 가진 실물로 전환해 보려는 것이다. 일찍이 베드로 신부가 정확하게 그녀 옮겼던 모습 그대로다. 알코올 중독성 수전증의 영향으로 서투르고 불완전한 데생 속에서도 성배는 빛을 잃지 않았고, 17센티미터 크기의 몸뚱이를 오롯이 제자리에 고정하고 있었다. 컵은 잔과 나머지 부품들로 조립되어 있어서, 누구든 충분히 주의만 기울인다면 성찬례에 사용된 구연부만 외따로 분리해 낼 수 있을 것 같았다. 잔은 근동의 알렉산드리아 양식으로 세공되었고, 쏟아지는 빛을 사방으로 구부러뜨리며 붉은 잇자국을 드러냈다. 얇게 적층되어 줄무늬를 이루는 띠들은 규산염 광물 특유의 층리 구조로, 이 석영 조각품이 장기간에 걸쳐 조심스럽게 연마되었음을 입증하는 정보였다. 대성당의 공식 자료에 따르면, 금괴를 녹여 굳힌 줄기 부분과 이슬람 미술의 정취가 가미된 설화 석고 받침은 모두 후대에 부가된 것이다. 따라서 최후의 만찬 당시 예수 그리스도가 들어 올렸던 성배는 매우 한정된 부분으로, 보다 엄격한 관점에서는 잔조차도 아니었다. 내부가 우묵하게 비워진 돌덩어리. 이 단출한 그릇의 아가리 밑으로 새 약속의 피가 떨어져 내렸던 것이다. 가로 폭이 14.5센티미터, 세로 폭이 9.7센티미터에 불과한 작은 몸뚱이 안에서 삶과 죽음이 교환된다. *너희는 모두 이것을 받아먹어라. 이는 너희를 위하여 내어 줄 내 몸이다.* 저녁 식사가 끝나자 사람의 아들은 같은 잔을 손에 들고 감사의 인도를 올린 다음, 제자들과 나누며 선포했을 것이다. *너희는 모두 이것을 받아 마셔라. 이는 새롭고 영원한 계약을 맺는 내 피의 잔이니 죄를 사하여 주려고 너희와 많은 이를 위하여 흘릴 피다. 너희는 나를 기억하여 이를 행하여라.* 영성체는 신의 육신을 섭취함으로써 동형 반복을 확인하는 의식이다. 몸과 몸의 차이 없음. 하나의 몸은 다른 몸의 부분이며 전체이다. 어떤 몸을 죽일 수 있다면, 다른 몸에 대해서도 마찬가지이다. 예수가 순순히 죽음을 받아들임으로써 몸과 몸 사이의 계급을 허물었던 것처럼. 그렇다면 성사는 이 명제를 거꾸로 뒤집는 것이다. 어떤 몸을 살릴 수 있다면, 다른 몸에 대해서도 마찬가지이다.

그 보물에 정말 그만한 가치가 있다면, 마지막으로 한 번만 더 기적을 요청하고 싶습니다.

늙은 늑대가 빙긋 웃으며 오른손을 내민다.

부에노Bueno, 내가 책임지고 성배 앞에 데려다 주지.

신부가 똑같이 손을 내밀자, 재빨리 붙잡아 당긴다.

하지만 약속하게. 성배를 찾으면 나한테 넘기는 거야.

두 사람이 손을 맞잡고 놓는 사이 주위가 시끄러워진다. 음식점 내부에 설치된 TV에서 긴급 속보가 방영되고 있다. 취재 기자 뒤로 솔 광장의 카를로스 3세 기마상이 엿보이는데, 국가 경찰이 인근 지하철역에서 폭탄으로 의심되는 화물을 발견하여 폭발물 처리반을 투입시켰다는 소식이다. 이에 따라 마드리드 전역에서 지하철 운행이 일시 중단되었고, 중심가가 봉쇄되었으며, 유동 인구가 많은 역사를 중심으로 승객들을 대피시키고 있다는 보도가 이어진다.

음식은 입맛에 좀 맞았나? 슬슬 도시를 떠야겠어.

페트리가 빈 잔을 밀어 다른 잔에 부딪힌다. 소음은 충분히 효과적이어서, 심각한 표정으로 뉴스를 시청하던 종업원의 이목을 돌려놓는다. 노신사는 공중에 글씨를 써 보이면서 부드러운 윙크를 잊지 않는다. 종업원이 영수증을 뽑아 바구니에 담는 동안 신부는 줄곧 저녁 하늘을 바라보고 있다. 지폐를 찾으며 노신사도 창밖을 살피지만, 실구름 외에 눈에 띄는 것은 없다.

그래요. 이제 북쪽으로 가라고 하는군요.

페트리가 어깨를 들썩이며 투덜거린다.

뭐, 내 눈엔 아무것도 안 보이지만 자네가 그렇다면 그런 거겠지.

두 사람 모두 겉옷을 챙겨 가게 밖으로 나온다. 행인들이 한쪽으로 몰리기 시작하는데, 골목 어귀에서 방탄복을 입은 경찰들이 하나둘 나타나더니 길목 가운데 벽을 세우기 때문이다. 신부는 누군가 팔소매를 잡아당기는 바람에 경찰들에게서 멀어진다. 신부는 전직 테러리스트가 여기 있다! 외치고 싶은 충동을 가까스로 억누른다. 노신사가 옷깃을 세우며 중얼거린다.

빌바오만 아니었으면 좋겠군. 고향 친구들이 딱히 환영해 줄 것 같지 않거든.

늑대는 제 예감이 얼마나 정확하게 들어맞았는지 머지않아 깨닫게 될 것이다.

자장가

네르비온강 하구를 틀어막고 있는 금속 침강물이자 비스카야 지방의 단련된 모루, 빌바오는 관광지가 아니라 무기고로 계획되었던 도시다. 산투르치 항구 주변의 초승달 모양 해안 지대는 천 년 넘게 천연 어장으로 사용되어 왔고, 주민 대부분은 여름마다 연안으로 돌아오는 날개다랑어 무리에 1년 살림을 의존하곤 했다. 그러나 카스티야에서 찾아온 왕족들은 이 작은 어촌을 목가적인 공동체 따위로 낭비하지 않는다. 비스케이만Biscay灣은 악명 높은 바스크인 해적들의 주무대였을 뿐 아니라, 대서양의 상업 활동을 감시하기 좋은 목 진지로서 왕실 관계자들의 구미를 돋우었던 것이다. 이렇게 도시는 해운 항로에서 압류된 군수 물자들과 무역 상품들을 제방 위로 밀어 올리며 막대한 부를 쌓은 결과, 16세기에 이르면 북부의 진주라는 명성마서 얻기에 이른다. 대규모 공업 단지가 들어서기 시작한 건 그로부터 수백 년 뒤의 일이다. 도시의 해운 회사들은 더 큰 선박이 접안하여 선적할 수 있도록 강변 부두를 분주히 보강했는데,

1856년 영국 학술 협회지에 발표된 한 편의 금속 공학 논문에서 새로운 바닷길을 엿보았기 때문이다. 활자 주조업자의 아들로 태어난 헨리 베서머가 뜨거운 도가니 안에 갇힌 선철 위로 공기를 부어 넣으면서, 불순물이 희석된 원료로부터 순수한 용융강을 빚어내고 만 것이다. 그러나 높은 인 함량으로 광물 시장에서 저평가되는 영국산 철광석은 베서머식 제강법의 까다로운 화학 조건을 만족시키지 못했고, 따라서 주요 선진국들은 오래전부터 국제 표준 자리를 다투어 왔던 베리슬라겐Verislagen과 빌바오산 원자재 수입 경쟁에 뛰어든다. 핏방울처럼 붉은 이 무기질 결정체는 크로나 환율로는 30퍼센트, 페세타 환율로는 1백 퍼센트 높은 입찰가에 유럽 전역으로 팔려 나가, 강철 군함들의 선체로 제조되거나 크루프 대포의 포신으로 성형된다. 한때 도시의 으뜸가는 수출 자원이었던 산화철 덩어리들이 훗날 도시를 무너뜨릴 무기가 되어 돌아올 줄 누가 알았을까?

늙은 늑대 한 마리가 수변 산책로에 앉아 있다. 붉은 쇳물이 흘렀던 자국은 이제 어디에서도 찾아볼 수 없다. 세계적인 미술관과 박람회장, 5성 호텔과 고급 레스토랑의 높고 눈부신 외벽들만이 물그림자 속에 뚜렷이 되비칠 따름이다. 남자는 한때 엘 로보*El lobo*라는 이름으로 국경 지대를 누볐지만, 이 도시에서만큼은 아니다. 고향에서 그는 오직 페트리로 불렸을 뿐이다. 페트리는 시 외곽의 낙후된 주거 지구

알타미라Altamira에서 유년기를 보냈다. 열다섯에 처음 술을 배웠고, 열일곱이 되던 해에 학교를 그만두었다. 소년은 어울려 놀던 무리 가운데 일찍 철이 든 친구들의 설득으로 비스카야 용광로Altos Hornos de Vizcaya에 일자리를 얻는다. 하구의 심장부나 다름없는 바라칼도와 세스타오 지구에서 무려 수십 개의 제철소와 제조 공장, 자회사를 운영했던 이 거대 철강 회사는 빈민가 출신 햇병아리들에게 먼저 자재 운반을 가르친다. 지맥에서 분리된 광물 파편들을 끈질기게 쫓아다니다 보면, 이 주먹만 한 돌멩이가 하나의 제품으로 다듬어지는 과정 전반을 몸소 학습하게 되는 것이다. 일과는 아침 여섯 시부터 저녁 여섯 시까지 꼬박 열두 시간이다. 제철소와 조선소 굴뚝에서 종일 뿜어져 나오는 매연과 먼지 때문에 한낮에도 햇빛 따위는 구경할 수 없다. 트리아노산맥에서 채굴된 철광석들은 매일 아침 화물 운송 열차에 실려 야적장으로 옮겨진 뒤, 증기식 권양기와 노후된 하역 장비들을 거쳐 강둑 위 산업 시설들로 분배된다. 소년들은 수레 카트를 몰고 공단 내부의 협궤를 부지런히 뛰어넘는다. 학교에 나가지 않는 까닭에, 이 풋내기 잡역부들에게는 종일 덥고 시끄러운 공장이 곧 교실이고 운동장이다. 경주를 벌이다가 무릎이 깨지거나 운반물을 떨어뜨리는 바람에 무일푼으로 쫓겨나는 날도 더러 있지만, 이런 놀이마저 없다면 소년들은 하루도 버티지 못할 것이다. 그렇게 숙련공으로 채

용되기를 기다리는 동안 누군가는 용광로 폭발로 전신 화상을 입고, 누군가는 압연기에 손을 끼어 팔이 잘리고, 누군가는 이산화질소에 중독되어 폐부종을 얻고, 누군가는 쇳물 밑으로 추락해 영영 돌아오지 않는다. 결국 살아남아 기술 자격증을 취득하는 소년은 아주 적은 일부뿐이다. 넌덜머리 나는 수습 과정과 불공평한 임금 대우를 묵묵히 견뎌 낸 대가로 고로 정비과의 용접 기술직을 제안받지만, 한 소년만은 회사에 남기를 거부한다. 소년은 듀스토 인근의 대학가에서 조직된 분리주의 무장 단체에 가입 서류를 접수하고 오는 길이다. 용광로의 열기 속에서 함께 땀흘렸던 친구들이 팔을 붙잡으며 간곡하게 만류하지만, 이미 돌이킬 수 없는 선택이다. **페트리, 잃어버린 친구들을 생각해. 곁에 남아야지.** 소년은 대답한다. **겁쟁이들아. 인생을, 목숨을 잃은 친구들에게 돌아가야 마땅한 보상은 돈이 아니다. 자유지.** 친구들이 하나둘 등을 돌린다. 마지막까지 남아 있던 친구가 슬픈 얼굴로 작별 인사를 건넨다. **아구르Agur, 페트리.**

아구르, 페트리. 이 바스크어 목소리를 또 어디서 들어 봤더라? 페트리는 외투 안주머니를 돌아다니느라 우글우글 구김살이 일어난 타바코 종이 한 장을 떠올려 내고는 작게 탄성을 내뱉는다. **안드레!** 아우도 정확히 같은 인사말로 처음이자 마지막 편지를 끝냈던 것이다. 남자는 강물 멀리 물수제비를 뜨고 있다. 여느 납작한 돌멩이 대신 늙은 몸뚱이를 던져 넣기. 무려 2천 년 전부터 존재해 온 하구의 고도; 비스카야도 빌바오 출신인 이 바스크족 늑대는 20세기 말 유럽 각지에서 분쟁 지역을 누비며 손을 더럽혔다. 조직원 일부는 민간 군사 기업들과 비밀 용역을 교환하는 불법 노선에서 활동 자금을 벌어 왔고, 이렇게 수집된 실전 경험을 전략 자원으로 전환시키는 교범마저 습득했던 것이다. 그러나 지금 늑대의 손에 남은 것은 피로 얼룩진 바이오그래피도, 화려한 전쟁 범죄 전과도 아니다. 코닥 인스타매틱으로 촬영된 1970년대 스냅 사진 한 장. 화질이 조잡한 이 컬러 네거티브 전용 인화지 속에서, 한 남자가 다른 남자의 어깨 위에 손을 얹고 있다. 수줍음 많은 동생이 화각 바깥으로 돌연 뛰쳐나가지 못하도록 가까이 당기려는 것이다. 이 사진은 페트리가 일생을 바쳐 손에 넣으려 했던 한 가지 목표를 드러낸다. 아스카타수나Askatasuna.[18] 만질 수 없고, 볼 수 없고, 냄새 맡을 수 없는 것을 사로잡기 위해 발버둥쳤던 시

---

[18] 그래, 오랜 무장 투쟁으로 이 늑대에게 어떤 보상이 주어졌느냐? 빛에 다가가려 손을 뻗으면 거꾸로 빛을 볼 수 없고, 그림자를 뒤쫓아 달리면 끝도 없이 멀어지는 법이다. 때로 어떤 실체들은 환원 불가능한 우주에 속해 있어, 지표로 측량되는 즉시 인지 영역 바깥으로 물러나 버린다. 바스크Euskadi를, 자유Askatasuna를 위혜 온 삶을 바쳤지만, 결국은 둘 다 잃어버린 이 사내의 사례에서 한 가지 사실을 배워야 한다. 모든 맞닿음이 반드시 현전을 지향해야 하는 것은 아니다. 막달라 여자 마리아의 손이 부활한 예수의 몸을 통과했던 것처럼. 손에서 놓아 버릴 때 비로소 완성되는 자유도 있다. 실로 사랑도 그러하다.

간들이 강물 밑으로 가라앉으며 동심원 모양의 파문을 남긴다. 물결이 제방의 경사면을 두드리고 물러날 때마다 수면 아래 어두운 무늬들이 들여다보인다. 한때 바스크 지방까지 경계를 넓혔던 제국과 왕국의 그림자들이 네르비온강 바닥에 수장되어 있다. 결국 영원한 건 아무것도 없다는 불멸의 메아리를 들으려고 다시 한 번 이 물가 앞으로 떠밀려 왔는가?

무슨 생각을 그리 하십니까?

신부가 다가와 불쑥 말을 붙인다. 페트리의 입가에 쓰고 헛헛한 웃음이 떠올라 있다.

빌바오 효과라고 혹시 들어 본 적 있나?

페트리가 손에 쥐었던 돌멩이를 힘껏 던진다. 강변을 거닐며 엄선한 돌은 그럭저럭 넓고 납작해서 수면 위를 한참이나 건너간다. 물수제비들이 잠시 연잎처럼 펼쳐지더니, 차례대로 닫혀 사라진다. 강물 위에 머물러 있던 두 사람의 시선은 멀리 강 건너편의 대형 상징물로 옮겨진다. 붉은 쇳물을 닦아 낸 자리에 세워진 구겐하임 재단의 미술관이다. 소년은 내화벽에 갇힌 용처럼 슬래그를 뿜어내던 제련로의 잿빛 석탑들을 우러러보곤 했다. 거대한 주형 위에 매달린 분사 노즐들이 냉각수를 쏟아 내던 소리를 기억한다. 크롬으로 도금된 유압 실린더들이 종일 합금 프레스를 내리누르고, 이렇게 길들여진 금속들은 성형기의 정밀 금형 도구와 압연기의 회전 롤러를 통과한 끝에 건설 자재 혹은 기계 부품으로 마감된다. 미술관은 소년의 금속 공학 지식을 정면으로 위반하는 하나의 형상으로서 강둑 위에 풀어 헤쳐져 있다. 밀리미터 두께의 얇고 유연한 티타늄 벽체들을 안쪽으로 접고 구부러뜨리는 방식으로 층층이 쌓아 올린 새 시대의 기념물이다. 매일같이 철물에 살을 긁히고, 용접 불꽃에 피부를 태우면서도 떠올려 보지 못했던 재료와 공법. 시간의 양감. 낡은 고철 무덤을 짓밟고 새로 태어난 쇳덩어리 앞에서, 소년은 잃어버린 자기 몫의 수레 카트를 찾고 있다. 나란히 달리며 화물을 실어 나르던 동료들을 찾고 있다.

외지인들은 도시가 고작 저따위 건물 하나로 되살아났다고 믿지만, 착각이라네.

소년은 들어 옮길 때마다 붉은 가루를 날리던 적철광 파편에서 트리아노산맥의 고통을 느낀 적이 있다. 채광용 날붙이로 깨뜨려 드러낸 광맥 하나하나가 땅의 상처이기에, 거기서 얻는 광물들도 자연히 붉지 않을 수 없었던 것이다. 이전까지 날카롭고 무겁기만 했던 철광석들이 대지의 핏방울처럼 받아들여졌던 순간이다. 소년은 바스크 땅과 그 위에서 나고 자란 자녀들이 하나의 핏줄로 이어져 있다는 사실에 감복하여 눈을 감았고, 펄펄 끓는 이 액체 상태의 금속 옆에서 영영 식지 않을 열기를 느꼈다. 피는 붉고, 피는 진하고, 피는 흐른다. 강둑을 따라 엎질러졌던 비스카야 용광로

의 쇳물처럼. 이제 소년을 보내 줘도 좋을까? 그렇다면 아구르, 페트리.

도시는 예나 지금이나 바스크가 흘린 피로 지켜지고 있는 거야.

늑대가 손을 털고 일어나 신부에게 다가간다.

전에, 성배를 찾으면 자유가 된다고 했었잖아.

신부가 조용히 다음 말을 기다려 준다.

그때 그 말, 단순히 운신의 자유를 말하는 게 아니었지?

늑대는 본능적으로 어떤 정보들을 읽어 낸다.

자네, 여기서 뭔가를 뒤집으려는 거야. 그렇지?

오랜 경계가 마침내 풀어진다. 신부가 처음으로 웃으며 대답한다.

때가 되면 뜻대로 이루어지기를 바랄 따름입니다.

한숨이나 탄식처럼 무겁게 내려앉는 목 떨림. 울림들은 음향학적 그물로서 넓게 펼쳐지려는 경향이 있고, 열려 있는 귀들을 중심의 일점으로 잡아당긴다. 그렇다면 횡격막 따위는 조금도 우그러뜨리지 않고, 다만 후두의 얇은 근육만을 긁을 뿐인 이 남자의 웃음소리보다 희귀한 신호가 또 있을까? 공기 중에 기입되는 하나의 여운을 쫓아, 멀리서 귀 달린 표지들이 다가온다. 저기압성 소용돌이가 칸타브리아 산맥의 비 그늘을 건너오고, 대서양 대구 떼가 비스케이만 연안의 어망들로 밀려든다. 강물이 만조에 떠밀려 경사면

높이 부풀어 오르고, 하구 깊숙이 수장된 옛 왕조들이 수면 밖으로 머리를 들어 올리며, 마침내 디미누엔도가 종결부를 선언하는 명령형 구두점들을 몰고 온다. 오른쪽으로 주둥이를 내밀고 질주하며, 침묵 속에 세계를 닫으려는 이 바로크가家의 개 앞에서 늑대는 전율한다. 충동과 흥분 속에 감각이 확장되고, 민물 냄새에 젖어 줄곧 마비되어 있던 후각 점막으로 익숙한 흔적이 와닿는다. 얇은 종이에 말린 버지니아 담뱃잎. 공기 건조된 작물의 당분이 타면서 퍼져 나가는 단내 속에 어떤 얼굴이 떠오른다.

먼저 차로 돌아가 있게.

산책로 옆으로 나무 벤치들이 나란히 놓여 있다. 늑대는 한가롭게 걸터앉아 낙조를 기다리는 어느 노부부를 향해 성큼성큼 걸어간다. 뜻밖의 재회. 늑대가 돌연 신문을 낚아챘지만, 이 금슬 좋은 남녀 한 쌍이 당황하거나 겁먹지 않는다. 꾸밈없이 웃으며 악수를 건넬 뿐이다.

오랜만이오, 동지. 고향에서 모처럼 좋은 시간 보내고 계신가?

페트리가 노신사의 멱살을 붙잡아 올린다. 노부인이 반발하여 일어서지만, 둘 사이에 끼어들지는 않는다. 이 예의 없는 사내가 눈짓으로 경고하기 때문만은 아니다. 그리 각별해 보이지 않는 두 사람이 실제로는 부부조차 아니었다는 쪽에 의의를 두어야 한다. 오후 내내 그렇게 보이도록 참을 성 있게 붙어 앉았을 따름이다. 늑대라면 누구나 양 떼 속에 녹아들 줄 알아야 한다.

당신들이 왜 여기에 있지? 그럴 리가 없잖아.

노신사가 목 핏줄을 옥죄는 두 손을 두드리며 타이른다.

바스크 사람이 바스크 땅에 있는 게 잘못된 건 아니잖소?

늑대가 동포의 머리를 바짝 당기며 으르렁거린다.

한 번만 더 이죽거리면 아가리를 찢어발기겠소, 동지.

노부인이 등 뒤에 숨긴 휴대 전화의 잠금을 들키지 않게 해제한다.

조직도 같은 물건을 쫓고 있나? 그게 정말로 내 도시에 있어?

늑대가 노부인 쪽으로 고개를 돌린다. 천천히. 숨김없이 드러냈던 노기를 한 차례 억누르며. 목덜미의 모근이 하나둘 일어나고 털들이 곤두선다. 무선 전파를 쫓아 반향판을 회전시키는 지향성 안테나처럼. 도시 상공에서 구름층이 어둡게 물들며, 굴곡진 채 전선을 형성하려는 등압선을 나타내 보인다. 늑대는 국지성 호우 예보가 아니라 임의의 스크립트를 예민하게 읽어 들이고 있다. 협정 위반. 동포들이 옛 단원의 염려를 불식시키지 못한다면, 또다시 내란이 일어나고 말 것이다. 심문이나 위협에 알맞게 다듬어졌던 말투가 거의 부탁 조로 누그러진다.

설마 너희가 꾸민 짓은 아니겠지.

네카네가 옛 단원의 어깨를 붙들고는 점잖게 고개를 젓는다.

틀렸소, 동지. 우리는 우리 도시를 지키러 돌아왔을 뿐이오.

늑대의 기억이 맞다면, 풀려나 켁켁거리는 노신사는 하비에르다.

총구를 제대로 잘못 돌리셨소. 바로 몇 시간 전에 이곳에도 연쇄 폭탄 테러가 예고되었다오. 마드리드와 바르셀로나를 비롯해 지방 도시들에 동시다발적으로 말이오. 못 들으셨소?

늑대가 헐떡이며 이마를 짚는다.

몰랐소. 난 지금까지…… 계속……

그리고 마침내 종결부가 도래한다.

폭발은 네르비온강의 양쪽 기슭을 연결하는 현수교 위에서 시작된다. 화염에 휩싸인 압력은 먼저 칼라트라바가 구부려 놓았던 아치형 주탑을 높이 들어 올린 다음, 이 막대 밑으로 가는 실처럼 내리뻗은 강철 케이블들을 하나하나 끊으며 나아간다. 다리 끝에서 비산하는 작약 구름을 신호 삼아, 5백 미터 바깥에서 또 다른 건물이 폭발에 휘말린다. 지하 주차장에서 부풀어 오른 구체 모양의 역장으로 이베르드롤라 타워 전체가 잠시 떠올랐고, 이 거구가 다시 제자리로 내려앉으면서 전단 벽에 내장된 철근 콘크리트들이 터져 나간다. 섬세하게 설계된 41층 높이의 마천루는 온몸으로 충격을 버텨 내지만, 반경 내의 교통 흐름과 보안 시스템을 일시에 정지시킨다. 소리는 전략 폭격처럼 뒤늦게 떨어져서, 그때까지 무방비 상태로 열려 있던 귓속 박막들을 한꺼번에 터뜨린다. 내이의 융모들이 신경학적 합선으로 비명을 지르고, 입력 범위가 손상된 청각 피질로 잡음들이 쏟아져 들어와 감전을 일으킨다. 동포들이 고장난 자동 인형처럼 경련하며 나동그라지더니 이마뼈와 관자놀이를 두드린다. 방전된 두뇌가 피해를 회복하려는 전기적 기작으로, 미미한 전압이나마 직접 새겨 넣으려는 것이다. 그러나 늑대만은 두통과 이명 속에 불평하며 남아 있을 수 없다. 피앙케토!Fianchetto! 이 성마른 사내는 비숍을 홀로 전개시키는 악수를 두고 말았던 것이다. 지금쯤 어떤 위험이 신부를 포위하고 있을지 알 수 없다. 귓구멍 밖으로 뜨거운 액체들이 흘러내린다. 멀리 도롯가에서 07년식 도요타 랜드크루저가 발견된다. 지난 십수 년간 아이들과 주말을 보내고 등하굣길을 함께 해왔던 차량이다. 온갖 위기 속에서도 도로 위의 피난처로 남아 있었어야 할 중량 3톤의 합금 상자다. 늑대는 사고 현장에 다다라 달음질을 멈추고 말없이 숨을 몰아쉰다. 행인들의 비명이며 폭발 이후의 여음 따위가 귓등을 간질이지만, 먹먹한 고주파 신호만이 측두골의 반구형 봉합선들을 때리며 울려 퍼질 따름이다. 적막이 도시의 혼란과 요청을 완력처럼 짓누르는 가운데, 늑대는 중얼거리며 비난할 대상을 찾고 있다. 주인 없는 볼보 FH16 한 대가 SUV와 함께 내부의 탑승자를 벽체로 밀었고, 종잇장처럼 우그러뜨려 놓았기 때문이다. 보닛 안에서 연료가 누출되고 있다. 어둡고 매캐한 연기가 차체의 앞머리를 가려 덮고 있다. 박살 난 차창 안쪽에서 젊은 사제가 대시보드 가까이 머리를 숙이고 있다. 경첩에서 분리되어 삐걱이는 앞문 밑으로 창문 파편이 쏟아져 있다. PVB 수지가 부착된 이 유리 조각들은 피와 소변, 담즙 따위가 뒤섞이며 만들어진 끈끈하고 투명한 체액 웅덩이 위를 떠다니며 소리 없이 부딪히고 있다. 은총이 걷힌 자리에 남은 잔해들이다. 이것이 전부이다.

노쇠한 남자가 다가와 폐허가 된 인간 앞에 주저앉는다. 악취 나는 핏물이 바지 안감까지 스며들고, 뾰족한 소다석회 이빨들이 슬개골의 방패꼴 원반으로 찔러 든다. 남자가 머리를 들어 올린다. 때는 저물녘이다. 늑대는 불타는 하늘 어귀에서 하나의 표상이 나타나기를 기도하고 있다. 별안간 섬광 한 줄기가 비쳐 와, 검은 구름들을 화살처럼 꿰뚫고 쏟아지기를 기다리는 것이다. 성총의 일격. 감전과 전율. **영혼은 낱낱이 해부되었고, 영혼은 미끌미끌한 유약에 싸인 구체 형상의 전해질 덩어리에 지나지 않으며, 영혼은 전기 불꽃이다!** 지구상 모든 조류를 통틀어, 오직 단 한 마리의 새만이 유구한 항행 법칙을 거스른다. 온 우주에서 오직 한 종류의 비행체만이 사시사철 인간의 영혼을 불태우기 위해 날아오른다. 그것은 단지 하나의 표적만을 쫓아 드물게 날아오를 따름이며, 날갯짓만으로도 세상의 모든 암흑과 추위를 멀리 몰아낸다. 예언자 이사야와 예언자 요엘, 또 성모 마리아와 열두 사도의 불타오르는 해골을 발톱에 꿰고 날아갔던 새, 성자들의 두개골을 불태운 궤적으로 황도의 열두 방위를 새붉게 물들이는 새, 온몸이 불길에 휩싸인 한 마리의 새가 있다. 아직 성당에 나가던 때, 페트리와 안드레 형제는 불꽃을 뿌리며 날갯짓하는 이 상서로운 영물의 이름을 불새라고 불렀다. 거룩한 영은 세상을 비추는 대가로 작열의 고통을 인내해야 했고, 매일 동쪽에서 서쪽으로 이글거리는 항적을 남기며 밤을 몰아냈다. 그러므로 동트기 직전의 밤이 언제나 창백한 푸른빛을 띠는 까닭은 두려움에 있다. 머지않아 어둠을 가로지르며 나타날 불새 한 마리를 일찌감치 상상하고 겁에 질리는 것이다.

멀리서 산티아고 대성당의 종탑이 울려 퍼진다. 늑대는 소리가 아니라 떨림으로 이것을 듣는다. 어느 도시에서나 무쇠로 된 성자들이 격앙된 몸을 떨고 있다. 기쁨과 감사의 눈물을 흘리며, 이렇게 노래하고 있다. **거룩하시도다, 거룩하시도다, 거룩하시도다!** *¡Santo, santo, santo!*

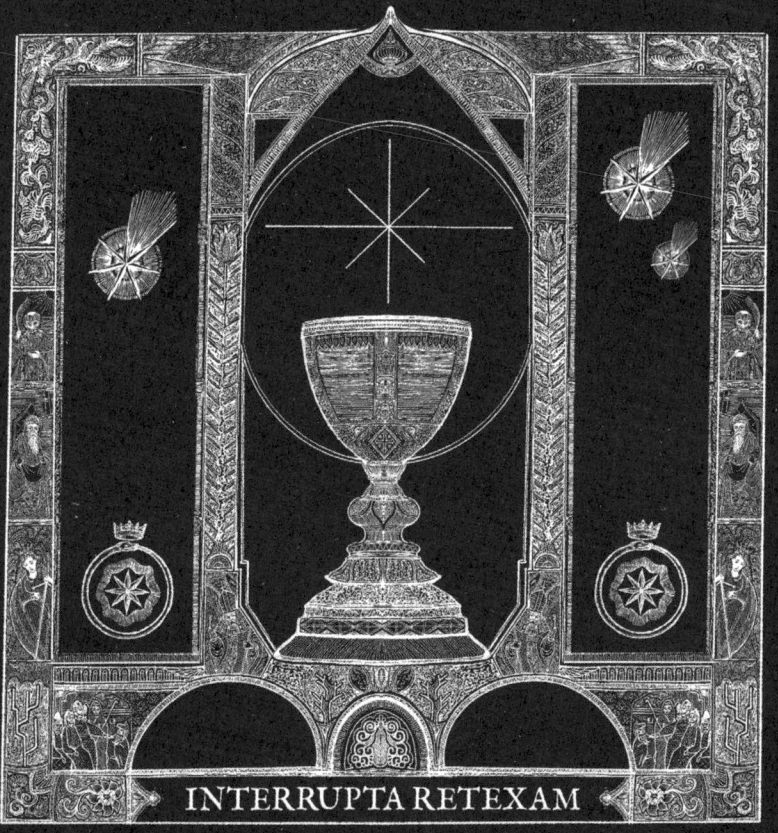

깨어남

장소는 7백 년 전에 만들어졌다. 로물루스가 최초로 제사를 지냈다는 아륵스arx의 유피테르 페레트리우스 신전 앞에서 기념식도 치렀다. 장소의 이름은 툴리아눔Tullianum. 점성술과 조석점을 치는 유피테르 사제들의 점괘 풀이를 따른 것이다. 시해당한 선왕 툴루스 호스틸리우스의 원혼을 지하 깊숙이 유폐시킬 계획으로 파낸 수직 갱도. 밧줄에 묶인 양동이 하나로 외부와 연결된 이 석회암 유적은 대리석이나 적철석 광산이 아니라 우물형 저수조이다. 삼투압에 떠밀려 주변 지층으로 이동하는 강물을 내내 가두어 두었다가 파종기 때 필요한 양만큼 길어 올렸던 것이다. 한때 마르지 않는 지하수로 사시사철 젖어 있었던 이 조적 구덩이가 언제 폐기되었는지는 알 수 없다. 다만 지금은 재판을 기다리는 미결수들의 임시 구치소로 사용되고 있을 뿐이다. 실각한 고위 관료들과 쿠데타 공모자, 반란군 우두머리와 같은 제국의 일급 정치범들이 하루빨리 처형되기를 기대하며 처마 도리에 이마를 짓찧는 가운데, 초대 교회의 수장이자 로마 교구의 주교가 또 한 명의 수인을 제 앞에 무릎 꿇리고 있다. 사람의 아들로부터 직접 건네받은 직위와 권한이 무색하게도, 닳아 빠져 누더기에 가까운 아마실 키톤 아래 노구를 숨긴 모습으로. 노쇠한 사도는 감옥의 벽체와 바닥의 샘에서 압출된 물방울들을 개종자의 이마 위에 떨어뜨린다. 물에 젖지 않도록 소매가 뒤집힌 황토색 히마티온에서는 술이나 자수 따위의 유대식 전통 장식물은 찾아볼 수 없다. 베드로는 마침내 두 팔을 높이 들어 올려서, 저 자신은 물론 주위의 양 떼들을 어둠 속으로 누르고 주저앉히려는 복층의 벽돌 금고들을 소리 없이 열어 젖힌다.

주님, 이자에게 성령을 부어 주시고, 주님의 뜻에 따라 새 생명으로 인도하소서.

그래서 장소는 또한 툴리우스Tullius; 물줄기, 영과 생을 흐르게 하는 샘이기도 하리라. 테베레강 하류의 낮은 여울목과 마주보고 있는 자리. 멀리 아펜니노산맥의 지하수층에서 흘러내려 온 석회질 물줄기가 방추형 하중도 이솔라 티베리나Isola Tiberina를 거치며 씨실처럼 풀어졌다가 한 가닥의 섬유로 매듭지어진다. 베싸이다 출신의 늙은 어부는 어느 물에서든 시간을 들여다볼 줄 안다. 사행하는 물길은 세상 어디에서나 모래톱을 쌓아 올리기 마련이다. 이렇게 노지에서 융기한 점토 덩어리 위로 알바노 화산의 잿가루와 쇄설물이 날아와 식으면서 응회암 구릉지가 조성되었을 것이다.

이것이 로마의 일곱 고갯마루이다. 카피톨리노는 이들 가운데 가장 낮고 작은 언덕으로, 사비니인들의 방패에 눌려 죽은 뒤 절벽 아래로 내던져졌다는 베스타의 여사제 타르페이아의 절벽이 남쪽에 있다. 이 악명 높은 명승지에서는 매일같이 즉결 처형이 집행되며, 낙상으로 으깨어진 배신자와 위증자, 선동가의 시체에 침을 뱉으려는 군중들로 인산인해를 이룬다. *타르페이아 바위는 카피톨리노 언덕과 가깝다! Arx tarpeia Capitoli proxima!* 이 속담은 제아무리 정상에 오른 자라도 한순간에 낭떠러지 밑으로 처박힐 수 있다는 뜻이다. 심지어 황제조차도 말이다.

한편, 성인이 갇혀 있는 지하 감옥은 언덕의 반대쪽 경사면에서 찾아볼 수 있다. 지표면에서 탈락되어 깊이 4미터의 공동 밑으로 파묻힌 또 다른 처형장이다. 장소는 잉크나 콜타르, 숯검댕보다도 검고 짙은 태곳적 어둠 속에서 한 가지 가르침을 속삭인다. 예컨대, 한번 떨어진 것들은 다시는 떠오를 수 없다. 그러나 여기서 죽음은 육체가 아니라 영혼을 상대로 선언된다. 명예의 무덤. 모독의 구렁텅이. 권리가 중단된 징지장. 영세 연옥. 재판관들은 전통 성문법과 황실 포고령 사이에서 재차 심리를 규율하느라 최종 판결을 무한히 지연시킨다. 이 엄밀하고 집요한 사무 처리 기간 동안 수형인들의 사법적 방어력은 낱낱이 풀어 헤쳐져서, 마침내 처형대에 오르는 몸은 아무것도 남지 않은 껍데기뿐이다. 장소는 종종 *비탄의 계단*으로도 호명되는 게모니아이 계단을 통해 언덕 꼭대기로 이어진다. 뼈처럼 흰 백운석 주춧돌 위에 세워진 로마 포룸이 바로 이곳에서 제국의 도읍을 향해 현관을 넓게 벌리고 있다. 원로원과 연단부터 다신교 신전, 금융 거래소에 이르는 전각 건축물들이 바실리카식 주랑으로 연결되어 있는 가운데, 법정의 내측 후진apse, 위로 자라는 형태로 주조된 식물무늬 울타리 뒤에, 집정관이 앉아 있다. 입 다물 줄 모르는 의원들과 관료들 앞에서 줄곧 이맛살만 주무르던 이 남자가 마침내 두꺼운 법전을 닫으며 침묵에서 해방된다. **Supplicium!** 이렇게 군인들이 공화정 시대의 저수조에서 또 한 명의 사형수를 밧줄에 매단 채 길어 올린다. 온몸이 묶인 상태로 목이 졸려 죽은 이 인간 껍데기들은 들개들과 까마귀 떼에 얼마간 살을 뜯긴 뒤, 산비탈을 굴러 테베레강 밑으로 떠내려갈 것이다.

그러나 성인은 아니다. 피고 시몬 바르요나의 재판은 여느 집정관이나 재판관이 아니라 제정자 본인, 즉 황제의 손에 맡겨진다. 성인의 최종 판결에는 특별히 두 음절의 주문이 추가된다. **Supplicium Crucis!** 앞선 덩어리가 처형을 의미한다면, 뒤따르는 덩어리는 죽음의 형식을 못 박는 말이다. 이렇게 성인은 무려 황제를 상대로 스승과 동일한 죽음, 십자가형을 낙찰받는다. 물론 성인은 아직 이 사실을 알지 못한다. 내일 아침, 감옥 바깥으로 끌려나와 엇갈려 놓인 산딸나무 침목을 발견하고 나면 그때 깨닫게 될 것이다. 내 몫의 십자가, 내 몫의 수난, 내 몫의 죽음이 기어코 나를 찾아냈구나. 쇠못이 손뼈를 부수고, 걸레짝처럼 늘어난 가죽과 근육을 나무 막대 위로 박아 넣는 동안에도 과연 의연할 수 있을까? 십자가 위에는 은총도 신성도 없다. 스승은 양쪽 겨드랑이를 들어 올린 채 개처럼 울며 죽었다. 죽음은 일종의 시험이 될 것이다.

성인은 라틴어를 읽는 법도 발음하는 법도 모르지만, 제국의 정세를 들여다볼 때조차 사전을 펼쳐 들 필요는 없다. 황제는 산 제물을 물색하고 있고, 그리스도인들보다 더 나은 표적을 찾지 못했을 따름이다. 이미 수백 명의 그리스도인이 막대 위에서 불타 죽거나 원형 경기장 한가운데 맹수들의 먹잇감으로 세워진 뒤다. 일주일에 걸쳐 도시를 쑥대밭으로 내려앉힌 화마가 어디서 처음 머리를 들었는지 따위의 문제는 더 이상 중요하지 않다. 시민들은 불장난이나 자연 발화보다는 덜 실망스러운 해명을 청구하고 있다. 황제는 부족한 적통성을 아폴론 신앙으로 보완하려는 황위 신격화 전략에 국고를 유용해 온 지 오래다. 근위대나 원로원이 시민들의 탄원서를 들이밀며 황궁으로 쳐들어온다면, 축출을 피할 길은 없을 것이다. 이 편집증 환자는 모친과 내실뿐 아니라 충신들과 동맹들을 상대로 즉결권을 남용해 왔고, 따라서 제 입지를 보증해 줄 정치적 자원을 섣불리 소모해 버렸던 것이다. 퇴임은 신속하게 이루어질 것이다. 황제의 폐위식이자 처형식은 팔라티노 언덕의 장엄한 궁전 안뜰이 아니라 카피톨리노 언덕의 가파른 등마루 위에서 치러진다. *비탄의 계단*은 한 사람의 육신에서 권한과 지위를 해제시키고, 값비싼 장신구들을 남김없이 벗겨 낼 만큼 길고 높다. 층계참을 구르고 계단코에 부딪히며 상처 입은 몸은 존엄이 중단된 채 내버려져서, 굶주린 짐승들 앞에 내부를 열어 보일 것이다. 성인은 황제를 동정한다. 불경죄가 개입할 틈은 없다. 이 법령은 라틴어로 서명되었기 때문이다. 성인은 스스럼없이 판단한다. 결국 황제도 한 명의 어부에 지나지 않는다고. 그물에 잡힌 물고기들이 달아날까 봐 손에서 그물을 놓지 못하는 어부. 아니, 어쩌면 월계관에서 벗어나지 못하는 물고기.

시몬 바르요나야, 나를 따라오너라. 내가 너희를 사람 낚는 어부가 되게 하겠다.

목소리를 듣지 못했더라면, 베싸이다의 어부 형제는 평생 그물을 놓지 않았을 것이다. 그때 물고기 떼가 펄떡거리던 그물을 놓아 버리지 않았더라면, 요나의 아들들은 죽을 때까지 어촌을 벗어날 수 없었을 것이다. 베드로가 하늘 높이 들어 올렸던 두 손을 천천히 내린다. 개종자가 비 맞은 쥐처럼 바들바들 떨며 마침 기도를 기다리고 있다. 세례식을 치르는 내내 웅덩이 위에 꿇어앉아 있었던 까닭에 두 다리와 발이 흠씬 젖었다. 베드로는 개종자를 일으켜 세우고는 잠시 끌어안았다가 놓아 준다. 윗몸에 부착된 두 개의 팔보다 넓고 질긴 종류의 그물이 또 있을까?

어젯밤 성인은 논고 형식으로 눌러 앉힌 또 다른 서간문들을 묶었다. 교회의 소명을 재차 확인하는 증언들, 거짓 믿음의 예시와 유혹 속에서도 왕국의 재림을 기대하는 이 회보는 최초의 교황 칙서 가운데 하나다. 성인은 이 짧고 비밀스러운 문서에서 이미 자신의 죽음을 예고하고 있다. 두 번째 편지를 서둘러 끝맺을 수밖에 없었던 배경이다. 어쩌면 마지막 하루로 기억될 오늘 아침, 성인은 아람어로 번역된 마르코의 복음서를 읽었고, 오후 내내 개종자들에게 세례를 베풀었으며, 지금은 바오로 앞으로 남길 전언의 내용을 고르고 있다. 양피지의 크기를 고려하면 두 번째 편지에 이어 써야 옳지만, 두 문서의 독자가 다르다는 핑계로 그러지 않았다. 성인은 동년배의 사도직 경쟁자 앞으로 편지를 쓴 적이 없다. 어떻게 그럴 수 있을까? 제국의 시민권자이며 바리사이파의 일원으로 교회 박해의 선봉에 섰던 자이다. 성난 군중 앞에 스테파노를 세우고는 돌부리로 쳐죽이도록 사주했던 자이다. 그런 자가 다마스쿠스로 가는 길에 우연히 주님을 만나 눈이 멀더니, 하루 아침에 예수의 제자가 되었다고 떠벌리는가? 심지어 이 남자는 회심하는 바로 그 순간에조차 산헤드린 공의회발 소환장을 쥐고 있었다. 다마스쿠스의 회당을 찾아가 주의 자녀들을 모조리 잡아 죽이려 벼르던 자이다. 물론 상대에게 결코 받아들여지지 않을 비난들로 양피지의 한정된 지면을 낭비하는 일은 일어나지 않을 것이다. 베드로는 사도가 아니라 어부로서 편지를 쓰려 하고, 그렇다면 수신인은 사도 바오로가 아니라 직공 바오로로 수선되어야 한다. 그러자면 먼저 깨끗하고 빳빳하게 다림질된 새 양피지가 필요하리라. 새 천 조각은 새 헝겊에, 새 포도주는 새 부대에. 마르코가 받아쓴 단식 논쟁의 교훈을 반복하기.

감방 밖으로 나선 성인은 허정허정 복도를 걸어간다. 한때 급수구로 사용되었던 지표면의 개구부 밑으로 한 줄기 빛이 내리쬐고 있다. 우두커니 서서 감옥 꼭대기를 올려다보고 있으면, 밤하늘을 불태우는 베스타 신전의 화롯불로 눈썹 뼈가 밝아지는 곳이다. 성인은 구멍 아래에서 로마인 간수들을 기다리고 있다. 근위대 소속으로 열병식 때 충성을 맹세한 이 군인들은 세례식 이후 신앙의 영점을 전면 교정한 참이다. 성인은 개종자들의 은밀한 조력으로 사목에 필요한 물질적 재료들을 내려받고 있을뿐더러, 불안해하며 조바심 내는 로마 교회의 식구들과 연락을 이어 가고 있다. 간수들은 감시가 허술한 자정 무렵마다 양동이를 내려 주곤 하는데, 오늘은 새벽이 깊어 가도록 소식이 없다. 물시계가 있었다면, 수위 변화계의 눈금이 아래로 3도 이동하는 시간

만큼 기다림이 이어진다. 감옥 바깥에서 발걸음 소리가 여럿 들려오더니, 밧줄 사다리가 눈앞으로 내려진다. 이어서 목소리 하나가 울려 퍼지는데, 머리를 들면 반가운 얼굴이 거기 있다.

파테르!

복음사가 마르코가 구덩이 아래로 손을 뻗으며 외친다.

아들아! 여기 있으면 안 된다. 어서 떠나라.

그러나 바르나바의 조카는 쉽게 고집을 꺾지 않을 것이다.

파테르, 서두르십시오. 시간이 없습니다.

이 레위인 사도의 경고에는 어떤 꾸밈도 없다. 원로원의 여우들과 수차례 흥정을 주고받은 결과, 마침내 황제가 보위에 걸맞는 화폐를 찾아냈기 때문이다. 저울대를 평형 상태로 조정하는 이 교환 물품은 다른 황제의 해골, 즉 교황의 머리이다. 수완 좋은 문필가들은 가벼운 수사학적 전환만으로 가액을 부풀릴 줄 안다. 이렇게 베싸이다 출신의 늙은 어부는 자기도 모르는 사이에 종교 집단의 수반으로 들어 올려져서, 정적들을 향해 기울어져 있던 저울추를 황제 쪽으로 옮겨 놓는다. 교황의 처형은 이튿날 정오로 확정된다. 카피톨리노 언덕 위, 비탄의 계단 옆 경사면을 따라 다른 그리스도인들과 함께 십자가에 매달릴 것이다. 광장에서 경매가 열리고, 싸구려 목재를 처분하려는 목수들이 하나둘 모여든다.

잦은 군사 재판으로 납품 경력을 인정받은 목수들이 선발되어 마름질에 착수하기 시작한다. 주문 사양은 언제나 같다. 죄인을 누이고 못 박아 둘 가로대와 기둥 한 쌍. 스승조차도 떨며 거두어 달라고 요청했던 죽음의 형상이다.

성인은 달아난다. 개종자들이 어둠 속에서 성인의 몸뚱이를 위로 밀어 올린다. 성인은 남겨질 자들의 머리와 두 손을 밟고 겨우겨우 밧줄 사다리를 오른다. 구태여 변명하지 않아도 괜찮다. 열심 당원들이 공들여 준비해 온 탈출 품목들 가운데 가장 값진 도구는 햇불도, 갈고리도, 밧줄도 아니다. 명분이다. 야간 순찰병들을 피해 어둠 속에 숨어 있는 동안 마르코가 옆에서 속삭인다. 젊은 사도는 성인이 앞서 발행했던 편지들에서 일부 내용을 발췌하여 구부러뜨린다.

파테르, 저희가 쌓은 돌집은 파테르 없이 금방 무너지고 말 겁니다.

멈추지 않고.

파테르, 고통 속에 성령이 거하심이 아닐진대, 삶이야말로 성령의 명입니다.

또 이렇게.

파테르, 주님께서는 의인을 버리지 아니하시는즉, 오늘 저희가 그분의 손으로서 왔나이다.

그리하여 그들이 성문을 나와 아피안^{Appian} 대로에 이르렀을 때, 돌연 수탉이 긴 울음을 터뜨린다. 베드로가 경악하여 자리에 주저앉으니, 동행들이 수탉을 잡아 죽이려고 앞다투어 담장을 오른다. 베드로는 두 귀를 막고 희번덕거리는 눈으로 어둠 속을 두리번거린다. 닭 울음소리는 사도의 실성한 영혼을 옥죄고는 놓아주지 않는다. 참회하라קהל, 참회하라קהל, 참회하라קהל! 베드로가 어린아이처럼 웅크려 앉아 떨고 있을 때, 어떤 남자 하나가 다가와 눈앞에 우뚝 선다. 늙은 제자의 눈에서 눈물이 흘러내린다. 머리가 하얗게 샌 제자는 이제 스승보다 나이가 많다.

베드로야, 두려우냐?

늙은 제자가 수탉이 우는 방향을 가리켜 보이며 외친다.

주님, 구해 주십시오! 저 바람 소리가 듣기에 무척 괴롭나이다!

남자가 수탉이 운 방향을 향해 고개를 돌린다. 그러자 온 세상에서 소리가 사라진다.

베드로야, 아직도 두려우냐?

늙은 제자가 엎드린 채 기어와 스승의 손을 붙잡는다.

주님, 제가 죽게 되었는데 걱정하지 않으십니까?

남자가 늙은 제자의 손을 뿌리치며 꾸짖듯이 묻는다.

베드로야, 무엇이 그리 두려우냐?

늙은 제자가 스승을 올려다보며 간청한다.

주님, 정녕 주님이시거든 저더러 일어나 달아나라고 명령하십시오.

남자가 고개를 젓는다.

그럴 수 없다.

베드로가 울부짖으며 고함친다.

그렇다면 어찌하여 돌아오셨나이까?

남자가 나무 기둥을 도로 어깨 위에 짊어진다.

나는 로마로 간다. 가서 또 한 번 십자가에 달릴 참이다.

늙은 제자가 달려와 침목을 빼앗으려 발버둥친다. 나무는 미동조차 하지 않는다.

베드로야, 내가 묻는다. 죽음이 두려우냐?

베드로가 비로소 가슴을 치며 인정한다.

두렵습니다. 죽음을 누를 힘을 주셨건만, 차마 죽기 무서워 부끄럽나이다.

남자가 조용히 웃으며 말한다.

좋다. 죽기를 겁내지 않았다면 널 부르지도 않았을 것이다.

베드로가 놀라 묻는다.

그날 제가 몸져누워 일하지 않았더라도, 언젠가 주님을 만났겠습니까?

남자가 고개를 가로젓는다.

그랬다면 더 성실한 자가 부름받았을 테다.

이 말은 늙은 제자에게 마지막 가르침을 준다. 사도의 얼굴에 평화가 찾아온다.

날 따르겠느냐?

성인이 조용히 고개를 끄덕이자, 스승이 십자가를 내려놓고는 유령처럼 사라진다. 시간은 불과 1분 남짓 지났을 따름이다. 성인은 잠시나마 스승이 머물렀던 자리에 소리 없이 입을 맞춘 후, 무릎을 털고 일어나 옷매무새를 가다듬는다. 성문 안쪽으로 돌아가려는 성인의 앞을 동행들이 달려와 가로막는다. 성인은 아연실색한 얼굴들 사이에서 바르나바의 조카를 찾아 불러낸다. 겸손히 두 손을 마주 붙인 이 사도는 혼란과 격정으로 입술을 떨며 한 걸음 한 걸음 앞으로 나선다. 조여지고 풀어지는 목울대의 움직임이 횃불 아래 드러난다.

누구든지 내 뒤를 따르려면 자신을 버리고 제 십자가를 지고 나를 따라야 한다.[19]

성인이 감옥에서 완성한 양피지 묶음을 내민다.

그럼 이 잔은 어떻게 하면 좋겠습니까?

---

19 「마르코 복음서」 8장 34절의 내용을 참고하라. 정녕 그렇지 않으냐? 십자가는 실로 종별적인 물체여서, 젊어지는 사람마다 무게도 모양도 다른 법이다. 그러나 내가 말한다. 십자가 자체가 고통인 것이 아니고, 수난인 것이 아니다. 십자가는 배선 기계의 격자형 다이어그램이자 그물의 눈인즉, 트래픽을 붙잡아 가두는 전산학적 올가미다. 시간(─)과 힘(│)이 교차(┼)하는 접지점으로서, 십자가에 올라간다는 것은 저 자신의 상태를 영구적으로 전환함을 의미한다. 예수가 신성을 해체함으로써 원죄를 철회하고, 베드로가 반석을 허물어뜨림으로써 교회를 확대한 것과 같이. 이처럼 누구든지 스스로를 버리고 십자가에 올라가는 자는 거대한 역전에 몸을 던지는 것이다. 그렇다면 이제 묻겠다. 너희는 너희 자신을 던질 준비가 되어 있느냐?

　작은 보석 잔 하나가 살며시 가죽 가방 바깥으로 빠져나오더니, 사도의 손끝에 조심스럽게 쥐여진다. 처음 집을 떠나 바오로의 일행으로 선교 여행을 떠났을 때부터 키프로스, 로마에 이르기까지 단 한 번도 몸에서 떨어뜨려 놓은 적 없는 보물이다. 성인은 잔을 건네받고는 눈앞으로 들어 올려 천천히 회전시켜 본다. 경사면을 둔각으로 연마한 까닭에 잔의 몸체가 엄지와 검지 사이에 부드럽게 고정된다. 잔의 주둥이를 따라 도톰한 부조가 입술처럼 돌출되어 있어서, 음료가 흘러넘치기 전 잠시나마 눌러두는 역할을 한다. 그리스도가 여기 머물렀다. 그리스도가 여기에 피를 따랐고, 그리스도가 여기에 생명을 쏟았다. 성찬례 이후 수십 년 넘게 비워져 있었음에도, 우묵한 바닥에 여과되지 않은 포도 앙금과 희석된 과일향 알코올이 배어 있는 것만 같다. 잔은 생채기나 얼룩 하나 없이 순수한 형상으로 보존되었는데, 은총이나 기적이 아니라 화학 약품으로 방부 처리되었기 때문이다. 성인은 꽃가루 크기의 붕산염 분말 몇몇을 입바람으로 날려 보낸 뒤, 운반자에게 되돌려준다. 마르코는 한낱 사물 따위를 최상급 탈격으로 우러르고 있다. 복음서 바깥에서 진동하는 라틴어 문장 하나. 말하자면, 가장 신성한 그릇$^{\text{Vas Sacratissimum}}$. 그러나 사도의 섬세한 손재주와 경탄조의 기록들은 아무 효력 없이 지불되고 말았다. 사물의 어떤 면에서도 성자의 입술이 닿았던 흔적 따위는 들여다보이지 않기 때문이다. 성인도 잔을 쓰다듬으며 미약한 은총이나마 어루만질 수 있기를 기대했지만, 이산화 침전물로 이루어진 칼세도니 공예품의 층상 무늬만을 문질렀을 따름이다. 하나의 석영 결정체로서 굳혀진 이래, 잔은 최초에 제 몸을 빚어냈던 현무암질 용암의 붉은 숨결만을 간직해 왔을 뿐이다. 성찬례의 잔이 흐르는 불로 만들어졌다는 사실은 성인에게 어떤 약속을 속삭이는가? 액화되어 분출된 암석 위의 언덕에서 죽음을 맞는다는 것은 성인에게 어떤 사실을 가르쳐 주는가?

성인의 입술 밖으로 셈어 계통의 단모음 하나가 새어 나온다. 그것은 **파타흐**פתח; 탄식이다.

바오로에게 주거라.

어떤 진실은 이렇게 문자가 아니라 도상으로 완성된다.
이 다마스쿠스의 소경에게 앞날을 맡겨 보겠다.

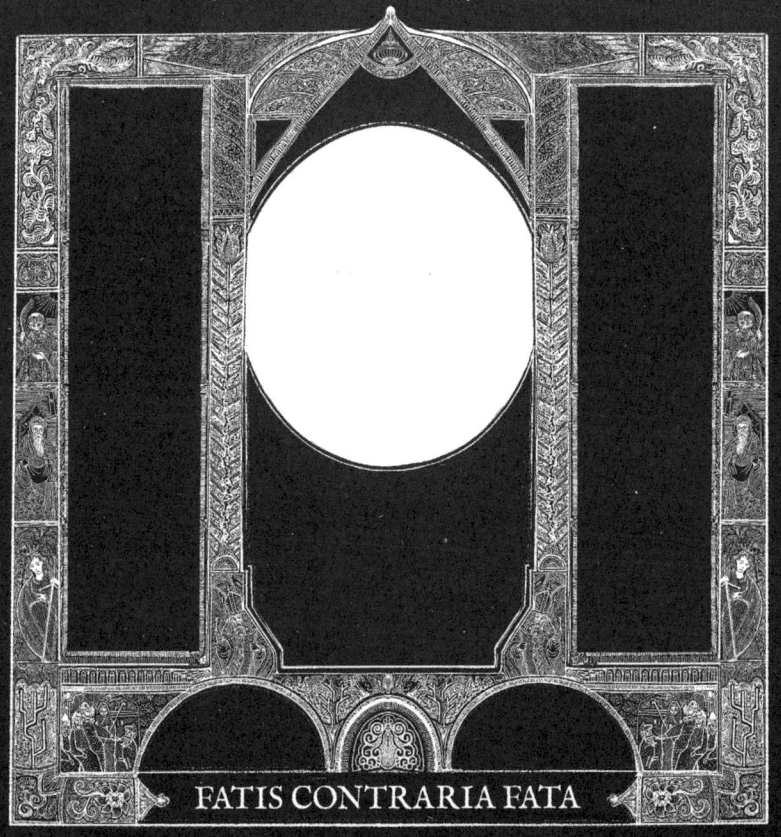

FATIS CONTRARIA FATA

부활

누군가 사람에게 일어나라고 명령한다. 목소리는 오래된 히브리어 단어 하나를 거듭 속삭인다. 사울שאול은 방금 안장에서 내동댕이쳐진 사람의 이름이면서, 완료형 동사의 상aspect으로 굴절된 3인칭 단수이다. 이렇게 사람은 저 자신의 이름을 부르는 목소리를 좇아 엉거주춤 머리를 들어 올린다. 눈꺼풀의 얇은 살가죽이 열리고 닫히며 누액을 내뱉지만, 아무것도 보이지 않는다. 주위의 어둠을 몰아내며 눈부시게 이글거리는 백열의 섬광만이 눈앞에 떠올라 있을 뿐이다. 마부들이 고삐를 놓치고, 노새들이 서로 물어뜯으며 발길질하는 가운데 사울이 납죽 엎드려 있다. 두려움에 사로잡혀 벌벌 떨고 있는 남자에게 목소리가 다가와 슬퍼하며 부르짖는다.

사울아, 사울아. 어찌하여 네가 나를 박해하느냐?

남자가 저절로 벌어진 아래턱을 달그락거리면서 묻는다.

주인님, 당신은 누구십니까?

그러자 빛은 이렇게 대답한다.

나는 네가 박해하는 예수다. 이제 일어나 성 안으로 가라. 네가 할 일을 일러 줄 사람이 있을 것이다.

그러므로 사울은 고대 히브리어 사전의 뜻풀이대로 요청받음, 불러내어짐 상태로 남는다. 다마스쿠스에서 소경은 은인의 도움으로 다시 한 번 눈을 뜨게 될 것이다. 안수 기도 아래 각막을 덮고 있던 미상의 비늘들이 떨어져 나가는데, 이 바스락거리는 종이 질감의 조각들은 각질이나 눈곱 따위의 염증성 부산물이 아니라 바리사이파의 주요 경전을 이루는 율법 조항들이다. 이렇게 히브리어 사울과 라틴어 파울루스를 도치시키려면, 혀의 위치를 이동시키는 것 이상의 교환이 필요한 법이다. 라틴어 형용사 파울루스는 제2변화 남성 명사를 암시하며, 문법적 역할에 따라 다양한 격변화를 맞아들인다. 작은 자일 때는 단지 파울루스^{Paulus}, 작은 자에게 주어진 것은 파울리^{pauli}, 작은 자를 가리켜 보일 때는 파울룸^{paulum}, 작은 자를 소리 내어 부를 때는 파울레^{paule}! 그리고 마침내 작은 자를 시켜 이루려 할 때는 파울로^{paulo}이다. 또 다른 파울로가 여기 비어 있는 성곽 안뜰에 누워 있다. 무거운 죽음으로 육신을 짓눌린 채. 명사의 역할 표시 가운데 가장 낮은 자리인 여격에 내려앉아 있다. 저 자신에게 주어질 목적을 기다리고 있다.

일어나라.

수메르 사람 아브라함은 숫양을 찔러 아들의 목숨을 구

했고, 이올코스의 찬탈자 이아손은 황금 양털을 찾아 흑해를 건넜으며, 패현의 건달 유방은 큰 양의 뿔을 뽑고 꼬리를 자르는 꿈을 꾼 뒤에 왕이 되었다. 양은 갈빗살이 풍부한 제물이고, 양은 비늘 모양의 섬유로 위장된 영광, 양은 3옥타브로 울부짖는 암시이다. 사람은 누구나 자신만의 양을 찾아 떠나야 한다. 언젠가는. 그러나 양치기가 길을 잃으면, 양치기는 무엇을 찾아 떠나야 하는가? 갈고리 모양의 지팡이 하나를 상상하기. 올리브 나무 가지, 라메드, 굽은 알파벳, 네가 돌려받아야 할 하나의 막대.

일어나라.

목소리는 고막을 떨게 하지 않고 중이의 귓속뼈들 위로 바늘 크기의 홈을 남긴다. 노이즈의 진폭과 경로를 표현하는 이 곡선은 소리 굽쇠처럼 결합된 3밀리미터 길이의 골막을 따라 이동하면서 특정 주파수의 전류를 흘려 보낸다. 음성은 미진한 전기 진동만을 일으킬 따름이다. 저 옛날 회당장의 딸을 저승 입구에서 불러 세웠던 권능은 사도들의 죽음들로 중단된 지 오래다. **탈리다 쿰!** *Talitha Koum!* 외쳤을 때, 소녀는 저승이 아니라 꿈에서 돌아온 사람처럼 눈가를 문질렀다. 일어나라는 명령은 이부자리와 무덤가에서 동일하게 울려 퍼질 수 있다. 잠든 이들은 일어나겠지만, 죽은 이들은 일어나지 않을 것이다. 그러나 어떤 목소리들은 이따금 울림만으로 잠과 죽음을 교란하며, 이렇게 뒤섞인 경계면에서 길 잃은 영들을 잠시나마 삶 가까이 불러들인다.

일어나라.

목소리는 끔찍한 부상으로 열어젖혀진 두개골 안에 다시 한 번 전기 불꽃을 점화시킨다. 미미한 밝기의 조명 아래 기억 하나가 드러난다. 성탄절 이튿날이다. 꼬마 바오로는 오전 미사에 복사를 서고 나온 참이다. 제단 앞에 아직 베들레헴의 마구간 모형이 설치되어 있어서, 말구유에 누워 있는 아기 예수를 내려다보며 가정 기도문도 외웠다. 성당 밖으로 나서면, 푸르스름한 박명 아래 화강암 성모상이 어김없이 두 팔을 벌리고 서 있다. 꼬마 바오로는 감사히 고통을 맞아들이는 방법으로 성자의 수난을 이해하려 한다. 그래서 이 예비 신부는 나를 구하십시오, 나를 살리십시오, 나를 거두어 주십시오 주문하는 기도회 단원들 사이에서 남몰래 되뇌곤 했다.

주님, 나를 부수십시오. 그로써 내가 다시 만들어지도록.
주님, 나를 짓밟으십시오. 그로써 내가 다시 일어나도록.
주님, 나를 죽이십시오. 그로써 내가 다시 살아나도록.

꼬마 바오로가 성모상 앞에서 용기를 달라고 기도할 때, 멀리서 날이 밝아 오기 시작한다. 그러나 해돋이의 징조로 예상되었던 붉은 섬광은 태양이 아니라 이동하는 점으로부터 내리쬐는즉, 불타오르는 영혼이 서녘 하늘로 어둠을 몰아내는 것이다. 양쪽 날개가 부채처럼 넓게 펼쳐져서, 구부러지거나 접힐 줄 모르는 거대한 원호를 머리 위로 드리운다. 불새는 추위에 목이 졸려 밤새 창백한 시체처럼 거상되어 있던 하늘을 내려앉힌 다음, 양털 모양으로 풀어 헤쳐진 고적운 사이로 빛줄기를 퍼뜨리면서 지상을 물들이려는 죄악과 오행의 영토들마저 남김없이 불살라 버린다. 그러는 동안 댓개비처럼 돌출된 날개 뼈는 작열하는 깃털들을 떨어내기는커녕 도리어 안쪽으로 밀어 넣으려 바짝 오므라들고, 이렇게 고통을 받아들이는 대가로 불덩이 같은 눈물을 뚝뚝 흘리는 것이다. 꼬마 바오로는 이 고결한 존재가 혀 없이 울부짖는 소리를 듣는다. 불새는 예비 신부의 이마뼈를 비추며 불타는 문장을 두개골에 새겨 넣는다. 명령이 아니라 요청이다.

일어나라.

그리하여 마침내 바오로가 죽음에서 일어난다. 머리에서 흘러내린 핏자국이 눈 뼈 밑에서 응고된 나머지 한쪽 눈꺼풀은 끝끝내 열리지 않는다. 신부는 감염성 질환 혹은 중증 패혈증에서 기적적으로 회복된 병자처럼 체액과 혈장을 마구 토해 낸다. 신부는 수십 년 전 앞머리뼈에 기입되었던 목소리를 알아듣고 잠시나마 삶으로 돌아온 참이다. 불새는 이 납작한 3차원 지표면으로부터 세 뼘쯤 들떠 있는 존재이다. 기울어진 구 형태의 세계 위에 격자무늬 그물처럼 펼쳐진 중력과 시간의 미세한 힘들에 사로잡히기는커녕 그 선들을 끊거나 도로 연결하며 날아가는 존재이다. 불새는 여기에 있으면서 저기에 있는 존재이며, 과거와 현재, 미래로 삼중 굴절된 시제 전체를 향해 열려 있는 존재이다. 신부는 불평하고, 저주하고, 거부하며 주위를 두리번거린다. 제 영혼을 옥죄고 가둔 채 죽음에서조차 놓아 주지 않으려는 적색 항적을 좇아 호소하려는 것이다. 신성에 침을 뱉으려는 것이다. 은총을 분노로 더럽히려는 것이다. 그러나 삶과 죽음의 경계에서 비로소 신부에게 모습을 드러내는 빛은 거룩한 영의 분광이 아니다.

엄마?

사도행전의 하나니아스가 그랬듯, 해야 할 일을 일러 주기 위해 다가오는 여자는 오래전에 헤어진 생모가 아니고, 지금도 여전히 그를 향해 두 팔을 벌리고 있을 화강암 성모도 아니다. 그것은 영혼이나 환영 같은 것이 아니라 문자 그대로의 몸이다. 수면 위로 떨어져 내리며 부서지고 찢어진 어느 익사체의 몸. 차가운 물에 젖고, 장기가 부풀어 오른 모습으로 혀를 더듬거리는 이 여자의 이름을 신부는 알 수 있다. 쪽빛으로 부패한 두 눈이 신부의 움직임을 좇아 눈뼈 내부를 굴러다닌다. 상한 과육처럼 물크러진 결막 표면을 따라 실핏줄들이 핏발을 세우고 있다.

신부님, 준비되셨어요?

피딱지가 앉은 눈꺼풀 밑으로 붉은 눈물이 흘러내린다. 묽은 점액이 차올라 속눈썹과 흰자위막에 들러붙어 있던 핏방울들을 씻어 내는 흔적이다. 아니, 성가대원의 썩은 몸을 검은 태양처럼 둘러싸고 있는 저 죽음의 광륜을 보라. 역전된 빛은 신부의 남은 눈마저도 멀게 만들뿐더러, 눈꺼풀 밑에 감추어져 있던 타원형의 분비샘까지 파고든다. 즉각적인 공격. 푼크툼punctum! 모든 찌름은 이렇게 눈물점puncta을 지향하여 이루어진다. 신부는 미세 혈관종의 찌꺼기들, 말하자면 염기성 혈루를 닦지 않고 내버려 둔 채로 목소리를 찾아 힘없이 머리를 들어 올린다.

어떤 준비 말이니?

되살아난 몸이 양손을 앞으로 내밀며 말한다. 성가대원은 앞을 볼 수 없는 신부가 손으로 만져서 알 수 있도록 두 팔을 붙잡아 이끌어 준다. 그것은 작은 그릇, 채우고 비울 수 있도록 밑면을 파낸 돌 부대이다. 그릇 바닥에서 내벽을 두드리며 조용히 물결치는 내용물이 있다. 일체의 화학 반응에 대해 예외 없이 닫혀 있는 이 매질은 흐르는 불, 액체 상태의 혼돈이다. 그릇에 손을 대고 있는 동안 두 사람의 손뼈와 핏줄 안에 수수께끼의 파상이 맥동처럼 새겨지고 있다.

이걸 찾고 계시잖아요.

성가대원이 신부의 손 안에 그릇을 맡긴다. 이렇게 그

룻은 한 사람 앞에 온전히 주어진다.

그토록 찾으시던 자유가 여기에 있어요.

신부가 의아해 하며 묻는다.

왜 네가 사용하지 않고?

성가대원이 근육 띠로 고정되지 않는 머리를 천천히 기울인다.

저는 제 몫의 잔을 쏟아 버렸어요. 아시잖아요.

신부가 한숨을 내쉬며 머리를 떨어뜨린다.

그래, 그랬지.

자리에서 일어나려 할 때, 깨달음이 찾아온다. 반동이 주는 한 가지 가르침이다. 누구든지 일어서려는 자는 먼저 눌러서 지지할 평면을 찾지 않으면 안 된다. 생명의 영토로도, 죽음의 영토로도 확장되지 않는 이 연옥에서조차 중력의 장이 만져진다는 사실은 신부로 하여금 어떤 진실에 다가서게 하는가? 신부는 쉬고 갈라진 목소리로 감사의 기도를 속삭인다. 이곳, 두 사람이 마지막으로 재회할 수 있도록 마련된 비밀 공회당이 엔트로피 사이클론이나 네트워크 토폴로지 따위의 부실한 가설 구역 위에 세워지지 않았다는 사실을 비로소 실감하기 때문이다.

거룩한 영이시여, 당신은 오늘 이 교환을 위해 저를 준비시키셨습니다.

이렇게 죽은 바오로의 몸 안에서 또 다른 바오로가 일

어선다. 이 바오로는 한낱 일꾼이나 몸종, 대리자 따위가 아니다. 양치기-제사장-왕으로 삼중 굴절된 트라이그램을 제의처럼 걸친 까닭이다. 그러므로 다시 일어선 바오로에게는 또 다른 명칭이 필요하다. 바야흐로 몸은 하나의 필드, 하나의 슬롯, 하나의 왕국이기 때문이다. 긴밀히 맞물려 차차로 회전하는 빛의 삼원체가 왕홀의 보석처럼 반짝인다. 트리퀘트라 속 세 개의 타원; 물고기들의 배꼽을 하나의 매듭으로 연결할 시간이다. 모든 공간은 스스로를 주변에서 도려낸 뒤, 폐쇄 상태의 도형에 이르지 않으면 안 된다. 마침내 하나의 왕국이 하나의 몸 앞에 도래한다. 완전한 생명의 형상으로서 하나의 몸이 한 명의 왕 앞에 나타난다. 이로써 몸은 바오로에게 주어진 바오로의 것: 파울리pauli이다.

왕은 스스로의 죽은 육신을 제단으로 받는다. 제단에 이르면, 왕과 봉사자는 제대에 정중하게 절하고 지정된 자리로 간다. 시신을 성당 제대 앞에 안치하는 방법은 옛 관습을 따른다. 신자는 얼굴을 제단을 향하도록 하며, 죽은 신부의 얼굴을 교우들을 향하도록 안치한다. 영구 위에 복음서나 십자가 등을 올려놓을 수 있다. 시신 옆에는 다른 십자가를 별도로 설치할 필요는 없다. 시신 옆에 몇 개의 촛불을 켜 놓을 수 있으며, 파스카 초를 제대 옆에 설치한다.

미사 본기도에 들어가기 전에 교우들과 함께 자비송을 노래할 수 있다. ○는 교우들의 복송과 기도, †는 제사장의 제안과 전례, 마침내 ◎는 모두가 함께 참여하는 노래이다. 자, 이제 미사를 시작하자.

    ○ 주님, 자비를 베푸소서.
    ○ 그리스도님, 자비를 베푸소서.
    ○ 주님, 자비를 베푸소서.

성가대원이 묻는다.
신부님, 뭐하시는 거예요?
왕이 대답한다.
헬레나, 미사 시간이다.
자비송이 끝나면 주례자는 손을 모으고 말한 다음, 팔을 벌리고 기도한다.

    † 기도합시다.
    전능하신 하느님 아버지,
    십자가의 신비로 저희를 견고케 하시고
    부활하신 성자의 신비로
    저희에게 표지를 드러내셨으니
    주님의 종 헬레나에게 자비를 베푸시어
    그가 죽음의 속박을 벗어 버리고
    뽑힌 이들 대열에 들게 하소서.

성부와 성령과 함께

천주로서 영원히 살아계시며 다스리시는 성자

우리 주 예수 그리스도를 통하여 비나이다.

이어서 말씀 전례가 시작되며, 모두 자리에 앉는다.

시작 예식이 끝나면 말씀 전례를 거행한다. 독서는 세 개를 봉독할 수 있으며, 그중에 하나는 구약에서 선택한다. 미사 없이 말씀 전례만 거행되는 경우는 입당송 다음에 교우들에게 인사하고 기도문을 외거나 간단한 훈시를 한다. 그다음에 보통 때와 같이 말씀 전례를 거행한다. 복음 해설 다음에 보편 지향 기도를 바치고, 왕의 기도나 모든 이가 바치는 주님의 기도로 끝맺으며, 곧바로 고별식으로 이어진다. 장례 미사의 말씀 전례에 사용하는 독서와 복음 및 화답송은 미사 전례 성서 Ⅲ권 1,387~1,456면에 제시된 위령 미사 독서들 가운데 선택한다.

「지혜서」 3장 1~9절

〈그들을 번제물로 받아들이셨다〉

지혜서의 말씀입니다.

의인들의 영혼은 하느님의 손안에 있어

어떠한 고통도 겪지 않을 것이다.
어리석은 자들의 눈에는
의인들이 죽은 것처럼 보이고
그들의 말로가 고난으로 생각되며
우리에게서 떠나는 것이 파멸로 여겨지지만
그들은 평화를 누리고 있다.
사람들이 보기에 의인들이 벌을 받는 것 같지만
그들은 불사의 희망으로 가득 차 있다.
그들은 단련을 조금 받은 뒤
은혜를 크게 얻을 것이다.
하느님께서 그들을 시험하시고 그들이 당신께
맞갖은 이들임을 아셨기 때문이다.
그분께서는 용광로 속의 금처럼
그들을 시험하시고
번제물처럼 그들을 받아들이셨다.
그분께서 그들을 찾아오실 때에 그들은 빛을 내고
그루터기들만 남은 밭의 불꽃처럼
퍼져 나갈 것이다.
그들은 민족들을 통치하고
백성들을 지배할 것이며
주님께서는 그들을 영원히 다스리실 것이다.
주님을 신뢰하는 이들은 진리를 깨닫고

그분을 믿는 이들은 그분과 함께
사랑 속에 살 것이다.
은총과 자비가 주님의 거룩한 이들에게 주어지고
그분께서는 선택하신 이들을 돌보시기 때문이다.

✝ 주님의 말씀입니다.

「요한 복음서」 12장 23~26절
〈밀알 하나가 죽으면 많은 열매를 맺는다〉

요한 복음서의 말씀입니다.

예수님께서 그들에게 대답하셨다.
사람의 아들이 영광스럽게 될 때가 왔다.
내가 진실로 진실로 너희에게 말한다.
밀알 하나가 땅에 떨어져 죽지 않으면
한 알 그대로 남고,
죽으면 많은 열매를 맺는다.
자기 목숨을 사랑하는 사람은
목숨을 잃을 것이고,
이 세상에서 자기 목숨을 미워하는 사람은
영원한 생명에 이르도록 목숨을 간직할 것이다.

누구든지 나를 섬기려면 나를 따라야 한다.
내가 있는 곳에 나를 섬기는 사람도
함께 있을 것이다.
누구든지 나를 섬기면
아버지께서 그를 존중해 주실 것이다.

✝ 주님의 말씀입니다.
이 복음의 말씀으로 저희 죄를 씻어 주소서.

   복음 봉독 후에 간단한 해설이 따른다. 파스카 신비를 드러내 믿는 이들의 신앙에 희망과 위안의 말씀이 되도록 노력한다. 강론을 마치면, 신자들의 기도를 전부 또는 일부를 선택하여 드린다. 왕은 다음과 같은 말로 기도하자고 적절히 권고해야 한다.

  ✝ *나는 부활이요 생명이니,*
나를 믿는 사람은 죽었을지라도 살 것이요,
또 살아서 나를 믿는 이는
영원히 죽지 않으리라고 하신
우리 주 예수 그리스도께 우리 자매를 위하여
기도드립시다.
  나자로의 죽음을 슬퍼하며 눈물을 흘리신 주님,

저희의 눈물을 씻어 주소서.

생명의 양식으로 그리스도의 성체를 받아 모시다
이 세상을 떠난
이 자매를 위하여 주님께 간구하오니,
그를 마지막 날에 부활시켜 주소서.

부활의 희망 속에 고이 잠든 모든 이를 위하여
주님께 간구하오니,
자비를 베푸시어 주님의 빛나는 얼굴을
뵈옵게 하소서.

형제와 친척과 은인들의 영혼을 위하여
주님께 간구하오니
그들에게 수고의 갚음을 주소서.

주님께서 불러가신 이 자매를 여의고
슬퍼하는 저희 자신이
신앙의 위안과 영원한 생명의 희망으로
힘을 얻게 하소서.

신앙과 열심으로 이 자리에 모인 형제들을 위하여

주님께 간구하오니,
영광스러운 주님의 나라에 저희를 모아들이소서.

✝ 주님, 비오니,
간구하는 저희의 기도를 들으시고
모든 교우들의 영혼을 도우시어,
그들의 모든 죄를 사하시고
당신 구원의 은총을 입게 하소서.
우리 주 그리스도를 통하여 비나이다.

 이어서 미사의 성찬 전례가 진행된다. 예물 준비가 시작되면 알맞은 성가를 불러야 한다. 성가대원이 죽은 시체로 만들어진 제단을 올려다보며 기다리고 있다. 신의 음성도, 구원의 손길도, 속죄의 기회나 재심retrial의 여지 따위도 아니다. 그녀가 기다리는 것은 오로지 일종의 신호, 이를테면 내림박에 맞추어 아래로 가볍게 숙여지는 머리 움직임이다. 고개를 끄덕이기만 하면 노래가 시작될 것이다. 순수하고 결백한 영혼은 언제든 노래를 시작할 준비가 되어 있다. 고개를 끄덕이기만 하면 노래가 시작될 것이다. 헬레나는 가장 낮은 위치에서 침묵과의 대결을 시작할 것이다. 그로써 모든 하강이 몰락이나 쇠퇴로 이어지는 표지가 아니라는 사실을 — 이따금 어떤 하강은 임의의 낙차를 극복하는 요한 베르누이의 삼각함수처럼 사이클로이드 곡선을 그리며 우아하고 신속하게 진리에 다다른다는 사실을 — 말 한마디 없이 알게 할 것이다.

　　◎ 생명의 양식인 나에게로 오너라
　　나 믿는 사람들은 목마르지 않으며
　　내 안에 살게 되리
　　나 그를 사랑하여 나 그를 살게 하리
　　나 그를 영원히 영원히 살게 하리

　죽음의 위력에 짓눌리기는커녕 집요하게 표준 음높이에 다가가려는 성가대원의 목소리는 지상에서의 울림을 잃지 않았다. 약해지거나 작아지지 않았다. 도리어 성가대원 본인이 마지막 순간에 스스로 선택한 추락과 침잠으로 학습된, 한층 더 깊어진 콘트랄토를 악기처럼 정성 들여 가다듬으며, 두 사람 주위에 거미줄처럼 둘러쳐진 생명의 매듭을 다시 한 번 꿰맞출 따름이다.
　주례자는 제대에 가서 빵이 담긴 성반을 조금 들어 올리고 조용히 기도한다.

　　† 온 누리의 주 하느님, 찬미받으소서.
　　주님의 너그러우신 은혜로

저희가 땅을 일구어 얻은 이 빵을
주님께 바치오니 생명의 양식이 되게 하소서.

◎ 이 빵은 나의 몸 너희에게 주노라
내 몸 먹는 자들은 죽음 당하지 않고
영원 생명 얻으리
나 그를 사랑하여 나 그를 살게 하리
나 그를 영원히 영원히 살게 하리

왕은 포도주가 담긴 성작에 물을 조금 따르면서 조용히 기도한다.

✝ 이 물과 술이 하나되듯이
인성을 취하신 그리스도의 신성에
저희도 참여하게 하소서.

왕은 성작을 조금 들어 올리고 조용히 기도한다.

✝ 온 누리의 주 하느님, 찬미받으소서.
주님의 너그러우신 은혜로
저희가 포도를 가꾸어 얻은 이 술을
주님께 바치오니 구원의 음료가 되게 하소서.

◎ 내 살을 먹는 자 내 피를 마시는 자
내 안에 살게 되리 끝없는 행복 속에
평화를 누리리라
나 그를 사랑하여 나 그를 살게 하리
나 그를 영원히 영원히 살게 하리

주례자는 허리를 굽혀 조용히 기도한다.

✝ 주 하느님,
진심으로 뉘우치는 저희를 굽어보시어
오늘 저희가 바치는 이 제사를
너그러이 받아들이소서.

이어서 주례자는 제대 한쪽으로 가서 손을 씻으며 조용히 기도한다.

✝ 주님, 제 허물을 말끔히 씻어 주시고
제 잘못을 깨끗이 없애 주소서.

주례자는 제대 한가운데로 가서 교우들을 향하여 팔을 벌렸다 모으면서 말한다.

† 형제 여러분, 우리가 바치는 이 제사를
전능하신 하느님 아버지께서
기꺼이 받아 주시도록 기도합시다.

이어서 왕은 팔을 펴들고 예물 기도를 드린다.

† 주님,
성자의 신비로 서로 결합되어 있는
저희를 보시어,
봉헌하는 이 제물을 자비로이 굽어보시고
이 세상을 떠난 교우 헬레나가
당신 성자와 함께 천상 영광을 누리게 하소서.
우리 주 그리스도를 통하여 비나이다.

◎ 나는 부활이요 나는 생명이로다
나 믿는 사람들은 죽음이 오더라도 영원히 살리라
나 그를 사랑하여 나 그를 살게 하리
나 그를 영원히 영원히 살게 하리

왕은 팔을 벌리고 감사 기도를 시작한다.

† 주님께서 여러분과 함께.

◎ 또한 사제와 함께.

왕은 두 손을 올린다.

✝ 마음을 드높이.
◎ 주님께 올립니다.

왕은 팔을 벌리고 계속한다.

✝ 우리 주 하느님께 감사합시다.
◎ 마땅하고 옳은 일입니다.

주례자는 팔을 벌리고 기도한다.

✝ 거룩하신 아버지,
전능하시고 영원하신 주 하느님
우리 주 그리스도를 통하여 언제나 어디서나
아버지께 감사함이
참으로 마땅하고 옳은 일이며
저희 도리요 구원의 길이옵니다.
그리스도께서 복된 부활의 희망을 주셨기에
저희는 죽어야 할 운명을 슬퍼하면서도

다가오는 영생의 약속으로 위로를 받나이다.
주님, 믿는 이들에게는 죽음이 죽음이 아니요
새로운 삶으로 옮아감이오니
세상에서 깃들이던 이 집이 허물어지면
하늘에 영원한 거처가 마련되나이다.
그러므로 하늘의 모든 천사와 함께
저희도 땅에서 주님의 영광을 찬미하며
끝없이 노래하나이다.

주례자가 감사송을 마치고 손을 모으면, 교우들과 함께 노래한다.

◎ 거룩하시도다! 거룩하시도다! 거룩하시도다!
온 누리의 주 하느님!
하늘과 땅에 가득 찬 그 영광! 높은 데서 호산나!
주님의 이름으로 오시는 분, 찬미받으소서.
높은 데서 호산나!

왕은 성작과 성반을 제대 위에 놓은 뒤, 손을 모으고 알맞는 말을 한다.

† 주님께서 친히 가르쳐 주신 기도를

다 함께 정성 들여 바칩시다.

주례자는 팔을 벌리고 교우들과 함께 기도한다.

◎ 하늘에 계신 우리 아버지
아버지의 이름이 거룩히 빛나시며
아버지의 나라가 오시며
아버지의 뜻이 하늘에서와 같이
땅에서도 이루어지소서!
오늘 저희에게 일용할 양식을 주시고
저희에게 잘못한 이를 저희가 용서하오니
저희 죄를 용서하시고
저희를 유혹에 빠지지 않게 하시고
악에서 구하소서.

왕은 계속 팔을 벌리고 기도한다.

† 주님, 저희를 모든 악에서 구하시고
한평생 평화롭게 하소서.
주님의 자비로 저희를 언제나 죄에서 구원하시고
모든 시련에서 보호하시어, 복된 희망을 품고
구세주 예수 그리스도의 재림을 기다리게 하소서.

주례자는 손을 모으고, 교우들은 아래의 응답으로 기도를 끝맺는다.

◎ 주님께 나라와 권능과 영광이
영원히 있나이다.

왕은 팔을 벌리고 기도한다.

✝ 주 예수 그리스도님,
일찍이 사도들에게 말씀하시기를
너희에게 평화를 두고 가며
내 평화를 주노라 하셨으니
저희 죄를 헤아리지 마시고 교회의 믿음을 보시어
주님의 뜻대로 교회를 평화롭게 하시고
하나되게 하소서.

주례자는 손을 모은다.

✝ 주님께서는 영원히 살아계시며
다스리시나이다.
◎ 아멘.

왕은 교우들을 향하여 팔을 벌렸다 모으면서 말한다.

✝ 주님의 평화가 항상 여러분과 함께.
◎ 또한 사제와 함께.

주례자는 축성된 빵을 들어 성반에서 쪼개어 작은 조각을 성작 안에 넣으며 조용히 기도한다.

✝ 여기 하나되는 주 예수 그리스도의 몸과 피가
이를 받아 모시는 저희에게 영원한 생명이 되게
하소서.

그러는 동안 교우들은 아래의 기도를 읊는다.

◎ 하느님의 어린양, 세상의 죄를 없애시는 주님
자비를 베푸소서.
하느님의 어린양, 세상의 죄를 없애시는 주님
자비를 베푸소서.
하느님의 어린양, 세상의 죄를 없애시는 주님
평화를 주소서.

왕은 손을 모으고 조용히 기도한다.

✝ 살아계신 하느님의 아들 주 예수 그리스도님
주님께서는 성부의 뜻에 따라
성령의 힘으로 죽음을 통하여 세상에
생명을 주셨나이다.
그러므로 이 지극히 거룩한 몸과 피로
모든 죄와 온갖 악에서 저를 구하소서.
그리고 언제나 계명을 지키며
주님을 결코 떠나지 말게 하소서.

왕은 허리를 굽혀 절한 다음, 성체를 성반으로 받쳐 들어 올리고, 교우들을 향하여 크게 말한다.

✝ 하느님의 어린양,
세상의 죄를 없애시는 분이시니
이 성찬에 초대받은 이는 복되도다.

교우들과 함께 한 번 외운다.

◎ 주님, 제 안에 주님을 모시기에
합당치 않사오나
한 말씀만 하소서. 제가 곧 나으리이다.

이어 주례자는 아래의 기도를 조용히 바치고 성체를 경건하게 모신다.

✝ 그리스도의 몸은 저를 지켜 주시어
영원한 생명에 이르게 하소서.

이어서 성작을 받들고 아래의 기도를 조용히 바친 다음, 성혈을 경건하게 모신다.

✝ 그리스도의 피는 저를 지켜 주시어
영원한 생명에 이르게 하소서.

왕은 성체와 성혈을 받아 모신다. 죽은 성가대원도 양형 영성체를 할 수 있다. 영성체로써 본인을 위해 봉헌하는 미사에 완전히 참여하도록 하는 것이 바람직하다. 왕이 영성체를 하는 동안 다음의 영성체송을 외워야 한다.

「요한 복음서」 11장 25~26절

◎ 나는 부활이요 생명이다.
나를 믿는 사람은 죽더라도 살고,
또 살아서 나를 믿는 모든 사람은

영원히 죽지 않을 것이다.

왕은 성체를 담은 성반이나 성합을 들고 성가대원에게 가서 성체를 조금 들어 보이며 말한다. 영성체를 하는 동안 적합한 성가를 할 수 있다.

✝ 그리스도의 몸.
◎ 아멘.

영성체가 끝나면 성작과 성반을 깨끗이 닦는다. 그러는 동안 왕은 조용히 기도한다.

✝ 주님, 저희가 모신 성체를
깨끗한 마음으로 받들게 하시고 현세의 이 선물이
영원한 생명의 약이 되게 하소서.

영성체 후 왕은 자리에 가 앉고 모두 묵묵히 감사의 기도를 바친다. 왕은 곧 다시 일어나, 그 자리에서나 제대로 나아가서 말한 다음 팔을 벌리고 영성체 후 기도를 바친다.

✝ 기도합시다.
주님,

이 세상을 떠난 교우 헬레나를 위하여
파스카 신비를 거행하며 간구하오니,
그를 광명과 평화의 나라로 받아들이소서.
우리 주 그리스도를 통하여 비나이다.
◎ 아멘.

이어서 영성체 후 기도를 마치면 곧바로 고별식을 거행한다.

왕은 시신 앞에 서서, 다음과 같은 말이나 비슷한 말로 기도하자고 권고한다.

✝ 우리 자매를 위하여
열심히 기도 드리는 우리는
이제 여기서 헤어지는 인사를 하게 됩니다.
이 인사로 이별의 슬픔을 느끼면서도,
이 자매와 다시 만나
서로 우정을 나누게 되리라는 희망을
위안으로 삼습니다.
지금 우리는 성당에 모였다가
슬픔을 안고 헤어지지만
하느님의 자비하심으로 천국에서 다시 한 번
기쁘게 모일 것이므로

주님께 대한 신앙으로 우리는 서로
위안을 삼아야 할 것입니다.

권고를 마친 뒤, 왕은 잠시 침묵하였다가 고별 기도를
드린다.

✝ 하느님,
저희 손으로 땅에 묻는 이 허약한 육신을
당신의 힘으로 성인들과 함께 부활하게 하시고
그 영혼은 신도들과 성인들 대열에
들어가게 하소서.
이 영혼을 심판하실 때에 자비를 베푸시어,
죄에서 벗어나 죽음을 이기고 성부와 화해하고,
선하신 목자 어깨에 메워 영원하신 임금님을 따라
성인들 가운데서 끝없는 기쁨을 누리게 하소서.

그다음에 모든 이가 잠깐 동안 침묵으로 기도한다.
왕은 이 침묵의 기도 다음에 죽은 성가대원이 직접 인사할 수 있도록 허락할 수 있다.
신부님, 아직도 날 때부터 삶이 정해져 있다고 믿으세요?
왕은 웃으며 고개를 흔들 것이다. 가늘고 긴 손이 성가대원의 이마 위로 드리운다. 제사를 드리기에 알맞게 준비된 그릇이자 축복과 용서를 발원하는 도구로써 만민 앞에 열려 있는 손이다. 성가대원이 눈을 감고 마지막 안수를 받아들인다. 성가대원의 몸을 에워싸고 있던 광륜의 휘도가 역전된다. 죽음의 역상 이미지, 빛과 불꽃 속에 성가대원이 손을 모은다.

삶은 우연과 영원 속에 있어요. 반복과 무한 말이에요.

왕이 고개를 끄덕이며 눈 감는다.

아멘, 헬레나.

어떤 장례 강복은 이렇게 무덤이 아니라 몸을 대상으로 베풀어진다.

나가며

청원에 대한 (부)지방 장상 또는 주교의 공식 의견서
Official Opinion of the (Vice)Provincial Superior or Bishop Regarding the Petition

거룩하신 프란치스코 교황 성하께

　〇〇〇 바오로 신부의 성직 상태 상실과 독신 서약 면제 요청에 관한 교구 주재의 공식 의견서를 마침내 교황청에 제출하게 되었음을 보고드립니다. 이 요청은 금년 4월 20일 공증인들의 탄원서와 함께 접수되었으며, 성직자성에서 규정한 모든 요건을 충족하였습니다. 교구는 교회법적 절차와 사목적 책임에 따라 이를 면밀히 검토하고 조사해 왔음을 밝혀 둡니다.

　〇〇〇 바오로 신부는 1992년 11월 27일에 태어나 2020년 2월 2일에 사제로 서품되었으며, 한국 가톨릭 서울

관구의 ○○ 교구 소속으로 활동해 왔습니다. 그러나 청원인은 최근 사제직 수행 중 발생한 심각한 사목적 위기와 신앙적 갈등으로 인해, 더 이상 성직자로서 소명을 이어 나가기 어려운 상태에 이르렀습니다. 특히 청원인이 전담하여 사목해 왔던 소년부 성가대원의 비관 자살 사건 이후, 교회의 가르침과 사목적 역할 사이에서 큰 갈등을 느끼게 되었습니다. 교구 소속 조사관들이 교차 검증한 유족 면담 자료에 따르면, 해당 신자는 소변 검사 및 혈액 검사로 임신 상태를 확인받았으며, 자궁 근종 및 비정상 임신의 징후를 진단받기 위한 초음파 검사를 앞두고 있었습니다. 해당 신자는 임신 중절 수술을 고려하는 가운데 ○○○ 바오로 신부에게 면담을 요청했지만, 교회법 제1398조로 신분의 압박을 느낀 청원인이 적극적으로 조처하지 못하면서 안타까운 인명 사고로 이어지고 말았습니다. 신앙 교리 성성은 1988년 〈생명의 선물Donum Vitae〉 교령에서 낙태를 권하거나 지지하는 것은 물론 도덕적으로 중립 의견을 내보이는 것만으로도 사제직이 정지당할 수 있다는 입장을 굳힌 이래, 인공 임신 중지를 경험한 여성과 그 이웃들을 향해 교회의 문을 줄곧 닫아 두고 있습니다. 일련의 사건으로 청원인은 신앙 공동체 안에서 고통받는 이들을 온전히 수용하고 돌보는 데 한계를 느꼈으며, 자신의 사제직 수행에 심각한 회의감을 가지게 되었다고 고백하였습니다.

청원인이 성직 상태 상실을 요청하기 전, 본 교구는 교회법적 책임과 사목적 배려에 따라 그가 사제직 소명을 회복할 수 있도록 다양한 노력을 기울여 왔습니다. 특히 본 주교는 성소자 시절부터 청원인의 신앙 생활을 격려하고 지도해 온 바, ○○○ 바오로 신부가 겪어야 했던 신앙적·사목적 위기를 누구보다도 진지하게 받아들였으며, 그와 함께 신앙적 위기를 극복하고자 다음과 같은 사목적 조치를 취하였습니다.

1) 영적 지도와 상담 제공

본 주교는 청원인이 3개월 동안 전문적인 영적 지도와 심리적 상담을 받을 수 있도록 관련 자원을 지원하였으며, 이를 통해 사목적 갈등과 개인적 어려움을 극복할 수 있도록 지도하였습니다. 교구청의 사제국장 ○○○ 빈첸시오 신부가 영성 지도 신부로 배정되어 정기적인 상담 프로그램을 제공 및 기록하였으며, 영성 심리 상담소의 단체 심리 상담 세션에 참여하여 사목적 부담을 덜고 영신이 회복될 수 있도록 배려했습니다.

2) 사목 환경 변경 시도

청원인이 자신의 사목적 역할에 회의감을 느꼈음을 이해하며, 더 적합한 환경에서 사목을 수행할 기회를 제공하고자 다른 본당으로의 전임이나 사목직의 변경을 제안했습니다. 이를 통해 내적 고뇌를 완화하고 새로운 환경에서 소명을 되찾을 수 있는 기회를 함께 모색하였습니다.

3) 사목적 위기 해결을 위한 대화

청원인이 직면해야 했던 비극적 사건 및 사제직 수행에 관련된 신학적·도덕적 갈등에 대해 교구는 대화를 통해 그의 입장을 경청하고, 가톨릭교회의 가르침과 사목적 책임을 조화롭게 이해할 수 있도록 돕고자 노력하였습니다. 이를 위해 비슷한 위기를 겪었던 교구 내 신부들과의 공동 세미나 자리를 마련하였고, 청소년 신자들과 주기적인 봉사 활동을 주선하였습니다.

4) 시간과 공간의 제공

청원인이 사제직 유지에 대한 결정을 신중히 내릴 수 있도록 충분한 시간을 제공하였습니다. 이 기간 동안, 청원인은 자신의 신앙과 소명을 성찰하며, 교회와의 관계를 지속적으로 유지할 수 있었습니다. 본 주교는 ○○○ 바오로 신부가 스페인으로 성지 순례를 떠나는 것을 허락했고, 이 여행에서 청원인은 도난 테러로 한 차례 실종되었던 발렌시아 대성당의 성배가 기어이 제자리를 찾아가는 과정을 가까이에서 지켜보며 결정을 굳히기에 이르렀습니다.

교회는 청원인을 위해 지역 공동체의 기도와 지지를 요청하였으며, 그가 교회와의 유대를 잃지 않도록 노력하였습니다. 또한, 청원인이 성직자로서 느꼈던 외로움과 압박감을 완화하기 위해 동료 사제들과의 지속적인 소통을 지원하였습니다. 그러나 이러한 모든 노력에도 불구하고, 청원인은 자신이 더 이상 사제직 소명을 수행할 수 없음을 반복적으로 표현하였으며, 사목적 활동에서 오는 내적 갈등과 부담감이 돌이킬 수 없는 상태에 이르렀음을 명확히 밝혔습니다.

　청원인의 성직 상태 해제 요청이 승인될 경우, 그는 사목 중 겪었던 심리적·영적 부담에서 벗어나 새로운 삶의 방식으로 하느님과의 관계를 재정립할 기회를 얻게 될 것으로 판단됩니다. ○○○ 바오로 신부는 사제직 수행 중 겪었던 심각한 사목적 위기와 신앙적 갈등을 해결하지 못한 상태로, 현재 성직 상태를 유지하는 것이 본인에게 심리적·영적 부담이 되고 있습니다. 청원의 승인은 ○○○ 바오로 신부가 새로운 삶의 방식을 통해 내적 평화를 찾고, 교회 바깥에서 새로운 삶을 이어 나갈 기회를 제공할 것입니다. 성직 상태의 종료로 도리어 하느님 안에서 또다시 살아 나갈 수 있는 영성 회복의 은총이 베풀어지는 셈입니다.

　청원인은 이미 사제직에서 물러나 있으며, 사목 활동 일체가 중단된 상태입니다. 물론 본 안건의 처분 과정이 교회 전체에 잠재적 우려 사항으로 여겨지고 있음을 모르지 않습니다. 성모 기사회 소속 ○○○○○ 토마스 수사가 제기한 이단 혐의로 최근 신앙 교리성 내부에 잡음이 일고 있다는 소식이 들려옵니다. ○○○ 바오로 신부가 비신앙인들 앞에서 함부로 이적을 내보였을 뿐 아니라 무장 독립 조직 출신의 전직 테러리스트와 공조하여 성배를 탐색했으며, 교회법 제1397조·1398조 및 교리서 제2268조·2269·2270조·2271조·2281조를 모독하고 생명 윤리를 위반한 영혼에게 주교 회의 없이 장례 미사를 주재했다는 내용의 공식 재판 요청서가 본 교구 앞으로도 송달되어 왔습니다. ○○○○○ 토마스 수사는 ○○○ 바오로 신부의 스페인 여행 동안 짧게 동행한 사실이 있습니다. 신앙 교리 성성 앞으로 제출된 고발장에 따르면, ○○○○○ 토마스 수사는 동행 기간 중 라포 형성rapport-building 기법 및 학습된 무기력 이론을 이용해 ○○○ 바오로 신부의 죄의식 및 보상 목표를 추정해 냈으며, 이를 증명할 자백 내용 역시 확보해 두었음을 밝히고 있습니다. 이 문건에서 ○○○○○ 토마스 수사는 ○○○ 바오로 신부를 피고 성직자로 지시하고 있으며, 피고발자가 빌바오에서 수복한 성유물을 전직 테러리스트에게 양도했다는 사실로 미루어 ○○○ 바오로 신부의 영적 혼란 상태가 종료되었다고 판단하고 있습니다. 교회법 위반자들에게 섣불리 주어져선 안 될 영생의 은총이 임의로 베풀어졌다는 내용의 확증 진술들 말입니다. 그러나 귀국 이후 교구 소속 조사관을 동반한 본 주교와의 면담에서, ○○○ 바오로 신부는 공식 재판 요청서에 명시된 두 가지 혐의를 적극적으로 해명하였습니다.

첫째, ○○○○○ 토마스 수사가 보고서에서 묘사한 불새를 ○○○ 바오로 신부는 단 한 차례도 목격한 일이 없으며, 동행하는 동안 해당 내용을 증언할 시민 또한 만나 보지 못했다는 것입니다. 만약 ○○○○○ 토마스 수사의 말대로 성령이 실제로 불새의 형상을 빌려 나타났다면, 성령께서 ○○○○○ 토마스 수사를 선택하셨을 뿐 자신은 아무런 의심이나 이의 없이 받아들이겠다고 진술하였습니다. 덧붙여 청원인도 같은 자리에서 불새의 기적을 목격할 수 있었다면 성직 상태를 종료하려는 마음이 곧바로 돌아섰을 거라고도 첨언하였습니다.

둘째, ○○○ 바오로 신부는 페트리 에체바리아와 빌바오 현지 핀초스 투어로 알게 되었을 뿐이며, 이 바스크인 남성이 한때 프랑스와 스페인 양쪽 국경 지대에서 수배령이 내려졌던 ETA 단원이었다는 사실은 전혀 몰랐다고 일축했습니다. 증거 자료로 페트리 에체바리아가 Jangozale11이라는 아이디로 에어비앤비 익스피리언스와 비아토르Viator, 겟유어가이드GetYourGuide 등의 여행 전문 플랫폼에서 마드리드, 부르고스, 나바라 현지인 투어 가이드 상품을 운영했던 이력을 제출하기도 했습니다. 게다가 이 남자가 세상에 알려진 대로 무시무시한 전과를 보유한 요원이라면, 요행히 성배를 손에 넣었더라도 어떻게 죄인의 손에 성찬례의 잔을 맡길 수 있겠느냐고 반문하였습니다. 실로 주님께서는 피 묻은 자의 손에서조차 죄를 닦아 내시고, 의인이 아니라 죄인을 부르러 이 세상에 오시는즉, 전직 테러리스트의 선행으로 성배가 제자리를 되찾게 하심으로 스페인의 상처를 봉합하셨습니다. 정녕 주님께서는 오묘한 방식으로 일하십니다.

셋째, 성배를 이용해 죄인의 영혼에 장례 미사를 주례하였다는 혐의만큼은 부인하지 않았습니다. ○○○ 바오로 신부는 아직 성직 상태가 종료되지 않았다는 교회 행정학적 공백 기간을 이용하여 생명 윤리를 위반한 망자에게 가톨릭 장례 의식을 베풀었고, 그 대가로 청원의 결과가 파문으로 변경되어도 이의를 제기하지 않겠다고 약속하였습니다. ○○○ 바오로 신부는 주교 회의에서 망자의 심리적·정신적 고통을 조사하고 교리서 제2283조에 의거하여 도덕적 책임을 평가하는 최종 허가서가 발부되기도 전에 임의로 권한을 사용한 사실을 시인하며, 신앙 교리 성성의 공식 재판에 피고로서 참가할 의향을 밝혔습니다. 청원인의 월권 행사는 사제 공동체와 사목 교서의 기반을 흔들고, 수많은 신자들에게 혼란을 불러일으키는 행위로서 다분히 지탄받아 마땅합니다. 교회의 가르침이 약화되었으며, 성직 성품뿐 아니라 계율과 법령의 성궤마저 영속성을 잃고 와해되었다는 인상을 줄 수 있기 때문입니다. 일부 신자들이 청원인의 성직 정지 및 장례 예식을 두고 의문을 제기하며 교회의 적극적인 대응을 요구할 가능성이 있습니다.

　그러나 존경하는 교황 성하, 본 요청은 청원인 개인뿐만 아니라, 교회의 전체적인 선익을 고려하여 진행되고 있습니다. 청원인은 교회가 자격을 선별하여 세례를 주는 검증 기관이 아니라, 가정에서 쫓겨나고 이웃들에게 돌팔매질 받는 죄인들이 마지막으로 찾아와 두드릴 수 있는 피난처로 남아야 한다고 주장합니다. 본 주교는 청원인의 견해를 전적으로 지지하는 바, 낙태와 자살 같은 현실 세계의 민감한 문제들 앞에서 교회의 입장과 절차를 명확히 알리는 것이 어느 때보다도 긴급한 시점에 이르렀다고 판단됩니다. 교회가 신자들의 고통과 갈등에 공감하고 책임감 있게 대처하겠다는 결단을 보여 주어야 할 때입니다. 오늘날 교회를 공격 중인 내부의 전쟁들: 장상과 사제들의 대결, 성직 중심주의와 평신도 중심주의의 대결, 세속 수도회와 관상 수도회의 대결, 울트라몬타니즘과 갈리카니즘의 대결, 해방 신학과 복음 신학의 대결은 모두 전통과 진보의 대결로부터 비롯됩니다. 성 베드로의 이름에서 가르침을 얻듯, 교회는 건물이 아니라 공동체 위에 세워졌습니다. 우리는 나아오는 외부의 전쟁들을 대비하기 위해 다시 한 번 하나의 몸으로 결속되어야 합니다. 본 주교가 보기에, 모든 전쟁은 생명과 죽음의 대결로 귀결됩니다. 교황 성하, 교회는 죽음을 누르는 반석이오니 이 사건을 또 하나의 주춧돌로 삼아 주십시오.

그럼에도 만약 ○○○ 바오로 신부가 영아와 산부 자신을 살해하고, 주님께서 내려 주신 생명의 선물을 거부한 영혼에게 장례 미사를 주례했다는 죄목으로 이단 재판에 세워져야 한다면, 본 주교를 먼저 파문 위원회에 회부해 주십시오. 이 가엾은 사제에게 생명과 죽음의 형태를 가르치고, 생명 정치를 실천하는 방법을 내보인 본 주교에게도 용서받지 못할 죄목이 있습니다. 그러나 청원인의 고뇌를 받아들이시고 그의 결정을 존중하시겠다면, 이번 사건을 예외로 처분하지 말아 주십시오. ○○○ 바오로 신부의 성직 상태 상실과 독신 서약 면제 요청은 한 사람에게서 은총을 해제시키고 집전 권한을 회수하는 일로 끝나서는 안 됩니다. 교회는 위기 상황에 있는 신자들에게 희망을 보여야 하며, ○○○ 바오로 신부의 청원을 단련된 창칼이자 역전된 본보기로 삼아 내부 전쟁의 돌파구를 마련해야 합니다. 교회는 이렇게 한 사람의 사제를 잃고 말겠지만, 청원인은 도리어 빛 바깥에서 생명 윤리의 가치를 다시 정립할 기회를 얻을 것입니다. 이렇게 청원인은 존엄과 자유를 얻고, 교회는 가르침과 일치를 이어 나갈 것입니다.

이에 본 주교는 ○○○ 바오로 신부의 성직 상태 해제 및 독신 서약 면제 요청을 심사숙고한 끝에 청원인의 요청이 교회법적 기준에 부합함은 물론 교회의 선익과 청원인의 영적 복지를 보장한다고 판단하며, 최종 결정을 거룩하신 교황 성하와 교황청에 맡김을 보고드립니다.

따라서 본 주교는 ○○○ 신부의 청원을 거룩하신 교황 성하께 추천드리오며, 교회의 자비와 사랑이 ○○○ 신부에게 마지막으로 충만히 전달되기를 기원합니다. 교황 성하의 판단에 겸허히 따르며, 이 요청이 교회의 가르침과 생명 윤리에 따라 처리될 수 있기를 희망하는 바입니다.

경건함을 담아,
○○○ 베드로
한국 가톨릭 ○○ 교구 교구장 서명

그림　　　한규현. 한국예술종합학교 조형예술과 졸업 후 그림과 디자인 작업을 진행한다. 좋은 사업과 좋은 작품이 다르지 않다는 믿음으로 반드시 사람들과 함께 일하고 있다. 오래된 일러스트레이션과 종교화, 옛날 물건과 이야기를 좋아하고 작업에 많은 영향을 받는다.

내일의 고전 2

불새

발행일	2025년 4월 20일 초판 1쇄
지은이	신종원
그림	한규현
발행인	김원일
발행처	소전서가
기획·편집	소전문화재단
디자인	피포엘
제작	울북컴퍼니
주소	서울시 강남구 영동대로138길 23
전화	02-511-2016
ISBN	979-11-94067-04-7(04810)
홈페이지	www.sojeonfdn.org
	@sojeonseoga

ⓒ 신종원, 2025, *Printed in Korea*

◦ 이 책은 실로 엮어 만드는 사철 방식으로 제본했습니다. 한껏 펼쳐도 상하지 않습니다.
◦ 띠지의 절취선을 따라 자르면 책갈피로 사용할 수 있습니다.
◦ 이 책에 실린 글과 도판의 저작권은 지은이와 소전서가에 있습니다. 저작권법에 의해 보호받는 저작물이므로 무단 전재 및 복제를 금합니다.

소전서가는
소전문화재단의 출판 브랜드입니다.

소전문화재단은
누구나 문학을 곁에 두고 그 안에서 펼쳐지는
크고 작은 담론에 관계할 수 있도록 독서를 장려하고
문학 창작을 후원하는 문학 재단입니다.
문학 도서관 〈소전서림〉과 출판사 〈소전서가〉,
읽는 사람들의 온라인 커뮤니티 〈읽는사람〉을
운영하고 있으며, 소설가들의 장편소설 집필 활동을 위한
레지던스 〈두내원〉을 준비하고 있습니다.